W0324082

Stefan Burban

Die Ehre der Legion

STEFAN BURBAN

DIE EHRE DER LEGION

DAS GEFALLENE IMPERIUM 5

ATLANTIS

Eine Veröffentlichung des
Atlantis-Verlages, Stolberg
Juni 2019

Druck: Schaltungsdienst Lange, Berlin

Titelbild: Allan J. Stark
Umschlaggestaltung: Timo Kümmel
Lektorat und Satz: André Piotrowski

ISBN der Paperback-Ausgabe: 978-3-86402-656-0
ISBN der eBook-Ausgabe (ePub): 978-3-86402-671-3

Dieses Paperback/eBook ist auch als Hardcover-Ausgabe
direkt beim Verlag erhältlich.

Besuchen Sie uns im Internet:
www.atlantis-verlag.de

Prolog

Unter Feuer

Nur die Toten haben das Ende des Krieges gesehen
(Plato)

28. Oktober 2856

Barinbau stand seit fast einer Woche unter heftigem Beschuss starker Drizilverbände. Captain Montgomery Mumford vom Neuen Protektorat führte die Verteidigung vom Schlachtkreuzer der Behemoth-Klasse HMS Winston Churchill aus.

Er besaß nicht viel, um den Gegner in Schach zu halten. Sein gemischtes Geschwader bestand noch aus zwei Dutzend ehemaligen imperialen Großkampfschiffen, etwa hundert Torpedobooten sowie einem Dutzend Allianzkriegsschiffen. Aufgrund ständigen Rohstoffmangels hatte die Allianz Schiffsfriedhöfe und ehemalige Schlachtfelder geplündert und Mittel und Wege gefunden, Einzelteile imperialer Schiffe mit den Wracks von Drizilraumern zu kreuzen. Die Protektoratstruppen nannten das Endergebnis schlicht *Warzenschweine*. Ähnlich hässlich sahen sie auch aus. Trotzdem musste Mumford eingestehen, dass sie ohne deren Hilfe nicht würden standhalten können.

Die Allianz legte inzwischen Schiffe nach imperialem Vorbild auf Kiel. Einige wenige waren bereits fertiggestellt, wie etwa der Angriffskreuzer Hope. Die Massenproduktion musste aber erst noch richtig anlaufen.

Mumford sah durch das Brückenfenster auf die sich nähernden Drizilkriegsschiffe und seufzte tief. Es wäre schön gewesen, hätten die Fledermausköpfe ihnen hierfür etwas mehr Zeit gelassen.

Sein Erster Offizier, Commander Jennifer McCauley, trat an ihn heran und reichte ihm ihr Datenpad. Er überflog es und reichte es frustriert zurück. In der Ferne blitzten Explosionen auf, als die Drizilflotte die Reste des Minenfelds durchbrach. Die Drizil arbeiteten bereits seit gut drei Tagen daran, das Feld zu räumen. Ihre Taktik war zwar einfach, nichtsdestoweniger effektiv. Sie legten mit den Bordwaffen einen Teppich vor ihren Verbänden. Mumford verzog gehässig die Miene. Die Taktik war effektiv, gut und schön, aber nicht perfekt. Allein innerhalb der letzten achtundvierzig Stunden hatten die Fledermausköpfe mehr als dreißig Schiffe an das Minenfeld verloren.

»Wie lange noch?«, wollte der Captain tonlos wissen.

»Weniger als zwölf Stunden schätzen die Analytiker«, erwiderte McCauley ebenso leise. »Dann ist das Minenfeld so weit dezimiert, dass die Drizil schalten und walten können, wie es ihnen beliebt.«

Mumford schnaubte. »Das können sie bereits jetzt.« Sein Blick zuckte nach links, wo die graubraune Staubkugel lag, die sich allen Ernstes Planet schimpfte. Normalerweise würde niemand auch nur mit dem Gedanken spielen, für diesen Planeten zu kämpfen. Barinbau war jedoch rohstoffreich und damit enorm wichtig für das Protektorat und seine neuen Verbündeten von der Allianz. Ohne Rohstoffe, keine Raumschiffe, keine Rüstungen, keine Waffen, keine Munition.

Vor einem Tag war es einer größeren Drizilstreitmacht gelungen, trotz großer Verluste zum Planeten durchzubrechen und in großer Zahl Truppen abzusetzen. Sie hatten sich einfach durch das Minenfeld gekämpft und dabei hohe Verluste schlicht in Kauf genommen. Etwas, was kein menschlicher Kommandant, der seinen Sold wert war, gewagt hätte. Doch leider ging der Plan auf. Die Drizil rückten inzwischen am Boden und im Raum gegen die verteidigenden Einheiten vor.

Seit der Kampflandung der Fledermausköpfe herrschte auf dem Planeten die Hölle. Die Bodenkämpfe waren nicht weniger brutal als jene im All. Mumford wollte nicht mit den *Erdkriechern* tauschen, wie die Infanterie scherzhaft von Raumoffizieren genannt wurde.

Seine Einheiten hatten alles versucht, den Gegner aufzuhalten. Mumford hatte ein gutes Dutzend Protektoratsschiffe und fast ebenso viele Allianzeinheiten verloren.

Über dem Nordpol des Planeten befanden sich noch immer elf Drizilschiffe, die das Gefecht im Orbit überlebt hatten. Der Feind hatte das Kunststück fertiggebracht, Mumford vom Planeten abzudrängen. Obwohl die imperialen Einheiten zumindest zahlenmäßig immer noch deutlich überlegen waren, wagte er keinen Angriff gegen die feindlichen Stellungen. In Erwartung des gegnerischen Durchbruchs am Minenfeld zog er alle seine Kräfte zusammen. Wenn sich die beiden Drizilverbände vereinigten, würde Barinbau fast sicher fallen. Mumford würde das nicht gestatten.

Weitere Explosionen blitzten auf, als die Drizil Raketen und Energietorpedos nach einem vorher festgelegten Beschussplan in den Raum entsandten und dort detonieren ließen. Mumford ließ die Positionen des noch vorhandenen Minenfelds auf sein taktisches Hologramm legen.

Er fluchte unterdrückt. Die Drizil wussten es noch nicht, doch sie hatten das Feld bereits so weit ausgedünnt, dass ein halbwegs gefahrloser Vormarsch ihrer Hauptverbände möglich wurde.

Mit schockierender Plötzlichkeit verschwanden zwei ihrer Zerstörer und eine Fregatte vom Plot. Mumford grinste gehässig. Die drei Schiffe waren in einen Bereich des Systems vorgedrungen, in dem noch einige Minen lagen und auf Beute lauerten. Das war Pech für die Drizil, aber gut für Barinbau.

Die Drizil verlangsamten ihren Vormarsch erneut und verdoppelten im Gegenzug den Beschuss. Der unerwartete Verlust dieser drei Schiffe ließ sie vorsichtiger werden. Mumford nickte. Gut, das verschaffte seinen Einheiten und ihm selbst ein wenig mehr Zeit. Allerdings wusste er nicht, ob ihm das viel nutzen würde. Irgendwann wären die Drizil auf Gefechtsentfernung heran. Und sie waren ihm fast zwei zu eins überlegen. Sollte keine Verstärkung eintreffen, würde Barinbau nicht zu halten sein. Das Problem dabei war: Er wusste genau, es gab keine Verstärkung.

Colonel Benedikt Sanchez stapfte in seiner klobigen Kampfrüstung über das Schlachtfeld und huschte dabei behände von Haus zu Haus. Er nutzte jede mögliche Deckung, um den Drizil einen Schritt voraus zu bleiben.

Der Prätorianeroffizier, den Rix aus dem Solsystem gerettet hatte, kommandierte die Bodenverteidigung von Barinbau. Er verfügte über sechshundert gut ausgebildete und ausgezeichnet bewaffnete Prätorianer sowie etwa sechstausend Mann der 111. Fremdenlegion, einer Einheit imperialer Legionäre, die Rix aus den Überresten eines Dutzends während des Krieges aufgeriebener Einheiten zusammengestellt hatte.

Die Legionäre waren gut, keine Frage, doch die meisten von ihnen hatten nie zusammengearbeitet. Sie waren kein Team und darunter litt ihre Effizienz. Irgendwann würden sie vielleicht einmal eine ernst zu nehmende Einheit werden, im Moment waren sie davon aber noch weit entfernt.

Über Sanchez rauschte es und der Prätorianeroffizier hob den Kopf. Driziljäger der Typen Flüsterwind und Blutstachel flogen über ihn hinweg. Er gab seinen Männern ein kurzes Zeichen, still zu verharren. In der Ferne vernahm er, wie die Feindjäger etwas am Boden bombardierten. Vereinzeltes Feuer aus versteckten Bodenstellungen erwiderte den Beschuss. Gleichwohl eilten keine eigenen Jäger herbei, um den Gegner für seine Frechheit zu bestrafen. Das war kein gutes Zeichen. Es bedeutete, die Drizil besaßen die absolute Luftüberlegenheit. Eine Schlacht ohne Luftüberlegenheit war praktisch nicht zu gewinnen.

Auf seinem HUD blitzte eine Warnung auf. Die Sensoren der Rüstung hatten Bewegung ausgemacht. Die Prätorianer unter Sanchez' Befehl verteilten sich augenblicklich mit angelegten Waffen zu beiden Seiten der Straße. Bereits nach wenigen Sekunden blinkte die Entwarnung auf. Die IFF-Kennung identifizierte die Neuankömmlinge als Teil der 111.

Sanchez gab einen kurzen Funkimpuls über die interne Kommunikation an die Legionäre und gab ihnen zu verstehen, sie dürften sich nähern. Verbale Kommunikation wurde inzwischen auf ein Minimum reduziert. Es bestand die sehr reale Gefahr, dass die Drizil in ihre Funkkanäle eingebrochen waren.

Die Legionäre der Fremdenlegion eilten über den großen Marktplatz. Sie bewegten sich schnell und zielstrebig. Es handelte sich lediglich um zwei Trupps, ausnahmslos Aufklärungslegionäre.

Sanchez trat ihnen entgegen. Der Anführer salutierte kurz und ging in einem Hauseingang in die Hocke. Der Prätorianeroffizier tat es ihm gleich. Beide öffneten ihren Helm. Sanchez atmete die raue, ungefilterte Luft dankbar ein. Sie roch zwar nach Qualm und dem Gestank abgefeuerter Waffen und gefallener Bomben, doch sie war dem sterilen Gas, das in seinem Anzug immer wieder aufbereitet wurde, jederzeit vorzuziehen.

»Wie sieht es aus?«, wollte Sanchez wissen.

Der Aufklärungslegionär, ein Veteran mit einer bösartig aussehenden Narbe quer über der Stirn, schüttelte den Kopf. »Nicht gut. Die Drizil haben die andere Seite der Stadt eingenommen. Damit umfasst der Bereich, den sie kontrollieren, einen Kreis mit etwa hundertfünfzig Kilometer Radius. Ausgehend von ihrer Landezone.«

Sanchez fletschte erneut die Zähne. »Wie viele?«

»Zehntausend. Mindestens. Wir kamen nicht näher als zwanzig Kilometer an die Landezone ran. Aber nach dem, was da an Truppentransportern steht, wird die LZ von einer Truppe in derselben Stärke gehalten.«

Sanchez' Schultern sackten leicht ab. »Wir sind nicht stark genug, sie wieder zu vertreiben«, meinte er niedergeschlagen.

Der Aufklärungslegionär nickte. »Colonel Azikiwe ist der gleichen Meinung. Er hat einen Rückzug in die Innenstadt befohlen. Er will die Verteidigung auf den Häuserkampf und die Minenanlagen am Südende der Stadt konzentrieren.«

Colonel Nigel Azikiwe befehligte die 111. Fremdenlegion. Ein Prätorianer ließ sich von einem Offizier der gewöhnlichen Legionen nichts befehlen, dennoch kam Sanchez nicht umhin, Azikiwe insgeheim zuzustimmen. Wenn bereits derart viele Drizil die Nordseite der Stadt stürmten, war sie nicht länger zu halten. Auch die Prätorianer würden nicht viel ausrichten können.

Die Stadt war eine Bergbausiedlung. Sie war direkt im Anschluss an die Minen gebaut worden, damit die Arbeiter keine langen Anfahrtswege zu ihrer Arbeitsstelle zurücklegen mussten. Aus diesem Grund bot die Verteidigung der Südseite einige Vorteile. Die Legionäre konnten sich dort verschanzen und dem Gegner auf dessen Vormarsch erhebliche Verluste beibringen. Und sollten die Fledermausköpfe trotzdem durchbrechen, konnten die Verteidiger als letzte Konsequenz den Rückzug in die Minen antreten und sich dort noch eine Weile verteidigen. Es würde ein Kampf mit dem Rücken zur Wand sein, doch das war er ja schon immer gewesen.

Sanchez nickte. »Gehen Sie voran«, wies er den Aufklärungslegionär an. »Wir folgen.« Mit diesen Worten schloss er seinen Helm und erhob sich geschmeidig.

»Feindliche Verbände nehmen Fahrt auf«, informierte seine XO ihn.

Mumfords Hände packten verkrampft die Lehnen seines Kommandosessels. Er zwang sie mühsam, sich wieder zu entspannen. Da war er also: der Moment, den er gefürchtet hatte. Die Drizil waren der Meinung, das Minenfeld genug ausgedünnt zu haben, um einen Großangriff wagen zu können.

»Befehl an alle Einheiten«, ordnete er an, »auf Gegenkurs gehen und Gefechtsformation einnehmen.«

Mumfords Gedanken rasten. Energietorpedos der Drizil verfügten über eine höhere Reichweite. Hätte er über die doppelte Anzahl an Einheiten verfügt, so hätte er sich ungeachtet des feindlichen technologischen Vorsprungs dafür entschieden, auf Abstand zum Gegner zu gehen und diesen so lange wie möglich zu halten. Terranische Torpedos waren zielsicherer und ihre Drizilpendants verloren mit zunehmendem Weg, den sie zurücklegen mussten, an Durchschlagskraft aufgrund massiven Energieverlusts.

Doch es sprachen in dieser speziellen Situation zwei Dinge dagegen. Die Drizil waren zahlenmäßig überlegen. Trotz ihrer mangelnden Genauigkeit und Durchschlagskraft auf höhere Entfernung würden die Fledermausköpfe sein Kommando in Stücke schießen. Außerdem war ihm die Sicherheit der einzigen bewohnten Welt im System anvertraut. Legte er den Rückwärtsgang ein, würde er den Drizil den Planeten kampflos überlassen und dazu war er nicht bereit. Es blieb also nur der Nahkampf. Und diesen musste er so schnell wie möglich herbeiführen.

»Voller Schub auf den Gegner!«, befahl er. Die Männer und Frauen auf der Brücke der WINSTON CHURCHILL waren Profis. Sie versahen ihren Dienst mit der nötigen Disziplin. Trotzdem wurde er sich der unvermittelt umschlagenden Stimmung durchaus bewusst. Einen Nahkampf gegen einen überlegenen Verband aus Drizilschiffen würden sie nur unwesentlich länger überleben als ein Fernkampfduell. »Jäger ausschleusen!«

Die vier Trägerschiffe, über die Mumford verfügte, öffneten die Luken zu ihren Startdecks. Auf seinem taktischen Plot beobachtete er, wie insgesamt nicht einmal zweihundert Maschinen eine Position oberhalb des Verbands einnahmen. Zeitgleich formierten sich an ihrer linken Flanke die sechzig Jäger, die die Allianzschiffe mit einbrachten.

Besorgt musterte Mumford weiterhin seinen taktischen Plot und registrierte, dass der Gegner gut die doppelte Anzahl Jäger heranführte. Er schluckte schwer. Das ganze Gefecht besaß das Potenzial, zur Katastrophe zu werden. Er leckte sich über die staubtrockenen Lippen. Es half nicht viel.

Seine erste Kampflinie überschritt die imaginäre Markierung, die die effektive Gefechtsdistanz seiner Fernwaffen anzeigte. Er schluckte erneut.

»XO? Fernkampfgefecht starten!«

Colonel Benedikt Sanchez stürzte hinter der Deckung eines zerbombten Gebäudes hervor. Die beiden Drizil wurden davon völlig überrascht.

Sanchez führte in jeder Hand ein bösartig aussehendes Kampfmesser mit halbseitig geschliffener und halbseitig gezackter Klinge. Ähnlich wie die Schwerter der Schattenlegion, bestanden die Kampfmesser aus einem speziell gehärteten Verbundstahl, der so gut wie alles durchdringen konnte.

Das Messer in der linken Hand durchdrang problemlos das Helmvisier des Drizil. Der Soldat öffnete den Mund zu einem schrillen Todesschrei. Dieser lag oberhalb der Frequenzen, für die Menschen empfänglich waren, sodass Sanchez nichts davon hören konnte. Und die Filter seines Kampfanzugs bewahrten ihn vor den negativen Auswirkungen der tödlichen Drizilschreie.

Der zweite Drizil dagegen schüttelte seine Überraschung schnell ab. Er wich Sanchez geschmeidig aus, sodass dessen Stoß mit dem rechten Messer ins Leere ging. Der feindliche Soldat war beileibe kein Anfänger. Er ging in die Hocke, schnellte nach vorn und holte Sanchez von den Beinen. Dieser schlug schwer auf dem Rücken auf. Sein Kampfanzug bewahrte ihn davor, keine Luft mehr zu bekommen, nichtsdestoweniger war der Aufschlag auch so recht unangenehm.

Der Drizil zog seine eigene Klinge. Sanchez zögerte keine Sekunde, rollte sich um die eigene Achse und nutzte den Schwung, um wieder auf die Beine zu kommen. Sobald er wieder aufrecht stand, griff er auch schon an und überraschte den Drizil beinahe ein zweites Mal. Doch diesem gelang es gerade noch rechtzeitig, zur Seite auszuweichen.

Sanchez' Klinge kratzte über die Rüstung des feindlichen Soldaten, ohne sie zu durchdringen. Der Drizil nutzte diesen Moment für eine eigene Attacke. Seine Klinge stieß blitzartig vor. Sanchez fletschte die Zähne. Er änderte schlagartig die Angriffsrichtung. Mit der linken Messerhand blockte er den feindlichen Angriff, während seine rechte in einer geraden Bewegung nach oben kam. Die Klinge durchdrang den Helm des Drizil und spaltete dessen Kinn. Der Drizil schrie – und dieses Mal war es ein Schrei, den Sanchez hören konnte. Aber Soldaten im Krieg durften kein Mitleid empfinden. Wäre die Situation andersherum, würde der Fledermauskopf keine Sekunde zögern.

Sanchez zog seine Klinge aus dem Helm, schlug dem feindlichen Soldaten die seine brutal aus der Hand, wobei er ihm das Handgelenk innerhalb seiner Rüstung brach, und nahm seinen Gegner in den Schwitzkasten. Dieser war durch Schmerz und Blutverlust bereits kaum noch bei Bewusstsein. Er setzte seine Klinge an einer Schwachstelle zwischen Rüstung und Helm des Drizil an. Zielsicher und entschlossen stieß er das Messer hinein und durchtrennte dabei den zweiten und dritten Nackenwirbel seines Gegners. Der Körper des Drizil erschlaffte augenblicklich. Sanchez ließ ihn achtlos zu Boden fallen.

Der Prätorianeroffizier atmete noch nicht einmal schwer, als er seine Messer wegsteckte und das Nadelgewehr aufhob. In seinen Ohren knackte es. »Colonel?«, drang die Stimme eines seiner Soldaten aus dem Komgerät. Sein Computer identifizierte die Stimme als die von Major Vasili Kuratow. Gleichzeitig wurde seine Position auf einer kleinen halbtransparenten Karte auf dem HUD des Colonels identifiziert. Er führte eine kleine Truppe von Prätorianern von der Südseite der Straße heran. »Feindbewegung im Norden«, informierte der Major ihn. »Drei Uhr.«

Sanchez ging in die Knie und spähte in die angegebene Richtung. Er brauchte nicht lange zu suchen. Eine Drizilkolonne bewegte sich rasch über drei Straßen in seine Richtung. Es waren etwa zweihundert Mann. Die beiden Soldaten, die er erledigt hatte, mussten Späher für diese Einheit gewesen sein. Während er die vorrückenden feindlichen Soldaten beobachtete, stieg seine Achtung für den Gegner etwas. Trotz ihrer Schnelligkeit bewegten sie sich mit äußerster Disziplin. Die Art und Weise, wie sie jedes Haus, jeden Keller und auch jedes verfallene und ausgebrannte Gebäude auf ihrem Weg kontrollierten, bewies in beeindruckender Weise ihre Erfahrung. Das waren keine Anfänger, sondern kampferfahrene Veteranen.

Sanchez schürzte die Lippen. Doch auch Veteranen waren anfällig gegen einen Hinterhalt, wenn man ihn nur gut genug platzierte.

Sanchez bestätigte die Funkverbindung. »Kuratow, bringen Sie Ihre Leute herüber.«

Kuratow zögerte. »Colonel Azikiwe hat den Rückzug befohlen.«

Sanchez zügelte seinen plötzlich aufkeimenden Unmut. Er schnaubte. »Azikiwe hat mir gar nichts zu befehlen.« Er zwang sich, etwas runterzukommen. Einen gleichrangigen Offizierskollegen vor Untergebenen niederzumachen, war schäbig und schlechter Stil. »Aber er hat recht«, gab er widerwillig zu. »Das ist jedoch kein Grund, den Drizil nicht noch ein Geschenk zum Abschied zu machen.«

Colonel Nigel Azikiwe, Befehlshaber der 111. Fremdenlegion, ließ den Blick über das schweifen, was nur wenige Wochen sein Hauptquartier gewesen war.

Die Männer und Frauen waren eilig dabei, alle vorhandenen Unterlagen einzuäschern. Es durfte nichts verbleiben, was dem Feind in irgendeinem Umfang nutzen konnte. Bei den Unterlagen handelte es sich nicht nur um Daten zu den auf Barinbau stationierten Einheiten, sondern auch um geheime Meldungen und Kommuniqués, die Rückschlüsse auf die Verteidigungsbemühungen von Protektorat und Allianz in anderen Systemen zuließen. Unter anderem Equuro, Vector Prime und sogar Perseus.

Azikiwe seufzte, während er langsam seinen Helm in der Hand wog. Während des Krieges hatte er die 32. Legion auf dem Planeten Duramar befehligt. Fünf Jahre lang hatten sie dort die Stellung gehalten, hatten gekämpft, geblutet und waren gestorben, Seite an Seite mit den Soldaten von Miliz und imperialer Armee. Erst als die große Offensive über sie hinwegrollte, der letztendlich auch das Solsystem zum Opfer fiel, hatten sie ihre Stellung aufgegeben.

Monatelang waren sie umhergeirrt, eingepfercht in die wenigen Schiffe, die sie besaßen, bis sie schließlich Perseus erreichten und sich dort Rix und seinem Ziel anschlossen, irgendetwas von der Menschheit zu retten und ihre Freiheit zu erhalten. Zu diesem Zeitpunkt waren noch einhundertdreiundfünfzig Legionäre der einstmals stolzen 32. Legion übrig.

Er stieß einen tiefen Seufzer aus. Nun kommandierte er wieder eine Legion, doch er kam nicht umhin, Vergleiche anzustellen. Dabei kam die 111. nicht gut weg. Man musste zu ihrer Verteidigung anführen, dass sie aus den Überresten von gut drei Dutzend verschiedener Legionen bestand.

Natürlich gab es übergeordnete Vorschriften und Regeln des imperialen Militärs. Aber jede Legion besaß darüber hinaus eigene ungeschriebene Gesetze, eigene Arten, an eine bestimmte Situation heranzugehen. Und nun waren Tausende von Legionären gezwungen, zusammen in einer Einheit Dienst zu tun, ohne eine klare einheitliche Linie. Azikiwe hatte sich bemüht, dem Abhilfe zu verschaffen. Leider hatte Rix sie zu schnell ins Gefecht geworfen. Natürlich hatte der General der 18. keine andere Wahl gehabt. Trotzdem war es bedauerlich.

Die 32. Legion hatte Duramar fünf Jahre lang gegen alles gehalten, was die Drizil gegen das System schickten. Die 111. hatte Barinbau nicht einmal eine Woche halten können.

Duramar hatte natürlich wesentlich mehr Unterstützung genossen und wesentlich mehr Ausrüstung ihr Eigen genannt. Und doch war Azikiwe überaus unzufrieden. Trotz aller widrigen Umstände hätte die Fremdenlegion eine bessere Vorstellung zeigen sollen – zeigen *müssen.*

Er seufzte erneut. Ein Sergeant eilte herbei und öffnete seinen Helm. Das Gesicht des Mannes war wettergegerbt und braun gebrannt. Azikiwe fragte sich einen Moment, wie der Mann das schaffte, wo er doch die meiste Zeit in seiner Rüstung verbringen musste.

»Wir sind fast so weit, Colonel. In ein paar Minuten ist alles von Wert nur noch Asche.«

Azikiwe nickte leicht und ließ den Blick ein letztes Mal schweifen. Der Rauch der zahlreichen kleinen Feuer sammelte sich unter der niedrigen Decke. Bald würde die Luft hier drin nicht mehr auszuhalten sein. Er setzte seinen Helm auf. »Dann lassen Sie uns verschwinden, Sergeant.«

Das Gefecht verlief von Anfang an zu Mumfords Gunsten. Er verlor während des Fernkampfgefechts nur vier Schiffe, der Gegner sieben. Unter den gegebenen Kräfteverhältnissen stellte dies einen hervorragenden Schnitt dar. Dennoch wusste er, dass die Schlacht nicht zu gewinnen war.

Sein eigener Schlachtkreuzer und ein weiterer, die BATTLE AXE, schossen sich auf ein feindliches Intruder-Flaggschiff ein und fügten dem gegnerischen Großkampfschiff erhebliche Schäden zu. Dabei konzentrierten beide Schiffe ihren Beschuss auf bereits durch Torpedos zugefügte Breschen in der Panzerung.

Die schweren und mittelschweren Laserbatterien fraßen sich tief in das Metall und verbreiterten die größte Bresche mittschiffs. Der Intruder brach nach steuerbord aus, geriet dadurch jedoch in den Feuerbereich eines Ares-Angriffskreuzers, der das größere Schiff mit allem eindeckte, was ihm zur Verfügung stand.

Drei Warzenschweine der Allianz lieferten sich ein erbittertes Energiewaffengefecht mit ebenso vielen Drizilkriegsschiffen. Den Warzenschweinen gelang es sogar, die Stellung zu halten, und das, obwohl die Drizil an Feuerkraft und Panzerung überlegen waren.

Dann gesellten sich allerdings zwei feindliche Fregatten und ein Zerstörer hinzu. Gemeinsam überwältigten sie die Allianzschiffe binnen weniger Minuten. Eines der Warzenschweine detonierte so plötzlich, dass klar war, diesem Inferno war kein Mitglied der Besatzung entkommen. Ein zweites erlitt mehrere heftige Treffer unter dem Bug und oberhalb der Brücke. Der Captain versuchte noch, sein Schiff zu retten, indem er es aus der Gefahrenzone steuerte, doch es war bereits jetzt zu spät. Ein Volltreffer schaltete den Antrieb aus, ein weiterer die Brücke. Nur Augenblicke später verließen Dutzende Rettungskapseln das zum Untergang verurteilte Schiff.

Driziljäger stürzten herbei. Ihre Waffen tasteten ohne Mitleid nach den Flüchtenden. Die glücklicheren starben sofort, aber einige Kapseln wurden lediglich perforiert und ihre Insassen dem Vakuum preisgegeben.

Terranische Shadow- und Vanguard-Jäger eilten zu Hilfe und verwickelten die Drizil in eine heftige Jägerschlacht. Beide Seiten erlitten Verluste. Der Ausgang des Scharmützels entschied sich erst, als eine Staffel schwerer Mammoth-Jäger angriff und die Drizil zum Rückzug zwangen. Ein terranischer Träger nahm unterdessen die überlebenden Rettungskapseln an Bord.

Der Intruder, den die WINSTON CHURCHILL und zwei Begleitschiffe angegriffen hatten, war inzwischen lediglich noch ein im All treibendes Wrack. Zwei Zerstörer, die dem Schiff hatten zu Hilfe kommen wollen, hatten sich in eine Wolke driftender Trümmerteile verwandelt. Im Gegenzug hatte Mumford einen Träger, zwei weitere Warzenschweine, zwei Begleit- und einen Angriffskreuzer verloren. Und es strömten bereits weitere Feindschiffe durch das Loch im Minenfeld.

Mumford knirschte mit den Zähnen. »Befehl für die Torpedoboote«, befahl er gepresst. McCauley gab die Anweisung über ihr Datenpad weiter. Auf seinem taktischen Display beobachtete Mumford, wie ein großer Schwarm kleiner Objekte hinter zweien seiner Träger zum Vorschein kam. Wie ein Schwarm Piranhas stürzten sie sich auf den Gegner.

Dieser erkannte die Bedrohung augenblicklich und warf den Torpedobooten ein Netz aus Abwehrfeuer entgegen. Laser und Raketen prasselten auf die zerbrechlichen Schiffe ein. Bereits in den ersten Minuten des Angriffs verlor Mumford mehr als zwanzig der kleinen, wendigen Einheiten. Die restlichen hielten unbeirrbar auf den Gegner zu. Sie vollführten komplizierte Ausweichmanöver, als würden sie einen Tanz mit dem Feind abhalten. Bis sie auf Angriffsentfernung heran waren, ging gut ein weiteres Dutzend verloren. Doch dann entfalteten die verbliebenen Torpedoboote ihre ganze Kraft auf einen Schlag. Jedes schickte mehrere Schiffskillertorpedos auf die Reise. Die Boote konzentrierten sich auf den dichtesten Pulk des Gegners. Dieser wurde von vier Intrudern angeführt.

Die Lenkwaffen hämmerten förmlich auf den Gegner ein. Allein zwei Dutzend von ihnen schlugen in das Führungsschiff des Gegners ein. Sie brachen die Panzerung mühelos auf und ihre Detonationskraft pflanzte sich ungehindert bis in sensible Bereiche des Innenlebens vor. Der Intruder wurde von internen Sekundärexplosionen in Stücke gerissen.

Doch damit nicht genug, brachte der Torpedoangriff dem Gegner verheerende Verluste bei. Die Verteidiger verloren zwanzig weitere Torpedoboote. Bis der Angriff langsam abebbte, büßten die Drizil aber drei weitere Intruder und elf Begleitschiffe ein.

Die überlebende Feindflotte legte den Rückwärtsgang ein und zog sich behäbig hinter das Minenfeld zurück. Mumford ließ sie gewähren. Seine Torpedoboote zogen sich ebenfalls hinter die eigenen Linien zurück. Der Schwarm war im Vergleich zu vorher empfindlich geschrumpft. Mumford bezweifelte, dass sie noch mal von solch großem Nutzen sein würden.

Er warf einen Blick auf seine XO. Diese stand neben seinem Kommandosessel. Ein schmales Lächeln umspielte ihre Mundwinkel.

Mumford schüttelte den Kopf. »Kein Grund zur Freude, Jennifer. Die formieren sich lediglich neu und fordern vielleicht Verstärkung an. Aber wir haben sie bald wieder auf dem Hals, so viel ist sicher.«

McCauleys Lächeln schwand zusehends.

Die Schallgranaten explodierten inmitten der feindlichen Marschkolonne. Für Menschen klangen ihre Detonationen lediglich wie ein leises *Plopp*. Doch sie erfüllten die Luft auf den für Drizil hörbaren Frequenzen mit ohrenbetäubendem Kreischen, das selbst deren Rüstung nicht gänzlich ausblenden konnte.

Dutzende Drizil klappten einfach zusammen, Dutzende weitere krümmten sich unter unvorstellbaren Schmerzen. Einige rissen sich den Helm vom Kopf und fügten sich selbst schwere Verletzungen zu, indem sie sich mit eigenen Händen tiefe Wunden im Bereich der Ohren schlugen.

Colonel Benedikt Sanchez erhob sich geschmeidig hinter seiner Deckung. Zu beiden Seiten der Straßen verließen weitere Prätorianer ihre Stellung. Mit tödlicher Präzision woben sie ein vernichtendes Netz. Die Drizil saßen innerhalb von Sekunden im Kreuzfeuer fest. Sanchez hatte Ort und Zeitpunkt des Hinterhalts gut gewählt.

Die Drizil hatten nicht den Hauch einer Chance. Sie versuchten, den Menschen Widerstand entgegenzubringen. Sanchez erhielt über sein HUD die Meldung vom Tod dreier seiner Männer. Zwei weitere wurden verwundet. Von den Drizil überlebte kein einziger.

»Feuer einstellen!«, befahl er. Die Prätorianer gehorchten sofort, wenn auch einige mit deutlich erkennbarem Widerwillen. Sanchez verstand die Männer. Beim Fall der Erde hatte jeder von ihnen jemanden verloren: Freunde, Kameraden, Familienmitglieder und geliebte Menschen. Jeder von ihnen sann auf Rache. Dennoch waren sie Soldaten, die ihre Pflicht zu erfüllen hatten.

Sanchez ließ den Blick schweifen. In der engen Straße hatte es für die Drizil keine Deckung gegeben. Ihre Leichen lagen doppelt und dreifach übereinandergestapelt. Nichts rührte sich mehr. Der Prätorianeroffizier nickte zufrieden. Barinbau würde fallen. Nichts konnte daran etwas ändern. Aber er wollte verdammt sein, wenn die Fledermausköpfe diese Welt problemlos in ihre Finger bekamen.

»Colonel?«, hörte er Major Kuratows Stimme übers Kom. »Der Norden.«

Sanchez sah in die angegebene Richtung. Er fletschte mit den Zähnen. In der Ferne sanken weitere feindliche Truppentransporter nieder. Die Drizil bereiteten das Ende für die Verteidiger vor.

»Abrücken!«, befahl er. »Wir ziehen uns zu den Minen zurück. Hoffen wir, dass wir uns mit Azikiwe vereinigen können, bevor man uns den Weg abschneidet.« Er deaktivierte die Komverbindung. »Sonst wird es zappenduster für uns«, flüsterte er in die Stille seines Helms hinein.

»Bringt alles an Vorräten, Waffen und Munition in die Minen!«, schrie Azikiwe, obwohl dies gar nicht nötig war. Dank der Komverbindung, die zwischen den Kampfanzügen von Legionären bestanden, war seine Stimme ausnehmend gut zu verstehen. Doch niemand kam gegen den menschlichen Instinkt an.

Die Schlacht tobte mit unverminderter Härte und die 111. Fremdenlegion schlug sich herausragend. Sie hielt den Gegner auf Abstand, während die Evakuierung in vollem Gange war. Nicht nur Material wurde in die Minen geschafft, sondern auch noch Zivilisten, die nicht rechtzeitig die Schutzräume hatten aufsuchen können. Sie alle brachte man in die vorübergehende Sicherheit der Minenanlage.

Wie weit diese Sicherheit reichen würde, das vermochte Azikiwe natürlich nicht zu sagen. Platz war nicht das Problem. Die Anlagen verliefen unterirdisch mehrere Kilometer lang in jede Richtung. Größere Sorgen bereiteten ihm Wasser und Nahrungsmittel.

Er zog unvermittelt den Kopf ein, als ein Truppentransporter der Drizil im Tiefflug über ihre Köpfe hinwegzog und eine Position westlich von ihnen ansteuerte. Abwehrfeuer tastete nach dem Schiff, bis es außer Sicht geriet. Die Geschützbesatzung brachte ein paar gute Treffer an. Der Truppentransporter qualmte aus mindestens zwei Löchern am Heck. Als er hinter den Dächern verschwand. Azikiwe fluchte lautstark. Die Drizil richteten eine zweite LZ ein. Das war übel. Damit saßen die Verteidiger quasi zwischen zwei überlegenen Feindverbänden fest. Er hoffte, dass Sanchez sich beeilte, ansonsten hingen dieser und seine Prätorianer auf der falschen Seite der feindlichen Linien fest.

Azikiwe öffnete eine Funkverbindung zu einem seiner Adjutanten in der Mine. »Senden Sie eine Nachricht an Mumford. Er soll schleunigst verschwinden, bevor es zu spät ist. Die Kolonie ist gefallen. Wir ziehen uns jetzt endgültig in die Mine zurück. Haben Sie verstanden? Senden Sie sofort die Meldung.«

Als Azikiwes Nachricht Mumfords Flottenverband erreichte, befand sich dieser bereits auf dem Rückzug. Nur wenige Minuten zuvor hatten die Drizil in großer Zahl sowohl die Reste des Minenfelds als auch seine ohnehin geschwächten Abwehrlinien durchbrochen. Dabei hatte er neun weitere Schiffe und die Hälfte seiner verbliebenen Torpedoboote verloren. Die Reste seiner Jagdgeschwader landeten soeben auf den zwei überlebenden Trägern, die er noch sein Eigen nannte.

Mumford beobachtete mit flauem Gefühl in der Magengrube, wie weitere feindliche Truppentransporter in die Atmosphäre von Barinbau eindrangen, während ihre Großkampfschiffe den Planeten umkreisten. Vermutlich scannten sie in diesem Augenblick nach versprengten menschlichen Einheiten. Wer auch immer sich jetzt noch außerhalb der Minenanlagen befand, dem gnade Gott.

Er leckte sich über die aufgesprungenen Lippen. »Senden Sie umgehend eine Nachricht an Perseus«, wandte sich Mumford an seine XO, ohne aufzublicken. »Mit folgendem Wortlaut: ›Barinbau ist gefallen.‹«

Teil I.

Widerstand

1

Hannibal ad portas
lat.: Hannibal vor den Toren
(Warnruf der Römer)

30. Oktober 2856

Colonel Finn Delgado platzte unangemeldet und ohne anzuklopfen, in die hochkarätige Besprechung, an der unter anderem Colonel René Castellano, General Carlo Rix, Commodore Horatio Lestrade sowie Präsident Bastian Genaro teilnahmen. Sämtliche Augenpaare richteten sich auf ihn. Die Aufmerksamkeit aller war ihm gewiss. Finn stoppte schlagartig mitten in der Bewegung. Er richtete sich zu voller Größe auf.

»Wir haben Barinbau verloren«, erklärte er ohne Umschweife.

Rund um den Tisch wurden Flüche laut, Köpfe wurden geschüttelt und Schultern sackten schlagartig ab. Rix' Mimik verdüsterte sich zusehends.

»Mumford musste sich zurückziehen. Das Schicksal der Prätorianer sowie der 111. ist ungewiss«, fuhr Finn schwer atmend fort.

Es war Lestrade, der als Erster das Wort ergriff. »Wo ist Mumford jetzt?«

Finn eilte an den Holotank, um den sich alle versammelt hatten. Mit wenigen Handgriffen wurde das Barinbau-System hervorgehoben. Eine kleine Gruppe Symbole befand sich an dessen äußerstem Rand.

»Er hält eine Position am Rand des Systems. Außerhalb der Sensorreichweite der Drizil.«

Lestrade schnaubte. »Das hofft er. Wir wissen immer noch nicht, wie leistungsfähig Drizilsensoren sind. Wie viel Schiffe hat er noch?«

Finn neigte leicht den Kopf zur Seite. »Etwa ein Dutzend. Nicht genug, um etwas gegen die feindliche Streitmacht über Barinbau zu unternehmen. Unser Minenfeld vor Ort ist quasi zerstört. Die wenigen noch intakten Minen liegen so weit auseinander, dass sie für die Drizil keine Bedrohung darstellen. Wir müssen das System als verloren ansehen.«

Rix schürzte die Lippen. »Aktivität am Boden?«

Finn zögerte, bevor er auf diesen Punkt zu sprechen kam. »Die Fledermausköpfe unterhalten jetzt eine ziemlich große Streitmacht auf dem Planeten. Mindestens zwölftausend Mann. Zum Zeitpunkt von Mumfords Meldung befanden sich weitere feindliche Truppentransporter im Anflug.«

Rix nickte. »Dann gibt es zumindest noch einen Kern des Widerstands.«

Genaro blickte mit hochgezogenen Augenbrauen auf. »Und das schließen Sie woraus?«

»Die Bevölkerung des Planeten ist relativ klein und zentralisiert. Die Drizil müssten keine so starken Verbände auf dem Planeten stationieren, es sei denn, sie machten sich noch wegen irgendetwas Sorgen.«

»Verzeihen Sie, General«, warf Lestrade gedrückt ein, »aber das ist doch nur Wunschdenken. Wir müssen uns an Fakten halten.«

Rix schüttelte knapp den Kopf. »Azikiwe und Sanchez sind zwei sture Hundesöhne. Die werden nicht so leicht aufgeben. Und wir dürfen *sie* nicht aufgeben. Mit Barinbau verlieren wir einen wichtigen Dominostein unserer industriellen Basis. Ohne Barinbau wird es schwer, Kriegsschiffe und Rüstungen herzustellen.«

Genaro schürzte die Lippen. »Solange diese Offensive andauert, werden wir sowieso nichts produzieren können.«

»Trotzdem dürfen wir den Fall Barinbaus nicht auf die leichte Schulter nehmen«, hielt Lestrade dagegen. »Die freie Menschheit besitzt nicht mehr so viele Welten, als dass wir auch nur auf eine einzige verzichten könnten.«

Genaro sah auf. »Was schlagen Sie also vor?«

Lestrade streckte sich. »Wir erobern Barinbau zurück.«

Rix wirkte nicht überzeugt. »Besitzen wir dafür im Moment überhaupt die nötigen Mittel?«

»Ich könnte innerhalb eines Tages mit einem umfangreichen Flottenverband von Perseus aus aufbrechen.«

Rix' Augenbrauen zogen sich drohend zusammen. »Das ist nicht Ihr Ernst. Damit wäre der Perseus-Sektor praktisch ungeschützt.«

»Nach der gescheiterten Meuterei und der anschließenden Okkupation der Drizil steht Perseus derzeit nicht sehr hoch oben in der Prioritätenliste der Fledermausköpfe. Inzwischen verfolgen sie andere Ambitionen.«

Genaro nickte. »Die Allianz.«

Rix warf dem Präsidenten der AVK einen mitfühlenden Blick zu. »Wie steht es an dieser Front?«

Genaro machte einen niedergeschlagenen Eindruck. »Nicht gut. Cosa Tauri hält stand, aber Driziltruppen haben unsere Linien bei Equuro durchbrochen und sind in großer Zahl gelandet.«

Rix schürzte die Lippen. »Welche Verbände stehen auf beiden Planeten?«

Genaro holte zwei Systeme in den Vordergrund des Hologramms. Die Anwesenden folgten seinen Ausführungen gebannt. »Auf Equuro stehen fünfundzwanzigtausend Mann und auf Cosa Tauri zweiunddreißigtausend. Allesamt reguläre Allianzinfanterie.«

»Ungepanzert?«, wollte Rix wissen.

Genaro nickte. »Leider. Die Zeit reichte bei Weitem nicht, um all unsere Soldaten mit den neuen Rüstungen nach imperialem Vorbild zu versorgen. Die Fabriken der Allianz arbeiten auf Hochtouren, um die Nachfrage zu befriedigen, doch fünf Jahre waren einfach nicht genug, um uns auf den Krieg vorzubereiten.«

»Vielleicht zielt der Angriff der Drizil gegen die Allianz genau darauf ab«, meinte Finn nachdenklich. »Wir wissen, dass der Feind weit besser informiert ist, als wir uns hätten träumen lassen. Falls sie davon wissen, dass wir die Allianz mit Know-how und technischen Mitteln versorgen, dann würden sie unter allen Umständen verhindern wollen, dass Genaros Leute zu einer ernsthaften Bedrohung werden. Ungepanzerte Infanterie ist für Drizil in voller Kampfmontur auf die Dauer keine Gefahr.«

»Möglich wäre es«, stimmte Rix zu. Er fixierte Genaro mit festem Blick. »Jetzt mal Klartext, wie viele gepanzerte Soldaten besitzt die Allianz inzwischen?«

Genaro zögerte kurz und deutete schließlich auf das Hologramm. »Siebentausend auf Equuro, sechstausend auf Cosa Tauri. Mehr als vierzigtausend Rüstungen befinden sich in der Endphase der Fertigung, sind aber noch nicht gefechtstauglich. Hätten wir ein Jahr mehr Zeit gehabt, würde die Sache anders aussehen. Aber die Umrüstung unserer Fabriken auf imperialen Standard nahm zu viel Zeit in Anspruch. Unsere Techniker hatten mit allerhand Problemen zu kämpfen.«

Rix stieß einen Schwall Luft aus. »Dreizehntausend gepanzerte Allianzsoldaten schaffen es auf die Dauer auch nicht gegen diese Übermacht.«

Genaro markierte ein weiteres System und vergrößerte die Ansicht. »Ich war noch nicht fertig. Das ist das Akka-System. Es ist unbewohnt und bis auf seine Lage von keinem großen Wert. Die Allianz unterhält dort eine große Militärbasis. Dort stehen weitere zwanzigtausend gepanzerte Soldaten. Ich werde mich dorthin begeben und persönlich das Kommando übernehmen. Von Akka aus ist Equuro in weniger als drei Tagen zu erreichen. Ich habe veranlasst, dass sich sämtliche Raumstreitkräfte der Allianz dort zu einem massiven Gegenschlag sammeln. Fast hundert Kriegsschiffe sind bereits vor Ort und erwarten meine Befehle.« Er schürzte die Lippen. »Bei fast der Hälfte handelt es sich jedoch um Warzenschweine.«

»Wird das reichen, um die Belagerung von Equuro zu durchbrechen?« Rix ließ das Hologramm nicht aus den Augen.

»Ich hoffe es«, entgegnete Genaro. »Sobald der Kampf um Equuro beendet ist, sehen wir, was von diesen Truppen noch übrig ist, und wenden uns der feindlichen Blockade um Cosa Tauri zu. Anschließend führe ich meine Kräfte zurück ins Protektorat.«

Rix nickte. »Das bringt uns zu Vector Prime.« Er hob den Blick in Lestrades Richtung. »Commodore?«

»General Great Bear hält die Stellung auf dem Planeten und Commodore van Bergen führt die Verteidigung im Raum. Beide haben einen schweren Stand. Ohne die Raumstation und ihre schweren Waffen wäre der Kampf vermutlich bereits verloren.«

»Das Minenfeld?«

»Nicht mehr existent. Commodore van Bergen schickt ständig Minenleger raus, um es zu erneuern und den Drizil das Leben schwer zu machen. Doch drei von fünf Minenlegern kehren nicht zurück. Die Verluste werden langsam ein Problem.«

Rix seufzte. »Das waren sie schon immer.« Er überlegte angestrengt. »Also gut. Wir teilen das auf, was wir noch an Kräften haben. Ich nehme die 18. Legion und mache mich auf den Weg nach Vector Prime. Commodore Lestrade, Sie begeben sich nach Barinbau und erobern das System zurück. Haben Sie dafür genügend Kräfte?«

Lestrade warf Finn einen kurzen Blick zu. »Ich könnte zwei Kohorten der Schattenlegion gebrauchen.«

Finn warf Rix einen Erlaubnis heischenden Blick zu. Dieser nickte ernst. Finns Blick glitt zurück zu Lestrade. Er lächelte. »Commodore. Das lässt sich einrichten.«

Daniel Red Cloud schritt über eine weite, karge Ebene. Die Luft wurde dominiert von heißen, giftigen Gasen. Hier gab es auf den ersten Blick nichts Lebendiges. Nichts konnte hier existieren. Und doch konnte er hier atmen. Mehr noch, er wusste, dass er nicht allein war. Jemand beobachtete ihn. Er konnte es spüren.

Er sah zum Himmel. Über ihm spannten sich bläuliche Wolken vor einem grün schimmernden Himmel. Die fernen Sterne waren durch diesen Dunst kaum zu erkennen.

Er hob die Stimme. »Hallo?« Niemand antwortete ihm. »Ist da jemand?« Erneut keine Antwort. Daniel wurde wütend. »Zeig dich. Ich weiß, dass du da bist.«

Die Luft begann vor ihm leicht zu flimmern, als wäre er in einer Wüste und eine Fata Morgana würde sich direkt vor seiner Nase materialisieren.

Eine Gestalt wuchs vor ihm aus dem Boden. Erst klein, dann wurde sie riesengroß. Daniels Augen weiteten sich. Die Kreatur ähnelte entfernt den Beschreibungen einer Qualle von der Erde. Von denen hatte er schon gehört. Doch diese hier war so fremdartig, dass es beinahe in den Augen wehtat, sie auch nur anzusehen. Sie maß gut und gerne fünf Meter. Ihre zahlreichen Tentakel bewegten sich ohne Unterlass, trotzdem schien sie auf diesen dürren Gebilden auf dem festen Boden zu stehen. Der Körper der Qualle waberte und veränderte ständig seine Form.

Die Kreatur besaß keine Augen und doch war sich Daniel sicher, von ihr beobachtet zu werden. Sie war sich seiner Existenz bewusst.

»Ala gri gamma dau«, sprach die Kreatur endlich. Daniel verstand kein Wort und schrak zusammen. Aus irgendeinem Grund hatte er nicht erwartet, die Kreatur könne überhaupt sprechen.

»Ala gri gamma dau«, wiederholte das Wesen. Diesmal lauter. Außerdem schien es wütend zu werden. Oder vielleicht frustriert?

Daniel breitete in einer – wie er hoffte – friedlichen Geste beide Arme aus, die leeren Handflächen nach oben. Dies war in der Galaxis das universelle Zeichen für *unbewaffnet*. Selbst die Drizil verstanden das. Er hoffte nur, dieses Wesen verstand es ebenfalls.

»Ich verstehe dich nicht.«

Das Wesen zögerte. Plötzlich glitt es näher, so schnell, dass der Legionär einfach nur wie versteinert dastand. Die Tentakel der Qualle peitschten vor und ihre Stimme dröhnte in Daniels Kopf. »Wo bist du?«

Daniel erwachte schweißgebadet. Er richtete sich mühsam auf. Sein Blick glitt beinahe wie in Panik umher. Doch seine kleine Kammer in der Kaserne auf Perseus war leer. Es drohte ihm keine unmittelbare Gefahr. Sein Mund fühlte sich an, als hätte er seit einem Tag nichts getrunken. Neben seiner Pritsche stand eine Wasserflasche. Er öffnete sie und stürzte den ganzen Inhalt in einem Zug hinunter, obwohl man ihn während der Ausbildung etwas anderes gelehrt hatte. Es half nicht viel. Seine Kehle brannte immer noch wie die Hölle. Er richtete sich halb auf.

Sein Blick glitt auf die Rüstung mit den neuen Rangabzeichen, die im Ständer neben der Tür stand. Die Verbindungsstücke waren geöffnet, damit der Träger sie in Sekundenschnelle ohne Hilfe anlegen konnte. Die Abzeichen eines Captains glänzten.

Vor nicht einmal einer Woche hatte Finn Delgado sein Versprechen eingelöst und Daniel zum Captain mit dem Befehl über eine eigene Zenturie der Schattenlegion betraut. *Tod in der Finsternis* lautete ihr Name. Und wie jede Minute seither ging ihm immer wieder die Frage durch den Kopf, ob er bereit dafür war.

Es klopfte mit einem Mal an der Tür. Sie ging auf, bevor Daniel die Person hereinbitten konnte, und plötzlich stand Finn Delgado vor ihm. »Red Cloud? Rufen Sie Ihre Leute zusammen. Es geht los. Wir haben einen Auftrag.«

Delgado wollte sich umdrehen und schon wieder entfernen, als sein Blick sich mit dem Daniels kreuzte. Der Kommandant der Schattenlegion erkannte auf den ersten Blick, dass etwas nicht stimmte. Er seufzte. »Schon wieder derselbe?«

Daniel nickte gepresst und ließ den Kopf hängen. »Derselbe«, bestätigte er. »Seit über einer Woche immer derselbe Albtraum.«

Delgado trat näher und setzte sich auf die Kante der Pritsche. Der Offizier trug volle Kampfmontur und das Bett quietschte besorgniserregend unter dem beträchtlichen Gewicht. »Das hängt vielleicht einfach nur mit der Beförderung zusammen. Angst vor der Verantwortung nennen das die Psychologen, glaube ich.«

Daniel warf die Decke zurück und wischte sich den letzten Schweiß von der Stirn. »Es ist mehr – und das wissen Sie. Irgendetwas geht mit mir vor. Irgendetwas stimmt nicht. Schon seit mich die verfluchten Fledermausköpfe in diesen Stuhl gesetzt und in die Nefraltirianlage eingestöpselt haben.«

Delgado schürzte die Lippen. »Die Ärzte erklären Sie für diensttauglich.«

»Es ist mir scheißegal, was diese Quacksalber sagen. Es geht darum, wie ich selbst mich fühle. Und diensttauglich würde ich das auf keinen Fall nennen.« Sein Blick suchte den Delgados. »Sie müssen mich zurücklassen. Ich gefährde die Einheit. Wenn ich im falschen Moment ausraste …« Er ließ den Satz vielsagend ausklingen.

Delgado hob eine Augenbraue. »Sind Sie denn schon mal ausgerastet?«

Daniel räusperte sich verhalten. »Nein, das nicht. Das heißt aber nicht, dass es nicht dazu kommen könnte. Ich vertraue mir einfach selbst nicht.«

Delgado nickte. »Das ist in der Tat ein Problem. Doch so wie ich das sehe, leiden Sie lediglich an Albträumen. Solange Sie wach sind, ist noch nie etwas vorgefallen, was sie dienstuntauglich machen würde. Aus diesem Grund ist Ihr Gesuch abgelehnt. Sie kommen mit.«

Daniel ließ niedergeschlagen die Schultern sacken. Delgado legte ihm kameradschaftlich die Hand auf die Schulter. »Hören sie, Red Cloud. Wir stehen gerade mit dem Rücken zur Wand. Die Allianz kämpft in diesem Moment ums Überleben und im Protektorat sieht es auch nicht besser aus. Würde es nach mir gehen, würde ich Sie hierlassen. Nur zur Sicherheit. Doch wir brauchen jeden einzelnen Mann und jede Frau, die eine Waffe halten können. Und deshalb … reißen Sie sich gefälligst zusammen. Verstanden?« Daniel erwiderte nichts. Delgado fixierte den Legionär mit festem Blick. »Kann ich auf Sie zählen?«

Daniel überlegte kurz und reckte schließlich das Kinn. »Natürlich, Sir.«

Delgado lächelte, Daniel entging dennoch nicht der Ausdruck in den Augen seines befehlshabenden Offiziers. Der Mann forschte nach einer Schwachstelle, die während der Mission zu einem gefährlichen Hindernis werden könnte. Daniel verbannte jede Unsicherheit tief in seinem Geist und konterte den Blick Delgados mit mehr Gelassenheit, als er tatsächlich empfand. Delgado entspannte sich schließlich ein wenig und nickte. »Gut.« Der Befehlshaber der Schattenlegion erhob sich trotz seiner Rüstung extrem geschmeidig. »Rufen Sie Ihre Leute zusammen. Wir brechen in zwei Stunden auf.«

Daniel sah auf. »Und wo geht's hin?«

Delgados Miene wurde zu Eis. »Nach Barinbau. Wir erteilen den Fledermausköpfen eine Lektion, die sie so schnell nicht vergessen.«

2

Captain Edgar Cutter von der Zenturie *Dunkler Sturm* der Schattenlegion stürmte ohne Ankündigung in die Unterkunft seiner Legionäre. »Hoch mit euch! Faules Pack! Es gibt Arbeit!«

Die Legionäre waren schlagartig wach, rollten sich von ihren Pritschen und legten ohne Umschweife ihre Rüstungen an. Die Soldaten reagierten in höchstem Maße professionell. Der Eindruck überkam Edgar, einige von ihnen waren wach gewesen und hatten bereits auf sein Eintreten gewartet. Die Informationen über die bevorstehende Gegenoffensive war unter strengem Verschluss gehalten worden, doch es sickerte immer etwas durch. Die Buschtrommeln funktionierten also noch.

Becky war eine der Ersten, die in voller Montur vor ihm stand. Die inzwischen zum Lieutenant beförderte Becky Lacroix diente ihm als Adjutantin innerhalb der Zenturie und diese Aufgabe löste sie famos. Edgar lächelte leicht. Solange sie sich nicht gerade in anderen Betten herumlümmelte. Diese Verhaltensweise würde sie wohl nie ganz abstellen können.

Sein Lächeln verblasste wieder. Vielleicht machte sie das ganz richtig so. Niemand wusste, ob das Neue Protektorat die nächsten Wochen überleben würde. Man sollte leben, als wäre jeder Tag der letzte. Denn dies konnte durchaus so sein.

»Becky, bring sie auf Vordermann«, ordnete Edgar an und verließ die Unterkunft zügig. Hinter sich hörte er seine Kameradin brüllen und Legionäre, die nicht schnell genug waren, antreiben.

Edgar wartete ungeduldig auf dem Hof vor dem Quartier. Weitere Zenturien der 1. und 2. Kohorte der Schattenlegion stürmten aus den Türen und nahmen vor dem Gebäude Aufstellung. Es waren die einzigen Einheiten der Legion, die sich derzeit auf Perseus befanden. Die 3. und 4. standen auf Vector Prime, die 5. auf Equuro, wo sie bei der Verteidigung halfen. Die beiden in Ausbildung befindlichen Kohorten waren ebenfalls mobilisiert worden und befanden sich derzeit im Transit im Hyperraum Richtung Akka, wo sich das Gros des Allianzmilitärs für den Gegenschlag sammelte.

Die Zenturie *Dunkler Sturm* nahm Aufstellung, zweihundertzwanzig der derzeit besten menschlichen Kämpfer. Die Legionäre Vincent Turner und Galen Fuentes standen mit ausdrucksloser Miene in der ersten Reihe. Beide waren inzwischen zum Sergeant ernannt. Sie ließen sich die Beförderung jedoch nicht zu Kopf steigen. Wie beim Militär üblich, starrten die Soldaten auf einen imaginären Punkt hinter Edgar.

Edgar schritt langsam die Formation ab, nahm sich Zeit, jeden einzelnen der Männer und Frauen mit persönlichem Nicken zu begrüßen, bevor er zu sprechen begann.

»Meine Damen und Herren, die meisten von Ihnen werden es bereits geahnt haben. Es geht los. Wir ziehen in den Krieg.« Die Legionäre blieben an und für sich regungslos. Nur bei einigen zuckten kurz Muskeln in der Mimik, bevor sie sich wieder unter Kontrolle hatten. Vor allem bei unerfahrenen Mitgliedern der Einheit fiel das auf.

»Für einige von Ihnen wird es das erste Mal sein, dass Sie ins Gefecht ziehen. Für andere wird es wie ein Tag im Büro sein.« Edgar blieb stehen und fixierte die angetretene Formation mit festem Blick. »Ich weiß, was andere Kommandeure an diesem Punkt sagen. Sie sagen, Sie werden es alle schaffen – um Ihnen Mut zu machen. Doch ich werde Sie nicht anlügen. Wenn sich der Rauch der Schlacht verzogen hat, werden nicht mehr alle von Ihnen hier stehen. So tragisch es ist, einige von Ihnen werden Perseus nur im Leichensack wiedersehen.«

Leichte Unsicherheit trat in die Augen einiger Legionäre. Edgar fuhr ungerührt fort. »Sie haben die beste Ausbildung genossen, die man sich nur vorstellen kann. Jeder von Ihnen ist hervorragend vorbereitet auf die Tage, die vor uns liegen. Halten Sie sich an Ihre Ausbildung und vertrauen Sie den Kameraden an Ihrer Seite. Mehr kann niemand tun. Sie sind das Beste, was die Menschheit vorweisen kann.« Edgar schnaubte. »Beweisen wir es dem Protektorat.« Edgar wollte sich abwenden, hielt jedoch inne. »Und noch eines: Ich sagte, dass einige von Ihnen Perseus in einem Leichensack wiedersehen werden. Es wäre mir aber wesentlich lieber, wenn Sie dafür sorgen, dass die Drizil in ihre Heimat in einem

Leichensack zurückgeschickt werden.« Gelächter brandete unter den Legionären auf und die Spannung legte sich.

»Sergeant Fuentes, Sergeant Turner, bringen Sie die Zenturie auf Trab.«

Die beiden Unteroffiziere traten vor die Legionäre und machten ihnen durch gebrüllte Anweisungen Beine. Sie trieben die Soldaten im Laufschritt in Richtung Raumhafen, wo bereits ein Transporter wartete, der sie ins All bringen würden.

Becky wollte sich der Truppe anschließen, doch Edgar hielt sie zurück. Sie warf ihm einen verwunderten Blick zu, dem dieser gelassen begegnete.

»Wir haben ein anderes Ziel.«

Wie aufs Stichwort brauste ein Fahrzeug heran und hielt direkt neben den beiden Legionären. Es handelte sich um einen umgebauten Geländewagen, sodass Legionäre in voller Rüstung im hinteren Teil Platz nehmen konnten. Der Wagen sackte trotzdem etwas ab und quietschte bedrohlich, als sowohl Edgar als auch Becky einstiegen und sich auf die Rückbank setzten.

Der Fahrer brauste in dem Moment los, in dem Beckys Hinterteil den Sitz berührte. Und er hatte es ziemlich eilig. Der Fahrer verließ das Kasernengelände in Richtung Norden. Edgar spürte, dass Becky Fragen hatte. Er war überaus dankbar, dass sie sich zurückhielt.

Schon bald war klar, wohin sie fuhren. Edgar spürte, dass Beckys Verwirrung wuchs, doch noch immer hielt sie ihre Fragen zurück.

Sie erreichten ein kleines Flugfeld, auf dem ein Shuttle bereitstand. Dieses Areal war eigentlich höheren Offizieren vorbehalten. Der Wagen hielt direkt vor der Einstiegsluke. Edgar und Becky stiegen ohne Umschweife aus und schlenderten eilig die Rampe hinauf. Im Inneren wurden sie bereits erwartet.

Colonel Finn Delgado und Captain Daniel Red Cloud saßen festgeschnallt in ihren Sitzen, zusammen mit fast einem Dutzend weiterer Offiziere. Es handelte sich allesamt um Zenturienkommandanten der Schattenlegion sowie deren Adjutanten. Auch Delgado war nicht allein. Die inzwischen zum Major beförderte Jessy Mondego saß auf dem Platz zu seiner Rechten. Lediglich Daniel hatte keinen mitgebracht. Er starrte nachdenklich durch das Bullauge.

Delgado nickte den Neuankömmlingen freundlich zu. Becky setzte sich gleich auf den Sitz zur Linken des Colonels, was bei Edgar ein missbilligendes Stirnrunzeln auslöste. Er kannte diesen Blick. Sie hatte es auf den Colonel abgesehen. Er seufzte. Sich mit höheren Dienstgraden einzulassen, brachte nichts als Ärger. Aber Beckys Jagdinstinkt war mal wieder geweckt worden. Der Sitz neben Daniel Red Cloud war frei und so wählte er diesen Platz. Dieser reagierte mit keinem Muskelzucken, als sich der andere Legionär neben ihn quetschte.

Die Rampe schloss sich und das Shuttle hob ab. Sie stiegen schnell höher und verließen bereits nach wenigen Minuten die Atmosphäre.

Edgar sah an Daniel vorbei aus dem Bullauge. Heftige Aktivität beanspruchte das All rund um Perseus. Die Spuren der Raumschlacht gegen die Drizil waren immer noch überall deutlich zu sehen. Dutzende Wracks und Tausende Trümmer machten das Navigieren zum Wagnis. Trotzdem pendelten Hunderte kleiner Nachschubtender zwischen dem Planeten und den imperialen Kriegsschiffen. Sie beförderten Lebensmittel, Gegenstände des täglichen Gebrauchs sowie Waffen und Munition. Sie bereiteten die Flotte auf den Krieg vor.

Edgar schätzte, dass sich derzeit gut siebzig Schiffe im Perseus-System aufhielten. Wenige Tage zuvor waren es noch beinahe doppelt so viele gewesen, doch die AVK hatte ihre Einheiten abgezogen. Unter Führung von Bastian Genaro waren sie auf dem Rückweg in die Allianz, um ihre Heimat zu verteidigen.

Daniel schwieg die ganze Zeit über. Dies nervte Edgar so sehr, dass er schließlich selbst das Gespräch suchte – wenn auch auf etwas plumpe Weise. Er zog leicht eine Augenbraue hoch.

»Na, Kumpel? Alles klar?«

Daniel versteifte sich für einen Moment. Edgar wurde klar, dass der Mann so in Gedanken versunken gewesen war, dass er weder etwas vom Flug noch von Edgars Anwesenheit mitbekommen hatte. Er wandte sich seinem Freund und Offizierskollegen zu. Edgar bemühte sich, den Schock, den er empfand, zu verbergen. Daniel Red Cloud wirkte, als wäre er gerade aus einem Tiefschlaf erwacht – aber aus keinem besonders erholsamen. Seine Augen wirkten eingefallen und dunkle Ringe hatten sich unter ihnen gebildet.

»Edgar? Schön, dich zu sehen.«

»Schön … auch dich zu sehen«, zögerte Edgar. »Geht es dir gut?«

»Ja, alles bestens«, erwiderte der Legionär.

Edgar zögerte erneut. Vermutlich wäre es besser gewesen, den Mund zu halten, doch das war einfach nicht seine Art. »Tut mir leid, Kumpel, aber du siehst echt scheiße aus.«

Daniels Lippen verzogen sich zu einem leichten Schmunzeln. Es war die erste echte Gefühlsregung, die Edgar an dem Mann wahrnahm.

»Feinfühlig wie immer«, entgegnete Daniel sarkastisch, jedoch nicht unfreundlich. Seine Miene wurde aber schnell wieder ernst. »Ja, es geht mir gut. Keine Sorge.«

Edgar glaubte ihm kein Wort. Er wollte es nicht so deutlich sagen, doch der Mann wirkte wie ausgekotzt. Edgar startete einen neuen Versuch. »Falls dich etwas beschäftigt ...« Er ließ den Satz vielsagend ausklingen.

Daniel nickte. »Danke. Ich komme bei Gelegenheit darauf zurück.« Mit diesen Worten wandte er sich erneut den Vorgängen vor dem Bullauge zu, als hätte er nie etwas Faszinierenderes erlebt. Das Gespräch war soeben einseitig beendet worden.

Edgar biss sich leicht auf die Unterlippe. Daniel hatte gelogen. Er würde sich nicht Hilfe suchend an Edgar wenden. Und diese Erkenntnis bereitete ihm große Sorge. Was mochte an dem Mann nagen, dass er sich nicht einmal einem Freund anvertrauen wollte?

Den Rest des Fluges über verbrachten sie in gedrücktem Schweigen. Die übrigen Insassen bekamen von Edgars Dilemma nichts mit und tuschelten angeregt miteinander, sodass der Innenraum von Gemurmel erfüllt war. Wie Hintergrundrauschen bei einem alten Radio. Hin und wieder hörte er Becky lachen, während sie mit Finn Delgado scherzte.

Edgar sah erneut an Daniel vorbei aus dem Bullauge. Der Rumpf der VENGEANCE wurde voraus immer größer. Sie hatten ihr Ziel beinahe erreicht.

Einer der Beiboothangare öffnete seine Tore wie das Maul einer Bestie und verschluckte das kleine Schiff. Das Shuttle setzte sanft auf und die Rampe öffnete sich. Offiziere und Adjutanten verließen es zügig und formierten sich zu Zweiergruppen. Gemeinsam verließen sie den Hangar und schlenderten durch mehrere Korridore. Daniel Red Cloud bildete allein das Schlusslicht und beteiligte sich auch weder an Spekulationen noch an allgemeinen Gesprächen.

Nach einer gefühlten Ewigkeit erreichten sie einen Besprechungsraum, in dem bereits Commodore Horatio Lestrade auf sie wartete. Die Menge verteilte sich rund um den Holotank. Lestrade wartete geduldig, bis sich alle einen Platz gesucht hatten und Ruhe einkehrte. Die Männer und Frauen warteten gespannt. Lestrade nickte zufrieden.

»Man hat sie inzwischen informiert, dass wir zur Rückeroberung nach Barinbau aufbrechen, nehme ich an«, begann der Commodore. »Die Operation besteht aus zwei Phasen. Die erste ist der Schlag gegen die feindlichen Besatzungstruppen vor Ort. Unser Einsatz gilt allerdings weniger den dortigen Rohstoffvorkommen als vielmehr der örtlichen Bevölkerung. Solange die Driziloffensive andauert, nutzen uns die Minenanlagen ohnehin nicht viel, und an Abbau beziehungsweise industrielle Nutzung der abgebauten Ressourcen ist nicht zu denken.«

In diesem Moment durchlief ein leichtes, kaum wahrnehmbares Zittern den Schiffsrumpf. Die Legionäre wechselten überraschte Blicke. Lestrade hingegen lächelte. »Ganz recht. Wir springen bereits. Unser erstes Ziel ist Vector Prime, wo wir Commodore van Bergen sowie General Great Bear mit Nachschub sowie Verstärkung versorgen werden. Der Transit wird etwa drei Wochen in Anspruch nehmen. Zeit genug, dass wir uns etwas wegen Barinbau überlegen können.«

Einer der Offiziere rümpfte die Nase. »Zeit genug, dass die sich eingraben können.«

Edgar warf dem Mann einen missbilligenden Blick zu. Da war er nicht der Einzige. Delgado spießte den Offizier mit seinem stechenden Blick praktisch auf und brachte diesen damit zum Erröten. Der Mann trat unruhig von einem Bein auf das andere, bis Delgado ihn endlich aus dem Zentrum seiner Aufmerksamkeit entließ. Lestrade ließ sich davon jedoch gar nicht erst beeindrucken. Sein Lächeln und sein Selbstbewusstsein waren ungebrochen.

»Ganz recht. Der Gegner wird die Zeit nutzen. Ein Grund mehr, dass wir uns etwas einfallen lassen, mit dem wir den Drizil einen Schlag versetzen können.«

Edgar hob den Kopf und gab damit zu verstehen, er wolle eine Frage an den Commodore richten. Lestrades Blick fokussierte sich auf ihn. »Ja, Captain Cutter?«

»Was wissen wir über die Drizilverbände vor Ort?«

Lestrade nickte. »Eine gute Frage. Captain Mumford versorgte uns mit Scans der in das System eingedrungenen Schiffe und Truppentransporter.

Wenn man die Einheiten abzieht, die die Fledermausköpfe während der Eroberung des Systems verloren haben, dann verfügten sie zum Zeitpunkt von Mumfords Übertragung über annähernd hundert Schiffe und gut zwanzig- bis dreißigtausend Mann Bodentruppen.«

Ein Raunen ging durch die Menge. Delgado schürzte die Lippen und ergriff das Wort. »Die Bodentruppen machen mir keine Sorgen. Mit denen werden wir fertig. Doch ihr Verband umfasst nur – wie viel? – etwa achtzig Schiffe?«

»Achtundsiebzig«, korrigierte Lestrade ungerührt.

»Achtundsiebzig terranische Schiffe gegen mindestens hundert Drizileinheiten. Ein direkter Schlagabtausch wäre Selbstmord.«

»Sechzig«, korrigierte Lestrade erneut.

Delgado neigte den Kopf leicht zur Seite. »Wie bitte?«

»Es werden nur sechzig Schiffe nach Barinbau springen. Die übrigen bleiben unter van Bergens Kommando bei Vector Prime, um dessen Kräfte zu stärken.«

»Sechzig Schiffe«, wiederholte Delgado, »und das, was von Mumfords Einheiten noch übrig ist. Die dürften allerdings in relativ schlechtem Zustand sein, nachdem die Drizil sie aus dem inneren System gekickt haben.«

»Davon ist auszugehen«, nickte Lestrade.

»Ihnen ist schon klar, dass die Kräfteverhältnisse nicht zu unseren Gunsten stehen?«

Lestrade seufzte. »Und was wäre die Alternative?«

»Wir könnten uns bei Vector Prime verschanzen und erst einmal dort helfen, die Drizil in Schach zu halten«, warf Edgar ein.

Lestrade seufzte erneut. »Das wird nicht ewig funktionieren. Früher oder später werden die Drizil bei Vector Prime Fuß fassen und dann ist es umso wichtiger, dass Barinbau sich wieder in unserer Hand befindet. Ansonsten nehmen die Drizil Vector Prime aus zwei Richtungen in die Zange und das war es dann. Bisher müssen wir sie nur in einer Richtung abwehren. Das ist einer der Gründe, warum das System noch nicht ernsthaft in Bedrängnis geraten ist. Barinbau muss zurückerobert werden, falls das Neue Protektorat überleben soll.«

»Und wie schaffen wir das?«, wollte der Offizier, der zuvor so unbedacht gesprochen hatte, kleinlaut wissen.

Lestrade schürzte die Lippen. »Ich habe keine Ahnung. Deswegen sind Sie alle hier. Die Schattenlegion besteht zum überwiegenden Teil aus unkonventionellen Denkern. Deswegen habe ich Sie zu dieser Besprechung geladen.«

Delgado warf Edgar einen nachdenklichen Blick zu. Dieser seufzte und zuckte leicht die Achseln. Ihm fiel auch keine Möglichkeit ein, das Kräfteverhältnis in erforderlichem Umfang zu manipulieren.

Delgado merkte plötzlich auf. »Gibt es auch Daten über das Minenfeld?«

Lestrade schüttelte den Kopf. »Das ist kaum noch existent und dürfte für unsere Planungen nicht weiter relevant sein.«

»Das habe ich nicht gefragt«, versetzte Delgado.

Lestrade nickte einem Junioroffizier zu, der ein paar Einstellungen am Holotank vornahm. Mit einem Mal erwachte der Tank zum Leben und zeigte im Mittelpunkt eine schmutzig braune Welt. In ihrem Orbit tummelten sich Dutzende rote Symbole und einige grüne drängten sich in den Außenbereichen der stellaren Objekte – die Einheiten der Drizil und Terraner.

Auf den Anflugvektoren, die die Drizil hatten durchqueren müssen, erschienen mehrere gelbe Symbole. Delgado schürzte die Lippen. »Zwei Dutzend«, meinte er nachdenklich.

»So in etwa«, erwiderte Lestrade. »Nicht genug, um für die Schiffsbewegungen der Drizil eine Gefahr darzustellen. Wir bräuchten schon sehr, sehr viel Glück, damit einige feindliche Schiffe auf die Minen auflaufen.«

Delgado lächelte. »So wie sie jetzt liegen … vielleicht.«

Lestrade merkte beim Tonfall des Schattenoffiziers auf. »Interessante Formulierung. Was schwebt Ihnen vor?«

Daniel Red Cloud hatte unterdessen große Probleme, dem Gespräch zu folgen. Seine Haut fühlte sich klamm an und er litt unter ständig wiederkehrenden Schweißausbrüchen. Es kostete ihn große Mühe, überhaupt aufrecht zu bleiben.

Wo bist du?

Er schreckte so plötzlich auf, dass der Legionär neben ihm Daniel einen verwunderten Blick schenkte. Das Wesen in seinem Albtraum hatte diesen Satz gesagt und nun hämmerten diese drei Worte sogar durch seinen Kopf, während er wach war.

Wo bist du?

Erneut durchdrang dieser Satz seinen Geist. Was stimmte nur nicht mit ihm? Wurde er langsam verrückt? Vielleicht. Das war auch kein Wunder, wenn man bedachte, was die verdammten Fledermausköpfe mit ihm gemacht hatten.

Daniel schwankte leicht und ihm wurde übel. Er wusste nicht, wie lange er sich noch zusammenreißen konnte.

Edgar folgte Delgados Ausführungen fasziniert. Der Plan seines Vorgesetzten war nicht neu. Etwas Ähnliches hatte man getan, um die Drizilflotte über Perseus auszudünnen, bevor der eigentliche Angriff erfolgte. Viele gute Leute waren dabei gestorben. Um genau zu sein, fast die gesamte Einheit, die den Auftrag ausgeführt hatte. Doch er war erfolgreich gewesen. Und die terranisch-alliierte Flotte hatte den Blockadering um Perseus anschließend durchbrochen. Die Frage war nur, ob die Drizil noch mal darauf hereinfallen würden. Sein Blick glitt unbewusst zur Seite.

Was seine Aufmerksamkeit auf einmal in diese Richtung zog, wusste der Legionär selbst nicht so recht zu sagen. Vielleicht war es eher so eine Art Gefühl gewesen. Auf jeden Fall stockte ihm für einen Moment der Atem. Daniel Red Clouds Gesicht war aschfahl. Jedes Quäntchen Farbe war daraus gewichen. Und was beinahe noch schlimmer war – er schwankte bedenklich. Der Mann hielt sich mit einer Hand verstohlen am Holotank fest, um nicht endgültig aus den Latschen zu kippen.

Der Legionär hob plötzlich den Kopf. Es schien, als würde diese minimale Bewegung bereits all seine Kraft erfordern. »Bitte … würden Sie mich für einen Augenblick entschuldigen?« Mit diesen Worten stürmte Edgars Freund zur Tür hinaus, ohne auf die Erlaubnis zu warten. Edgar warf Delgado einen kurzen Blick zu. Dieser gab ihm mit einem knappen Nicken die Erlaubnis und Edgar stürmte Daniel hinterher.

Er brauchte nicht lange zu suchen. Daniel hatte einen der Sanitärräume aufgesucht und übergab sich dort lautstark. Es dauerte mehrere Minuten lang, bis sich nichts mehr im Magen befand, was der Mann von sich geben konnte. Seine Rüstung entpuppte sich dabei als recht hinderlich.

Edgar trat vorsichtig näher und legte Daniel die Hand auf die Schulter. »Daniel? Fehlt dir etwas?«

Im selben Moment, in dem er die Worte sprach, kam er sich bereits selten dämlich vor. Etwas Dümmeres hätte er nicht sagen können. Niemand übergab sich, dem *nichts* fehlte. Doch er fühlte sich selbst seltsam hilflos. Seinen Freund leiden zu sehen, nahm ihn ebenfalls mit.

Daniel blickte auf und wischte sich den Mund mit einem Stück Toilettenpapier ab. Edgar konnte dessen säuerlichen Atem riechen und bot alle Selbstbeherrschung auf, um nicht von Ekel überwältigt den Mund zu verziehen.

»Nicht wirklich«, gab der Mann zurück.

Edgar trat näher. »Was ist los mit dir? Das sieht dir gar nicht ähnlich.«

Daniel öffnete den Mund, um etwas zu sagen, schüttelte dann jedoch den Kopf und erhob sich schwerfällig. »Ich muss jemanden sprechen«, erwiderte er schlicht und verließ den Sanitärraum, ohne Edgar noch einmal anzusehen. Dieser vermutete, sein Kamerad empfinde Scham darüber, dass er ihn auf diese Weise gesehen hatte.

Edgar schluckte schwer und schlenderte zum Besprechungsraum zurück. Erwartungsvolle Blicke empfinden ihn, doch niemand stellte die Frage laut, die er in vielen Gesichtern aufblitzen sah.

Delgado hob leicht den Kopf an. Edgar schüttelte lediglich das Haupt. Er kannte die Antwort auf diese Frage selbst nicht. Delgado nickte und ließ es dabei bewenden. Alle wandten sich erneut Lestrade zu.

»Wir haben gerade die letzten Details zum Angriff auf Barinbau geklärt«, erläuterte Lestrade dem immer noch verwirrten Edgar, der Probleme hatte, sich erneut zu konzentrieren. Daniels Ausraster spukte ihm immer noch im Kopf herum.

»Sie erwähnten, dass unsere Operation aus zwei Phasen besteht«, sprang Delgado helfend ein.

Der Commodore sammelte sich. »Ganz recht. Die Zenturie von Captain Cutter und einige weitere werden nicht mit uns nach Barinbau fliegen.«

Nun blickte Edgar ruckartig auf. Seine Konzentration kehrte zurück. Er runzelte die Stirn. »Sir? Wie darf ich das verstehen? Meine Einheit wäre dort von großem Nutzen.«

»Das ist wahr«, stimmte Lestrade zu. »Doch es gibt einen Ort, an dem sie von noch größerem Nutzen ist. Seit Beginn der Offensive führten Torpedoboote begrenzte Aufklärungsflüge rund um das Protektorat durch. Es ist uns gelungen, ein Netz von Aufmarschbasen sowie Nachschubposten zu enttarnen. Die Drizil nutzen es, um einen ständigen Nachschub an Truppen, Schiffen und Waffen in das Kriegsgebiet zu generieren.« Der Commodore streckte seine hagere Gestalt. »Mit anderen Worten, sie walzen uns platt. Es ist, als würden wir gegen einen Mühlstein kämpfen. Egal, wie sehr wir uns auch dagegen stemmen, er wird uns letzten Endes zerquetschen.«

»Und was tun wir dagegen?«, wollte Edgar gepresst wissen. Lestrades Ausdrucksweise besaß das Potenzial, andere in Depressionen zu versetzen.

Lestrade lächelte kalt. »Wir entsenden kleine Angriffskommandos der Schattenlegion, die gezielt feindliche Basen attackieren und ausschalten. Nur eine oder zwei Zenturien pro Ziel. Diesen Kampf können wir nur gewinnen, wenn wir den unaufhörlichen Nachschub des Gegners zum Erliegen bringen.« Der Commodore gab seinem Junioroffizier einen kurzen Wink und dieser hantierte erneut an den Kontrollen des Holotanks.

Eine grüne und blaue Welt erschien inmitten des Hologramms. Edgar erkannte sie sofort. Auf der Suche nach dem Aufmarschgebiet der Drizil für den Angriff gegen Perseus hatte sie der Weg bereits einmal dorthin geführt. Sie hätten beinahe nicht überlebt. Nur das Opfer eines Deserteurs einer Aufklärungskohorte hatte sie gerettet. Kyle.

»Wir haben eine Welt ausgesucht, auf der Sie bereits einmal waren«, fuhr Lestrade fort. »Ihre Kenntnisse der Örtlichkeiten werden sehr hilfreich sein.« Er sah auf und fixierte Edgar mit festem Blick. »Ihr Weg führt sie zurück nach Ragash V.«

3

Professor Nicolas Cest starrte angestrengt in das Elektronenmikroskop. Er war immer noch dabei, das Genom der Drizil zu entschlüsseln, um herauszufinden, wie es den Nefraltiri überhaupt gelungen war, das Loyalitätsgen darin einzubetten. Selbst nach mehreren Jahren war er noch kaum einen Schritt vorangekommen. Die Möglichkeiten der Nefraltiri, was Genmanipulation anbelangte, waren äußerst beeindruckend – und allem hoffnungslos überlegen, was Menschen oder Drizil heutzutage auf die Beine stellen konnten.

Der Professor hob leicht den Kopf und rieb sich die Nasenwurzel mit Daumen und Zeigefinger. Er war nicht mehr der Jüngste und bei solchen Tätigkeiten bemerkte er die Anzeichen des unausweichlichen Alterungsprozesses besonders stark.

»Sven«, wandte er sich an seinen Assistenten. »Bring mir mal die Proben von gestern.«

»Mein Name ist Stan«, protestierte der Assistent im ermatteten Tonfall eines Mannes, der denselben Sachverhalt immer und immer wieder betonen musste und dem dies langsam sinnlos erschien.

»Sven ... Stan ... ist doch alles einerlei. Wenn dir das besser gefällt, dann nenne ich dich ab jetzt nur noch Helferlein. Also Helferlein, die Proben von gestern, aber zackig!«

Stan seufzte. »Ich habe drei Doktortitel und habe einen Lehrstuhl an der Universität von Cibola auf Vector Prime ausgeschlagen, um mit Ihnen arbeiten zu können.«

Cest warf seinem Assistenten einen amüsierten Blick zu. »Jetzt kommst du dir richtig dämlich vor, was?!«

Der Assistent seufzte erneut. Diesmal noch wesentlich tiefer als zuvor. »Sie ahnen gar nicht, wie sehr.«

Die Heiterkeit des Professors verflog. »Und wo bleiben jetzt meine Proben von gestern?«

Ein gewisser Anflug von Schadenfreude huschte über das Gesicht des Mannes. »Alles aufgebraucht bei Ihren Experimenten.«

Cest stieß einen wüsten Fluch aus. Stans Gesicht zeigte ein breites Grinsen. »Wir werden wohl langsam alt?!«

Cest funkelte den Mann an. »*Wir* werden bald arbeitslos, wenn *wir* weiter so eine dicke Lippe riskieren.«

Stan verzog missmutig das Gesicht. »Das würden Sie nie tun.«

»Ach ja? Und wieso nicht?«

Stan schnaubte. »Weil sonst niemand mit Ihnen arbeiten will. Sie gelten als etwas … schwierig.«

Cest lächelte großspurig. »Kann mir gar nicht erklären, wieso.«

Stan enthielt sich wohlweislich eines Kommentars und entdeckte plötzlich seine Faszination für die Spitzen seiner Schuhe. Cest beobachtete ihn einen scheinbar endlosen Moment lang. »Worauf wartest du? Bring mir eine Drizilleiche. Möglichst frisch. Wir brauchen neue Gewebeproben.«

Stan eilte grummelnd davon, während sich Cest erneut über das Mikroskop beugte. »Und *ich* habe sieben Doktortitel«, murmelte der Professor vor sich hin.

Er war so in das Studium der Gehirnzellen toter Drizil vertieft, dass er gar nicht bemerkte, wie sich die Tür öffnete. Erst als sich jemand lautstark räusperte, sah er verwirrt auf. Vor ihm stand ein Offizier der Schattenlegion.

Cest kniff die Augen leicht zusammen. »Haben Sie sich verlaufen?«

Der Offizier räusperte sich erneut. »Nein … ich … ich wollte mit Ihnen sprechen. Es geht mir nicht gut.«

»Die Krankenstation ist zwei Decks über uns … glaube ich. Sie können sie gar nicht verfehlen. Viel Glück und gute Besserung!«

Entgegen seinen Erwartungen zog sich der Offizier nicht aus dem Raum zurück. Im Gegenteil trat er zwei Schritte näher.

»Sie verstehen nicht. Ich brauche *Ihre* Hilfe.«

Cest neigte den Kopf nach vorn und bedachte den Offizier mit einem vielsagenden Blick. »Sie wissen, dass ich nicht *so* ein Professor bin.«

Der Offizier lächelte, wozu er sich jedoch offenbar zwingen musste. Das unbestimmbare Gefühl überkam Cest plötzlich, er kenne den Mann. »Ich bin auch nicht so ein Patient«, erwiderte der Offizier.

Cest riss die Augen auf. »Red Cloud? Sind Sie das? Ich hätte Sie beinahe nicht wiedererkannt. Wann haben wir uns das letzte Mal gesehen?«

»Vor einigen Jahren nach unserer Rückkehr aus dem Solsystem. Bei einem Empfang war das. Es ist eines der wenigen Male gewesen, dass Sie mich nicht mit Spritzen oder irgendwelchen Geräten gepiesackt haben.«

Cest lächelte reumütig. »So schlimm wird es ja wohl nicht gewesen sein.«

Red Cloud schnaubte. »Oh doch!« Der Offizier wurde schlagartig ernst. Es schien, als würde sich eine große dunkle Wolke über dem Kopf dieses Mannes zusammenbrauen. »Aber ich glaube, gerade jetzt brauche ich Ihre Hilfe – und die Ihrer Instrumente.«

Cests Neugier war geweckt. Wenn Red Cloud ihn aufsuchte – freiwillig –, dann musste etwas vorgefallen sein. Etwas, das den jungen Mann in seinen Grundfesten erschüttert hatte. Cest winkte ihn näher.

»Setzen Sie sich.«

Red Cloud trat schüchtern an den Wissenschaftler heran und nahm auf einem weißen Stuhl Platz. Der Mann zögerte. Cest setzte sich ihm gegenüber, schwieg jedoch, um dem Offizier den nötigen Freiraum zu geben. Er würde zu sprechen anfangen, sobald er so weit war.

Schließlich holte Red Cloud tief Luft und erzählte Cest von seinen Albträumen und dass diese ihn inzwischen auch heimsuchten, wenn er wach war.

Cest hörte sich alles geduldig an, mit jedem Wort allerdings wuchs seine Enttäuschung und sank seine Aufmerksamkeit. Als Red Cloud endete, musterte Cest ihn mit strengem Blick. Er hatte gehofft, Red Cloud käme mit einem interessanten Anliegen zu ihm. Doch wie er das sah, lag der Fall ziemlich klar.

»Es tut mir leid, mein Junge, aber Sie leiden an einer Posttraumatischen Belastungsstörung. Das ist nicht weiter verwunderlich nach dem, was Sie durchgemacht haben. Aber das ist kein Fall für mich. Sie brauchen einen Militärpsychologen.«

Red Cloud schüttelte energisch den Kopf. »Nein, das ist was anderes. Ich höre diese Stimme inzwischen sogar, wenn ich wach bin. Manchmal weiß ich gar nicht mehr, ob ich wach bin oder schlafe. Manchmal weiß ich nicht einmal mehr, was real ist und was nicht.«

Cest schürzte die Lippen. »Das ist nicht weiter ungewöhnlich. Sensorische Halluzinationen treten bei dieser Art von Leiden oft auf. Mein Ratschlag lautet, gehen Sie zu einem Psychologen. Der wird Ihnen weiterhelfen können. Die VENGEANCE hat sogar einen. Doktor Michaels. Netter Typ. Soweit ich das beurteilen kann.«

In diesem Moment kam Stan zurück mit einer fahrbaren Trage, auf der eine Drizilleiche lag. Cests Augen leuchteten unwillkürlich. »Und da kommt ja auch schon mein Helferlein, wie aufs Stichwort.« Er erhob sich und bedeutete Red Cloud, es ihm gleichzutun. Dieser folgte der stummen Aufforderung nur widerwillig.

»Sie verstehen immer noch nicht. Was ist, wenn die Drizil etwas mit mir gemacht haben, als ich in diesem Stuhl festgeschnallt war. Andere kamen wahnsinnig oder deformiert heraus. Was ist, wenn die Änderungen an mir subtilerer Natur sind?«

Cest bedachte Red Cloud mit einem mitfühlenden Blick. »Captain, ich habe Sie damals durchgecheckt. Sie haben mein Labor drei Wochen nicht verlassen. Wäre Sie auf irgendeine Weise verändert worden, wäre mir das nicht entgangen.«

Red Cloud sah auf. Cest registrierte die Verzweiflung im Blick des Mannes. »Und wenn doch?« Die stille Anklage in diesen drei Worten war unüberhörbar.

Cest war ein wenig gekränkt. Schließlich war er eine Koryphäe auf seinem Gebiet. Der Vorwurf nagte an seinem beruflichen Stolz. »Ich habe nichts übersehen, Captain. Seien Sie dessen versichert«, erwiderte er pikiert. »Ich kann Ihnen nicht helfen. Suchen Sie bitte Doktor Michaels auf. Lassen Sie sich ein paar Pillen geben, damit Sie mal eine Nacht durchschlafen können. Danach sieht alles ganz anders aus.«

»Pillen sind doch nicht die Lösung«, zischte Red Cloud, der kaum an sich halten konnte.

»Ich kenne da einige Leute, die würden Ihnen widersprechen«, gluckste Cest. »Die glauben, Pillen wären die Lösung für alles.«

Red Cloud machte den Eindruck, noch etwas sagen zu wollen, schüttelte dann jedoch den Kopf und strebte der Tür entgegen. »Tut mir leid, Ihre Zeit verschwendet zu haben«, murmelte er.

Cest war bereits in Gedanken so mit dem Drizilleichnam und den zu entnehmenden Proben beschäftigt, dass ihm der Sarkasmus in den Worten Red Clouds völlig entging.

»Das macht nichts«, erwiderte er lapidar und zog sich Latexhandschuhe über beide Hände, um mit der Prozedur zu beginnen. Hinter ihm verließ Red Cloud deprimiert das Labor.

Stan sah dem Offizier mitfühlend hinterher. »Sie waren recht hart zu ihm«, meinte der Assistent.

»Zu wem?«, fragte Cest geistesabwesend, während er konzentriert eine Sonde zur Probenentnahme in den Schädel des Drizil einführte.

4

Captain Javier Estrada, ehemals Kommandant des Ares-Kreuzers HMS CONQUISTADOR und nun Kommandant des Ares-Kreuzers HMS SPARTACUS, fuhr mit beiden Händen über die Lehnen seines Kommandosessels.

Endlich ging es wieder los. Er konnte es kaum erwarten. Seine Hand hob sich beinahe ohne sein Zutun und streichelte über die Narbe an seinem Hals. Diese hatte er den Drizil zu verdanken, als sie ihm sein letztes Kommando, die CONQUISTADOR, quasi unter dem Hintern weggeschossen hatten.

Er senkte den Kopf. Seine Gedanken wanderten zur Schlacht um Vector Prime zurück. Ein tiefer Stoßseufzer entkam seiner Kehle. Was jedoch weit schwerer wog als die körperlichen Narben, waren die seelischen. So viele gute Leute hatte er damals verloren. Doch den schlimmsten Verlust stellte seine damalige XO dar, Commander Estelle Doriega. Sie war seine Vertraute, seine Freundin, seine rechte Hand gewesen. Und beinahe wäre sie mehr geworden. Sie war damals elendig auf diesem Drecksmond verreckt – in seinen Armen. Ihr Ende würde er den Drizil niemals vergeben.

Sein Haupt hob sich erneut und er musterte die tiefe Schwärze des Hyperraums mit versteinerter Miene. Das Protektorat und seine neuen Verbündeten von der Allianz hatten sich fünf Jahre vor diesem Tag gefürchtet: dem Tag der Abrechnung, wenn der Krieg erneut losbrach und er nicht enden würde, bis eine Seite vernichtet war. Nicht jedoch Javier – er hatte ihn im Gegenteil herbeigesehnt. Mit Inbrunst und Sehnsucht hatte er sich gewünscht, erneut gegen die Drizil zu Felde zu ziehen.

Während der großen Offensive waren unzählige Welten von den Drizil überrannt worden, unter anderem seine Heimatwelt. Seine Familie war dort gestorben – vermutlich. Er hatte keine Nachrichten mehr von ihr erhalten nach dem Fall des Planeten. Er hoffte, sie wären tot. Die Alternative wäre ein Leben unter dem Joch der Drizil.

Dann hatte er im Protektorat eine neue Heimat und ein neues Ziel gefunden – den Schutz dessen, was von der freien Menschheit noch übrig war. Und vielleicht eine neue Liebe in Gestalt von Estelle. Aber dann hatten ihm die Drizil auch sie wieder genommen.

Dass Estelle Doriega Offizierin und Soldatin gewesen war, spielte für ihn nur eine untergeordnete Rolle. Der Militärdienst war ihre Wahl gewesen, gut und schön. Doch die Drizil hatten sie in seinen Augen ermordet und nun kam der Zahltag mit Lichtgeschwindigkeit auf sie zu.

Javier ließ den Blick über seine Brücke schweifen. Er hatte die Besatzung seines neuen Kommandos handverlesen. Einige kannte er bereits von früher. Sie hatten mit ihm auf der CONQUISTADOR gedient. Andere stammten von ebenfalls von den Drizil zerstörten Schiffen. Es war ihm wichtig gewesen, dass jeder Mann und jede Frau, die unter ihm dienten, die Drizil ebenso hassten wie er selbst. Er wollte, dass sie denselben brennenden Drang verspürten, die Fledermausköpfe für ihre Taten büßen zu lassen.

Sein Blick zuckte kurz in Richtung seines XO, Commander Harry Benjamin Lofton. Der Mann gehörte zu den zwei unbekannten Größen innerhalb seiner Besatzung. Er und Major Stanislav Kowalski – der Kommandeur der Marines an Bord der SPARTACUS. Es handelte sich um die einzigen Offiziere, die er nicht selbst ausgewählt hatte. Lestrade hatte ihm die Kerle aufs Auge gedrückt. Der Commodore vertraute Javier nicht und dieser war sich dessen bewusst. Lofton und Kowalski war zweifelsohne Lestrades Spione. Nicht umsonst hatten sie die Posten des Marines-Kommandanten und des Ersten Offiziers inne. Sollte Javier sich irgendetwas zuschulden kommen lassen, was seine Absetzung als Captain des Angriffskreuzers zwingend notwendig machte, befanden sich die beiden in der perfekten Position, dies zu bewerkstelligen.

Der XO gab vor, Javiers Blick nicht zu bemerken, doch der Captain der SPARTACUS war überzeugt, die Aufmerksamkeit des XO galt seinem kommandierenden Offizier. Der Kerl war gerissen und überaus aufmerksam.

Javier wandte sich erneut dem Brückenfenster zu und schnaubte kurz. Sollten sie ihn ruhig ausspionieren und Lestrade Meldung erstatten. Das spielte keine Rolle. Es gab nämlich nichts Negatives, was Lofton oder Kowalski berichten konnte. Javier wollte nur eines: Drizil töten. Und wie es aussah, erhielt er demnächst mehr als genug Gelegenheit hierzu.

Captain Javier Estrada war nicht der Einzige, der düsteren Gedanken nachhing. General Carlo Rix stand auf dem Aussichtsdeck seines Kommandotruppentransporters und starrte ebenfalls grübelnd ins Leere.

Er bemerkte erst, dass er nicht mehr alleine war, als ihn eine unpassend heitere Stimme ansprach. »Versucht der General am Vorabend der Schlacht Einsichten im Schwarz des Hyperraums zu finden?«, fragte Colonel René Castellano.

Carlo schnaubte und wandte sich nur halb seinem hinter ihm stehenden alten Freund zu. »Wohl kaum. Es gibt keine Einsichten, die man noch finden könnte.«

Renés Gesicht verdüsterte sich. »Du bist aber heute sehr gut gelaunt«, meinte der Colonel sarkastisch.

Carlo zuckte die Achseln. »Nenn mir einen einzigen Grund, aus dem ich gute Laune empfinden sollte. Die Menschheit ist größtenteils unterjocht, die Drizil haben mit Ausnahme von uns so gut wie jeden Widerstand gebrochen, der Kaiser ist eine Geisel des Feindes und wird dies auch bleiben und wir steuern auf eine Schlacht zu, die wir nicht gewinnen können.« Carlo biss sich bei den letzten Worten auf die Lippen. Nun hatte er mehr gesagt als eigentlich beabsichtigt. Er sah sich verstohlen um. Sie waren alleine. Er entspannte sich. Wenn er vor jemandem seine wahren Gefühle nicht verbergen musste, dann war dies René. Dieser schenkte ihm einen mitfühlenden Blick.

»*Das* denkst du? Wir können nicht gewinnen?«

Carlo zuckte die Achseln. »Manchmal. In besonders düsteren Stunden. Wir stehen gegen eine der größten Militärmächte, die diese Galaxis je gesehen hat. Die Drizil haben das Imperium niedergerungen, um Himmels willen! Wie könnten wir hoffen, sie zu besiegen?«

René neigte leicht den Kopf zur Seite. »Besiegen müssen wir sie gar nicht. Nur zu einem Unentschieden treiben. Zu einem Punkt, an dem sie erkennen, dass es sie zu viel kosten wird, weiter gegen uns zu kämpfen. Ganz egal, wie der Krieg auch ausgehen mag.«

Carlo schürzte die Lippen. »Ich bin auch nicht sicher, ob wir dazu in der Lage sind.«

René trat näher, seine Stirn in tiefe Falten gelegt. »Wenn das tatsächlich deine Meinung ist, warum dann weiterkämpfen?«

Carlos Schultern sackten herab. »Was wäre denn die Alternative?

Kapitulation? Leben unter Drizilherrschaft? Das kann ich nicht. Und viele teilen meine Meinung. Außerdem ...«

Seine Stimme versagte ihren Dienst. René legte ihm die Hand auf die Schulter. »Außerdem?«, half er sanft nach.

Carlo straffte sich. »Außerdem scheint dieser Krieg eine Eigendynamik entwickelt zu haben. Ich habe den Eindruck, keiner will mehr kämpfen. Auch die Drizil nicht. Und doch scheint niemand in der Lage, die Entwicklung aufzuhalten.«

René nickte. »Das ist bei Kriegen oft so. Es wird immer weiter gekämpft, bis keine Seite überhaupt noch weiß, wie alles angefangen hat oder um was gekämpft wird. Es wäre besser gewesen, miteinander zu reden.«

»Das habe ich versucht. Mit Taran.«

René lächelte. »Ah, dein kleiner Drizilschoßhund.«

Carlo warf seinem Stellvertreter einen missbilligenden Blick zu. »Du solltest ihn nicht so nennen. Hätte er nicht seinen Clan abgezogen und andere dazu bewogen, es ihm gleichzutun, wären wir bei Perseus überrannt worden.«

»Das stimmt«, erklärte René. »Aber wie lange wird seine Zurückhaltung andauern? Sein Clan ist nur ein Vasall anderer. Wenn die übrigen Drizil damit drohen, seine eigenen Leute zu bestrafen, wenn er sich weiter aus dem Kampf heraushält, wie lange wird er zögern, erneut gegen uns zu Felde zu ziehen?«

Carlos Blick wanderte erneut durch den als bruchsicher geltenden Verbundstoff des Fensters vor ihm. »Hoffentlich lange genug«, flüsterte Carlo. »Sonst wischen die Fledermausköpfe mit uns den Boden auf.«

Teil II.

Der Feind, mein Verbündeter

5

Facta, non verba
lat.: Taten, nicht Worte

14. November 2856

Taran Stuullonor, Erster seines Clans, Sohn von Kare Stuullonor, Führer der Klick'Taldo-Drizil von der Welt Kerem-da ließ sich von der Stange an der Decke seines Flaggschiffs fallen und mit zwei Flügelschlägen geschmeidig. zu Boden gleiten.

Sein zweiter Kommandant, Karan Karanoor, neigte in Ergebenheit grüßend das Haupt. »Wir treten in wenigen Augenblicken in den Normalraum ein, Herr.«

Wie aufs Stichwort, wurde die Schwärze des Hyperraums durch die Planeten des heimatlichen Systems abgelöst. Tarans Schiffe waren ungewöhnlich tief im Schwerkraftfeld in den Normalraum eingetreten. Der Clanführer vermutete, die Navigatoren konnten es ebenfalls nicht erwarten, wieder den Boden ihrer Heimatwelt zu betreten. Er konnte es ihnen nicht verübeln.

Taran nickte. »Endlich zu Hause. Ich bin viel zu lange fort gewesen.« Voraus wurde der Planet Kerem-da immer größer, als Tarans Flaggschiff sich ihm unaufhaltsam näherte. Nach menschlichen Maßstäben hatte er Kerem-da vor etwa neun Jahren verlassen. Zu diesem Zeitpunkt hatte sein Lehnsherr Sefrai Callanan ihn aufgefordert, sich dem Kriegszug gegen das Solsystem anzuschließen – wobei *aufgefordert* lediglich eine höfliche Umschreibung für *befohlen* war.

Und die Clans von Kerem-da waren dem Ruf gefolgt: treu, gehorsam, fügsam. Taran senkte kurz den Blick. Vor allem die letzten beiden Begriffe behagten ihm kein bisschen. Die Clans von Kerem-da und andere, die ebenso klein und unbedeutend waren, hatten in den blutigsten Gefechten als Sturmspitzen gedient, damit Männer wie Sefrai Callanan ihre eigenen Leute schonen konnten. Viel Blut war geflossen. Das war ein Grund für Tarans Entscheidung gewesen, sich von Perseus zurückzuziehen. Es war schlichtweg genug.

Er hatte genug vom Töten und er hatte genug, gute Krieger sterben zu sehen. Als das alles hier begann, war er der festen Überzeugung, der Kreuzzug sei gut, gerecht und notwendig. Doch inzwischen war er sich dessen nicht mehr so sicher. Seine Zeit bei den Menschen hatte ihn stärker beeinflusst, als er anfangs vermutet hatte. Es war schwer, von ihrem Durchhaltewillen, ihrer Opferbereitschaft und ihrer Freiheitsliebe nicht berührt zu werden. Tarans zwei Herzen schlugen inzwischen für die tapferen Menschen und ihren Wunsch, sich das zu bewahren, was von ihrer Kultur noch übrig war. Er verspürte nicht länger den Wunsch, sie zu unterwerfen oder zu vernichten.

Taran warf einen kurzen Blick auf die einkommenden Sensordaten. Die Eskorte aus fünfzig Schiffen, allesamt Angehörige der auf Kerem-da heimischen Clans, trat nacheinander in den Normalraum ein und formierte sich hinter seinem Schiff. Es handelte sich um eine Ehrengarde, die ihn willkommen hieß und nach Hause geleiten würde.

Noch während er sich des Gefühls hingab, bald wieder mit seinen Frauen und Kindern vereint zu sein, spürte er, wie sich sein Zweiter Kommandant neben ihm versteifte. Taran wandte ihm den Kopf zu und zuckte mehrmals mit den langen, spitzen Ohren, bei den Drizil ein Zeichen der Neugier.

»Herr?«, begann Karan. »Etwas stimmt nicht. Seht selbst.«

Karan betätigte einige Regler und überspielte weitere Sensordaten auf Tarans Bildschirm. Der Clanführer der Klick'Taldo-Drizil musterte sie mit ausdrucksloser Miene, doch stetig wachsender Besorgnis. Karan hatte recht. Hier stimmte etwas definitiv nicht. Der Raum um die Heimatwelt war ungewöhnlich ruhig.

Es gab kaum Schiffsverkehr um den Planeten. Es gab nicht einmal Transferverkehr von den beiden Raumstationen zur Oberfläche oder zurück So etwas kam eigentlich nie vor. Jedenfalls konnte sich Taran an nichts Vergleichbares erinnern.

Rund um den Planeten waren gut dreihundert Schiffe in Stellung gegangen. Im ersten Augenblick vermutete Taran, es handele sich um eine Formation seines eigenen Clans, die ihn zu Hause willkommen heißen wolle. Bei näherer Betrachtung erkannte er in der Formation das, was es wirklich war: eine Blockade.

Ein Dutzend Schiffe lösten sich aus der Formation und strebten Tarans Einheiten entgegen. Der Clanführer gab seinem Zweiten Kommandanten ein knappes Zeichen, indem er sein Haupt zur Seite neigte.

Karan reagierte augenblicklich, öffnete eine Funkfrequenz und gab mehrere Klicklaute von sich. Was sich für Menschen wie unverständliches Kauderwelsch angehört hätte, wurde von den Drizil als Befehlscode in einer nur ihnen bekannten geheimen Sprache wahrgenommen. Eine einfache Methode, Befehle weiterzugeben, ohne dass der Feind diese abfangen und entschlüsseln konnte.

Die fünfzig Schiffe seiner Ehrengarde reagierten ohne Verzögerung. Sie schwärmten aus und bildeten einen halbkreisförmigen Schutzwall zwischen Tarans Flaggschiff und den sich nähernden unbekannten Eindringlingen.

Diese benötigten gut eine Stunde, um Tarans Einheiten abzufangen. Doch sie nahmen keine aggressive Haltung ein. Karan sah missmutig auf.

»Wir haben eine positive Identifikation.«

Taran hob den Kopf.

»Etrel'Kal-Drizil.«

Taran musste alle Selbstbeherrschung aufbieten, um keine Reaktion zu zeigen. Die Etrel'Kal-Drizil waren Sefrai Callanans Clan. Natürlich waren sie hier. Es wäre naiv gewesen anzunehmen, Tarans Entscheidung bürge keine Konsequenzen in sich. Aber wo waren seine eigenen Schiffe? Und die der anderen Clans von Kerem-da? Mehr als hundert von ihnen müssten sich eigentlich hier aufhalten. Nur mit seiner Ehrengarde war er den Eindringlingen hoffnungslos unterlegen.

Karan versteifte sich erneut. »Sie rufen uns.«

»Durchstellen!«, befahl Taran gepresst.

Der Bildschirm direkt vor dem Clanführer erwachte zum Leben und der Kopf eines Drizil erschien. Er war schon alt, wie man an der ledrigen, grauen Haut seiner Flügel unschwer erkennen konnte. Und er trug seinen

Helm. Das unverkennbare Zeichen des Krieges, wenn Drizil miteinander sprachen. Das war kein Höflichkeitsbesuch. Dieser Offizier war auf Streit aus.

»Taran Stuullonor?«

Taran hätte sich seine Abscheu beinahe anmerken lassen. »Lass die Spielchen, Nerem Mallapoor. Du weißt sehr gut, wer ich bin.«

Der Driziloffizier verzog keine Miene. »Mein Herr Sefrai befiehlt dich nach Astar-do. Du wirst dort vor dem Clan-Rat Rede und Antwort stehen.«

Eine unsichtbare Hand griff nach Tarans Kehle und drückte so fest zu, dass der Drizilclanführer glaubte, nicht mehr atmen zu können. Mit eisernem Willen entspannte er sich. Was Nerem auf nicht sehr subtile Weise andeutete, war, dass man ihn vor Gericht zitierte.

»Zu welcher Angelegenheit?«, fragte er, obwohl er die Antwort bereits kannte.

Nerem gab sich keinerlei Mühe, seine eigene Abscheu zu verbergen. »Deine Feigheit vor dem Feind und dein Verrat, dem Kampf um die Welt fernzubleiben, die die Menschen Perseus nennen. Die Clanführer, die du überredet hast, deinem Beispiel zu folgen, werden hier auf Kerem-da warten, bis der Rat eine Entscheidung gefällt hat. Der Planet bleibt bis auf Weiteres unter unserer Kontrolle.«

»Was ist mit meinen Kriegern?«

»Die auf der Oberfläche bleiben, wo sie sind. Die Kriegsschiffe dieser Welt wurden ins Porello-System beordert. Dort stehen sie unter Bewachung. Alle in anderen Systemen oder noch an der Front befindliche Schiffe wurden ebenfalls unter Bewachung nach Porello gebracht oder sind auf dem Weg dorthin.«

Taran drohte den Boden unter den Füßen zu verlieren. Das Porello-System war unbewohnt. Dort gab es nichts von Wert. Es war abgelegen und einsam. Perfekt, wenn man jemanden oder etwas verschwinden lassen wollte. Eine ganze Flotte zum Beispiel. Die Schiffe der Kerem-da-Clans hatte man dorthin geschickt, falls man zum Schluss gelangte, dass Taran und seine Verbündeten nicht länger vertrauenswürdig waren. Aus diesem Grund stand auch Tarans Heimatwelt unter Blockade. Sefrai musste nur den Befehl geben und Kerem-da würde sterilisiert. Im selben Augenblick würden seine Schiffe bei Porello in Stücke geschossen.

All diese Schritte wäre man nicht eingegangen, würde das Urteil nicht bereits feststehen. Sein Erscheinen vor dem Rat war lediglich eine Formalität. Seine Schuld sollte vor dem ganzen Volk unmissverständlich klargestellt werden, bevor man ihn, seine Krieger und seinen ganzen Clan auslöschte – und die Clans all jener, die ihm gefolgt waren, um das Töten zu beenden.

Sollte er seinen Fuß auf die Welt Astar-do setzen, würde er sie nicht lebend verlassen. Dafür hatte Sefrai mit Sicherheit gesorgt. Sefrai Callanan war mächtig und einflussreich. Taran hatte das immer gewusst. Es war ihm jedoch noch nie so bewusst geworden wie in diesem Augenblick.

Taran war Krieger. Sein Vater war Krieger gewesen, sein Großvater ebenfalls und alle jene vor ihnen. Wenn er schon starb, so wollte er den Tod in der Schlacht suchen. Er wollte seine Ahnen stolz machen. Man würde ihn nicht zur Schlachtbank führen wie irgendein Stück Vieh. Wenn er jetzt den Angriff befahl, würde seine Ehrengarde, ohne zu zögern, den Kampf mit dem Feind suchen. Tarans Blick zuckte leicht in Karans Richtung. Sein Zweiter Offizier machte den Eindruck, nur auf den entsprechenden Befehl zu warten.

Nerem gingen offenbar ähnliche Gedanken durch den Kopf, denn seine nächsten Worte zerschlugen jede Hoffnung auf Widerstand.

»Dein Sohn ist unser Gast, Taran. Er befindet sich im Porello-System und führt dort das Kommando über deine Schiffe. Unter Aufsicht einer erheblichen Anzahl von Etrel'Kal-Schiffen.«

Die Drohung war unmissverständlich. Nerem hatte Befehl, im Fall von Tarans Widerstand nicht nur alle aufständischen Drizil im Porello-System sofort zu vernichten, sondern aller Wahrscheinlichkeit nach auch Kerem-da zu sterilisieren. Sefrai wollte seinen Schauprozess und er war entschlossen, ihn zu bekommen. Taran hatte keine Wahl, wollte er das Leben der Drizil unter seiner Führung retten. Zumindest für den Augenblick. Bis Astar-do war es eine Reise von mehreren Tagen. Vielleicht fiel ihm bis dahin eine Lösung für dieses Dilemma ein.

Taran neigte das Haupt. »Ich akzeptiere. Wir folgen dir nach Astar-do.«

Nerem machte sich nicht einmal die Mühe, seine Genugtuung zu verbergen. Er beendete die Verbindung ohne ein weiteres Wort.

»Bastard!«, zischte Karan. »Er sollte Euch respektvoller behandeln. Ihr seid ein Clanführer. Er ist nur Offizier.«

»Er ist ein Jäger des Schwarms«, versetzte Taran ungerührt. Der Rang entsprach etwa dem eines menschlichen Admirals. »Und für ihn bin ich nur ein Verräter.«

»Trotzdem ...«, beharrte Karan. Sein Blick glitt leicht in Tarans Richtung. »Was werdet Ihr nun tun, Herr? Die haben nicht vor, Euch am Leben zu lassen. Das ist Euch doch klar. Das können sie gar nicht. Sonst könnte Euer Beispiel Schule machen und das werden sie nicht riskieren. Ihre Macht beruht auf Einschüchterung und dem Wissen aller, dass es schon immer so war. Veränderungen sind niemals leicht. Es sei denn, einer fängt damit an. Jetzt wollen sie erst Euren Ruf zerstören, bevor sie Euch zerstören.«

Taran wackelte leicht mit den Ohren. Ein Zeichen von Amüsement. Der Scharfsinn seines Zweiten Kommandanten überraschte ihn immer wieder.

»Ja, ich weiß. Aber mir fällt leider keine Möglichkeit ein, wie wir alle wieder aus dem Schlamassel kommen, in den ich uns gebracht habe.«

»Bei allem Respekt, Herr, ich finde, Eure Entscheidung war richtig.«

»Mag sein, leider münden auch richtige Entscheidungen manchmal in furchtbare Katastrophen.«

Karan musterte kurz den Bildschirm vor seiner Station. »Weitere Feindschiffe formieren sich um uns.«

»Wann haben wir wohl angefangen, unsere eigene Art als Feinde zu betrachten?«

»In dem Moment, in dem sie unsere Heimat bedrohten«, erwiderte Karan mit gespielter Gelassenheit.

»Wie viele Schiffe?«

»Etwa hundert.«

»Doppelt so viele wie wir. Die gehen kein Risiko ein.«

»Was tun wir jetzt?«, wiederholte Karan gepresst. Es war klar, dass er am liebsten sofort zur Attacke vorpreschen würde. Doch Taran zögerte noch immer. Es musste einen Weg geben, der nicht zwangsläufig im Massenselbstmord eines halben Dutzends Clans endete.

»Folge ihnen und weise unsere Eskorte an, dasselbe zu tun. Keine Provokation.«

»Aber Herr …«

Taran hob beschwichtigend die Hand. »Ich kehre in mein Quartier zurück. Sichere mir ein paar Funkfrequenzen, die Nerems Schiffe nicht überwachen werden. Und falls doch, tarne die Übertragung als Hintergrundstrahlung. Ich muss mit einigen alten Freunden reden.«

6

Colonel Finn Delgado überprüfte zum x-ten Mal seine Ausrüstung. Er war der Meinung, besser einmal zu viel als einmal zu wenig. Doch selbst er musste zugeben, dass seine Handlungen im Augenblick verdächtig an eine Zwangsstörung erinnerten, genährt von seiner Nervosität vor der bevorstehenden Mission.

An Bord der VENGEANCE befanden sich rund viertausend Schattenlegionäre, zusammengezogen aus verschiedenen Kohorten. Jeder von ihnen trug zwanzig Kilo zusätzliche Ausrüstung mit sich herum. Zum einen handelte es sich um transportable und abwerfbare Schubdüsen, zum anderen um einen speziellen Fallschirm in einem gepanzerten Tornister.

Der Plan war im Prinzip recht simpel und angelehnt an die Offensive gegen die Drizilblockade um Perseus. Die Schattenlegionäre würden einen kleinen Spaziergang im Weltraum machen und dabei die noch nicht detonierten Minen einsammeln. Anschließend würden sie diese an den größten feindlichen Schiffen anbringen. Gemäß ihren Informationen waren zwar nur neunzehn Minen übrig, diese dürften angesichts ihrer Sprengkraft jedoch ausreichen, um ein ziemlich großes Loch in die feindliche Formation über Barinbau zu reißen. Lestrade und seine Flotte würden den Rest übernehmen.

Bevor die Detonationen ausgelöst wurden, würden die Schattenlegionäre Kurs auf den Planeten nehmen. Sobald sie in den Sog seiner Gravitation gerieten, würden die Schubdüsen abgeworfen. Die Rüstungen würden sie vor der Reibungshitze beim Eintritt in die Atmosphäre schützen, obwohl es mit Sicherheit alles andere als angenehm werden würde. Die Lebenserhaltungssysteme würden Überstunden leisten müssen.

Es musste damit gerechnet werden, dass einige Legionäre ohnmächtig werden würden. Zum Glück lösten sich die Fallschirme bei einer bestimmten Höhe automatisch aus.

Die Legionäre würden am Boden eine Landezone einrichten und alles für das Eintreffen von Colonel Jannecks Armeesoldaten vorbereiten. Gemeinsam kämpften sie den feindlichen Widerstand nieder und befreiten den Planeten. So viel zur Theorie. Ob sie dem Praxistest standhielt, musste sich erst noch erweisen. Über Perseus hatte es funktioniert, doch praktisch die gesamte Einheit, die das Verminen der Drizilschiffe durchgeführt hatte, war ausgelöscht worden. Finn wollte es tunlichst vermeiden, deren Schicksal zu teilen.

Sein Blick glitt umher. Die Männer und Frauen unter seinem Kommando überprüften ihre Ausrüstung gegenseitig, um Fehler zu vermeiden. Gesprochen wurde nicht viel, und wenn doch, dann lediglich im Flüsterton. Das Gefühl, der Gegner könne sie hören und dadurch ihre Annäherung entdecken, war beinahe übermächtig, obwohl dies natürlich Blödsinn war. Aber bei Soldaten handelte es sich um einen abergläubischen Haufen. Das galt besonders vor einem Einsatz.

Finns Blick fiel auf die Soldaten der Zenturie *Tod in der Finsternis*. Die Legionäre waren Profis und gut trainiert, Finn fiel allerdings auf, wie einige ihrem neuen Befehlshaber verhaltene Blicke zuwarfen. Der frischgebackene Captain Daniel Red Cloud überprüfte gerade die Ausrüstung seines Teamkollegen Simon Running Deer.

Red Cloud war eine unbekannte Größe. Die Selbstzweifel, die er inzwischen wie einen Mantel offen zur Schau stellte, waren ein Ärgernis und ein Grund steter Besorgnis. Seine Männer spürten dies – und vertrauten ihm nicht. Das war ein Problem.

Finn seufzte. Vertrauen zwischen Kameraden war in der Schlacht unumgänglich. Hätte er die Möglichkeit besessen, er hätte Red Cloud bei dieser Mission außen vor gelassen. Doch die Menschheit stand mit dem Rücken zur Wand und es befand sich durchaus im Bereich des Möglichen, dass sie gerade ihr letztes Gefecht kämpften.

Die Schattenlegion kam in diesem Konflikt eine Schlüsselrolle zu. Allerdings war sie immer noch nicht auf voller Stärke. Im Gegenteil hatte sie bei den Kämpfen um Perseus schwere Verluste erlitten. Nun spielte sie an allen Fronten Feuerwehr. Ein großer Teil begleitete Rix nach Vector Prime, um der dortigen Driziloffensive zu begegnen. Weitere Zenturien hatten Genaro nach Akka begleitet, um die Gegenoffensive gegen die feindlichen Invasionstruppen bei Equuro anzuführen. Kurz gesagt, Finn fehlte es an Männern und Material. Er brauchte jeden einzelnen Legionär und konnte es sich nicht leisten, auch nur einen einzigen auf der Ersatzbank zu lassen – auch wenn ihm nicht gefiel, was er sah, wenn er in Red Clouds Gesicht blickte.

Ein heftiger Schlag auf die Schulter weckte ihn aus seinen Gedanken. Major Jessy Mondego rümpfte die Nase. »Fertig. Deine Ausrüstung ist in Ordnung. Du bist dran.«

Jessy wandte ihm den Rücken zu, doch Finn zögerte, mit den Gedanken immer noch ein wenig bei Red Cloud. Sie wandte sich halb um. »Alles in Ordnung?«

Bevor er antworten konnte, dröhnte Lestrades Stimme aus dem Lautsprecher. »Wir treten in zwanzig Minuten in das Barinbau-System ein. Schattenlegionäre bereit machen für Einsatz.«

Finn streckte seine ohnehin schon muskulöse Gestalt. Im Kampfanzug wirkte er wie ein Hüne. Mit fachkundigen, professionellen Handgriffen begann er, Jessys Ausrüstung auf Schwachstellen zu untersuchen. Er fand keine.

»Aber natürlich«, erwiderte er gepresst und warf aus dem Augenwinkel Red Cloud erneut einen zweifelnden Blick zu. »Alles in Ordnung.«

Die Frau und ihr Kind machten beide den Eindruck, jeden Augenblick zusammenzubrechen. Colonel Benedikt Sanchez hob mit Daumen und Zeigefinger sanft den Kopf des kleinen Mädchens und ließ langsam mehrere Schluck Wasser in ihren Mund laufen. Die Kleine saugte alles gierig auf. Die Mutter warf dem Prätorianeroffizier einen dankbaren Blick zu.

Sanchez befeuchtete ein Tuch mit mehreren Tropfen Wasser und reichte es der Frau mit kurzem Nicken. Diese führte es an ihren Mund und biss hinein, um das kostbare Nass herauszupressen.

Sanchez erhob sich langsam. Er fühlte sich wie erschlagen. So weit war es also schon gekommen. Nur zwei Mal drei Schluck Wasser am Tag für die Kinder und ein leicht angefeuchtetes Tuch für die Erwachsenen. Diese Regelung galt für Soldaten und Zivilisten gleichermaßen.

Nach über drei Wochen der Belagerung hielten sie sich kaum noch auf den Beinen. Die Minenanlage war überfüllt mit verzweifelten, ängstlichen Menschen. Es gab nicht wenige Stimmen, die auf eine Kapitulation drängten. Sanchez wäre sofort dafür gewesen, und sei es nur, um die schrecklichen Leiden der Zivilbevölkerung zu beenden. Doch er fürchtete um das Schicksal der ihm anvertrauten Menschen. Es gab Drizilclans, die reagierten nicht gut auf Widerstand. Nicht selten war es zu Gräueltaten während des Krieges gekommen – auch nach dem Ausrufen einer Kapitulation. Und seine Hoffnung bestand immer noch darin, dass jemand kommen und sie alle retten würde. Es war nur ein kleiner Lichtschimmer am Horizont, aber Sanchez konnte nichts dagegen tun, der war nun mal da.

Sanchez schritt durch die Reihen der Menschen. Er spendete Trost, wo er konnte, schürte Hoffnung, wo es möglich war. Er sprach hier mit einem Mann, klopfte dort auf eine Schulter, scherzte und versuchte den Eindruck zu erwecken, alles im Griff zu haben. Die meisten Menschen jedoch nahmen seine Anwesenheit nicht einmal wahr. Sie saßen mit gesenktem Haupt auf dem Boden und sparten Energie.

Sanchez seufzte und gesellte sich zu Colonel Azikiwe, der unweit des Mineneingangs einen Kommandoposten aufgebaut hatte. Er war nicht allein. Lieutenant Björn Ragnarsson, der Feldarzt der Prätorianer, wechselte mit dem Colonel mehrere geflüsterte Worte. Beide sahen auf, als Sanchez hinzutrat.

»Und?«, wollte Azikiwe wissen. Er musste gar nicht mehr sagen. Sanchez wusste genau, worauf der Offizier hinauswollte.

»Die Moral ist beschissen. Die Leute brechen zusammen.«

Azikiwe nickte gepresst, doch es war Ragnarsson, der antwortete. »Darüber haben wir gerade gesprochen. Die Leute leiden unter Mangelernährung. Sie brauchen dringend Vitamine ... Obst und Gemüse.«

»Danke für den Hinweis, Lieutenant«, erwiderte Sanchez ungehalten. »Am besten, ich gehe gleich in den nächsten Supermarkt.«

Ragnarssons Gesicht verdüsterte sich. »Bei allem Respekt, Colonel, das ist kein Grund, schnippisch zu werden. Ich bin mir der derzeitigen Lage durchaus bewusst. Ich erstatte nur Bericht.«

Sanchez schürzte die Lippen. »Sie haben recht. Tut mir leid. Meine eigenen Nerven sind auch nicht mehr die besten.«

Ragnarsson lächelte nachsichtig. »Das geht uns allen so. Die Mangelerscheinungen beschränken sich nicht auf die Zivilisten.«

»Wir haben doch eine Menge Nahrungsergänzungsmittel. Verteilen Sie ein paar Pillen. Das müsste eigentlich die gröbsten Leiden eine Weile mindern.«

Der Arzt schüttelte den Kopf. »Wir *hatten* eine Menge Nahrungsergänzungsmittel. Die sind fast aufgebraucht. Und Pillen ersetzen ohnehin keine natürlichen Vitamine. Nicht auf Dauer. Wir haben große Probleme.«

Sanchez' Blick zuckte in Richtung Mineneingang. Dort hielten mehrere Hundert Prätorianer und Legionäre Wache. Der Rest ruhte sich aus. Die Drizil hatten seit der Einnahme des Planeten nicht einmal versucht, in die Mine vorzudringen. Das mussten sie gar nicht. Die Drizil waren sehr geduldig, wenn es sein musste. Sie saßen gemütlich vor dem Eingang und warteten darauf, dass sich die Menschen entweder ergaben oder vor die Hunde gingen. Was auch immer zuerst eintrat.

Sanchez seufzte. »Was sie nicht sagen.«

»Und da wäre noch mehr. Heute Morgen sind die ersten Fälle von Ruhr aufgetreten.«

Sanchez runzelte die Stirn. »Das hat uns gerade noch gefehlt.«

»Es war nur eine Frage der Zeit«, versetzte Ragnarsson sanft. »Die sanitären Bedingungen sind unter aller Sau. Krankheiten sind die natürliche Folge.«

»Diese Anlage war nie dafür gedacht, so viele Menschen über einen so langen Zeitraum zu beherbergen«, meinte Azikiwe niedergeschlagen.

Sanchez nickte und fixierte den Arzt mit festem Blick. »Haben Sie keine Medikamente dagegen?«

»Im Moment ... ja, aber auch die werden mir schnell ausgehen, wenn die Ruhr weiter um sich greift. Und das wird sie.«

»Prognose?«

»Die ganze Alten und die ganz Jungen werden zuerst sterben«, erwiderte der Arzt mit professioneller Distanz und unbewegter Mimik. Doch Sanchez bemerkte, dass es hinter der Maske gefährlich brodelte. Ragnarsson befand sich ebenfalls am Rand des Ertragbaren. »Sobald es die ersten Todesfälle gibt, wird die Opferzahl exponentiell steigen und es werden weitere Krankheiten auftreten. Ich rechne unter anderem mit Cholera. Wir haben keine Möglichkeit, die Toten zu entsorgen oder zu verbrennen.«

Sanchez nickte. Die erste Handlung der Drizil hatte darin bestanden, die Luftverteilungsanlage der Mine abzuschalten. Die einzige Frischluft, die sie noch erhielten, wurde durch den Eingang der Anlage zugeführt und das reichte bei Weitem nicht aus, um die ganze Mine mit Sauerstoff zu fluten. Die Toten zu verbrennen, würde sich für die Überlebenden als verhängnisvoll erweisen.

Sanchez ließ den Kopf hängen. Ragnarsson war der Erste, der es aussprach. »Wir könnten uns immer noch ergeben.«

Das Wort Kapitulation hing bedeutungsschwanger zwischen ihnen. Keiner wollte den Anfang machen. Schließlich stieß Sanchez einen tiefen Seufzer aus. »Die Fledermausköpfe haben uns in den ganzen drei Wochen kein einziges Mal ein entsprechendes Angebot gemacht. Was sagt Ihnen das?«

Ragnarsson zuckte die Achseln. »Es ist ihnen egal, ob wir leben oder sterben.«

»Ich würde sogar noch weiter gehen«, versetzte Azikiwe. »Es wäre ihnen vermutlich lieber, wenn wir draufgehen. Weniger Probleme.«

Sanchez nickte. »Ich wäre der Erste, der unbewaffnet nach draußen geht, wenn ich mir sicher sein könnte, dass den Menschen hier nichts geschieht.«

Ragnarsson deutete mit einem Nicken auf die Menschen ringsum. »Auf diese Weise sterben sie auch. Es wird vielleicht der Punkt kommen, an dem wir keine andere Wahl mehr haben.«

»Aber der ist nicht erreicht. Wir halten noch durch. Nur noch ein kleines bisschen. Jemand wird kommen. Ganz sicher.«

»Ihr Vertrauen möchte ich haben.« Ragnarsson ließ den Kopf sinken, packte seine Tasche mit den letzten Medikamenten und wollte sich davonmachen.

»Helfen Sie einfach, wo Sie können«, sagte Sanchez. Ragnarsson nickte schlapp. Der Prätorianeroffizier hielt diesen noch einen Augenblick am Arm fest und senkte verschwörerisch die Stimme. »Helfen Sie den Kindern zuerst. Verstanden?«

Ragnarsson sah auf. Ihre Blicke begegneten sich. Seine Augen blitzten und er nickte. Erst dann ließ Sanchez ihn gehen. Azikiwe warf dem Prätorianercolonel einen undeutbaren Blick zu. »Glauben Sie wirklich, dass jemand kommt oder verbreiten Sie hier lediglich Durchhalteparolen?«

Sanchez warf einen Blick zur hohen Decke der Mine, als könnte er durch den Stein sehen und den Weltraum über ihnen beobachten. »Ich glaube daran«, erwiderte er schließlich. »Ich muss daran glauben. Ich habe keine andere Wahl. Keiner von uns hat das.«

7

Als Taran Stuullonor sich in sein Quartier begab und auf den Stuhl vor dem großen Bildschirm setzte, überkam ihn ein ungutes Gefühl. Was hier nun besprochen wurde, besiegelte das Schicksal nicht nur seines Clans, sondern das aller Clans von Kerem-da. Und vielleicht das aller Drizil. Er schluckte. An diesem Gedanken wollte er sich gar nicht festbeißen.

Er setzte sich. Ein Mensch hätte die Sitzgelegenheit als extrem unangenehm und ungemütlich empfunden, Taran hingegen spürte unwillkürlich, wie er sich entspannte.

Tat er das Richtige? Hatte er überhaupt das Recht, dies zu tun? Er wusste es selbst nicht zu sagen. Er wusste nur eines: Er hatte eine Verpflichtung gegenüber seinem Clan und seiner Heimatwelt Kerem-da. Und beide standen am Rande der Auslöschung.

In den Schiffen, die ihm folgten, befanden sich die Anführer der drei anderen auf Kerem-da heimischen Clans. Auch sie würden hingerichtet werden, falls der Rat sie für schuldig befand. Wenn sie alle sehr viel Glück hatten, dann traf es nur sie. Wahrscheinlicher war es, dass die Bestrafung auch ihre Clans betraf. Das würde Taran nicht zulassen. Niemals! Eher führte er sie in die Unabhängigkeit. Es war äußerst unwahrscheinlich, dass sie einen Kampf gegen ihre Lehnsherren überlebten, aber wenigstens starben sie dann im Kampf und nicht als Opferlämmer unter der Klinge eines Scharfrichters.

Taran streckte sich leicht und öffnete eine Verbindung zu seinem Zweiten Kommandanten. »Herr?«, meldete sich Karan augenblicklich.

»Ist es getan?«

»Ja, Herr. Die Verbindung wurde hergestellt.«

»Und man kann sie nicht auffangen oder zurückverfolgen?«

»Das ist … unwahrscheinlich.«

Taran wurde hellhörig. »Unwahrscheinlich oder unmöglich.«

»Ich habe meinen Ausführungen nichts hinzuzufügen.« Taran hörte eine gewisse amüsierte Note aus Karans Tonfall heraus.

»Das ist wenig ermutigend.«

»Bei dem, was Ihr vorhabt, gehört wohl ein Restrisiko dazu.«

Taran stieß ein gackerndes Lachen aus. Es half ihm, sich zu entspannen. Wenn die anderen irgendeine Art von Anspannung bei ihm wahrnahmen, war sein Vorhaben bereits jetzt zum Scheitern verurteilt.

Taran atmete einmal tief durch. »Tu es!«, befahl er.

Der große Bildschirm vor ihm erwachte schlagartig zum Leben. Die Abbilder von acht Drizil starrten dank einer Konferenzschaltung auf ihn herab. Die Übertragung flackerte leicht. Alle befanden sich auf Schiffen im Hyperraum. Bei allen handelte es sich um Clanführer kleinerer Clans. Sie alle litten unter ihren Verpflichtungen gegenüber Clans wie den Etrel' Kal-Drizil. Sie alle hatten große Opfer im Krieg gebracht und sie alle wollten nur noch, dass er endete.

»Meine Brüder«, begann Taran.

»Nenn mich nicht Bruder, Verräter!«, unterbrach ihn ein älterer Drizil grob. »Wir wissen, was du getan hast. Wir wurden zum Rat eingeladen, um uns deine Rechtfertigung anzuhören und deiner Hinrichtung beizuwohnen.«

Bei dem Sprecher handelte es sich um Isar Kantallor von den Mutai' Mai-Drizil der Welt Kanta-do. Ein unerschütterlicher Verfechter der alten Ordnung, die Menschen würden sagen, ein Mann des Status quo. Ihn zu überzeugen, dürfte am schwersten werden, doch Taran hatte nichts anderes erwartet.

Taran war das Gespräch im Vorfeld immer und immer wieder im Geiste durchgegangen, hatte Strategien entworfen, sich überlegt, was seine Gegenüber antworteten, Gegenstrategien ersonnen und diese wieder verworfen. Aber letzten Endes zählte bei den Drizil nur der Mut, also entschloss er sich für eine ungewöhnliche Strategie, die viele seiner Gegenüber überraschen würde: die Wahrheit.

»Ja, ich bin ein Verräter«, begann er von Neuem. Isars Augen wurden groß. Tarans Vorhersage traf zu. Damit hatte der andere Clanführer nicht gerechnet. »Ich habe meine Truppen und Schiffe vom Kampf über Perseus abgezogen. Möchtet ihr auch wissen, weshalb?«

»Aus Feigheit!«, zischte Isar.

»Lass ihn sprechen!«, fauchte Tairis Erworor von den Raget'Asril-Drizil der Welt Sayler-dem. Taran nickte seinem alten Freund dankbar zu. Tairis und er waren zusammen aufgewachsen und fühlten füreinander wie wirkliche Brüder. Nicht wie die Floskel, mit der man gegenüber anderen Drizil Respekt und Höflichkeit zeigte. Von allen hier versammelten Clanführern, war Tairis derjenige, der vermutlich am ehesten bereit war, ihm in den Aufstand zu folgen.

»Nein, nicht Feigheit. Es war Abscheu. Abscheu vor dem Gräueltaten, die unser Volk verübte. Abscheu vor dem nicht enden wollenden Blutvergießen, das uns zur Schande gereicht. Unsere Taten brandmarken uns und unsere Kinder für ewig. Ich habe beschlossen, dem ein Ende zu setzen und bei diesem brutalen Spiel nicht länger als Figur auf dem Spielfeld zu dienen. Was hat uns denn der Krieg gebracht? Nichts als Leid.« Sein Blick zuckte in Isars Richtung. »Wie viele deiner Söhne musstest du zu Grabe tragen? Sag mir das, Isar.«

Der angesprochene Clanführer senkte den Blick. »Drei.«

»Das sind drei zu viel«, ergänzte Taran. »Wir müssen dem ein Ende setzen.«

Isars Kopf kam hoch, seine Augen blitzten. »Vergisst du da nicht etwas? Haben nicht die Menschen den Krieg begonnen? Haben sie nicht zuerst geschossen? Wir wollten sie warnen, ihre Finger von den Anlagen der Meister zu lassen. Doch in ihrer Arroganz wollten sie nicht hören und beschossen unsere Schiffe, die in Frieden kamen.«

»Das habe ich keineswegs vergessen. Aber was geschehen ist, ist geschehen. Inzwischen weiß ich auch, dass diese Taten von der imperialen Führung ausgingen und die Menschen an sich keine Ahnung davon hatten.«

»Und das macht es entschuldbar?«

»Nein, aber es macht es verständlicher. Die Etrel'Kal haben die menschliche Kolonie Marianna und mehrere andere Welten der Menschen zerstört. Ausgelöscht mit Männern, Frauen und Kindern. Die Schuldigen wurden ebenso verdampft wie die Unschuldigen. Kann einer von euch behaupten, er fände das richtig?«

Schweigen antwortete ihm. »Wir können das nicht länger tolerieren.«

»Was können wir schon ausrichten?«, wollte Tairis wissen. »Unsere Lehnsherren bringen zehnmal so viele Schiffe und Truppen auf wie wir.«

»Ja«, stimmte Taran zu. »Wenn wir von reinen Zahlenverhältnissen ausgehen. Doch ihre Streitkräfte sind nicht an einem Ort versammelt. Sie sind über die Heimatwelten, die eroberten menschlichen Kolonien sowie die Front verteilt. Viele ihrer besten Schiffe und Truppen sind in tödliche Kämpfe bei Equuro, Vector Prime und Barinbau verwickelt. Mit einem Wort: Sie sind verwundbarer, als sie es je zuvor waren.«

Tairis hob den Kopf. »Was schlägst du also vor?«

Taran zögerte. Das war die Frage, vor der er sich die ganze Zeit gefürchtet hatte. Nun galt es, alles auf eine Karte zu setzen. Noch während sich dieser Gedanke in seinem Geist formierte, stutzte er. Das war eine menschliche Redewendung. Vielleicht hatte er tatsächlich zu viel Zeit in der Gesellschaft von Carlo Rix verbracht.

»Wenn wir unsere Schiffe und Truppen von der Front abziehen und gemeinsam in die Waagschale werfen, wären wir ein echter Machtfaktor.«

»Um was zu tun?«, fragte Isar vorsichtig.

»Die anderen Clans zum Frieden zu bewegen«, erwiderte Taran sofort. »Clans wie die Etrel'Kal-Drizil. Clans, die sich am Blutvergießen ergötzen, das Sterben aber zum großen Teil ihren Vasallen überlassen. Uns.«

Isars Augen blitzten vom Bildschirm herab. »Das höre ich mir nicht länger an. Das ist Verrat. Die anderen Clans werden das niemals dulden. Was du da vorschlägst, führt direkt in einen Bürgerkrieg. Du würdest tatsächlich deine Klingen erheben gegen deinen Drizilbruder? Würdest sein Blut vergießen? Schande über dich, Taran! Ich hätte nie erwartet, eines Tages solche Worte von einem anderen Drizil zu hören.«

»Vielleicht sollten wir diese Möglichkeit tatsächlich erwägen«, wandte Tairis in nachdenklichem Tonfall ein.

»Soll das vielleicht ein Witz sein?«, herrschte Isar ihn an. »Die Meister kommen zurück. Vielleicht schon bald. Nach allem, was wir wissen, könnten sie bereits auf dem Weg sein. Das ist der falsche Zeitpunkt, unser eigenes Volk ins Chaos zu stürzen.«

»Die Rückkehr der Meister ist nur ein weiterer Grund, weshalb wir mit den Menschen Frieden schließen müssen. Sollten die Meister tatsächlich in unsere Galaxis zurückkehren, könnten die Menschen starke Verbündete in unserem Kampf sein. Wenn wir sie unterwerfen, müssen wir uns den Nefraltiri allein stellen.«

Bei der Erwähnung des wahren Namens der Meister zuckten alle Drizil unwillkürlich zusammen. Es war ein Tabu, ihn laut auszusprechen. Es galt als böses Omen. Schlimmer noch, der Volksmund behauptete, die Nefraltiri könnten es hören und man lenkte ihre Aufmerksamkeit auf sich.

»Wie kannst du es wagen?«, fauchte Isar.

»Was soll denn groß passieren?«, hielt Taran dagegen. »Ich bin auf dem Weg zu meiner Hinrichtung. Ein Krieger kann nur einmal sterben.«

»Aber die Art und Weise, wie er stirbt, spielt eine große Rolle.« Isars Verachtung wurde offenkundig. »Du bringst Schande über deine Vorfahren, deine Heimatwelt und deinen Clan.«

»Ich will meine Heimatwelt und meinen Clan retten.«

»Du hast nur Angst vor dem Tod«, beharrte Isar. »Deswegen versuchst du alles, um uns ebenfalls mit in den Abgrund zu reißen. Du hoffst, dadurch könntest du vielleicht überleben.«

»Ich habe Angst«, gab Taran freimütig zu. Isar bekam erneut große Augen. Bei den Drizil galt es als unehrenhaft zuzugeben, man verspüre Angst. Angst war etwas, was nur der Gegner kannte, allen voran die Menschen. Aber wenn ihn seine Zeit auf Perseus etwas gelehrt hatte, dann, dass die Wahrheit gar nicht weiter entfernt sein konnte.

»Ich habe Angst«, wiederholte Taran. »Angst um meine Frauen, meine Kinder, das Schicksal meines Clans und das Schicksal aller Drizil auf Kerem-da.« Er deutete auf Isar. »Isar Kantallor spricht viel Wahres. Die Nefraltiri kehren zurück. Vielleicht morgen, vielleicht übermorgen, vielleicht auch erst in fünfzig Jahren, doch kommen werden sie. Ein Grund mehr, dass wir nicht länger als Sklaven leben dürfen. Die Menschen sind nicht alle schlecht. Die Propaganda hat uns gelehrt, dass der Mensch dekadent, von Hass zerfressen und niederträchtig ist. Dennoch hat mich meine Zeit auf Perseus etwas Gegenteiliges gelehrt. Die Menschen könnten wertvoll für die Zukunft der Drizil sein. Wertvoller, als irgendeinem von euch klar ist.«

»Bist du dir da wirklich sicher?«, meinte Tairis kleinlaut.

»Ich hätte euch nicht rufen lassen, wenn es nicht so wäre. Ich sage, die Zeit für Veränderungen ist jetzt. Es wird keine Verbesserung unserer Situation geben, es sei denn, wir nehmen sie uns.«

»Auch mit Gewalt?«, fragte Isar.

»Auch mit Gewalt«, bestätigte Taran. »Es muss erst schlimmer werden, bevor es besser werden kann. Unser altes System muss fallen, damit die Drizil in eine neue Zukunft gehen können – gemeinsam mit den Menschen. Das ist unser Schicksal. Keine Lehnsherren mehr. Keine Vasallen mehr. Kein Feudalsystem mehr. Nur noch gleichberechtigte Drizil. Nur dann können wir bestehen, wenn wir uns mit den Nefraltiri befassen müssen. Denn die Drizil werden nie wieder Sklaven sein. Keine Sklaven des eigenen Volkes und keine Sklaven der Nefraltiri.« Tarans Blick hob sich. »Es ist nun an der Zeit zu kämpfen, meine Brüder.«

Die Drizil wechselten verhaltene Blicke. Sogar Isar schien irgendwie von Tarans Worten berührt. Schließlich musterte der alte Drizil ihn mit undeutbarer Miene.

»Wir brauchen noch einige Tage nach Astar-do. Wir werden die Zeit nutzen, um uns zu beraten. Du hast uns viel zum Nachdenken gegeben.«

Taran nickte. »Tut das. Und erwägt eure Möglichkeiten gründlich. Zum Wohle unserer Clans und dem aller Drizil.«

Jeder Clanführer neigte das Haupt und kappte anschließend die Verbindung – bis nur noch Isar übrig blieb. Der Clanführer sah einen endlos scheinenden Augenblick auf Taran herab, bevor er schließlich ansetzte, etwas zu sagen.

»Drei meiner Söhne sind tot, Taran. Ich möchte die zwei letzten nicht auch noch verlieren.«

Ohne auf eine Antwort Tarans zu warten, kappte Isar die Verbindung. Taran dachte über die rätselhaften Worte des anderen Drizil nach. Sie konnten alles bedeuten – oder aber nichts. Vielleicht war es ein Hinweis darauf, dass er gar nicht abgeneigt wäre, Taran in seinem Unterfangen zu folgen, den Krieg endlich zu beenden. Auch wenn es bedeutete, sich gegen das eigene Volk zu stellen. Oder es bedeutete, er wollte die Menschen unterworfen sehen und den Krieg auf diese Weise beenden. Was Isar damit hatte sagen wollen, musste wohl die Zukunft zeigen.

»Herr?«, drang Karans Stimme aus der Komanlage des Schiffes. Taran bestätigte die Verbindung.

»Ja?«

»Wie lief es?«, wollte sein Zweiter Kommandant neugierig wissen.

»Ich habe nicht die geringste Ahnung. Das werden wir wohl erfahren, sobald wir Astar-do erreichen. Es könnte so oder so ausgehen.« Er kappte die Verbindung, bevor Karan etwas erwidern konnte. Taran benötigte Zeit zum Nachdenken. Noch niemals zuvor hatte er so tief in seinen Eingeweiden gespürt, wie das Schicksal unzähliger Drizil von den Entscheidungen der nächsten Tage abhing. Bald würde sich herausstellen, was das Ehrgefühl seines Volkes wirklich wert war.

8

Edgar Cutter hätte sich nie träumen lassen, hier noch einmal herzukommen. Der Planet Ragash V war nur ein schwacher Schimmer vor dem sternengesprenkelten Schwarz des Weltraums. Der Planet wurde umschwärmt von unzähligen Schiffen, bei denen es sich zweifellos um Nachschubtransporter sowie deren Eskorten handelte.

Der Offizier der Schattenlegion schürzte die Lippen. Trotz dieser Zurschaustellung von logistischer Macht nahmen die Transportkonvois nur eine untergeordnete Rolle in seinen Überlegungen ein. Es war sein erklärtes Ziel, die Basis am Boden auszuschalten, sodass dieser Strom an Nachschub für die Drizilfronttruppen zum Erliegen kam. Eine einfach formulierte Aufgabe, jedoch schwierig genug umzusetzen.

Zwei Zenturien der Schattenlegion befanden sich derzeit an Bord der HMS GILGAMESCH, eines Schlachtkreuzers der Behemoth-Klasse unter dem Kommando von Captain Regina Antoni. Die GILGAMESCH führte einen Verband von acht Großkampfschiffen und zwanzig Torpedobooten an, die sich ins Ragash-System geschlichen hatten und sich nun in der Nähe des zweiten Planeten versteckten.

Edgar beobachtete auf Antonis taktischem Hologramm den regen Schiffsverkehr zwischen den Randgrenzen des Systems und dem bewohnten Planeten. Nach einer gefühlten Ewigkeit bedrückten Schweigens pfiff der Legionär leise durch die Vorderzähne. Antoni sah auf. Die Kommandantin der GILGAMESCH trug ihr dunkles Haar nackenlang. Es wirbelte bei jeder Kopfbewegung um ihr schmales Gesicht. Ihre Mimik drückte Skepsis aus.

»Und dagegen sollen wir antreten? Kann mir Rix vielleicht auch sagen, wie wir das mit gerade mal acht Schiffen schaffen sollen? Es befinden sich gut hundertzwanzig Schiffe im System. Bei etwa einem Viertel handelt es sich um Kriegsschiffe.«

Edgar schüttelte leicht den Kopf. »Wir müssen nicht ihre gesamte

Flotte vernichten, sondern sollen lediglich die Basis am Boden lahmlegen. Damit dünnen wir auch den Strom an Nachschub in Richtung Front aus.«

»Leichter gesagt als getan. Haben Sie auch einen Plan, wie Sie das anstellen?«

»Ich war schon einmal hier und wir sind wieder weggekommen – und das mit nur einem einzelnen Feuertrupp. Mit zwei Zenturien der Schattenlegion werden wir eine Menge Schaden anrichten. Vorzugsweise, ohne dabei draufzugehen.«

Antoni verzog die Miene. »Mit anderen Worten, Sie haben keinen Plan. Wissen Sie wenigstens, wie Sie auf den Planeten kommen?«

Edgar schnaubte. »Ich habe nicht die geringste Ahnung. Das letzte Mal nutzten wir ein Schmugglerschiff und haben durch das Trümmerfeld den Planeten angeflogen.«

Antoni schüttelte den Kopf. »Das dürfte wohl dieses Mal nicht gehen. Die Drizil haben diese Lücke ihrer Verteidigung mit Sicherheit geschlossen.« Sie sah erneut auf. »Bullfroggs?«

»Dazu müssten wir näher ran.« Er deutete auf das Hologramm. »Und außerdem da durch. Kein besonders ermutigender Gedanke.«

Antoni fuhr sich mit Daumen und Zeigefinger leicht über Kinn und Wangenpartie. »Es wäre alles bedeutend einfacher, wenn die Drizil ihre Wacheinheiten nur ein wenig anders positionieren würden. Wenn sie ihre Schiffe von der Rückseite des Planeten abzögen, könnte man dort ein Landemanöver starten, ohne dass sie es mitkriegen.«

Edgar warf ihr einen Seitenblick zu. »Interessant. Und wie stellen wir das an?«

»Ein Ablenkungsangriff. Wir müssten sie lediglich glauben machen, dass einer ihrer Konvois bedroht wird. Sie müssten reagieren. Sie hätten keine andere Wahl.«

»Mit nur acht Schiffen? Hört sich eher nach Selbstmord denn einem praktikablen Plan an.«

»Nicht unbedingt. Wir müssten nur schnell sein. Und es wären nur sieben Schiffe. Das achte würde Ihre Leute absetzen.«

»Mit Bullfroggs?«

Antoni schüttelte den Kopf. »Zu auffällig und nicht manövrierfähig. Sollte Ihnen ein feindlicher Jäger begegnen, war's das. Sie nehmen Sturmschiffe und starten vom Träger aus.«

»Die HEPHAISTOS«, murmelte Edgar. »Dann muss ihr Ablenkungsangriff aber klappen, sonst sind wir am Arsch. Der Träger wird sich nicht gegen ein Drizilkriegsschiff wehren können. Sollte Ihr Trick nicht funktionieren, sind wir alle tot.«

»Dann muss ich meinen Job wohl gut machen«, erwiderte Antoni etwas pikiert.

Edgar senkte leicht den Blick. »Ich wollte nicht andeuten …«

Antoni winkte ab, bevor er seinen Satz beenden konnte. »Schon gut, unser aller Nerven liegen blank. Begeben Sie sich zu Ihren Leuten und setzen Sie zum Träger über. Wir starten den Einsatz, sobald ich einen Konvoi finde, bei dem unser Trick klappen könnte.«

Edgar nickte. Kurz bevor er die Brücke der GILGAMESCH verließ, hielt ihn Antonis Stimme noch zurück. »Und Cutter?« Er hielt inne und wandte sich halb um. Er warf ihr einen Blick über seine Schulter zu. Sie nickte lächelnd.

»Viel Glück!«

»Ihnen auch, Captain!« Er setzte sich erneut in Bewegung. »Sie werden es mehr brauchen als ich«, murmelte er so leise, dass ihn niemand verstehen konnte.

Becky sah vom Säubern ihrer Waffe auf, als Edgar das kleine Quartier an Bord der GILGAMESCH betrat. »Und?«, fragte sie mit vor Vorfreude vibrierender Stimme.

Edgar nickte. »Es geht los, Leute. Wir ziehen in den Krieg.«

Becky klatschte in die Hände und erhob sich geschmeidig. »Das wird auch endlich Zeit.« Sie drehte sich um und gab der Koje, in der Vincent vor sich hin döste, einen unsanften Stoß. »Wach auf, Dornröschen. Es gibt Drizil abzumurksen.«

Vincent war sofort hellwach. Er schwang sich aus dem Bett und begann wortlos damit, sich seine Rüstung anzulegen. Edgar runzelte die Stirn und warf Becky einen schnellen Blick zu. Diese zuckte lediglich die Achseln. Edgar seufzte. Also dieses leidige Thema wieder. Vincent hatte erneut versucht, bei seiner Kameradin zu landen – und war gescheitert.

Edgar knirschte unbewusst leicht mit den Zähnen. So langsam ging ihm dieses Spielchen gehörig auf die Nerven. Vor allem so kurz vor einem Einsatz konnten sich diese Reibereien als äußerst gefährlich erweisen.

Beinahe wünschte er, Becky hätte den verliebten jungen Legionär rangelassen, nur damit dieser jetzt den Kopf bei der Sache hätte. Vincent trug eine mürrische Miene zur Schau.

Edgar musterte ihn eindringlich. »Alles in Ordnung?«, fragte er.

Vincent hob den Kopf. »Alles bestens«, erwiderte dieser mit versteinerter Miene.

Edgar schürzte die Lippen. Er glaubte dem Legionär kein Wort. Wenn das so weiterging, würde er ihm den Kopf waschen müssen – bevor jemand aufgrund von Unachtsamkeit zu Schaden kam. Er hatte gute Lust, den Mann dieses Mal auf der Ersatzbank zu lassen, doch sie waren ohnehin schon unterbesetzt. Sie standen mit nicht einmal vierhundertfünfzig Mann gegen eine feindliche Nachschubbasis. Er konnte auf Vincent nicht verzichten.

»Weckt Galen und bringt die Zenturie auf Vordermann. Aufbruch in zehn Minuten.« Mit diesen Worten drehte er sich um und verließ voll düsterer Vorahnung das kleine Quartier.

Captain Regina Antoni musste nicht lange auf ihre Chance warten. Die Konvois der Drizil verließen das System in Standardformation. Das bedeutete drei Drizilkriegsschiffe flogen als Vorhut an der Spitze, drei als Nachhut am Ende und jeweils drei schützten die Flanken im Halbkreis um ihre Schützlinge positioniert. Dazwischen befanden sich die Transporter – Dutzende von ihnen, voll beladen mit feindlichen Truppen oder Nachschub für die Front. Alle zwei Stunden verließ ein Konvoi den Planeten und nahm Kurs auf das äußere System. Sobald sie die nötige Geschwindigkeit aufgebaut hatten, führten sie den Sprung aus.

Antonis Plan sah vor, einen der Konvois vor dem Erreichen der Systemgrenze abzufangen. Ein Schiff, das sich der Sprunggeschwindigkeit annäherte, verlor einen Großteil seiner Manövrierfähigkeit. In diesem Moment war es für einen Angriff am verwundbarsten. Die Drizil waren technisch hoch entwickelt, doch diese einfache Tatsache galt auch für sie. Astrophysikalische Gesetze waren allgemeingültig; ihnen mussten sich auch die Fledermausköpfe beugen. Dies würde die zahlenmäßige Überlegenheit des Gegners wettmachen.

Antonis sieben Schiffe befanden sich auf Schleichfahrt an der Grenze zwischen äußerem und innerem System. Alle nicht unbedingt notwendigen Systeme waren heruntergefahren, damit die feindlichen Sensoren nichts auffingen, was die Terraner verraten konnte. Hier draußen gab es keinen Planeten mehr, hinter dem sie sich verstecken konnten.

Antoni wischte ihre schweißnassen Hände an der Lehne ihres Kommandosessels ab. Sie war schon lange nicht mehr vor Beginn eines Gefechts dermaßen nervös gewesen.

Die Kommandantin der GILGAMESCH rief ihr taktisches Hologramm auf. Die HEPHAISTOS hatte das Trümmerfeld beinahe erreicht. Ähnlich wie die GILGAMESCH und ihre Begleitflotte hatte der Träger sämtliche Energie bis auf einen Teil der Lebenserhaltung heruntergefahren und ließ sich von der eigenen Masseträgheit ins System tragen. Erst kurz vor Erreichen des ehemaligen Schlachtfelds, würde das Schiff seinen Antrieb wieder aktivieren und nur mittels kurzer Schübe aus den Manövriertriebwerken hindurchnavigieren. Es war ein riskantes Unterfangen, doch Antoni sah nicht, welche Alternative ihnen blieb.

Ihr XO trat hinzu. Er warf einen kurzen Blick auf sein Datenpad, auf dem Sensorergebnisse eingespielt wurden. »Feindliche Schiffe in Abfangreichweite.«

Antoni nickte. »Dann starten wir jetzt den Einsatz.« Sie atmete einmal tief durch. »Energie hochfahren.«

Captain Nick Franco vom Träger HMS HEPHAISTOS neigte den Kopf zur Seite und sah zu Edgar auf. »Die GILGAMESCH greift den Drizilkonvoi an.«

Edgar schürzte die Lippen. »Ich hoffe, die Drizil fressen den Köder.«

»Müssten sie eigentlich.« Franco schnaubte. »Sonst wird das ein kurzer Ausflug.«

Edgar warf dem Captain des Trägers einen amüsierten Seitenblick zu. »Sie sind heute ja gut gelaunt.«

Dieser zuckte die Achseln. »Alles ist besser, als bei Vector Prime zu sitzen und darauf zu warten, dass die Drizil anklopfen. Ich bevorzuge es, den Kampf zum Feind zu tragen.«

Edgar seufzte. »Wenn das nur immer so einfach wäre!«

Franco nickte, wandte sich stattdessen jedoch an seinen XO. »Wir erreichen gleich das Trümmerfeld. Antrieb auf Minimalleistung hochfahren.«

Die imperialen Schiffe führten den ersten, verheerenden Schlag gerade in dem Moment, in dem die feindlichen Schiffe beinahe Sprungeschwindigkeit erreicht hatten und in die letzte Phase vor dem Sprung eintreten wollten.

Die ersten Salven zertrümmerten mühelos die drei Vorhutschiffe – zwei Drizilfregatten und einen Zerstörer. Aufgrund der hohen Geschwindigkeit der Geschosse, hatten die Raumer kaum eine Chance. Zwei von ihnen endeten als sich ausbreitende Trümmerwolke, das andere als tot im All treibendes Wrack. Doch damit war der Überraschungseffekt dahin. Die Drizil schüttelten den Schreckmoment in beeindruckender Geschwindigkeit ab und reagierten mit übermenschlicher Disziplin.

Deren verbliebene Eskorteinheiten bremsten schneller ab, als es in einer vergleichbaren Situation terranischen Schiffen möglich gewesen wäre. Die Transporter zerstreuten sich, weg von den Angreifern, während ihre Begleiter ausschwärmten und eine Abwehrlinie zwischen den terranischen Schiffen und den Frachtern bildeten. Die Drizil feuerten, sobald sie Antonis Schiffe anpeilen konnten. Und auch der Beschuss erwies sich als erschreckend effektiv.

Die GILGAMESCH erlitt mehrere Volltreffer auf Waffen- und Kommandodeck. Rote Symbole und Warnmeldungen leuchteten auf Antonis Hologramm auf und buhlten um ihre Aufmerksamkeit. Der Schlachtkreuzer hatte einiges abbekommen.

Antoni biss die Zähne zusammen. Um den Gegner vom Planeten abzulenken, mussten ihre Schiffe den Eindruck erwecken, sie wären viel zahlreicher, als es eigentlich der Fall war. Sie musste in den sauren Apfel beißen.

»Alle Einheiten vorrücken!«, befahl sie. »Feuer auf feindliches Zentrum konzentrieren und Linie durchstoßen!«

Antonis Einheiten preschten mit allen Waffen feuernd wild vor. Und die Drizil erwarteten sie bereits.

Es war ein beklemmendes Gefühl, an Bord eines Trägers nur mittels Manövriertriebwerke durch einen Schiffsfriedhof zu treiben.

Die HEPHAISTOS wich allem aus, was groß genug war, um ihr Schaden zuzufügen, und schob alles beiseite, was zu klein hierfür war. Trotzdem glaubte Edgar zu hören, wie die Trümmerstücke von der Außenhülle des Trägers abprallten und jedes Mal Schaden anrichteten. Das war natürlich Unsinn und bloße Einbildung, er konnte aber nichts dagegen tun.

Er schluckte schwer. »Wie lange noch?«, wollte er wissen. Er warf Franco einen kurzen Blick zu. Schweiß glänzte auf der Stirn des Schiffskommandanten, eine wenig ermutigende Erinnerung an die Nervosität, die der Mann empfand.

»Bald. Nur noch ein paar Minuten.«

»Ob der Trick geklappt hat?«

Franco zuckte die Achseln. »Wissen wir erst, wenn wir durch sind. Ich kann es nicht riskieren, mit aktiven Sensoren den Raum vor uns abzutasten.« Der Mann sah auf. »Sie sollten jetzt aufs Flugdeck. Sobald wir durch sind, geht es los.«

Edgar nickte und verließ schnellen Schrittes die Brücke der HEPHAISTOS. Er unterließ es, einen letzten Gruß von sich zu geben. Es hätte ihm das Gefühl gegeben, Franco und die Besatzung des Trägers nie wiederzusehen.

Der Begleitkreuzer HMS EDINBURGH explodierte, gefolgt vom Angriffskreuzer BATTLEAXE. Antoni spürte eine Aufwallung von Trauer. Beides waren gute Schiffe mit hervorragenden Besatzungen gewesen. Antoni hatte die Skipper der Schiffe bereits seit Langem gekannt und auch schon gemeinsame Missionen mit ihnen durchgeführt. Sie waren Freunde gewesen.

Antoni schob ihre Trauer mit eiserner Entschlossenheit beiseite. Der Tod dieser Soldaten war tragisch, doch nicht umsonst. Der kleine terranische Verband hatte die gegnerische Abwehrlinie durchbrochen und dabei zwei feindliche Fregatten zerstört und einen Zerstörer zum Abdrehen gezwungen. Das Schiff zog einen Schwanz aus geborstener Panzerung und entweichender Atmosphäre hinter sich her. Die feindliche Abwehrlinie brach auseinander und stob in alle Richtungen davon, in der Hoffnung, sich neu formieren zu können. Antoni konsultierte ihr taktisches Hologramm.

Ihre verbliebenen sieben Torpedoboote agierten wie ein Schwarm Piranhas. Sie griffen ohne Unterlass die Schiffe an, die sich als Bedrohung erweisen konnten, und vereitelten damit effektiv jeden Versuch der Fledermausköpfe, Ordnung in das Chaos zu bringen. Das würde jedoch nicht lange anhalten. Früher oder später würde Verstärkung eintreffen und dem Spuk ein Ende machen. Noch während sich dieser Gedanke formierte, verschwanden die Symbole zweier Torpedoboote von ihrem Plot. Zurück blieben fünf der zerbrechlichen kleinen Schiffe, die weiterhin versuchten, dem Gegner Ärger zu machen. Doch ihnen lief die Zeit davon. Niemand wusste dies mit größerer Klarheit als Antoni selbst.

Antonis Blick glitt durch das Brückenfenster. Die feindlichen Transporter befanden sich nun innerhalb der effektiven Gefechtsdistanz ihrer Bordwaffen. Ihre Lippen teilten sich zu einem wölfischen Lächeln.

Zwei Sturmboote verließen elegant die Öffnung am Bug der HEPHAISTOS. An Bord des einen befand sich Zenturie *Dunkler Sturm* unter dem Kommando von Captain Edgar Cutter. Das andere beförderte Captain Lee Monroe und dessen Zenturie *Kampf bis zum Tod*. Sobald die Sturmboote sich im All befanden, nahmen sie Kurs auf den Planeten. Zwei Haie, die in der Nacht jagten.

Die HEPHAISTOS legte den Rückwärtsschub ein und begab sich zurück in die vorübergehende Sicherheit des Trümmerfelds. Wenn alles nach Plan verlief, würde sie dort auf die Rückkehr der zwei Zenturien warten und sie anschließend wieder aufnehmen. Aber wann wäre schon mal etwas nach Plan verlaufen?

Edgar schob den Gedanken beiseite. Jetzt war nicht der Augenblick, sich derart fatalistischen Überlegungen hinzugeben.

Edgar hob den Kopf und warf einen Blick an der bulligen Schulter des Piloten vorbei aus dem Frontfenster des Vehikels. Vor ihnen wurde der Planet immer größer. Franco hatte ihnen eine Jägereskorte mitgeben wollen, doch Edgar hatte sich dagegen ausgesprochen. Je mehr Schiffe sich im All bewegten, desto höher die Gefahr, entdeckt zu werden.

Eigentlich hatte er sich geschworen, den Piloten einfach seine Arbeit machen zu lassen, irgendwann hielt er es jedoch einfach nicht mehr aus und so öffnete er eine Funkverbindung.

»Und?«, fragte er schlicht.

»Weltraum ist frei«, erwiderte der Pilot. »Keine Feindaktivität in gefährlicher Distanz. Aktiviere jetzt elektronische Kriegsführung.«

Trotz der beruhigenden Worte spürte Edgar die Anspannung in der Stimme des Mannes. Er kappte die Verbindung, lehnte sich zurück und ließ den Mann seine Arbeit machen.

Die elektronische Kriegsführung sandte Störfelder aus, die die Sturmboote für Drizilsensoren nur sehr schwer auffindbar machten. Mit etwas Glück tauchten sie nur hin und wieder als schwaches Signal auf, dessen Anflugvektor sich nicht genau bestimmen ließ.

Edgar nickte zufrieden und sagte sich immer wieder, dass sie im Moment so sicher waren wie nur irgend möglich. Die wahren Probleme begannen erst nach ihrer Landung.

»Wir haben definitiv ihre Aufmerksamkeit«, meinte Antonis XO, während Geschosse und Energiestrahlen von allen Seiten auf ihre geschwächte Truppe einhämmerten.

Rund um Antonis kleinen Verband lagen die zerbrochenen, zerschmetterten Überreste von fast drei Dutzend Driziltransportern. Die Leichen von unzähligen Fledermausköpfen trieben verstümmelt und durch die zahlreichen Explosionen halb verbrannt im All.

Antoni war überaus stolz auf ihren Verband. Sie hatten viel erreicht, nicht zuletzt, die Drizil rasend vor Wut zu machen. Sie hatten in der Tat die Aufmerksamkeit des Gegners voll und ganz vom Planeten abgelenkt und auf sich gezogen. Nun musste sie ihre Leute hier nur noch irgendwie rausschaffen.

Der erste Impuls eines Menschen bestand darin, abzubremsen und in die Richtung zu entkommen, aus der er seinen Angriff geführt hatte. Das war nur natürlich und Teil des menschlichen Instinkts. Raumschiffskommandanten des Imperiums wurden jedoch dazu ausgebildet, diesen zu ignorieren und sich stattdessen ihrer Umgebung und deren Möglichkeiten voll bewusst zu werden. Also befahl sie das genaue Gegenteil.

»Alle Schiffe auf Maximalgeschwindigkeit beschleunigen. Sobald wir Sprunggeschwindigkeit erreichen, verschwinden wir aus diesem System. Errechnen Sie einen infrage kommenden Kurs.«

»In dieser Richtung befinden sich aber nur vom Feind besetzte Welten«, meinte ihr XO gepresst.

»Ich weiß, aber *irgendwo anders* ist besser als *hier*. Wir müssen hier weg. Tun sie es!«

Ihr XO gab die Anweisung weiter. Ihr Verband war inzwischen auf vier Schiffe und drei Torpedoboote geschrumpft. Und alle steckten mächtig Schaden ein.

Der Angriffskreuzer ZENTURIO sowie der Behemoth-Schlachtkreuzer VARUS lieferten sich ein erbittertes Lichtwerfergefecht mit zwei feindlichen Zerstörern. Mindestens ein Dutzend feindlicher Fregatten belagerten die Positionen von Antonis Verband. Sie war heilfroh, dass sie es bisher nur mit leichteren Drizilschiffen zu tun hatten. Doch der Feind schloss mit Verstärkung schnell auf. Er führte Trägerschiffe sowie mindestens vier Flaggschiffe der Intruder-Klasse heran. Sobald diese es schafften, sich auf Gefechtsentfernung zu nähern, war es vorbei.

Der Begleitkreuzer HADRIAN erlitt schweren Schaden an der Antriebssektion. Er fiel weit hinter den restlichen Verband zurück.

Jede Faser in Antonis Körper schrie danach abzubremsen, um den bedrängten Kameraden zu helfen. Doch auch diesen Impuls kämpfte sie eisern nieder. Wenn sie die angeschlagene HADRIAN verteidigten, würden noch mehr sterben. Genauer gesagt: alle.

Drei feindliche Fregatten schoben sich in den Weg der GILGAMESCH. Der Schlachtkreuzer feuerte mit seiner gesamten Frontbewaffnung, da er aber seine Aufmerksamkeit auf alle drei Schiffe gleichermaßen richten musste, schafften dessen Bordwaffen es nicht, die Panzerung auch nur eines der gegnerischen Schiffe zu knacken. Der Schlachtkreuzer scheuchte den Gegner lediglich auseinander, was unter den gegebenen Umständen bereits als Teilerfolg zu werten war.

Weitere Energiesalven prasselten auf die GILGAMESCH ein. Über Antonis taktisches Hologramm jagten in schneller Folge Schadensmeldungen. Denen zufolge war die Panzerung über Deck drei geknackt, zwei Batterien der Bugbewaffnung ausgefallen und nur noch die Hälfte der Torpedorohre einsatzbereit.

Die drei Feindschiffe schwärmten aus, um die GILGAMESCH in die Zange zu nehmen. Antoni knirschte mit den Zähnen. Die Drizilverstärkungen rückten von achtern näher. Das Symbol der HADRIAN verschwand mit schockierender Plötzlichkeit vom Plot.

Die VARUS und die ZENTURIO erledigten in Gemeinschaftsarbeit einen der beiden Zerstörer und zwangen den anderen zum Rückzug. Der Preis dafür war jedoch hoch. Beide Schiffe übermittelten ihre Schadens- und

Verlustlisten an das Flaggschiff. Antoni überflog sie und währenddessen griff eine eisige Klaue nach ihrem Herzen. Beide Schiffe hatten fast ein Drittel ihrer Besatzung verloren und wurden nur noch durch gute Wünsche und Spucke zusammengehalten.

Antonis Verband war dabei auseinanderzubrechen und diese drei Schiffe voraus positionierten sich so, dass die terranischen Einheiten nicht genug Geschwindigkeit für einen Sprung aufbauen konnten.

»Berechnungen sind abgeschlossen«, meldete ihr XO plötzlich. »Wir haben ein infrage kommendes Zielsystem gefunden. Es ist sogar unbewohnt, und wenn wir Glück haben, gibt es dort auch keine feindliche Militärpräsenz.«

Antoni schnaubte. »Das war alles sinnlos, wenn wir nicht an denen vorbeikommen.«

Ihr Blick zuckte kurz zum taktischen Hologramm. Der Kreis der Gegner zog sich enger. Dabei wurde deren Taktik offenkundig. Die leichteren Einheiten blockierten die Terraner und verschafften den schwereren Zeit aufzuschließen: eine einfache, doch immer wieder wirkungsvolle Vorgehensweise.

Antoni zog den Kopf zwischen die Schultern und wollte gerade den Frontalangriff befehlen, in der Hoffnung, dass wenigstens ein oder zwei Schiffe durchkamen, als etwas geschah, mit dem sie nicht gerechnet hatte.

Die drei überlebenden Torpedoboote preschten vor und hielten auf die Feindfregatte zu, die das gegnerische Zentrum hielt. In schneller Folge entließen die drei Schiffe mehrere Schiffskillertorpedos auf den Gegner. Diese konterten mit Abwehrlasern, die ein tödliches Netz woben. Alle bis auf eines der Geschosse wurden aus dem All gefegt. Der letzte Torpedo schlug ein, knackte die Panzerung und riss ein Loch von fünf Metern Durchmesser in die Außenhülle des gegnerischen Schiffes.

Die Torpedoboote waren jedoch noch nicht fertig. Nach allgemein gültiger Militärdoktrin für den Einsatz der schnellen, kleinen Schiffe sollten Torpedoboote einen Angriff mit allen zur Verfügung stehenden Waffen führen, sich zurückziehen, neu formieren und auf einem anderen Vektor erneut angreifen.

Die Kommandanten dieser Schiffe dagegen dachten nicht daran, sich zurückzuziehen. Sie hielten weiterhin auf den Feind zu und verschossen Salve um Salve. Die drei Drizilschiffe nahmen sie mit Energiewaffen und Raketen unter Dauerfeuer. Ein Torpedoboot wurde in Fetzen gerissen, kurz darauf kreuzte ein zweites zwei feindliche Laserbahnen und brach in mehrere Stücke auseinander. Mittlerweile hatte die Fregatte im feindlichen Zentrum erhebliche Probleme. Zwei Treffer mittschiffs und zwei achtern ließen die Flugbahn des Feindschiffs leicht unregelmäßig werden, während das Schiff aus den Brüchen Trümmerteile und Besatzungsmitglieder verlor.

Das Torpedoboot hielt weiterhin unbeirrt auf den Feind zu. Es entließ zwei weitere Torpedos, nur Sekunden bevor eine Rakete das Boot frontal traf und es in einem rot glühenden Feuerball verging. Die Besatzung bekam ihre Rache nicht mehr mit. Beide Torpedos schlugen in den Bug der Fregatte ein, brachen die kaum noch vorhandene Panzerung auf und brachten das Magazin zur Detonation. Eine gewaltige Explosion verzehrte das Feindschiff vom Bug bis zum Heck. Die beiden anderen brachen nach beiden Seiten aus, um nicht davon in Mitleidenschaft gezogen zu werden. Der Weg war frei.

»Jetzt oder nie!«, brüllte Antoni.

Die GILGAMESCH, die VARUS sowie die ZENTURIO nahmen Fahrt auf und beschleunigten weiter, während die feindlichen Schiffe hinter ihnen zurückblieben. Eine der Fregatten feuerte eine volle Salve Energietorpedos ab, die die GILGAMESCH hinter der Brückensektion traf. Funken schlugen aus mehreren Konsolen und Feuer brachen aus. Die rauchgeschwängerte Luft brannte in Antonis Lungen, doch ihre ganze Aufmerksamkeit galt ihrer Aufgabe, den Rest ihrer Leute aus dieser Hölle herauszubringen.

Weitere Einschläge malträtierten den Schlachtkreuzer. Ihr XO wurde von den Beinen gerissen und gegen die Wand geschleudert. Ein ekelhaftes Knacken ertönte und der arme Kerl blieb seltsam verrenkt neben ihrer Kommandostation liegen.

Erneut knirschte sie mit den Zähnen. »Komm schon! Komm schon!«, murmelte sie immer wieder.

»Sprunggeschwindigkeit erreicht!«, schrie ihr Navigationsoffizier mit einem Mal.

»Tun Sie es!«, brüllte Antoni zurück

Der Weltraum voraus schien aufzureißen, als die drei Schiffe ihre Sprungtriebwerke aktivierten und aus dem Ragash-System entkamen. Zurück blieben Tausende frustrierte Drizil, ein im Trümmerfeld versteckter imperialer Träger sowie zwei Sturmboote, die in genau diesem Moment in die Atmosphäre eintraten und weder von feindlichen Patrouillen noch der gegnerischen Raumüberwachung entdeckt wurden.

9

Finn Delgado konnte sich nicht erinnern, wann er zum letzten Mal derart sensible Arbeiten vorgenommen hatte. Die vor ihm treibende Mine hatte die Ausmaße eines erwachsenen Mannes – und genug Sprengkraft, um sie alle problemlos ins Jenseits zu befördern.

Die Schattenlegionäre gingen mit äußerster Sorgfalt vor. Zunächst einmal mussten die Minen deaktiviert werden. Erst dann war es möglich, sie in die Nähe der feindlichen Flotte über Barinbau zu bringen und dort an den Großkampfschiffen zu befestigen. Die Luft in der Rüstung schmeckte schal und abgestanden, was beileibe kein Wunder war. Sie befanden sich bereits fast zwölf Stunden im All. Während eines Einsatzes auf einer Planetenoberfläche öffneten Legionäre von Zeit zu Zeit ihren Kampfanzug, um Frischluft hereinzulassen – im Vakuum eine weniger gute Idee. Finn sehnte sich nach Frischluft, nach etwas, das lebendig schmeckte und nicht wie gasförmiger Tod.

Voraussichtlich benötigten sie weitere sechs Stunden, bevor sie sich endlich in die Gravitation von Barinbau begeben konnten. Finn konnte es kaum erwarten. Seine Legionäre deaktivierten gerade die letzte Mine. Auf der Außenhülle des Sprengkörpers blinkten mehrere rote Leuchtdioden. Sie begannen mit einem Mal schneller zu blinken, und zwar so schnell, dass man den Eindruck gewinnen konnte, sie leuchteten durchgehend.

Finn schluckte. Das war der heikelste Augenblick. Die Mine erkannte, dass sich jemand an ihr zu schaffen machte. Sie trat in den letzten Zyklus vor der Aktivierung und Detonation ein. Die Männer ringsum erstarrten. Obwohl sie in ihrer Rüstung steckten, war das problemlos zu erkennen.

Die Leuchtdioden stockten für einen Moment – und wechselten schließlich die Farbe von Rot zu Grün. Die Mine befand sich im Stand-by-Modus und erwartete neue Befehle.

Finn stieß den Atem aus. Er hatte gar nicht gemerkt, dass er ihn angehalten hatte. Der Legionär, der die Mine entschärft hatte, warf ihm einen kurzen Blick zu. Finn nickte. Vier Legionäre hakten sich bei der Mine ein und traten mit der gefährlichen Last mittels ihrer Schubdüsen den langen Weg zu den Feindschiffen an.

Gesprochen wurde nur das Mindeste. Mehr war auch gar nicht nötig. Die Männer und Frauen wussten, was sie zu tun hatten. Die feindliche Flotte befand sich weniger als fünfhundert Kilometer entfernt. Hätten die Drizil geahnt, dass sie praktisch in direkter Nachbarschaft zu den letzten Resten des Minenfelds in Position gegangen waren, sie hätten sich wohl große Sorgen gemacht.

Die Feindschiffe wurden beständig größer. Aus Sicht eines einzelnen in einer Rüstung steckenden Legionärs erschien selbst das kleinste Feindschiff wie ein Riese. Finn machte sich für einen Augenblick ernste Sorgen. Er wischte sie jedoch ungeduldig beiseite. Die Minen waren immer noch getarnt. Dies verdankten sie der gekaperten Driziltechnologie, mit deren Hilfe die Fledermausköpfe ihre Spezialeinheiten vor der Ortungstechnik in den Rüstungen der Legionäre verbargen. Sie nutzten, was der Feind besaß, und verwendeten es gegen ihn.

Die Drizil würden die Minen nicht orten können, selbst wenn sich diese auf der Außenhülle ihrer Schiffe befanden. Und es war extrem unwahrscheinlich, dass die Sensoren des Feindes die Echos der Legionäre auffingen. Dafür waren diese viel zu klein. Nein, sie würden mit größter Wahrscheinlichkeit unentdeckt bleiben – es sei denn, einer seiner Leute tat etwas sehr Dummes und lenkte die Aufmerksamkeit des Gegners auf sie. Und Finn war sich sicher: Dies würde nicht geschehen.

Captain Daniel Red Cloud arbeitete mit größter Präzision, und das, obwohl ihm der Schweiß in dicken Tropfen von der Stirn perlte. Nach mehreren Stunden Flug hatten die Schattenlegionäre endlich die gegnerische Flotte erreicht und arbeiteten daran, die Minen an den Flaggschiffen und Zerstörern anzubringen. Das würde ein ziemlich großes Loch in die feindliche Formation reißen.

Daniel warf einen schnellen Blick auf das Chronometer innerhalb seines HUD. Wenn sich Lestrade an den Plan hielt, befand er sich an der Spitze seines Kampfverbands bereits im Anflug auf das innere System, um den Feind zu stellen. Die Drizil müssten ihn eigentlich jeden Augenblick auf den Sensoren haben – falls dies nicht bereits geschehen war.

Daniel schluckte. Sie mussten sich beeilen. Ihm war hundeelend zumute. Sein Schweißausbruch war dabei nicht einmal das größte Problem. Viel mehr machte ihm das flaue Gefühl im Magen zu schaffen. Er fürchtete, sich jeden Augenblick übergeben zu müssen.

Seine Hände fühlten sich innerhalb der Rüstung seltsam, unangenehm klamm an. Hätte er die Möglichkeit besessen, er hätte sie sich ständig am Hosenbein abgewischt.

Er hob leicht den Kopf. Sie brachten die Mine gerade an einem Intruder-Flaggschiff an. Ein halbes Dutzend Trupps arbeiteten an dieser einen Mine. Über ihnen ragte ein Gefechtsturm in die Höhe. Die Sterne ringsum bewegten sich im Kreis um den Turm. Daniel kniff die Augen zusammen.

Die Sterne bewegten sich? Nein, es war das Schiff, das die Manövriertriebwerke angeworfen hatte und leicht die Position änderte. Es war die einzige Vorwarnung, die sie erhielten. Die Schwerelosigkeit im Raum vermittelte die Illusion, man wäre tatsächlich leichter als Luft. Nichts war gefährlicher im Weltraum. Trotz Schwerelosigkeit besaß man immer noch seine eigene Körpermasse. Und ein Intruder-Kampfschiff der Drizil ebenfalls. Und eines der Gesetze der Physik besagte: Kraft gleich Masse mal Geschwindigkeit.

Daniel und mehr als zwei Dutzend Legionäre erkannten die Gefahr rechtzeitig und lösten ihre Schubdüsen aus. Sie katapultierten die Legionäre weg vom Schiff und außer Gefahr. Für drei Legionäre war es jedoch zu spät. Die Außenhülle des Schiffes erwischte sie mit voller Wucht und sie endeten wie Insekten, die gegen die Frontscheibe eines in voller Fahrt befindlichen Fahrzeugs klatschten. Einer von ihnen öffnete vorher noch eine Komverbindung, aber alles, was zu hören war, war sein Schrei, gefolgt von matschigen Geräuschen, als er mitsamt seiner Rüstung zerquetscht wurde.

Daniel ließ den Blick von einer Seite zur Seite gleiten. Das Problem war nicht nur der Intruder. Die gesamte Drizilflotte änderte die Position.

Ein Legionär glitt neben ihn. Anhand der Markierungen auf der Rüstung erkannte er Claire Rainbow seines eigenen Trupps. »Was zum Teufel …!«, fluchte sie. »Haben die uns entdeckt?«

Daniel überprüfte sein HUD. Es strömten keine Driziltruppen aus den Luftschleusen der Schiffe. Er seufzte erleichtert. »Ich glaube nicht. Ich vermute, sie reagieren auf Lestrade. Er befindet sich im Anflug. Sie gehen in Verteidigungsstellung.«

Finn Delgado musste zu dem gleichen Schluss gekommen sein. Es knackte in Daniels Ohren und die gehetzt klingende Stimme des Colonels dröhnte schmerzhaft durch seinen Kopf. »Alle Einheiten, sofort zum Planeten! Lestrade wird in weniger als einer Stunde in Gefechtsentfernung sein. Bis dahin müssen wir die Minen ausgelöst haben.«

Daniel leckte sich über die Lippen. Eine Stunde. Das war knapp, aber machbar. Sie befanden sich im Vakuum, daher waren Druckwellen kein Problem. Sie mussten nur aus dem Explosionsradius herauskommen, dann wären sie halbwegs in Sicherheit. Was Daniel jedoch größere Sorgen bereitete, war die nukleare Strahlung, die sich nach der Detonation der Minen ausbreiten würde. Wer dann noch in ihrem Einflussbereich war, dem blühte ein langsamer, qualvoller Tod.

Und es gab noch ein weiteres Problem, das unter Umständen weitaus schwerer wog. Daniel öffnete eine Frequenz. »Colonel? Unsere Mine ist noch nicht aktiviert. Sie wird nicht hochgehen.«

Delgado stieß einen blumigen Fluch aus, der sogar die hartgesottensten Legionäre vor Scham hätten erröten lassen. »Nicht zu ändern. Ziehen Sie sich zurück.«

»Wir können es uns nicht leisten, auch nur eine Mine ungenutzt zu lassen. Geben Sie mir zehn Minuten. Ich schaffe das.« Er kappte die Verbindung, ohne auf eine Antwort zu warten. Daniel warf Claire einen auffordernden Blick zu. »Wo ist der Rest des Trupps?«

Sie deutete Richtung Planet. »Schon auf dem Weg«, erwiderte sie.

»Gut, flieg hinterher.«

Sie schnaubte. »Keine Chance.«

Daniel hielt inne. »Du hast mein Gespräch belauscht?«

Als sie antwortete, wurde ihr Amüsement offenkundig. »Musste ich gar nicht. Ist doch klar, was du vorhast.«

Daniel grinste, obwohl ihm ganz und gar nicht danach zumute war. »Dann also los.« Gemeinsam aktivierten die beiden Legionäre ihre Schubdüsen und nahmen erneut Kurs auf das riesige Drizilkriegsschiff, das vor ihnen aufragte.

»Red Cloud? Red Cloud? Hören Sie mich?« Finn schloss frustriert die Funkverbindung. »Dieser verdammte Mistkerl!«, fluchte er in die Stille seiner Rüstung. Dass immer noch ein Kanal offen stand, wurde ihm erst bewusst, als eine besorgt klingende Stimme ihn ansprach.

»Was wirst du jetzt tun?«, fragte Jessy Mondego, die sich ihm durch sanften Schub ihrer Düsen näherte. Finn schüttelte den Kopf. »Bring alle auf den Planeten runter. So schnell wie möglich. Sobald ihr außer Reichweite seid, löst du die Minen aus.«

»Und du?«

Finn seufzte. »Red Cloud braucht vielleicht Hilfe.«

»Aber wenn ihr nicht rechtzeitig wegkommt?!«, protestierte Jessy.

»Du löst die Sprengung auf jeden Fall und unter allen Umständen aus«, beharrte Finn. »Keine Widerrede! Das ist ein Befehl.«

Daniel arbeitete hoch konzentriert, doch noch immer fühlte sich sein Magen an, als würde der sich jeden Augenblick von innen nach außen stülpen. Claire Rainbow assistierte ihm und blieb dabei recht wortkarg. Insgeheim wusste er jedoch, dass er es ohne sie nicht geschafft hätte.

Die beiden arbeiteten unter Hochdruck. Die Annäherungszünder waren vor dem Bewegen der Minen deaktiviert worden, nun musste der Zünder leicht modifiziert werden, um eine Aktivierung über Fernsteuerung zu ermöglichen. Daniel verband mehrere Kabel. Er war derart konzentriert, dass er kurzzeitig sogar vergaß, wie beschissen es ihm eigentlich ging.

»Ihr wisst schon, dass hier gleich alles in die Luft fliegt, oder?!«, sprach ihn plötzlich eine unpassend heitere Stimme an.

»Wir sind gleich fertig, Colonel«, erwiderte Daniel, ohne sich umzudrehen. »Nur noch ein paar Sekunden.«

»Nur damit klar ist, was hier auf dem Spiel steht: Major Mondego hat Befehl, die Minen in die Luft zu jagen.«

Daniel neigte leicht den Kopf zur Seite. »Bei der hier wird das nicht funktionieren, wenn sie nicht aktiviert ist.«

Finn Delgados Gestalt kam nur wenige Zentimeter neben ihm zum Halten und sah Daniel über die Schulter. »Das wird kaum eine Rolle spielen. Wir befinden uns im Detonationsradius von mindestens drei weiteren.«

»Bin fast so weit«, versuchte Daniel seinen Vorgesetzten zu beruhigen.

Wo bist du?

Der Satz zuckte mit einem Mal durch seinen Geist. Daniel sah auf, verwirrt, verstört, nicht sicher, was hier geschah. Der Sprecher hätte genauso gut direkt neben ihm stehen können. Daniel sah sich um. Claire Rainbow und Finn Delgado musterten ihn unschlüssig.

»Alles in Ordnung?«, wollte der Colonel wissen.

Daniel wollte »Alles bestens« erwidern, doch bevor die Worte seinen Mund verließen, schnürte ihm irgendetwas die Kehle zu.

Wo bist du?

Wieder diese drei Worte in seinem Geist. Worte, die für ihn nicht den geringsten Sinn ergaben. Er erstarrte. Etwas zog seinen Blick magisch nach oben. Daniel riss die Augen auf. Die Kreatur, die ihm bereits in seinen Albträumen begegnet war, schwebte keine fünf Meter über ihm. Deren Tentakel wackelten aufgeregt hin und her, näherten sich unaufhaltsam, berührten ihn fast.

Wo bist du?

Immer wieder diese Frage. Die Tentakel schwebten drohend über seiner Stirn. Nur noch ein Zucken wäre notwendig und sie würden sich in seine Rüstung bohren. Daniel begann unkontrolliert zu zittern. Schweiß strömte in Sturzbächen über seinen ganzen Körper.

Wo bist du?

Das Wesen schrie nun in seinem Kopf. Die Worte füllten sein bewusstes Denken aus. Er schrie sich die Seele aus dem Leib und wunderte sich, dass weder Claire noch Delgado darauf reagierten. Dann erkannte er mit Schrecken, dass er den Schrei nur im Gefängnis seines eigenen Geistes ausstieß. Sie hörten ihn nicht. Sie erkannten nicht die Notlage, in der er sich befand. Und als Reaktion darauf zog er sich tief in sich selbst zurück.

»Daniel? Daniel, verdammt, reden Sie mit mir!«, brüllte Finn, doch der Mann reagierte nicht. Er rührte sich kein bisschen. Nach dem, was Finn aus seiner Warte erkennen konnte, hätte der Mann auch bewusstlos sein können. »Rainbow?«, sprach er die andere Legionärin an.

»Ich verbinde mich mit seiner Rüstung«, bot sie an. Sie schwieg mehrere Sekunden. Als sie sich erneut meldete, erkannte Finn das Timbre von tiefer Sorge in ihrer Stimme. »Er fällt ins Koma.«

Finn fluchte. »Bringen Sie ihn auf den Planeten runter. Ich erledige den Rest hier.«

»Sind Sie sicher, Colonel?«

»Keine Zeit für Diskussionen, Rainbow. Machen Sie, dass sie wegkommen!«

Claire Rainbow manövrierte sich hinter Daniel Red Cloud und zündete ihre Schubdüsen. Quasi in Tandemmanier – wenn man davon absah, dass Daniel Red Cloud sich nicht am Antrieb beteiligte – bugsierte sie sie beide Richtung Atmosphäre.

Finn fluchte erneut und wandte sich der Mine zu. Er benötigte nur einen kurzen Moment, um sich einen Überblick zu verschaffen.

»Verdammt, Red Cloud, Sie waren beinahe fertig!«

Mehrere Drizilschiffe stießen plötzlich leuchtend grüne Objekte aus: Energietorpedos. Wenn Lestrades Einheiten bereits auf Fernkampfentfernung heran waren, musste Finn sich beeilen. Er verband zweite rote und zwei grüne Kabel miteinander. Die Leuchtdioden wechselten schlagartig von Grün zu Rot und begannen zu pulsieren, jedoch langsamer als zuvor. Finn atmete erleichtert aus. Geschafft! Er zündete seine Schubdüsen. Jetzt aber nichts wie weg von hier!

Lestrades aus mehr als siebzig Schiffen bestehender Kampfverband schloss schnell Richtung Planet auf.

»Erreichen soeben Gefechtsentfernung für Torpedos«, meldete sein XO, Commander Eugene Mueller.

Lestrade nickte. »Dann los. Befehl an alle Schiffe: Angriff starten!«

Im Schnellfeuermodus stieß die terranische Flotte Hunderte Torpedos mit einer Welle aus. Dabei mischten sie gleichmäßig schwere und leichte Torpedos und diese schwärmten bereits kurz nach dem Abschuss fächerförmig aus. Innerhalb von zwölf Minuten folgten der ersten Torpedowelle drei weitere.

Die Drizil blieben jedoch nicht untätig. Hunderte Energietorpedos fegten wie eine tödliche Naturgewalt heran. Lestrade ließ sein taktisches Hologramm keine Sekunde aus den Augen.

Die beiden Geschosswolken passierten sich in wenigen Metern Abstand. Hin und wieder fassten sie sich gegenseitig als Ziel auf und brachten sich zur Detonation. Goldene Explosionen blühten im Raum zwischen den Flotten auf wie eine Vielzahl wunderschöner Blumen. Wunderschön, aber tödlich.

»Punktverteidigungslaser ausrichten und feuern, sobald bereit«, ordnete der Commodore an. Auf seinem Plot kamen die feindlichen Lenkwaffen beharrlich näher. Lestrade schluckte.

Die PVL der Großkampfschiffe eröffneten das Feuer. Korvetten der Gunner-Klasse – aufgrund ihrer hoch entwickelten Zielerfassung und -verfolgung prädestiniert für die Flugabwehr – schoben sich in die erste Feuerlinie.

Dutzende Energietorpedos wurden von einem Netz aus leistungsstarken Energiewaffen zerstrahlt. Die erste feindliche Welle wurde beinahe zu neunzig Prozent neutralisiert. Die überlebenden Geschosse hämmerten auf die starke Panzerung der imperialen Schiffe ein, richteten allerdings kaum Schaden an.

Lestrade jedoch gönnte sich keinen Augenblick der Zufriedenheit. Fünf weitere feindliche Wolken aus Energietorpedos näherten sich unaufhaltsam. Der Kampf hatte gerade erst begonnen und er würde noch recht hässlich werden.

Major Jessy Mondego hatte den Rand der Atmosphäre beinahe erreicht. Sie spürte bereits den Zug der Gravitation am ganzen Körper, von der Hitze innerhalb ihrer Rüstung einmal ganz abgesehen. Unter ihr traten fast viertausend nadelkopfgroße Objekte langsam in die Atmosphäre von Barinbau ein. Mit dem bloßen Auge eigentlich nicht zu erkennen, markierte die aufflammende Reibungshitze den Kurs ihrer Kameraden.

Jessy aktivierte ganz kurz ihre Düsen, um nach oben zu blicken. Auf ihrem HUD gab es keinerlei Anzeichen von Red Cloud, Rainbow oder Finn. Sie schluckte.

Auf ihrem HUD blinkte unübersehbar der Fernauslöser der an den Drizilschiffen befestigten Minen. Er forderte Jessy ohne Unterlass auf, gefälligst ihren Job zu machen und die Sprengkörper zur Detonation zu bringen. Sie musste nur auf eine bestimmte Weise in eine Ecke ihres HUD blinzeln und es war getan. Die Explosionen würden ein gewaltiges Loch in die feindliche Formation reißen und Lestrade die Möglichkeit eröffnen, diese Schlacht zu gewinnen.

Doch sie zögerte. Sie konnte und wollte Finns Leben nicht gefährden.

Noch ein paar Sekunden, sagte sie sich selbst in Gedanken. *Nur noch ein paar Sekunden warten.*

Die feindlichen Lenkflugkörper hämmerten brutal und praktisch ohne Pause auf die terranischen Schiffe ein.

Lestrade verlor in den ersten dreißig Minuten der Schlacht acht Schiffe. Seine Träger schleusten ihre Jäger aus, um den Großkampfschiffen in der Abwehr der einkommenden Geschosse beizustehen.

Die VENGEANCE selbst und mehr als ein Dutzend ihrer Begleitschiffe erlitten zum Teil schwere Schäden. Ein Angriffskreuzer der Ares-Klasse sowie ein Begleitkreuzer der Guardian-Klasse mussten wegen multipler Hüllenbrüche in die hinteren Linien abdrehen. Eine Korvette verlor mehr als ein Drittel ihrer Besatzung durch einen Volltreffer mittschiffs und drei Energietorpedos verheerten das Startdeck eines Trägers.

Lestrade hielt sich krampfhaft an den Lehnen seines Kommandosessels fest. Es war für ihn nicht der geringste Trost, dass der Gegner beinahe vergleichbare Verluste erlitt. *Beinahe* war beim Kampf gegen die Drizil keine Option. Noch nicht einmal dieselbe Verlustrate wäre zufriedenstellend gewesen. Die Drizil besaßen Reserven, von denen die Terraner nur träumen konnten. Sie mussten die Fledermausköpfe überlegen schlagen, damit dieser Kampf sich überhaupt auszahlte.

Nach allgemein gültiger Gefechtsdoktrin hätte Lestrade möglichst schnell das Nahkampfgefecht suchen müssen. Energietorpedos der Drizil besaßen aufgrund ihrer Technik und Beschaffenheit eine größere Reichweite sowie eine höhere Durchschlagskraft und Genauigkeit. Im Nahkampf waren terranische Schiffe leicht im Vorteil. Fernkampfduelle waren für terranische Verbände nur zu gewinnen, wenn sie zahlenmäßig überlegen waren, was hier eindeutig nicht der Fall war.

Nur leider war die Option, den Gegner in einen Nahkampf zu verwickeln, dieses Mal nicht gegeben. Lestrade musste abwarten, bis die Minen hochgingen, bevor er die feindlichen Linien durchbrechen durfte. Ansonsten hätten die Explosionen auch seine eigenen Schiffe gefährdet.

Sein XO wankte unsicher näher. An seinem Hals prangte ein provisorischer Verband. Einer der letzten Treffer hatte die Brücke der VENGEANCE erwischt.

»Zwei weitere Schiffe verloren«, meldete Mueller. »Und der Begleitkreuzer ARTEMIS muss evakuiert werden. Sie haben die Grüne Pest an Bord.«

Lestrade fluchte dieses Mal so laut, dass seine Stimme über die ganze Brücke hallte. »Verdammt, Delgado, jetzt machen Sie schon! Sonst geht die ganze Flotte noch zum Teufel.«

Jessy Mondego sah erneut aus ihrer Perspektive nach oben. Von den drei Vermissten war immer noch nichts zu sehen. Auch ihr Bordcomputer war nicht in der Lage, deren Signale zu erfassen. Auf ihrem HUD blinkten lediglich die Symbole ihrer Legionäre sowie die Drizilschiffe in unmittelbarer Umgebung. Nach dem, was da an Geschossen hereinkam und von den Fledermausköpfen in Lestrades Richtung abgefeuert wurde, befand sich die terranische Flotte in großen Schwierigkeiten.

Jede Faser ihres Körpers schrie danach, noch zu warten, doch Jessy brachte diese innere Stimme entschlossen zum Schweigen. Sie hatte eine Aufgabe und eine Mission zu erfüllen. Außerdem lag ihr ein klarer Befehl ihres Kommandanten vor.

Es tut mir leid, Finn, dachte sie bei sich. Mit einem letzten entschlossenen Ruck, blinzelte sie in Richtung des Auslösers auf ihrem HUD – und weit über beziehungsweise hinter ihr brach die Hölle los.

Lestrade stürzte beinahe in seinem Sitz nach vorn. Mehrere Explosionen zerrissen die feindliche Front und zerschmetterten sie in mehrere Teilabschnitte. Trümmerstücke zahlreicher Drizilschiffe wirbelten durch die Kälte des Alls in alle Richtungen davon. Lestrade fletschte wölfisch die Zähne.

»Alle Einheiten: Sofort zum Vorstoß formieren!«

10

Finn Delgado hatte große Probleme. Er war nur knapp aus der Detonationszone heraus, als Jessy den Zünder auslöste. Nun trudelte er unkontrolliert Richtung Oberfläche. Die Schubdüsen waren ausgefallen und er war nicht sicher, ob dem Tornister mit seinem Fallschirm noch zu trauen war.

Der Fallschirm war jedoch nicht einmal sein drängendstes Problem. Ein unkontrollierter Wiedereintritt im falschen Winkel konnte seiner Rüstung erhebliche Schäden zufügen. Im schlimmsten Fall konnte er durchaus lebendig verbrennen, ein Schicksal, das er tunlichst vermeiden wollte. Und es gab nur einen Weg sicherzugehen, dass dies nicht geschah.

Finn fletschte die Zähne. Über sein HUD versuchte er, die beschädigten Schubdüsen anzusteuern und ihnen neue Befehle einzugeben. Minutenlang geschah gar nichts, während er weiterhin auf den Planeten zusteuerte. Er blendete eine schematische Darstellung der Welt unter ihm ein. Eine angedeutete Linie markierte den Punkt ohne Wiederkehr: die Stelle im Weltraum, an der er dem Sog der Gravitation erliegen und in die Atmosphäre eintreten würde, ganz egal, was er auch tat.

Der Punkt ohne Wiederkehr kam gefährlich nahe. Finn kämpfte die aufkeimende Panik nieder. Letzten Endes entschied aber nicht die Technik, sondern brachiale Gewalt über sein Schicksal. In einer letzten Verzweiflungstat schlug er nach hinten gegen die Schubdüsen aus. Diese erwachten mit einem Mal stotternd wieder zum Leben. Was jedoch noch wichtiger war, sie folgten für kurze Zeit Finns Anweisungen. Mit einem einzigen, starken kontrollierten Schub steuerte er sich selbst aus der Gefahrenzone. Der Schub reichte gerade weit genug, um ihn von Barinbau wegzubringen, bevor die Düsen endgültig den Geist aufgaben.

Finn warf die nun nutzlosen gewordenen Düsen sowie den Tornister mit dem Fallschirm ab. Er aktivierte sein Notsignal. Auf seinem HUD registrierte er erleichtert, wie es rhythmisch pulsierte.

Falls Lestrade die Schlacht gewann, würde man ihn zweifellos aufspüren. Und falls nicht … nun ja … die Drizil würden sich bestimmt nicht damit aufhalten, einen verloren gegangenen Legionär zu retten. Auf dem HUD beobachtete Finn, wie die Symbole seiner Leute auf Barinbau niedergingen. Er verfolgte deren Anflug, bis er außer Reichweite war.

Er seufzte tief. Wie dem auch sei, die Schlacht über Barinbau würde er wohl verpassen und das wurmte ihn am meisten.

Lestrades Fingernägel krallten sich unbewusst in die Lehnen seines Kommandosessels. Einer von ihnen brach und ein kleiner Blutstropfen besudelte das blanke Metall. Lestrade bemerkte es nicht.

Die Vengeance durchbrach die Trümmerwolke, die vor Kurzem noch vier Drizilkriegsschiffe gewesen waren. Eines der Wracks besaß die halbe Größe von Lestrades Flaggschiff. Doch abgesehen von den Ausmaßen, verfügte das Wrack über nicht mehr viel, um der Vengeance gefährlich zu werden. Der mächtige Schlachtkreuzer schob die Trümmer einfach beiseite. Sie stießen gegen den gepanzerten Rumpf des Molochs, zerbrachen nicht selten und wirbelten schließlich in alle Richtungen davon.

Terranische Einheiten durchbrachen die in Auflösung begriffenen Drizillinien auf breiter Front. Ein weniger erfahrener Kommandant als Lestrade hätte vielleicht in Versuchung geraten können, die Schlacht bereits als gewonnen zu betrachten. Lestrade dagegen kämpfte bereits zu lange gegen die Drizil, um sich davon täuschen zu lassen. Die Fledermausköpfe waren keine einfachen Gegner. Ihre Linien konsolidierten sich von Neuem und die feindlichen Einheiten formierten sich zur Abwehrschlacht. Sie würden den Planeten und ihre dort stationierten Bodentruppen nicht einfach aufgeben. Sie würden kämpfen bis über den Punkt vernünftigen Widerstands hinaus.

Lestrade fletschte die Zähne. Und er würde ihnen einen Kampf liefern, den sie niemals vergaßen. Über sein taktisches Hologramm gab er Anweisungen, die fast in Echtzeit an die Einheiten unter seinem Kommando weitergeleitet wurden. Terranische Einheiten formierten sich zu einem breiten Pulk, mit den schwereren Einheiten im Zentrum, den leichteren an den Flanken sowie ober- und unterhalb der Formation. Die Träger hielten sich aufgrund ihrer Verletzlichkeit zurück. Ihre ausgeschleusten

Jäger indessen machten gnadenlos Jagd auf versprengte feindliche und angeschlagene Einheiten, die sich verzweifelt bemühten, die Sicherheit eigener Verbände zu erreichen.

Voraus formierte sich bereits ein solcher Hort des Widerstands. Sechzig oder mehr Drizilschiffe gruppierten sich mit drei Intruder-Flaggschiffen im Zentrum. Einer der Intruder wies einen zertrümmerten Bug auf. Lestrade isolierte und vergrößerte die Ansicht des Schiffes auf seinem Plot. Er kniff die Augen leicht zusammen. Es wirkte tatsächlich bei näherem Hinsehen so, dass nicht nur der Bug zerschmettert worden war. Tatsächlich schien auch von der Brücke nicht mehr allzu viel übrig zu sein. Die Drizil kontrollierten den Intruder vermutlich über eine Ersatz- oder Notfallbrücke.

Das machte das Schiff zwar anfälliger für weitere Schäden im Bereich des Bugs, dennoch musste man es ernst nehmen. Auch angeschlagen war ein Intruder immer noch ein mächtiger Gegner. Was jedoch wichtiger war, diese vier Dutzend Feindschiffe schickten sich an, Lestrade und den ihn begleitenden Truppentransportern den Weg zum Planeten zu versperren. Solange sie nicht aus dem Weg geräumt waren, konnten Colonel Janneck und seine Armeesoldaten nicht landen und die Schattenlegionäre entsetzen.

Lestrade gab über seinen Plot mit nur oberflächlicher Gelassenheit mehrere Befehle an seine Geschwader weiter. Einige Dutzend Torpedoboote rasten praktisch ohne spürbare Verzögerung an den Großkampfschiffen vorbei und hielten direkt auf den Feind zu. Erst kurz bevor sie dessen effektive Gefechtsdistanz erreichten, lösten sie sich paarweise auf und griffen einzelne, vorher genau festgelegte Ziele an. Dabei konzentrierten sie sich auf bereits schwer beschädigte Feindschiffe. Wo sie diese nicht ausschalten konnten, bemühten sie sich zumindest, deren Schäden zu vergrößern, um damit Lestrades Einheiten die Mittel zu geben, den Feind zu vernichten.

Den Torpedobooten schlug heftiges Abwehrfeuer entgegen. Der Feind schickte ihnen Raketen und Strahlbahnen entgegen. Bereits im Anflug verlor Lestrade siebzehn der kleinen, verletzlichen Vehikel. Für das, was die Drizilflotte soeben auseinandergerissen hatte, war das Abwehrfeuer ungewöhnlich dicht. Die Drizil erwiesen sich ein weiteres Mal als wahre Meister an ihren Geschützen.

Die überlebenden Torpedoboote unterliefen die Nahbereichsverteidigung der feindlichen Schiffe. Driziljäger stellten sich ihnen in den Weg. Gegen Jäger besaßen Torpedoboote weder Verteidigung noch Waffen, um zurückzuschlagen. Doch deren Besatzungen wussten um das Risiko, das sie jedes Mal eingingen, wenn sie sich an Bord ihrer Schiffe begaben.

Weitere Torpedoboote zerbrachen oder explodierten unter dem Kreuzfeuer ihrer Peiniger. Dann endlich waren sie nahe genug, um ebenfalls etwas auszurichten. Die Torpedoboote klinkten beinahe zeitgleich ihre Last in schneller Folge aus.

Explosionen überzogen mehr als ein Dutzend feindlicher Schiffe vom Bug bis zum Heck. Eine ganze Reihe von Fregatten und Zerstörern wurde regelrecht zerfetzt. Andere scherten aus der Formation aus, zogen dabei einen Schwanz aus geborstener Panzerung hinter sich her.

Auch das bereits schwer beschädigte Intruder-Flaggschiff, das Lestrade zu Anfang aufgefallen war, nahm beträchtlichen Schaden. Zum Verdruss des imperialen Offiziers blieb es weiterhin kampf- und einsatzfähig. In Gedanken zollte er den Drizilschiffskonstrukteuren Respekt. Sie bauten wahrlich für die Ewigkeit.

Das Feuerwerk ging noch minutenlang weiter. In dessen Verlauf verloren die Drizil wertvolle Schiffe und Besatzungen, und ihre Hauptkampflinie wurde empfindlich geschwächt. Doch Lestrade ließ gleichzeitig das restliche Schlachtfeld nicht aus den Augen. Von dort drohte weitere Gefahr. Versprengte Drizileinheiten sammelten sich an den Flanken. Entweder würden sie sich der Hauptkampflinie anschließen oder – was wahrscheinlicher schien – sie würden einen eigenen Angriff auf die Beine stellen, um Lestrades Flanken zu bedrängen. Das konnte seine Offensive infrage stellen. Er musste die Abwehrlinie vor dem Planeten ausschalten, damit er sich der Gefahr an den Flanken zuwenden konnte.

Seine Torpedoboote kehrten soeben in die Sicherheit seiner Linien zurück. Die feindlichen Jäger ließen sie gewähren, um sich nicht dem Abwehrfeuer der terranischen Einheiten auszusetzen. Weniger als ein Drittel seiner leichten, schnellen Einheiten hatte den Angriff überlebt. Doch ihre Aufgabe war getan. Die Linie des Gegners bröckelte. Nur noch ein entschlossener Schlag war nötig.

Lestrade fletschte die Zähne und gab an alle seine Einheiten nur einen Befehl weiter: Angriff!

Major Jessy Mondego rollte sich gekonnt ab, konnte jedoch trotzdem nicht verhindern, dass der Aufprall auf dem Boden ihr kurzzeitig den Atem raubte, und das trotz ihrer Ausbildung und trotz des Schutzes ihrer Rüstung.

Die Schattenlegionärin nutzte den eigenen Schwung, um wieder auf die Beine zu kommen, und schnallte in derselben Bewegung auch schon den Tornister los, an dem immer noch ihr Fallschirm befestigt hing. Mit dumpfem Knall landete das nutzlos gewordene Stück Ausrüstung auf dem Boden.

Daniel Red Clouds bewusstlose Gestalt lag wenige Meter zu ihrer Linken. Zwei Legionäre beeilten sich, den Mann von seinem Tornister zu befreien und zu einer Sammelstelle für die Verwundeten zu bringen.

Jessy sah sich mit erzwungener Gelassenheit um. Hektik brachte den Tod. Ihre Einheit war über die ganze Hochebene und vermutlich noch darüber hinaus versprengt. Es würde Zeit dauern, sie zu sammeln. Sie aktivierte ein Signal über ihr HUD, das die anderen Legionäre nutzen konnten, um ihre aktuelle Position ausfindig zu machen.

Jessy überwachte die Gegend so weit wie möglich mit ihren Sensoren. Barinbau war zu mehr als neunzig Prozent karges Ödland, ein unwillkommener Nebeneffekt des Raubbaus am Planeten. Große Teile dieser Welt waren von Stollen und Minenanlagen durchzogen. Infolgedessen gab es so gut wie keine Vegetation mehr. Das machte die Situation der Schattenlegionäre nicht unbedingt leichter. Es gab kaum Deckung – und hier auf der Hochebene schon gar nicht.

Aus allen Richtungen strömten die Schattenlegionäre in ihre Richtung. In der Ferne konnte Jessy die Umrisse einer vom Krieg stark in Mitleidenschaft gezogenen Ortschaft und noch weiter entfernt schemenhaft einen Gebirgszug ausmachen.

Auf ihrem HUD tauchten plötzlich zwei blinkende Symbole auf, die sich rasend schnell in ihre Richtung bewegten. Die gelben Kreise nicht identifizierter Objekte änderten sich alsbald in rote Dreiecke. Jessy fluchte – feindliche Jäger.

Sie sah nach oben, obwohl es gar nicht nötig war. Dabei handelte es sich lediglich um einen menschlichen Reflex. Ihr Bordcomputer hatte die Maschinen bereits identifiziert. Auf der rechten Seite ihres HUD tauchten zwei Risszeichnungen und daneben die entsprechende Typbezeichnung auf. Sie fluchte erneut. Flüsterwind-Jäger. Drizilaufklärer.

Das war keine große Überraschung. Den Fledermausköpfen konnte ihre Landung gar nicht verborgen bleiben. Sie hatte diesen Gedanken gar nicht zu Ende gedacht, als ihr Annäherungsalarm Bewegung in Richtung der Ortschaft anzeigte. Mehrere Formationen roter Symbole strömten aus den Straßen der Stadt auf ihre Position zu. Feindliche Infanterie. Zwischen den Gebäuden erhoben sich mit einem Mal vier weitere Gestalten von riesiger Gestalt. Jede wankte auf sechs Beinen dahin und über dem riesigen unförmigen Kopf befand sich ein Cockpit mit acht Drizil im Inneren. Panzerschleicher.

Jessy schluckte. Der Tag wurde besser und besser. Jessy sah sich nach beiden Seiten um. Die Hochebene war als Landezone für Jannecks Truppen geradezu ideal. Doch hier saß man praktisch auf dem Präsentierteller.

Die Offizierin biss sich auf die Zähne. Sie mussten die Stellung halten, bis Janneck es bis auf den Boden schaffte. Es gab keine Alternative. Sie mussten sich hier eingraben.

»Schattenlegionäre«, sprach sie völlig ruhig über die Komverbindung. »Alles bereit machen zur Verteidigung.« Und noch während sie die Worte aussprach, kroch ein eiskalter Schauder ihren Rücken hoch, als sie die Panzerschleicher auf die Hochebene zumarschieren sah.

Der Angriffskreuzer HMS BISMARCK unter dem Kommando von Captain Jürgen Schröder stieß in schneller Folge mehrere kohärente Energiestrahlen aus, die alle auf ein einziges Ziel fokussiert waren.

Der Drizilzerstörer wurde regelrecht aufgespießt. Die Strahlen fraßen sich tief in die Panzerung, lösten sie in langen Streifen ab oder verflüssigten sie. Die Tropfen erkalteten in der Kälte des Vakuums sofort und trudelten sich um die eigene Achse drehend davon. Die Panzerung in unmittelbarer Nähe zu den Trefferpunkten schlug Blasen. Die schematische Darstellung des Feindschiffes auf Schröders taktischem Hologramm blinkte an mehreren Stellen rot auf und prognostizierte schweren Schaden, jedoch keine Durchbrüche. Auch vitale Systeme waren nicht in Mitleidenschaft gezogen worden. Schröder grummelte vor sich hin.

»Neue Salve«, ordnete er gepresst an. Sein XO, Commander Andreas Harsch, eilte an seine Seite. Mit einem Auge konsultierte der Offizier sein Datenpad, mit dem anderen behielt er die Abläufe auf der Brücke im Auge.

»Eine Nachricht vom Flaggschiff: Feindliche Einheiten rücken an der linken Flanke gegen unsere Linien vor.«

Aus Schröders Grummeln wurde handfestes Fluchen. »Rufen Sie die TOLSTOI und die HYDRA auf unsere Position. Und lassen Sie bloß nicht diesen Zerstörer voraus vom Haken! Wo sind die Truppentransporter jetzt?«

Harsch benötigte lediglich Sekunden, um die benötigte Information abzurufen. »Noch nicht einmal annähernd in Planetennähe. Lestrade versucht immer noch, die Abwehrlinie über Barinbau zu durchbrechen.«

Der feindliche Zerstörer feuerte eine volle Breitseite gegen die BISMARCK. Schröder hielt sich reflexartig an seinen Lehnen fest, obwohl die Auswirkungen auf der Brücke kaum zu spüren waren – wenn man von über sein Hologramm eingehenden Schadensmeldungen absah. Dem zufolge hatte der Zerstörer gerade für den ersten bedeutenden Schaden an Bord der BISMARCK gesorgt. Die Panzerung über den Decks drei und vier war nur noch papierdünn. Der nächste Treffer in diesen Sektionen würde mit Sicherheit die Panzerung durchschlagen.

»Evakuieren Sie vorsichtshalber die Decks drei und vier.« Er wandte sich an seinen Waffenoffizier. »Alle infrage kommenden Waffen ausrichten – und Feuer!«

Die BISMARCK schlug mit ihrem beträchtlichen Waffenarsenal zurück und für einen Moment schien es, als würde ein wahres Lichtgewitter die beiden Schiffe miteinander verbinden. Auf Schröders taktischem Hologramm leuchtete eine Sektion des Feindschiffs dunkelrot auf. Der Captain des Angriffskreuzers lächelte. Die Panzerung war durchschlagen.

»Gleich noch mal«, befahl er. Auf seinem Plot bemerkte er, wie zwei feindliche Fregatten dem Zerstörer zu Hilfe eilen wollten. Doch die beiden Begleitkreuzer TOLSTOI und HYDRA schoben sich dazwischen und lieferten sich mit den beiden Feindschiffen ein erbittertes Gefecht. Das Scharmützel endete mit dem Komplettverlust der TOLSTOI. Die HYDRA verlor beinahe ein Drittel ihrer Bewaffnung und mehrere Decks mussten evakuiert werden. Im Gegenzug wurden beide Drizilfregatten in Stücke geschossen.

Zwischen den kämpfenden Giganten fielen die Jäger beider Seiten übereinander her. Die wendigen und schnellen Driziljäger lieferten sich eine blutige Schlacht innerhalb der eigentlichen Schlacht gegen die schwerer bewaffneten, dafür schwerfälligeren terranischen Maschinen.

Dutzende Explosionen blühten zwischen den Großkampfschiffen auf. Hin und wieder blitzte kurz das Notsignal eines ausgestiegenen terranischen Piloten auf, doch wo immer möglich, machten die Drizil Jagd auf sie. Es schien unwahrscheinlich, dass Piloten, die ihren zum Untergang verurteilten Jäger verließen, lange überleben würden. Schröder verfluchte die verdammten Fledermausköpfe zum wiederholten Mal.

Die Bismarck holte zu einem erneuten Schlag gegen den feindlichen Zerstörer aus. Dieser Schlagabtausch dauerte bereits viel zu lange. Die Energiewerfer des Angriffskreuzers beharkten den angeschlagenen Zerstörer weiterhin und schmolzen Schicht um Schicht der Panzerung davon. Der Zerstörer verlor mehrere Waffenstellungen sowie seine Fähigkeit zur Kommunikation mit anderen Schiffen.

Schröder schürzte die Lippen. Er hatte Blut geleckt. Eine der Energiestrahlen der Bismarck brannte sich tief in die Eingeweide des Feindzerstörers und trat auf der anderen Seite wieder aus.

Der Drizilzerstörer driftete langsam nach steuerbord und drehte sich dabei leicht um die Querachse. Die Antriebsdüsen setzten immer wieder flackernd aus, was dem Kriegsschiff einen großen Teil seiner Manövrierfähigkeit nahm.

Die Bismarck schlug erneut mit brutaler Gewalt zu und löschte das Feindschiff mit einer letzten gewaltigen Salve aus. Das Brückenfenster verdunkelte sich automatisch, um die Brückenbesatzung vor den Auswirkungen der Explosion zu schützen. Schröder musste trotzdem den Blick abwenden. Als er es wieder wagen konnte hinzusehen, tanzte bunte Flecken vor seinen Augen. Ungeachtet dessen fühlte er tiefe Befriedigung in sich aufsteigen.

Er nahm einige wenige Veränderungen an den Einstellungen seines taktischen Hologramms vor und begutachtete die Fortschritte der restlichen Flotte. Die Schlacht hatte sich zum großen Teil in ein halbes Dutzend kleiner Gefechte aufgesplittert. Lediglich im Zentrum kämpften die Hauptmächte der Drizil sowie des Imperiums um die Oberhand.

Mindestens drei feindliche und zwei eigene Träger lagen brennend oder zumindest kampfunfähig im All. Das machte die Lage für die überlebenden Jäger beider Seiten äußerst prekär. Der verfügbare Platz zum Landen, Auftanken und Aufmunitionieren wurde zunehmend weniger.

Im Zentrum der erbitterten Schlacht brandeten plötzlich fünf große Explosionen auf. Schröder stürzte in seinem Sessel nach vorn. Nur sein Gurt hielt ihn auf dem Sitz. Er vergrößerte den entsprechenden Sektor. Sein Mund wurde staubtrocken.

»Captain …«, sprach ihn sein XO an.

»Ich sehe es«, erwiderte Schröder tonlos. Inmitten der Hauptkampflinien trieben die Überreste zweier Intruder-Kampfschiffe der Drizil sowie dreier terranischer Schlachtkreuzer der Behemoth-Klasse. Die Detonationen hatten die Linien auseinandergetrieben. Im Zentrum thronte Lestrades VENGEANCE – angeschlagen zwar, nichtsdestoweniger triumphierend. Ein halbes Dutzend ihrer Begleitschiffe stieß in die Bresche und trieb die feindlichen Einheiten auseinander.

An der VENGEANCE vorbei stoben mehrere große Truppentransporter, die Kurs auf den Planeten nahmen. Schröder atmete erleichtert auf. Lestrade war durchgebrochen und ebnete den Weg für Jannecks Einheiten der imperialen Armee.

Doch der Preis für diesen Erfolg war hoch gewesen – vielleicht zu hoch. Und der Kampf war noch lange nicht zu Ende. Das letzte überlebende Drizilflaggschiff der Intruder-Klasse gab sich immer noch nicht geschlagen. Es sammelte eine Gruppe Schiffe um sich und schlug einen neuen Kurs ein: direkt auf Jannecks Truppentransporter zu.

Zwei der Panzerschleicher lagen bereits am Boden. Ihre krabbenförmigen Körper waren von Dutzenden, wenn nicht Hunderten Einschlägen zerbrochen und zerschlagen. Darunter lugte dampfend das bloße Fleisch hervor.

Doch ein weiterer schob sich bereits nach vorne. Die Ladespiralen seiner beiden seitlich angebrachten Plasmakanonen leuchteten bläulich auf, kurz bevor sie auf die in Stellung gegangenen Schattenlegionäre feuerten.

Die Plasmabälle löschten drei Trupps komplett aus. Die Glücklicheren unter ihnen starben schnell. Sie wurden eingeäschert oder in ihrer

Rüstung in Sekundenschnelle lebendig gekocht. Es ging so schnell, dass sie kaum die Zeit hatten, etwas zu spüren.

Diejenigen, die Pech hatten, befanden sich einige Meter vom Einschlag entfernt. Ihre Rüstung bot auf diese Entfernung gerade genug Schutz, um sie am Leben zu erhalten – unter schrecklichen Qualen. Ihre Panzerung gab unter der enormen Hitze nach, brach auf und die Legionäre erlitten furchtbare Brandwunden am ganzen Körper. Jessy versuchte mühsam, deren Schreie auszublenden. Es gab nicht viel, was man für sie tun konnte.

Die Schattenlegionäre hielten die Hochebene, während über ihnen feindliche Jäger immer wieder verheerende Angriffe flogen und eine Drizilarmee ihre Stellung gnadenlos belagerte. Doch die Legionäre gaben nicht auf. Obwohl zahlenmäßig überlegen, gelang es den Drizil kein einziges Mal, die Stellung der Legionäre zu überrennen. Und an Versuchen mangelte es wahrlich nicht.

Jessy hob die Hand und deutete wortlos auf den Panzerschleicher, der dabei war, seine mächtigen Waffen erneut aufzuladen. Drei Raketentrupps gingen in Stellung, brachten ihre Waffen in Anschlag und feuerten. Eine Rauchspur hinter sich herziehend, schlugen die Geschosse auf Beinen und Körper des Wesens ein und fügten diesem erhebliche Verletzungen zu. Das Tier bäumte sich vor Schmerzen auf. Die Drizil im Cockpit hatten Probleme, es erneut unter Kontrolle zu bringen.

Eigentlich hätte Jessy Mitleid mit diesem Tier haben müssen. Es war auch nur ein Sklave und wurde von den Drizil zur Kriegsführung missbraucht. Doch es brachte ihre Leute auf grauenvolle Weise ums Leben. Mitleid war hier fehl am Platz. Hier zählte nur das Überleben.

Die Drizil rückten in geschlossenen Formationen gegen die Stellung der Schattenlegionäre vor. Heftige Salven wurden ausgetauscht. Drizil und Legionäre gingen gleichermaßen mit durchbrochener, qualmender Rüstung zu Boden. Jessy war allerdings klar, die zahlenmäßige Überlegenheit des Gegners würde am Ende den Ausschlag geben. Immer wieder hob sie ihren Blick und hoffte, dort die aus der Wolkendecke ausbrechenden Truppentransporter Jannecks zu entdecken. Nichts dergleichen geschah.

Direkt neben Jessy wurde ein Legionär von den Beinen gerissen. Der halbe Helm samt Kopf fehlte. Die Ränder glühten noch orangerot vom Aufprall des Drizilgeschosses. Jessy fletschte die Zähne. Sie kannte ihren Auftrag. Sie wusste nur nicht, ob er noch durchführbar war. Mit jeder

Attacke kamen die Drizil näher. Mit jeder Attacke drängten sie die Legionäre weiter ab. Es war fraglich, wie lange sie die Stellung noch würden behaupten können.

Jessy deutete auf den bereits angeschlagenen Panzerschleicher. »Gleich noch mal«, ordnete sie entschlossen an. »Bringt ihn zu Fall!«

Die VENGEANCE und fünf weitere Schiffe schoben sich schützend vor Jannecks Truppentransporter. Der Colonel der imperialen Armee verfolgte das Gefecht über einen Bildschirm über seinem Platz innerhalb des Kommandotransporters.

Die VENGEANCE und ihre Begleitschiffe lieferten sich einen erbitterten Schusswechsel mit dem Gegner, in dessen Verlauf die Menschen drei und die Drizil fünf Schiffe einbüßten. Alle beteiligten Einheiten erlitten schreckliche Schäden.

Eine der Drizilfregatten durchbrach schließlich Lestrades Linie und ging auf Abfangkurs zu den Truppentransportern. Die Waffen des Feindschiffes spuckten Tod und Vernichtung. Einer der Transporter brach in der Mitte auseinander und entließ seine Fracht in die Kälte des Alls. Jannecks Brust schnürte sich schmerzhaft zusammen. Er hatte gerade mit ansehen müssen, wie zweitausend seiner Männer von den verdammten Fledermausköpfen in den Tod geschickt wurden.

Die Fregatte wendete für einen erneuten Angriff. Ihre Waffen flammten auf und erwischten Jannecks Transporter unterhalb der Brücke. Der Colonel hielt sich an einer Deckenstrebe fest, als das Schiff sich unvermittelt aufbäumte. Er fluchte und richtete sich wieder auf. Noch so ein Treffer, und der Transporter wäre Geschichte.

Bevor die Fregatte jedoch erneut feuern konnte, erlitt sie mehrere Volltreffer mittschiffs. Das Feindschiff drehte schwerfällig ab, was auf Schäden der Trägheitsdämpfer hinwies. Die Besatzung versuchte, die Gefechtsdistanz ihres Gegners zu verlassen. Es gelang ihr nicht. Weitere Treffer malträtierten die Fregatte. Strahlbahnen schälten Panzerung vom Rumpf oder brannten Waffenstellungen von der inzwischen pockennarbigen Oberfläche. Ein direkter Treffer in die Antriebssektion löste schließlich eine Kettenreaktion aus, die das Schiff in Stücke riss.

Durch die Trümmerwolke stieß ein terranischer Angriffskreuzer. Janneck holte ihn auf dem Bildschirm näher heran. Es handelte sich um die

Bismarck. Der Colonel atmete erleichtert auf. Die Bismarck und ein halbes Dutzend weiterer Schiffe schlossen sich Lestrades Verteidigungslinie an und hielten die Drizil auf Abstand. Der Weg zum Planeten war frei.

In Jannecks Ohren knackte es. »Sir?«, meldete sich sein Pilot.

Janneck bestätigte die Verbindung. »Was gibt es?«

»Eine Nachricht vom Planeten.«

»Lassen Sie hören.«

Zunächst drang nur Rauschen über die geöffnete Funkverbindung, dann kristallisierte sich eine hektisch klingende Stimme heraus. »Landezone wird überrannt! Landezone wird überrannt! Ich wiederhole: Hier ist Major Jessy Mondego von der Schattenlegion. LZ ist nicht länger sicher! Wir müssen uns zurückziehen. Erleiden schwere Verluste.« An diesem Punkt brach die Verbindung ab.

Janneck fluchte und rief auf seinem Bildschirm eine taktische Karte des Planeten ab mit den verfügbaren Daten über eigene und feindliche Stellungen. Die Schattenlegion befand sich in ernsten Schwierigkeiten. Die Hochebene war praktisch eingekesselt. Der Feind rückte in großer Zahl an und verfügte nicht nur über Luftunterstützung, sondern auch noch über Panzerschleicher.

Janneck kratzte sich über das Kinn. Um eine so große Anzahl an Truppen aufbieten zu können, mussten die Drizil ihre Stärke irgendwo signifikant reduziert haben. Jannecks Blick fiel auf die nahe gelegene Bergbausiedlung. Er öffnete erneut eine Verbindung zu seinem Piloten. »Mac? Nachricht an alle Transporter: Wir ändern den Kurs. Es gibt ein neues Ziel.«

Colonel Benedikt Sanchez begab sich, so schnell er konnte, zum Eingang der Mine. Er wurde bereits von Colonel Azikiwe erwartet. Das Gesicht des Mannes wirkte abgehärmt und eingefallen. Es gab nicht mehr viele, die in der Lage waren, aufrecht zu stehen. Alle litten unter der Rationierung. Das ständige Wehen und Wimmern der kleinen Kinder zehrte an den Nerven. Nicht wenige Legionäre vergossen bittere Tränen, weil ihnen die Leiden der Zivilbevölkerung zu Herzen ging. Viele von ihnen hatten inzwischen damit begonnen, ihre ohnehin schon spärlichen Rationen mit den Zivilisten zu teilen. Einige hatten sie sogar ganz abgegeben.

Sanchez warf Azikiwe einen fragenden Blick zu. Dieser deutete nach draußen. Sanchez wirkte nicht überzeugt. Der andere Colonel deutete erneut aufmunternd ins Freie. Sanchez trat vorsichtig mehrere Schritte vor. Er hatte erwartet, sofort unter Beschuss genommen zu werden, doch nichts dergleichen geschah. Es befanden sich keine Drizil in Reichweite. Erst am Rand der nahen Ortschaft konnte er mehrere Stellungen ausmachen, eigentlich wenig mehr als Checkpoints. Und über der Stadt sank eine Staffel großer Truppentransporter auf dicken Nebelschwaden Richtung Oberfläche. Die Stadt wurde angegriffen, und zwar massiv.

Sanchez warf Azikiwe einen erleichterten Blick zu. Dieser nickte. »Sie hatten recht. Sie kommen, um uns zu retten.«

Sanchez neigte leicht den Kopf zur Seite. »Wohl eher den Planeten als uns, aber über das Endergebnis will ich nicht streiten.«

»Die Frage ist, was tun wir jetzt?«, meinte Azikiwe.

Sanchez überlegte nicht lange. »Wie viele kampffähige Leute haben wir noch?«

Azikiwe schürzte die Lippen. »Weniger als fünfhundert. Die übrigen liegen darnieder und können nicht einmal mehr das Gewicht ihrer Rüstung tragen.«

Sanchez biss sich auf die Lippen. »Dann muss das eben reichen. Die Legionäre sollen Aufstellung nehmen. Wir brechen aus.«

Die VENGEANCE schoss einen bereits angeschlagenen Zerstörer sowie eine Fregatte zusammen. Der Schlachtkreuzer zog dabei jedoch an den Wracks eines eigenen Trägers sowie eines Behemoth-Schlachtkreuzers vorbei.

Lestrade schnaubte. Barinbau entwickelte sich zum Schwarzen Loch sowohl für die Drizil als auch die Menschheit. Sie mussten eine Entscheidung herbeiführen, und zwar schnell.

Der Blick des Commodore richtete sich auf das Intruder-Kampfschiff, das immer noch den Widerstand anführte. Lestrade fletschte wölfisch die Zähne. Er hatte die Faxen endgültig dicke.

»Eugene?«, sprach er seinen XO an. »Die gesamte Feuerkraft auf das feindliche Zentrum konzentrieren. Auch die Jäger und Torpedoboote. Ich will, dass dieser Kampf jetzt endet.«

Der XO der VENGEANCE gab die Anweisungen pflichtschuldig weiter. Die Schiffe formierten sich zu einer gestaffelten Linie – und griffen den Feind frontal an.

Die imperialen Schiffe überschütteten den Gegner mit einem Lichtgewitter und schalteten bereits mit der ersten Welle vier Feindschiffe aus. Der nachfolgende Sturm aus Jägern und Torpedobooten durchbrach die Front feindlicher Jagdgeschwader und machte drei weiteren Schiffen den Garaus. Doch trotz erheblicher Schäden weigerte sich der Intruder standhaft draufzugehen. Das Schiff entwickelte sich mit rapider Geschwindigkeit zu einem Nagel in Lestrades Sarg.

Der Drizilgegenschlag fügte Lestrades Einheiten erhebliche Schäden zu. Zwei Begleitkreuzer und eine Korvette gingen komplett verloren. Ebenso viele Schiffe wurden praktisch kampfunfähig geschossen.

Lestrades Hände verkrampften sich. Seine Jäger und Torpedoboote kehrten von ihrer Attacke zurück und nach jeder Aktion hatte er weniger von ihnen.

Sein XO blickte plötzlich auf. »Eine Meldung vom Planeten geht ein. Es ist Colonel Janneck.« Eugene Muellers Augen blitzten triumphierend. »Die Lage auf dem Planeten ist unter Kontrolle. Wir haben die Oberhand. Drizilkräfte sind eingekesselt.«

Lestrade bleckte die Lippen. Offenbar hatten die Drizilraumstreitkräfte von ihren eigenen Verbänden auf der Oberfläche dieselbe Nachricht erhalten. Was von ihren Einheiten noch übrig war, drehte unvermittelt bei und brach den Kampf ab. Die zersplitterten Überreste ihrer Flotte floh auf multiplen Vektoren in Richtung Systemgrenze. Die Fledermausköpfe sahen keinen Grund mehr, den Kampf fortzusetzen, und zogen sich zurück.

Lestrades Aufmerksamkeit blieb auf den Intruder fokussiert. Das schwer malträtierte Schiff, ein Zerstörer und zwei Fregatten strebten dem äußeren System auf einem Kurs zu, der sie im Dreißig-Grad-Winkel nach backbord und zehn Grad nach unten von Lestrade fortführte.

»Wie viele Torpedoboote haben wir in Reichweite dieser Schiffe?« Er deutete auf das fliehende Quartett.

»Fünf«, antwortete sein XO sofort.

»Hinterherschicken!«

Finn Delgado hätte gern gesagt, er könnte wenigstens Däumchen drehen, doch nicht einmal das war ihm in seiner klobigen Rüstung vergönnt. Um seine Langeweile zu bekämpfen, verfolgte er soweit möglich die Raumschlacht, von der er sich immer weiter entfernte.

Mit einiger Besorgnis registrierte er hin und wieder seinen sinkenden Sauerstoffvorrat. Er hoffte, Lestrade konnte die Situation klären, bevor er kläglich erstickte.

Doch plötzlich geschah etwas. Die Drizil brachen den Kampf ab. Sie flohen. Finns Euphorie hielt gerade so lange an, wie er benötigte, um zu erkennen, dass sich ein Teil des Gefechts in seine Richtung verlagerte.

Vier Drizilschiffe wurden von mehreren Torpedobooten verfolgt. Die Drizil bemühten sich, die lästigen Verfolger durch ihre spärliche Heckbewaffnung abzuschütteln. Eines der Torpedoboote ging in Flammen auf, ein anderes zerbrach unter dem Einschlag einer Rakete.

Die überlebenden drei entließen ihre volle Wut gegen das führende Intruder-Kampfschiff. Die Drizil bauten immer mehr Geschwindigkeit für ihren Sprung auf, dadurch war ihre Manövrierfähigkeit stark eingeschränkt. Die sechs Lenkflugkörper hätten den Intruder voll treffen müssen. Doch im letzten Moment wälzte sich eine der Fregatten um die eigene Querachse und schob sich schützend zwischen die Gefahr und das Flaggschiff. Vier der Geschosse zerrissen die Fregatte innerhalb weniger Bruchteile von Sekunden. Die zwei übrigen trafen den Intruder im Bereich des Antriebs.

Ein greller Lichtblitz ließ Finn kurzzeitig den Blick abwenden. Als er es wieder wagen konnte hinzusehen, waren der Intruder und sein Zerstörergeleitschutz verschwunden. Finn glaubte im ersten Augenblick schon, der Angriff wäre erfolgreich verlaufen und das Schiff zerstört. Aber es gab keine Trümmer, abgesehen vom Wrack der Fregatte. Der Intruder war entkommen.

Finn schnaubte. Um Haaresbreite hätten sie ihn erwischt. Eines der Torpedoboote änderte den Kurs und kam direkt auf ihn zu. Sie mussten sein Notsignal empfangen haben. Finn lächelte. Glück im Unglück. Wenigstens würde er hier nicht elendig zugrunde gehen.

Lestrade lehnte sich zurück und erlaubte sich, erstmals seit Beginn der Schlacht, wieder richtig zu Atem zu kommen. Er warf seinem XO einen kurzen Blick zu. »Folgende Meldung nach Vector Prime und Perseus. Barinbau gehört wieder uns.«

Lestrade schürzte die Lippen. *Fragt sich bloß, wie lange*, ging es ihm durch den Kopf.

Sie hatten einen hohen Preis bezahlt, um das System zurückzuerobern. Der Commodore hoffte nur, dieser Felsen unter ihnen war dies auch wert.

11

Captain Edgar Cutter führte mehr als vierhundert Schattenlegionäre durch die Wildnis von Ragash V. Seit ihrer Landung vor sechs Tagen hatten sie kaum Feindkontakt gehabt und er konnte gar nicht fassen, wie viel Glück sie gehabt hatten. Normalerweise hätten die Drizil ihnen alles auf den Hals hetzen müssen, was ihnen zur Verfügung stand. Die Frage war also: Warum taten sie es nicht?

Edgar ging in die Knie und bedeutete Becky, näher zu treten. Die Legionärin gehorchte augenblicklich. Edgar öffnete eine Zwei-Wege-Verbindung zwischen ihren Rüstungen. »Wir müssen die Umgebung erkunden. Du führst den Stoßtrupp.«

Becky antwortete nicht. Stattdessen bedeutete sie Vincent und Galen, ihr zu folgen. Behände bewegten sich die drei Elitesoldaten über das Unterholz und waren bereits nach wenigen Metern mit ihrer Umgebung verschmolzen.

Edgar wartete angespannt. Ein Legionär gesellte sich zu ihm. In seinen Ohren knackte es. »Ich bin nicht sicher, ob das die richtige Vorgehensweise ist«, meinte Captain Lee Monroe, der Kommandant von Zenturie *Kampf bis zum Tod.*

Edgar schüttelte leicht den Kopf. »Ich sehe keine andere Möglichkeit.«

»Aber werden sie uns dort nicht zuerst suchen?«, beharrte Monroe.

Monroes Argument hatte einiges für sich. Edgars Plan sah vor, die Zeltstadt aufzusuchen, die sich nahe der Ruinen der früheren planetaren Hauptstadt gebildet hatte. Möglicherweise fanden sie dort Hilfe. Im Augenblick wäre ihm bereits mit Informationen gedient. Sie mussten in Erfahrung bringen, welche feindlichen Kräfte auf dem Planeten standen und wie umfangreich sie bewaffnet waren. Gemäß Edgars Erfahrungen waren Einheimische eine gute Informationsquelle. Das letzte Mal waren sie mit knapper Not davongekommen. Doch dieses Mal lagen die Dinge anders. Sie rückten diesmal nicht nur mit einem Trupp an, sondern mit zwei voll ausgerüsteten und gut bewaffneten Zenturien. Er bezweifelte, dass sich die Einheimischen mit ihnen anlegen würden, ganz egal, wie verzweifelt sie waren.

»Ich halte das immer noch für einen ganz schlechten Plan«, meinte Monroe verkniffen.

»Haben Sie vielleicht bessere Vorschläge?«

»Allerdings. Die habe ich. Wir befinden uns nur knapp vier Klicks südlich eines kleinen Vorpostens. Den schalten wir aus und holen uns die Informationen von dort.«

»Großartiger Vorschlag«, kommentierte Edgar sarkastisch. »Und wenn sich der Vorposten nicht mehr meldet? Was dann?«

»Die wissen ohnehin, dass wir da sind.«

»Aber nicht, wo wir sind. Wenn wir den Vorposten überfallen, können wir auch genauso gut gleich eine Leuchtrakete abschießen. Ich versichere Ihnen, innerhalb einer Stunde wimmelt das ganze Gebiet von Drizil.«

Ein fauchendes Geräusch über ihnen ließ die Soldaten beider Zenturien innehalten. Sie warteten angespannt, bis die beiden Driziljäger vorüberzogen. Sie verschwanden schon bald über den Horizont.

»Sie wissen, dass sie uns hier suchen müssen«, erklärte Monroe.

Abermals schüttelte Edgar den Kopf. »Sie suchen den ganzen Planeten ab. Besser, wir bleiben verborgen, solange es uns möglich ist.«

»Ich habe Ihren Einsatzbericht gelesen«, erwiderte Monroe nach kurzem Zögern. »Wie können Sie sicher sein, dass die Menschen in dem Lager uns nicht an die Drizil verraten? Die vegetieren doch alle am Existenzminimum. Die tun alles für eine kleine Verbesserung ihrer Situation.«

»Ich bin mir dessen überhaupt nicht sicher. Aber von vielen schlechten Möglichkeiten ist das noch die beste.«

»Boss?«

Als Beckys Stimme in seinen Ohren ertönte, hielt Edgar unbewusst inne.

»Was gibt es?«, wollte er wissen.

»Keinerlei Feindaktivität«, gab die Legionärin zurück. »Das ist die gute Nachricht.«

»Und die schlechte?«

»Davon solltest du dir besser selbst ein Bild machen.«

Beckys Tonfall sandte Edgar einen Schauder über den Rücken. Mit einer knappen Handbewegung bedeutete er den Legionären, sich zu erheben, und führte sie über die nächste Anhöhe.

Edgar hatte in seinem Leben bereits viel erlebt. Doch selten war er Zeuge derartiger sinnloser Zerstörung geworden. Die Zeltstadt am Rande des Kraters war dem Erdboden gleichgemacht worden.

Die Legionäre durchstreiften das ehemalige Flüchtlingscamp schweigend, aber mit angelegten Waffen. Der Angriff musste bereits einige Wochen zurückliegen. Die zahlreichen Brandherde waren längst erkaltet. Edgar schluckte und sank auf ein Knie nieder.

Seine Finger gruben sich in die Asche und förderten eine halb verbrannte Stoffpuppe zutage. Er spürte, wie ihm jemand eine Hand auf die Schulter legte. Edgar sah auf. Über ihm stand Becky. In diesem Augenblick war er sehr froh, dass er seinen Helm aufbehalten hatte. So sah sie nicht die Tränen, die sich in seinen Augenwinkeln sammelten.

»Dafür sind wir verantwortlich«, erklärte er. »Sie haben die Zeltstadt aus Vergeltung zerstört. Unseretwegen.«

»Sie können nicht gewusst haben, dass man uns half«, hielt Becky im Tonfall eines Menschen dagegen, der verzweifelt versuchte, die eigene Schuld von sich zu weisen. Sie wusste jedoch, dass ihre Worte jeder Grundlage entbehrten. Edgar stand auf, immer noch die Puppe in der Hand.

»Nein, das wussten sie nicht. Das spielte für sie auch keine Rolle. Sie wollten die Menschen einfach nur bestrafen. Vermutlich wurde die Zeltstadt bereits kurz nach unserer Abreise zerstört.«

Captain Lee Monroe trottete langsam mit gesenktem Kopf herüber. Er schüttelte bedrückt den Kopf. »Keine Lebenszeichen. Keine Überlebenden.«

»Haben sie alle umgebracht?«, wollte Becky wissen. Ihr Tonfall machte klar, dass sie eher mit sich selbst sprach. Monroe antwortete dennoch.

»Meine Leute fanden menschliche Überreste unter den Trümmern. Einige verbrannt, andere in unterschiedliche Stadien der Verwesung.«

»Wie viele?«, fragte Edgar.

Monroe zuckte die Achseln, was in seiner klobigen Rüstung irgendwie unförmig aussah. »Schwer zu sagen. Von einigen Opfern findet man nur noch Einzelteile. Ein paar Hundert, würde ich meinen.«

»Das sind nicht genug. Dieses Camp wurde von Tausenden Menschen bewohnt.«

»Vielleicht haben sie die anderen verschleppt?« Neue Hoffnung keimte in Becky auf.

»Oder sie wurden vertrieben«, mutmaßte Edgar. »In die Wildnis zum Beispiel.«

»Wie dem auch sei, hier finden wir keine Hilfe mehr.« Monroe wandte sich Edgar zu. »Was tun wir jetzt?«

Edgar seufzte. »Das ist eine verdammt gute Frage.« Er überlegte kurz. »Vielleicht sollten wir direkt zur feindlichen Nachschubbasis weiter und sie angreifen.«

Sowohl Monroe als auch Becky warfen ihm verwunderte Blicke zu. Er konnte es selbst durch die voll verspiegelten Visiere ihrer Rüstungen spüren.

»Einfach so?«, meinte Monroe. »Ohne nähere Informationen oder Aufklärungsdaten?«

»Das Überraschungsmoment wäre auf unserer Seite.«

Monroe schnaubte. »Wenn Sie meinen.«

»Wir sollten verschwinden«, meinte Becky, ohne auf das aktuelle Gesprächsthema näher einzugehen. »Hier können wir nichts mehr tun.«

Edgar nickte. »Wir überlegen uns, wie wir weiter vorgehen, sobald wir etwas Deckung haben. Hier sind wir sehr exponiert.«

Mit einem Mal tauchte ein Sensorkontakt auf Edgars HUD auf. Nur kurz, doch das Signal war stark genug, um ihn aufschrecken zu lassen. Bevor er zu reagieren imstande war, verschwand es jedoch schon wieder.

»Haben Sie das gesehen?«, fragte er Monroe.

Dieser nickte. »Was zum Teufel war das?«

»Bestimmt nichts Gutes«, erwiderte Edgar. Er wandte sich an Becky, sagte aber nichts. Stattdessen machte er lediglich eine knappe Bewegung mit dem Kopf.

Das war alles an Aufforderung, was Becky benötigte. Gemeinsam mit Vincent und Galen machte sie sich davon. Die drei trennten sich nach wenigen Metern, um den unerwünschten Beobachter einzukreisen.

»Vielleicht ein Drizilkundschafter«, meinte Monroe.

»Da bin ich mir sogar ziemlich sicher. Oder ein Wächter.«

Mit knappen, präzisen Bewegungen ließ er die Legionäre beider

Zenturien eine Abwehrformation einnehmen. Die Männer und Frauen schwärmten nahezu geräuschlos aus.

Edgar, Monroe und drei Feuertrupps folgten Becky und ihren beiden Kameraden. Es dauerte nur wenige Schritte und sie nahmen erste Kampfgeräusche wahr. Die Legionäre entsicherten ihre Waffen. Edgar beschleunigte seine Schritte.

In seinen Ohren knackte es. »Boss …« Beckys Stimme klang gehetzt. Edgar sprintete los. Ein Legionär taumelte aus einem halb verbrannten Zelt, von dem noch drei Wände standen. Die Vorderseite seiner Rüstung war etwas eingedrückt. Er stürzte rücklings. Es handelte sich um Galen. Über seinen Funk vernahm er dessen Ächzen. Zumindest lebte er noch.

Edgar und Monroe eilten mit angelegten Waffen in das Zelt. Sie blieben wie angewurzelt stehen. Becky und Vincent hielten einen sich heftig wehrenden Gegner zwischen sich. Gemeinsam zwangen sie ihn zu Boden. Die Gestalt wehrte sich nach Leibeskräften. Selbst von zwei Legionären auf den Boden gedrückt, wirkte er noch überaus kompetent und sehr gefährlich. Becky und Vincent hatten alle Mühe, ihn zu fixieren. Doch ihr Gegner war kein Drizil. Der Mann sah auf.

Edgar öffnete fassungslos seinen Helm und starrte sein Gegenüber sekundenlang lediglich an. »Sie?«, presste er schließlich mühsam hervor.

12

Bastian Genaro, Präsident der Allianz vereinigter Kolonien, stand breitbeinig auf der Brücke des Allianzschlachtschiffes KOBALT.

Die allumfassende Schwärze des Hyperraums wich schlagartig dem von hellen Punkten gesprenkelten Weltraum, als das Schiff in das Equuro-System eintrat. In seinem Kielwasser folgten einhundertzweiundsiebzig Kriegsschiffe der Allianz sowie Truppentransporter, die insgesamt sechzigtausend Allianzsoldaten beförderten. Nur etwas mehr als die Hälfte von ihnen trug die neue nach imperialem Vorbild gefertigte Rüstung. Bei den übrigen handelte es sich um ungepanzerte Infanterie. Was diese im Kampf gegen gut ausgebildete und ausgerüstete Drizil wert waren, musste sich erst noch erweisen. Bei der ersten Schlacht gegen die Drizil, die ebenfalls auf Equuro ausgefochten worden war, hatten ungepanzerte Truppen nicht viel gegen die fledermausähnlichen Gegner ausrichten können.

Genaro richtete seine Aufmerksamkeit auf das zentrale Brückenfenster der KOBALT. Sie waren noch zu weit entfernt, um den einzigen bewohnten Planeten des Systems mit bloßem Auge zu erkennen. Doch auf dem Bildschirm zur Linken von Vizeadmiral Marjorie Panneker strömten die ersten Sensordaten herein.

Bereits nach einer oberflächlichen Studie der Daten schluckte Genaro. Die feindliche Flotte zählte dreißig Prozent weniger Schiffe als die sich nähernden Allianzverbände, die gegnerischen Einheiten verfügten dafür insgesamt über die größere Kampfkraft.

Fast neunzig Prozent der Entsatzflotte bestand aus Warzenschweinen, notdürftig zusammengezimmerten Hybriden zwischen menschlicher Technik und jener der Drizil. Sie verfügten nicht im Mindesten über die Wehrhaftigkeit richtiger Drizilkriegsschiffe. Die Allianz besaß nur wenige imperiale Kriegsschiffe. Deren Produktion in den umgerüsteten Werften lief erst an.

Genaro seufzte. Er hätte sich gewünscht, die Fledermausköpfe hätten ihnen mehr Zeit zur Vorbereitung gelassen. Doch die bloße Vorstellung war vermutlich utopisch.

Genaro schluckte erneut. Er wandte sich seinem Vizeadmiral zu. »Gibt es Nachrichten vom Planeten, Marjorie?«

Die grauhaarige alte Veteranin schüttelte den Kopf. »Wir fangen nur vereinzelte Fetzen von Kampfgesprächen und zivilen Funksprüchen auf.«

»Genug, um sich bereits ein Bild zu machen?«

»In der planetaren Hauptstadt wird gekämpft. So viel ist sicher.«

Genaro straffte seine Gestalt. »Nun, das ist keine große Überraschung.«

»Sicher nicht«, gab die Admiralin ihm recht. »Die Taktik der Drizil ist recht offenkundig. Sie versuchen einen Keil in die Front zwischen uns und den Imps zu schlagen. Equuro ist das Verbindungsglied. Fällt dieses System, dann ist die Front in zwei Teile gespalten.«

»Das darf nicht passieren«, drängte Genaro. Er warf der Admiralin erneut einen eindringlichen Blick zu. »Egal wie, aber bringen Sie unsere Truppen auf die Oberfläche.«

Vizeadmiral Marjorie Panneker lächelte grimmig. »Verstanden.« Sie wandte sich an ihren XO. »Befehl an alle Schiffe: Gefechtsformation einnehmen. Wir greifen an.«

Militärpräfekt Danbi Maeng eilte durch die Straßen von First Step, das Sturmgewehr eng an den Körper gepresst, als wäre es aus purem Gold.

Der Mann bewegte sich noch recht unbeholfen in der neuen Rüstung, die man ihm verpasst hatte. Doch mit jedem Schritt lernte er mehr, deren Vorteile zu nutzen – und diese zu schätzen. Hätten deutlich mehr Soldaten unter seinem Kommando Rüstungen besessen, die Schlacht hätte vermutlich einen anderen Verlauf genommen.

Vielleicht hätten sie den Fall seines Kommandozentrums verhindern können, in dem der Großteil seines Stabes gefallen war. Vielleicht hätten sie die Einnahme des Stadtzentrums durch die verdammten Fledermausköpfe verhindern können. Vielleicht wäre es den Verteidigern von Equuro sogar gelungen, den Brückenkopf zu zerschlagen, mit dessen Hilfe die Drizil ihre Landezone gesichert hatten und sich nun anschickten, die ganze Stadt zu erobern.

Maeng kommandierte die Verteidigung von First Step nun aus dem Feld heraus. Es gab keinen sicheren Ort mehr, an dem man einen Kommandoposten hätten aufbauen können. Zwei derartige Versuche waren von den Drizil bereits blutig vereitelt worden. Es schien, als wären sie überall. Maeng hatte Genaro und Generalgouverneur Ruiz dabei geholfen, die Allianz mit aufzubauen. Er hatte deren Einigungskriege mitgemacht und auch geholfen, sie in den Anfängen ihrer Existenz gegen die Übergriffe rivalisierender Piratennationen zu verteidigen, die sich durch die Gründung der Allianz bedroht sahen. Er hatte sogar dabei geholfen, den Freundschaftsvertrag und die anschließenden Handelsabkommen mit den Drizil zum Abschluss zu bringen.

Nie zuvor hatte er die Hoffnung verloren oder den Mut sinken lassen. Er musste allerdings zugeben, dass die Lage dieses Mal verdammt hoffnungslos aussah.

Etwa vierzig Mann in Maengs Begleitung waren ebenfalls nach Art der Legionäre gepanzert, bei den übrigen handelte es sich um ungepanzerte reguläre Infanterie. Wenn der Militärpräfekt den Blick schweifen ließ und in die Augen seiner Begleiter sah, dann bemerkte er dort dieselbe Niedergeschlagenheit, gegen die er selbst so verbissen ankämpfte.

Fauchend zogen Driziljäger über ihnen ihre Bahn, nur um immer wieder zur Oberfläche hinabzustoßen und Tod und Vernichtung in die Straßen der planetaren Hauptstadt zu säen. Mittlerweile antworteten kaum noch Luftabwehrbatterien dem Beschuss. Die Jägerflotte, die First Step eigentlich hätte schützen sollen, war bereits vor Tagen ausgelöscht worden. Die Piloten hatten verbissen bis zum letzten Mann gekämpft, waren aber von der Flut der bestens ausgebildeten Drizilpiloten hinweggefegt worden.

Maeng führte seine Truppe durch die Ruinen der einstmals florierenden Metropole, als es in seinen Ohren knackte. Mit erhobener Hand gebot er den Männern Einhalt. Die Soldaten verteilten sich augenblicklich und sicherten ihre aktuelle Position, indem sie sich verschanzten.

»Genaro an Maeng. Ich wiederholte: Hier spricht Bastian Genaro. Ich rufe Danbi Maeng. Bitte kommen.«

Der Militärpräfekt ließ sich auf ein Knie nieder und bestätigte die Verbindung. »Herr Präsident? Sind das wirklich Sie?«

Selbst über die Funkverbindung übertrug sich Genaros Erleichterung. »Schön, von Ihnen zu hören, Maeng.«

»Ich freue mich auch. Wo zum Teufel stecken Sie?«

»Ich führe gerade Verstärkung ins Equuro-System.«

»Wie viele?«

»Sechzigtausend Mann.«

Maeng leckte sich über die Lippen. »Ich weiß nicht, ob das genügt. Die Stadt steht kurz vor dem Fall.«

»Es muss genügen. Die Hälfte von ihnen ist gepanzert.«

»Damit halten wir noch eine Weile durch, doch wenn diese Flotte über uns nicht verschwindet, dann sehe ich schwarz.«

»Ich arbeite dran. Wir kämpfen uns derzeit Richtung Planet durch.«

Maeng hörte im Hintergrund einen weiblichen Offizier Befehle brüllen, auf die hektisch geantwortet wurde. Genaro befand sich bereits im Gefecht.

Mit einem Mal wurde ein ungepanzerter Allianzsoldat rechts von Maeng von den Beinen gerissen. Der Mann hatte nicht einmal die Zeit zu schreien.

»Fledermausköpfe!«, brüllte einer seiner Kameraden, kurz bevor auch dieser getroffen wurde. Ein Drizilgeschoss fegte ihm glatt den Kopf von den Schultern.

Das Rattern veralteter automatischer Waffen sowie das kurze Zischen moderner Nadelgewehre tasteten nach den überall auftauchenden feindlichen Soldaten. Maeng riss sein Nadelgewehr hoch und gab kurze, präzise Salven ab. Das Helmvisier eines Drizil, der über ihm auftauchte, wurde durchschlagen. Ein zweiter stürzte aus einem ausgebombten Gebäude schräg gegenüber und prallte mit unnatürlich klingendem Klatschen auf den aufgerissenen Asphalt fünf Meter tiefer.

»Maeng?«, hörte er Genaros Stimme in seinen Ohren. »Ist alles in Ordnung.«

Der Militärpräfekt schoss ungerührt weiter. Die Zielerfassung seines Anzugs zeigte ihm alle Gegner in Reichweite und teilte sie automatisch in primäre und sekundäre Ziele auf. An die imperiale Technik konnte er sich durchaus gewöhnen.

»Wir werden angegriffen«, presste Maeng mühsam zwischen zwei Feuerstößen hervor. »Stellung in Gefahr.«

»Wir sind auf dem Weg«, entgegnete Genaro. »Können Sie noch eine Weile durchhalten?«
»Habe ich eine Wahl?«
»Nein«, erfolgte prompt die Antwort.
Maeng grinste – und feuerte weiter auf den vorrückenden Feind.

Die Allianzflotte erlitt schwerste Verluste. Ihr Weg wurde markiert durch etliche zerschossene Wracks oder zurückgelassene Rettungskapseln. Deren Insassen beteten für einen Erfolg der Allianz. Die Drizil würden mit ihnen nicht gerade freundlich umgehen, sollten diese den Sieg erringen.
Die Kobalt rückte umgeben von mehreren Warzenschweinen in das Zentrum der feindlichen Linien vor. Genaro hielt sich hinter Vizeadmiral Marjorie Panneker und versuchte, nicht allzu sehr im Weg zu stehen. Die Truppentransporter folgten im Kielwasser der Hauptformation. Es war ein großes Risiko, die kaum geschützten Transporter mit ins Gefecht zu führen, aber die Admiralin sah keine andere Wahl. Alles andere würde zu lange dauern und war ebenso riskant.
Die Kobalt feuerte mehrere Raketensalven auf einen feindlichen Zerstörer und eine Fregatte. Sie erzielte mindestens drei Volltreffer bei dem größeren und einen beim kleineren Schiff. Doch der Schaden hielt sich in Grenzen. Es war frustrierend. Bei dem Schlagabtausch, den sie im Augenblick führten, kam Genaro ungewollt der Vergleich mit dem Kampf gegen Windmühlen in den Sinn.
Ein halbes Dutzend Warzenschweine, begleitet von drei Angriffskreuzern, griff die linke Flanke der feindlichen Formation an. Währenddessen jagten Piloten der Allianz die Drizil und zerschlugen eine feindliche Jägerformation oberhalb der Attacke. Und tatsächlich schien der Angriff erfolgreich zu verlaufen. Die Allianz verlor zwar vier Warzenschweine und einen der Angriffskreuzer, schaltete im Gegenzug jedoch einen bereits angeschlagenen Zerstörer sowie einen feindlichen Träger aus.
Die Drizil wichen vor dem Ansturm zurück und streiften dabei sogar die Atmosphäre. Damit standen die Drizil quasi mit dem Rücken zur Wand. Ein in die Ecke gedrängter Gegner wurde aber dadurch nur umso gefährlicher.
Die Drizil führten auf der gegenüberliegenden Seite des Schlachtfelds einen Gegenangriff und bedrängten ihrerseits Genaros linke Flanke. Es

entbrannte ein kurzes, brutales Gefecht, in deren Verlauf die Allianz fast zwei Dutzend Schiffe einbüßte. Bei fünf von ihnen handelte es sich um neue Produktionen nach imperialem Vorbild. Ein schmerzhafter Verlust für die Allianzflotte. Der Gegner verlor nicht einmal halb so viele Schiffe, es gelang ihm allerdings nicht, Genaros Linien zu durchbrechen. Angesichts der hohen Verluste, schmeckte dieser Teilsieg in Genaros Kehle jedoch wie Galle.

Die Kobalt schob sich näher an den Planeten und tauschte dabei heftige Energiesalven mit einem feindlichen Intruder aus. Das mächtige Kampfschiff feuerte aus allen Rohren und perforierte den Rumpf der Kobalt unterhalb von Deck drei und somit nur ein Deck unterhalb der Brücke.

Genaro spürte die zahlreichen Einschläge nicht, doch er sah ein Schadensdiagramm über Pannekers Bildschirm laufen, das ganz und gar nicht ermutigend wirkte. Mehrere Sektionen des Schiffes waren nicht länger zugänglich und einige sogar zum Vakuum hin offen.

Panneker versah ihren Dienst mit hoher Professionalität. Sie beorderte die Schadenskontrolle in die betroffenen Sektionen und rettete von ihrem Schiff, was zu retten war. Anschließend wandte sie sich wieder dem größeren Ganzen zu. Genaro nickte zufrieden. Er wusste, warum er die alte Veteranin für diesen Job ausgewählt hatte. Sie besaß das Fachwissen und auch die Kaltblütigkeit, den Angriff auf die Blockade um Equuro zu leiten. Darüber hinaus wusste sie, wann man Verluste einfach akzeptieren musste, egal wie schmerzhaft sie waren.

Die Kobalt feuerte zurück und fügte dem Intruder beträchtlichen Schaden zu. Die rechte Seite wurde von mehreren Lichtwerfersalven regelrecht aufgeschlitzt. Der Intruder rotierte um die eigene Längsachse, um dem Allianzschlachtschiff die noch unbeschädigte Backbordpanzerung zuzuwenden. Gleichzeitig änderte er geringfügig den Kurs, um sich aus der Gefahrenzone zu bringen. Doch selbst angeschlagen war ein Intruder ein mächtiger Gegner. Noch auf dem Rückzug schoss das feindliche Flaggschiff drei Allianzschiffe zusammen – allesamt Warzenschweine. Damit nicht genug, formierte sich voraus weiterer Widerstand. Zwanzig Drizilkriegsschiffe schoben sich der Kobalt in den Weg, um ihren Vormarsch zu blockieren.

Panneker sah auf. »Die machen es uns nicht leicht.«

»War auch nicht zu erwarten«, erwiderte Genaro, während er aus dem Brückenfenster starrte. Er sah mit leicht verkniffener Miene nach unten. »Was schlagen Sie vor?«

Panneker schürzte die Lippen. »Aufgrund der beträchtlichen Verluste, die wir erlitten haben, wäre ein Rückzug oberflächlich betrachtet am sinnvollsten.«

»Oberflächlich betrachtet?«

Panneker nickte. »Unerfahrene Kommandanten würden das sicherlich in Betracht ziehen.«

»Aber Sie nicht.« Es handelte sich um eine Feststellung, keine Frage.

Die Admiralin nickte. »Wir hätten einen weiten Weg zurückzulegen, um uns aus ihrer Reichweite zu befreien. Wir würden vermutlich größeren Schaden nehmen, als wenn wir den Kopf einziehen und vorstürmen. Außerdem …«

»Außerdem?«, hakte Genaro nach.

»Außerdem wird Equuro todsicher fallen, wenn wir uns zurückziehen.«

»Ihre Empfehlung lautet also?«

»Den Kopf einziehen, die Verluste akzeptieren und die feindliche Blockade durchbrechen«, erwiderte Panneker ohne Umschweife und ohne etwas zu beschönigen.

Genaro warf ihr einen vorsichtigen Blick zu. Die Admiralin zuckte daraufhin lediglich die Achseln. »Ich weiß, es wird nicht angenehm. Doch ich sehe keine Alternative. Diese Truppen werden auf der Oberfläche gebraucht. Maeng wird ohne sie nicht mehr lange durchhalten.«

Genaro schluckte. Das war definitiv etwas dran. Trotzdem kam er nicht umhin, beide Möglichkeiten gegeneinander abzuwägen. Die Verluste würden in jedem Fall hoch sein. Sie waren bereits jetzt höher, als irgendjemand erwartet hatte. Die Drizilblockade bestand noch aus etwa fünfzig Schiffen. Die zahlenmäßige Stärke der Allianzflotte lag knapp darüber, und das, obwohl die Allianz mit einer dreißigprozentigen Überlegenheit ins Gefecht gezogen war. Viele der überlebenden Schiffe waren stark angeschlagen und würden nur noch wenige Salven überstehen.

Genaro biss sich auf die Unterlippe. Dieser Gedanke brachte im Endeffekt den Ausschlag. Viele der beschädigten Warzenschweine würden den Rückzug ohnehin nicht überleben. Die Drizil würden ihnen kaum eine

Chance lassen. Wenn diese Schiffe und Besatzungen geopfert werden mussten, dann sollten sie wenigstens sinnvoll geopfert werden.

Er sah erneut hinunter zu Vizeadmiral Panneker, die ihn aufmerksam musterte. »Ihre Entscheidung, Herr Präsident«, ermutigte sie ihn.

Genaro nickte. »Tun Sie es.«

Panneker wandte sich mit düsterer, aber entschlossener Miene ihrer Brückenbesatzung zu. »Folgendes Signal an alle Einheiten: Sofort zum Angriff formieren. Feindliche Linien im Zentrum um jeden Preis durchstoßen.«

Militärpräfekt Danbi Maeng feuerte ohne Unterlass. Seine Truppen hielten verbissen ihre Position und die Drizil auf Abstand. Der Kontakt zum Rest der Stadt war abgebrochen. Maeng konnte keine anderen Allianzstellungen mehr erreichen. In seinen Ohren rauschte lediglich Statik, sobald er es versuchte.

Er hoffte, es bedeutete, die Drizil setzten nur Störsender ein. Die Alternative wäre gewesen, dass nur noch Maengs Truppe den Invasoren Widerstand entgegenbrachte. Der Gedanke war niederschmetternd. Was wäre, wenn tatsächlich der organisierte Widerstand in der restlichen Stadt zusammengebrochen wäre? Was wäre, wenn nur noch Maengs Leute kämpften? Was hatte Widerstand dann überhaupt noch für einen Sinn?

Maeng feuerte erneut. Die scharfkantigen Geschosse zerfetzten Rüstung und Helm eines Drizil, der daraufhin blutüberströmt vornüberfiel. Doch augenblicklich waren drei neue zur Stelle, um den Platz des gefallenen einzunehmen. Als würde man versuchen, ein Leck geschlagenes Boot mit einem löchrigen Eimer leer zu schöpfen.

Zwei ungepanzerte Allianzsoldaten fielen fast gleichzeitig, kurz darauf noch einmal fünf knapp hintereinander. Maeng ging langsam rückwärts. Sein Fuß stieß an ein Hindernis. Er sah kurz nach unten. Hinter ihm lag die regungslose Gestalt eines seiner gepanzerten Soldaten. Die Rüstung des Mannes war von Säuregeschossen der Drizil beinahe völlig zersetzt. Das bloße Fleisch lugte darunter hervor.

Maeng fletschte die Zähne, während die Drizil immer weiter den Kreis um die Eingeschlossenen enger zogen. Ein Dröhnen durchzog plötzlich die Atmosphäre. Die Intensität des Kampfes ebbte für einen Augenblick geringfügig ab. Menschen und Drizil sahen gleichermaßen verwirrt nach oben.

Die klobigen Umrisse von Truppentransportern der Allianz schoben sich langsam durch den wolkenverhangenen Himmel Richtung Oberfläche. Sie wurden umschwärmt von Dutzenden im tödlichen Kampf miteinander verstrickten Jägern. Und rings um die Transporter durchstießen Tausende von Schiffstrümmern die Atmosphäre und gingen als feuriger Meteoritenregen nieder. Bei einem davon handelte es sich um die zertrümmerte Bugsektion eines Allianzschlachtschiffes.

13

Commodore Horatio Lestrade funkelte die beiden Männer, die ihm gegenüberstanden, missmutig an. Colonel Finn Delgado verharrte regungslos in Habachtstellung, während Professor Nicolas Cest nachdenklich auf seiner Unterlippe kaute.

Schließlich seufzte Lestrade. »Kann mir mal jemand bitte diesen ganzen Schlamassel erklären?« Sein Blick zuckte von einem zum anderen. Als keiner der beiden Männer Anstalten machte, etwas zu sagen, stand der Commodore auf. Die Falte zwischen seinen Augen vertiefte sich, als er die Stirn runzelte. »Kann mir jemand erklären, wie einer der gut ausgebildeten und erfahrenen Schattenlegionäre während einer überaus wichtigen Mission einfach so kollabieren und ins Koma fallen kann und dadurch die ganze Mission gefährdet?« Lestrade schnaubte. »Gute Männer und Frauen hätten dadurch zu Schaden kommen können. Barinbau könnte sich immer noch in Drizilhand befinden.«

Er sah erneut von einem zum anderen. »Also? Eine Antwort? Irgendwer?«

Delgado schluckte. »Es war meine Schuld, Sir. Captain Red Cloud hat mir gegenüber Bedenken geäußert. Doch ... ich nahm sie nicht ernst.«

Cest schüttelte den Kopf. »Die Schuld trifft mich, Commodore. Red Cloud kam auch zu mir. Ich riet ihm, einfach mal auszuschlafen und ein paar Pillen einzuwerfen. Colonel Delgado ist nicht dafür qualifiziert, die physische und psychische Verfassung eines Soldaten zu beurteilen. Ich schon. Ich hätte sehen müssen, dass mit dem Mann etwas nicht stimmt. Die Verantwortung trifft mich allein. Und ich werde mich auch der Angelegenheit annehmen, um die Sache wiedergutzumachen.«

Lestrade hob eine Augenbraue. »Und Ihre Lösung sieht wie aus?«

Cest kaute erneut auf seiner Unterlippe herum, etwas, das Lestrade zutiefst nervös machte. Am liebsten hätte er den Mann angeschrien, es sein zu lassen. Im letzten Moment hielt er sich zurück. Ihrer aller Nerven lagen blank. Den Mann anzufahren, würde daran nichts ändern.

Cest neigte schließlich den Kopf zur Seite. »Das weiß ich noch nicht. Um zu wissen, wie ich dem Mann helfen kann, muss ich zuallererst wissen, was mit ihm geschieht. Dazu sind weitere Untersuchungen notwendig. Seit dem Vorfall im Orbit über Barinbau ist er nicht mehr ansprechbar. Wir verzeichnen noch Hirnaktivität, doch ansonsten liegt er im Koma. Red Cloud kann von Glück reden, dass seine Kameradin ihn sicher auf die Oberfläche schaffen konnte.«

»Sie wissen also weder, was mit ihm geschehen ist, noch, wie sie den angerichteten Schaden beheben können«, versetzte Lestrade.

Cest sah mit ungewöhnlich entschlossener Miene auf. »Ja, aber ich werde es herausfinden. Verlassen Sie sich darauf!«

Lestrade fixierte den Wissenschaftler noch kurz mit festem Blick und nickte schließlich. »Dann will ich Sie nicht länger aufhalten. Aber informieren Sie mich regelmäßig. Ich will wissen, was in Ihrem Labor vor sich geht.«

Cest nickte geistesabwesend. Sein Verstand war bereits mit dem vorliegenden Problem beschäftigt. Ohne einen letzten Gruß wandte er sich ab und verließ Lestrades Bereitschaftsraum.

Die beiden zurückgebliebenen Offiziere sahen dem Mann mit einer Mischung aus Faszination und Frustration hinterher. »Ein seltsamer Mann«, meinte Lestrade.

Delgado zuckte die Achseln. »Er ist gut in dem, was er tut – was auch immer das sein mag.«

Lestrade schnaubte amüsiert, wurde jedoch schlagartig ernst. »Während sich Cest um Red Cloud kümmert, müssen wir ernstere Dinge besprechen.«

Delgado legte seine Stirn in Runzeln. »Sir?«

Lestrade blickte auf. »Wir haben Nachricht von General Rix auf Vector Prime erhalten. Die Driziloffensive wurde gestoppt, doch der Gegner sammelt weitere Kräfte am Rand des Systems. Jenseits des Minenfelds und außerhalb der Gefechtsdistanz der Kampfstation im Orbit. Es ist nur eine Frage der Zeit, bis er erneut gegen Vector Prime losschlägt. Unsere eigenen Kräfte sind stark überdehnt. Außerdem wurde ein feindliches Schlachtgeschwader in der Nähe von Perseus ausgemacht. Rix glaubt, der Feind könnte die momentane strategische Lage ausnutzen, um einen weiteren Vorstoß in diese Richtung zu wagen. Bei Perseus haben wir im Moment nicht viel, was wir gegen die Fledermausköpfe richten könnten. Eigentlich wenig mehr als eine symbolische Verteidigung.«

Delgado neigte leicht den Kopf zur Seite und musterte den Commodore eindringlich. »Da ist aber noch mehr, oder?!«

Lestrade seufzte und nickte. »General Great Bear, der Befehlshaber der 24. Legion – er ist tot. Er führte einen Angriff auf eine feindliche Landezone auf Vector Prime. Der Angriff verlief erfolgreich, doch Great Bear ist gefallen.«

Delgado schluckte. »Ein großer Verlust.«

Lestrade nickte. »Kannten Sie den Mann?«

»Nicht persönlich«, schüttelte Delgado den Kopf. »Aber wie ich hörte, soll er ein guter Soldat und hervorragender Offizier gewesen sein.«

»Das war er. Er wird uns fehlen.«

Delgado straffte sich. »Wann brechen wir auf?«

Lestrade blickte auf. »Wohin?«

»Nach Vector Prime? Oder nach Perseus? Wo auch immer wir gebraucht werden.«

Abermals schüttelte Lestrade den Kopf. »Vorläufig fliegen wir nirgendwohin. Wir haben eine andere Aufgabe.«

»Welche wäre?«

Lestrade schürzte die Lippen. »Weit mehr als Soldaten benötigen wir im Moment Informationen.« Der Commodore betätigte eine Taste und über seinem Tisch baute sich ohne Verzögerung das Hologramm eines Drizilflaggschiffs der Intruder-Klasse auf. Delgado trat neugierig näher.

Lestrade deutete auf das Hologramm. »Ich muss Ihnen wohl nicht extra erklären, was das hier ist.«

Delgado schüttelte den Kopf. »Das Drizilkampfschiff, das aus Barinbau entkommen ist.« Der Colonel neigte leicht den Kopf. Lestrade nutzte die Gelegenheit, den Mann eingehend zu mustern, während dieser das Hologramm näher untersuchte. »Irgendetwas stimmt damit nicht«, meinte der Schattenlegionär schließlich.

Lestrade lächelte zufrieden und vergrößerte die Ansicht auf den Bug. Dort, wo eigentlich die Brücke hätte sein müssen, klaffte ein großes Loch.

»Sehr gut beobachtet«, kommentierte Lestrade. »Die Brücke hat durch eine der Minen ganz schön was abbekommen. Das Schiff wurde die ganze Schlacht über von der Ersatzbrücke aus kommandiert.«

Delgado pfiff leise durch die Vorderzähne. »Dafür haben die uns aber einen ganz schönen Kampf geliefert.«

»Allerdings«, stimmte Lestrade zu. »Dadurch ergeben sich jedoch auch Möglichkeiten.«

Delgado blickte auf. »Welcher Art?«

Lestrade betätigte weitere Schalter und das Schiff wurde durch eine Sternkarte ersetzt, auf der mehrere Sprungrouten hervorgehoben wurden. Eine trat dabei besonders in den Vordergrund.

»Durch unseren finalen Angriff wurde die Drizilflotte bei Barinbau zersplittert. Dieses Intruder-Kampfschiff versuchte, sich den Resten seiner Flotte wieder anzuschließen, doch der Angriff unserer Torpedoboote vereitelte dies. Das Schiff und ein Zerstörer wurden abgedrängt und mussten das System über einen Alternativvektor verlassen.« Lestrade fixierte Delgado mit festem Blick. »Wir haben die Gefechtsaufzeichnungen Ihrer Rüstung ausgewertet. Und auch die der überlebenden Schiffe. Wir haben sogar extra die Aufzeichnungen zerstörter Schiffe geborgen – soweit dies möglich war. Unsere Experten sind sich ausnahmsweise mal einig.«

Delgado sah stirnrunzelnd auf. »In welcher Hinsicht?«

»Der letzte Torpedotreffer hat den Antrieb des Intruders schwer beschädigt. Er kann nicht weit gesprungen sein. Und wir vermuten, dass er sich noch an seinem Sprungziel befindet.«

»Dann schicken Sie einige Schiffe und erledigen ihn und seinen Begleiter.«

Lestrade schüttelte den Kopf. »Sie verstehen immer noch nicht. Normalerweise löschen die Drizil sämtliche Aufzeichnungen in ihren Computern, wenn ein Schiff Gefahr läuft, in Feindeshand zu geraten. Doch wir glauben, das könnte ihnen dieses Mal verwehrt werden.«

Delgado sah auf. »Die Brücke?«

Lestrade nickte. »Unsere Analytiker gehen davon aus, dass die Brücke so schnell ausgeschaltet wurde, dass dem Gegner keine Zeit blieb, sensible Daten zu vernichten. Auch alle Zugänge zur Brücke scheinen zerstört zu sein. Verstehen Sie jetzt?«

Delgado nickte. »Ein angeschlagenes Schiff des Feindes. In greifbarer Nähe. Sie wollen, dass wir es entern.«

»Und alles an Daten sichern, was nur möglich ist«, stimmte Lestrade zu.

Delgado wirkte jedoch nicht überzeugt. Lestrade erkannte dies auf den ersten Blick. »Vielleicht konnte die überlebende Besatzung inzwischen Zugang zur Brücke erlangen. Oder sie löschen die Daten von einem anderen Ort aus. Das Schiff ist schließlich groß. Ein Volk wie die Drizil muss andere Möglichkeiten haben, Daten zu vernichten.«

»Zu erstem Punkt lässt sich nichts sagen. Das wissen Sie erst, wenn Ihre Leute und Sie an Bord gehen. Was den zweiten betrifft, die Drizil halten ihre Daten an Bord ihrer Schiffe sehr zentral. Eben um Sicherheitslücken zu vermeiden. Sternkarten zum Beispiel sind nur dort zu finden und auch nur dort zu löschen. Sie befinden sich auf einem nicht vernetzten Computer. Allein die Karten und Navigationsdaten wären ein gewaltiger Schatz für uns.«

Delgado strich sich leicht über das Kinn. »Ich nehme an, Sie wissen, wo sich das Schiff jetzt befindet.«

Lestrade räusperte sich. »Sagen wir mal so, wir haben eine ganz gute Ahnung. Wir haben jeden infrage kommenden Zielort aufgrund des letzten Vektors extrapoliert. Es gab nur ein halbes Dutzend möglicher Zielsysteme. Die meisten haben wir bereits überprüft. Wir denken, es befindet sich im Betradren-System.«

»Nie gehört.«

»Das wundert mich nicht. Es ist unbewohnt und etwa zwanzig Lichtjahre entfernt.« Lestrade räusperte sich erneut. »Ihr Auftrag lautet: Entern Sie das Schiff, sichern Sie so viele Daten wie möglich, verlassen Sie es wieder und lassen Sie sich nach Möglichkeit nicht umbringen.«

Delgado schmunzelte. »Vor allem den letzten Teil finde ich gut.« Der Schattenlegionär wurde jedoch schnell wieder ernst. »Was ist mit dem Zerstörer?«

»Wenn alles glattgeht, dann wird er Ihre Leute und Sie gar nicht bemerken. Aber es ist höchste Eile geboten. Wir haben ein verschlüsseltes Kommuniqué abgefangen. Es handelt sich vermutlich um einen Notruf.«

»Die Drizil sind also bereits auf dem Weg.«

»Das ist anzunehmen. Sobald sie eintreffen, werden sie den Intruder entweder wieder flottmachen oder – falls das nicht möglich ist – die Besatzung evakuieren und das Schiff in die Luft sprengen.«

Delgado nickte und straffte seine muskulöse Gestalt, die noch immer in der Rüstung steckte, mit der man ihn geborgen hatte. »Dann beginne ich wohl besser damit, ein Angriffsteam zusammenzustellen.«

Lestrade schürzte die Lippen. »Ich habe bereits ein Schiff ausgewählt, das Ihr Team ins Zielgebiet bringen wird – die KING ARTHUR. Es handelt sich um einen Angriffskreuzer der Ares-Klasse. Ein gutes Schiff mit einer kampferfahrenen Besatzung. Falls der Zerstörer auf Sie aufmerksam wird oder etwas Unvorhergesehenes geschieht, wird Ihnen der Kreuzer Rückendeckung geben.«

Delgado salutierte zackig und verließ zügig den Bereitschaftsraum. Lestrade sah dem Mann noch nach, lange nachdem dieser durch die Tür verschwunden war. Seit dem Fall des Solsystems hatte die Menschheit nicht mehr dermaßen mit dem Rücken zur Wand gestanden. Sie brauchten einen Vorteil. Dringend. Lestrade hoffte, dass die Beschaffung dieser Daten etwas von Wert zutage förderte. Falls nicht, hatte er keine Ahnung, wie es weitergehen sollte.

Captain Daniel Red Cloud lag mit aschfahlem Gesicht auf der Liege mitten im Labor. Man hätte beinahe meinen können, der Mann wäre tot, hätte sich nicht das Laken über seiner Brust in regelmäßigen Abständen im Rhythmus seiner Atemzüge gehoben und wieder gesenkt.

»Beängstigend«, meinte Cests Assistent, nachdem er den Mann eine Weile schweigend beobachtet hatte.

»Was ist denn, Sven?«, fragte der Professor geistesabwesend.

»Mein Name ist Stan«, erwiderte der Assistent im Tonfall eines Mannes, der eigentlich die Hoffnung längst aufgegeben hatte, sein Vorgesetzter möge irgendwann auf Anhieb seinen richtigen Namen benutzen. »Seine Atmung«, ergänzte Stan. »Er atmet nur vier Mal in der Minute. Das ist wirklich beängstigend.«

Cest nickte. »Ja, das ist mir auch aufgefallen. Er scheint beinahe in eine Art Schockstarre gefallen zu sein.« Der Professor schürzte die Lippen. »Sein Körper weist außerdem Merkmale einer Erfrierung oder zumindest einer starken Unterkühlung auf. Das könnte auch erklären, warum er trotz der reduzierten Atmung keinerlei Schäden an seinem

Gehirn erlitten hat. Bei der geringen Menge an Sauerstoff müssten inzwischen Teile seines Gehirns abgestorben sein. Oder er müsste Anzeichen einer Hypoxie zeigen. Blaue Lippen, blaue Fingernägel, irgendetwas in der Art. Doch da ist nichts. Es kommt mir beinahe so vor, als ...«

Stan sah auf. »Als?«

Cest holte tief Luft. »Als ob ihn etwas am Leben erhält.«

Cest sah auf und musterte seinen Patienten eindringlich. Red Clouds Kopf war kahl geschoren und mit Elektroden übersät, die seine Gehirnaktivität verfolgten. Der Professor bedeutete seinem Assistenten, näher zu treten. Er deutete auf einen Bildschirm. »Sehen Sie sich das mal an. Das ist noch merkwürdiger.«

Der Assistent folgte dem Wink und sah Cest neugierig über die Schulter. »Sind Sie sicher, dass das Gerät korrekt funktioniert?«

»Aber sicher bin ich das«, erwiderte Cest leicht entnervt. Er deutete auf eine unregelmäßige rote Linie. »Das ist eindeutig Red Clouds Gehirnaktivität.« Anschließend deutete er auf eine zweite gelbe. »Und das ist eine zweite.«

»Eine zweite Gehirnströmung? Von wem? Ist so was überhaupt möglich?«

Cest sah auf und warf seinem Assistenten einen verkniffenen Blick zu. »Zwei hervorragende Fragen.« Der Professor wandte sich erneut dem Bildschirm zu. »Red Clouds Gehirnströme sehen auch nicht aus wie die eines Komapatienten. Eher wie die bei jemandem, der schläft.«

»Sie meinen, er träumt?«

»So wirkt es jedenfalls auf mich. Und er teilt sich den Traum mit jemandem.«

»Mit wem?«, entfuhr es Stan.

Cest seufzte. »Noch einmal: eine sehr gute Frage. Und die gilt es herauszufinden.«

»Und wie?«

Cest wandte sich ruckartig seinem Assistenten zu. »Das Gerät? Ist es hier? Wir haben es doch hoffentlich mitgenommen. Sie wissen, welches ich meine.«

Stan riss die Augen auf. »Das kann unmöglich Ihr Ernst sein. Das Ding ist meiner Meinung nach in höchstem Maße gefährlich.«

»Seien Sie nicht albern! Es wurde bereits erfolgreich bei der Behandlung von Komapatienten eingesetzt.«

Stan schnaubte. »Soweit ich mich erinnere, hat es auch schon zweimal das Gehirn eines Arztes gegrillt. Deswegen wurde es ja inzwischen verboten.«

Cest verzog leicht die Mundwinkel zu einer überheblichen Grimasse. »Ich habe ein wenig daran herumexperimentiert. Es ist nun wesentlich verbessert. Ich wage es.«

»Das ist verrückt.«

Cest wandte sich erneut dem Bildschirm zu und musterte ihn besorgt. Die zwei Gehirnströme verliefen inzwischen fast konform. Was immer in Red Clouds Geist vor sich ging, das Gefühl überkam Cest, der Vorgang war beinahe abgeschlossen.

»Mag sein«, erwiderte er schließlich, »doch es ist Red Clouds einzige Chance. Ich klinke mich in seinen Verstand ein und führe ihn zurück zu den Lebenden. Und vielleicht finde ich heraus, wer hier seine Spielchen mit uns treibt.«

14

Edgar Cutter und seine Legionäre folgten dem Mann, den sie in der niedergebrannten Zeltstadt gefunden hatten, durch unwegsames Gelände. Schließlich schüttelte der Schattenlegionär den Kopf.

»Ich kann es immer noch nicht fassen, dass Sie noch leben.«

Kyle drehte sich halb um und lächelte. »Ich bin nicht leicht zu töten.«

Edgar lächelte. »Das ist wohl stark untertrieben. Ich dachte nicht, dass wir uns wiedersehen. Ich hielt Sie für tot.«

Kyle neigte leicht den Kopf zur Seite und setzte seinen Weg den Berg hinauf fort. »Die Drizil haben mich die Halbinsel hinaufgejagt.« Er schnaubte. »Eine Zeit lang habe ich sie gejagt. Ich tötete ein paar von ihnen, sie schossen mich an. Nichts Weltbewegendes.« Seine Stimmung wurde zunehmend düster.

»Und dann?«, wollte Edgar wissen, als der Aufklärungslegionär nicht weitersprach.

Kyle hielt inne und stemmte beide Hände in die Hüften. »Und dann …«, sinnierte er vor sich her. Der Mann drehte sich so schwungvoll um, dass mehrere der Legionäre in Edgars Rücken alarmiert innehielten. Kyles Miene wirkte nun nicht mehr amüsiert, sondern in höchstem Maße verärgert, dass es schon an Hass grenzte.

»Dann wurde es richtig schlimm. Ich schleppte mich halb tot zurück in die Zeltstadt zu Senator Uborn. Ich dachte, wenn ich irgendwo sicher bin, dann dort.« Kyle schluckte. Tränen traten in seine Augen. »Nur, als ich dort ankam, gab es keine Zeltstadt mehr. Und auch nirgendwo sonst. Die Drizil nahmen furchtbare Rache, weil wir ihnen geholfen haben.«

Edgar schüttelte den Kopf. »Das konnten die Fledermausköpfe doch gar nicht wissen.«

Kyle schnaubte erneut. »Glauben Sie, die sind dämlich? Die mussten nur eins und eins zusammenzählen. Also brannten sie jede Zeltstadt nieder.«

Edgars Kopf zuckte hoch. »Jede auf dem Planeten?«

Abermals zuckte Kyle mit den Achseln. »Jede, von der ich weiß oder zu der wir Kontakt hatten. Ich vermute, sie haben reinen Tisch gemacht. Überall.« Kyle schürzte die Lippen. »Sie schlachteten jeden ab, den sie finden konnten. Es war grauenhaft.« Der Aufklärungslegionär fixierte Edgar mit festem Blick. »Ich hätte Ihnen nie helfen dürfen. Das war ein schwerer Fehler. Und unzählige Menschen bezahlten den Preis für meine Dummheit.«

»Das war keine Dummheit«, hielt Edgar dagegen. »Es musste getan werden. Deshalb halfen Sie uns. Aus keinem anderen Grund.«

»Ich war Senator Uborn verpflichtet. Verwechseln Sie nicht das Begleichen einer Schuld mit Pflichtbewusstsein. Mein Pflichtbewusstsein gab ich auf, als ich es aufgab, ein Legionär zu sein.«

Edgar schürzte die Lippen. »Einmal Legionär, immer Legionär.« Er deutete auf den Körperpanzer. »Oder warum tragen Sie immer noch Ihre Rüstung?«

Kyle lachte kurz und bellend auf. »Ganz einfach, die hilft mir, am Leben zu bleiben.«

In der Ferne blitzten Explosionen auf und Rauchwolken schlängelten sich an mehreren Orten träge in den Himmel. Über den Rauchwolken zogen feindliche Jäger majestätisch und tödlich ihre Bahn. Die Aufmerksamkeit der versammelten Legionäre war mit einem Mal gefesselt.

»Was geht da vor?«, fragte Edgar atemlos.

»Die Drizil«, erklärte Kyle. »Sie jagen die Menschen von Ragash V immer noch. Es reicht ihnen nicht, die Überlebenden in die Wildnis gejagt zu haben. Sie wollen uns auslöschen. Sie zerstören jedes Versteck, das sie finden, und bringen jeden um. Ich vermute, sie haben vor, den Planeten in eine reine Militärbasis zu verwandeln, um ihre Offensive zu unterstützen und um ihre Eroberungen in angemessenem Umfang schützen zu können. Die hier lebenden Zivilisten sind für die Fledermausköpfe nur Störfaktoren. Und die werden jetzt entfernt.«

Kyle wandte dem deprimierenden Anblick am Horizont den Rücken zu und marschierte erneut voran. »Wir müssen weiter. Je länger wir uns im Freien aufhalten, desto höher die Gefahr, entdeckt zu werden.«

Edgar senkte betreten den Blick. Trotz seiner Worte zuvor kam er nicht umhin, die Last der Verantwortung auf seinen Schultern zu spüren.

Natürlich konnte diese Säuberungsaktion auch gar nichts mit ihrem Angriff auf die feindliche Basis zu tun haben. Gut möglich, dass die Drizil ohnehin vorhatten, ein Gemetzel unter den Menschen dieser Welt anzurichten. Doch der Legionär glaubte selbst nicht so recht an seine eigenen Erklärungsversuche.

Wortlos folgte er Kyle den Pfad hinauf. Hinter ihm wurden die Explosionen lauter, als die Driziljäger weitere Angriffe flogen.

Der Marsch durch die Berge dauerte fast zwei Stunden. Schließlich führte Kyle sie in eine schmale Felsspalte. Zu ihrer aller Überraschung wurden sie dort von bewaffneten Wachen empfangen.

Edgar kniff die Augen leicht zusammen und musterte die Männer und Frauen eindringlich. Sie machten einen enorm abgerissenen Eindruck. Sie trugen kaum mehr als Lumpen am Leib. Obwohl sie zahlreich die Abhänge über ihnen bevölkerten und den Trupp unter Kyles Führung mit bösen Blicken musterten, war Edgar ohne Übertreibung der Meinung, dass seine Legionäre problemlos mit ihnen fertiggeworden wären.

Die Wachposten trugen keinerlei Rüstung, nichts, was sie geschützt hätte. Und ihre Waffen waren schlichtweg ein Witz. Es gab zwar Nadelgewehre, vereinzelt sogar Drizilwaffen. Die meisten trugen jedoch gar keine oder lediglich Knüppel und Brecheisen.

Edgar vermutete, wer auch immer hier das Sagen hatte, verfolgte mit dem Aufstellen der Wachen wohl eher ein Gefühl der Sicherheit für die Menschen, als dass sie wirklich einem praktischen Zweck Genüge taten.

Becky trat näher, während sie durch die Felsspalte marschierten. In unregelmäßigen Abständen gingen Höhlen zu beiden Seiten der Felswand ab. In ihrem Inneren herrschte tiefe Dunkelheit, dennoch glaubte Edgar, neugierige Augen zu erkennen, die jede ihrer Bewegungen folgten.

»Boss?«, sprach die Legionärin ihn so leise an, dass nicht einmal Kyle sie verstehen konnte. »Dieser Ort ist eine Todesfalle. Nur ein Ein- beziehungsweise Ausgang. Normalerweise würde ich sagen, leicht zu verteidigen. Doch wenn die Drizil diese Leute je finden, dann sind sie tot. Sieh dir ihre Waffen an.«

Edgar nickte. »Ist mir schon aufgefallen. Aber ich befürchte, sie haben keine andere Wahl.« Er warf seiner Legionärin einen gepressten Blick zu. »Sie können nirgends sonst hin.«

Sie erreichten eine Höhle, die etwas größer war als die anderen. Kyle hielt an und postierte sich an deren linken Seite. Er räusperte sich lautstark und wartete schließlich auf eine Reaktion. Es dauerte nicht lange und ein hagerer Mann in abgewetztem Mantel trat aus der Öffnung im Fels.

Edgar hob den Kopf. Er war nicht überrascht. »Senator Uborn«, grüßte er den Mann. »Ich dachte mir schon, dass Sie hier das Kommando führen.«

Uborn trat dem Legionär mit weit ausgreifenden Schritten entgegen. »Cutter. Warum sind Sie wieder hier? Haben Sie nicht schon genug angerichtet?«

Edgar schluckte. Er hatte nicht mit einem herzlichen Empfang gerechnet, doch das hier grenzte an blanken Hass. Die Augen Uborns blitzten.

»Es ... es tut mir leid«, rang er um eine Antwort. »Wir wussten nicht, wie verheerend die Antwort der Drizil aussehen würde.«

»Wirklich nicht?«, hielt der Senator dagegen. »Was dachten Sie denn, würde passieren?«

Edgar schluckte erneut und hob beide Arme. Seine Geste schloss das gesamte Flüchtlingscamp ein. »Nicht das hier.«

Uborn neigte leicht den Kopf, in keiner Weise besänftigt. »Und wenn Sie es gewusst hätten?«

Edgar leckte sich leicht über die Lippen. Das war eine gute Frage. Eine, vor der er immer Angst hatte, sie sich selbst zu stellen. Doch eigentlich konnte es darauf nur eine Erwiderung geben.

»Ich bin Soldat und meine Nation befindet sich im Krieg. Ich hätte nicht anders handeln können. Ungeachtet meines Mitgefühls für Ihre Leute.«

Edgar stand dem Mann abwartend gegenüber. Die Legionäre hinter ihm verteilten sich leicht. Sie rechneten jeden Augenblick mit einem Angriff. Nicht aber Edgar. Diesen Menschen stand der Sinn nicht nach einer weiteren Auseinandersetzung. Sie wollten einfach nur überleben.

Zu seiner Überraschung schien die Wut des Senators zu verrauchen. Er lächelte sogar leicht, auch wenn die Geste seine Augen nicht erreichte. »Wenigstens sind Sie ehrlich«, meinte er nach kurzem Zögern. Er deutete auf die Höhle. »Kommen Sie. Reden wir.«

Becky stellte sich neben ihn. Edgar warf ihr aus dem Augenwinkel einen schnellen Blick zu. Sie schüttelte unmerklich den Kopf. Becky hielt es für eine Falle. Edgar war anderer Meinung. Um Vertrauen zu schaffen, musste man Vertrauen entgegenbringen.

Er schritt langsam und ohne Eile an Uborn vorbei und betrat die Höhle. Sie roch seltsam muffig. Uborn und Kyle folgten ihm. Der Senator deutete auf eine Sitzgelegenheit am Boden. Ein einfaches Kissen. Edgar dachte ernsthaft darüber nach, winkte dann jedoch ab. Würde er sich in seiner Rüstung auf den Boden setzen, kam er vielleicht allein nicht mehr hoch. Und bei allem Vertrauen: Sie auszuziehen, kam nicht infrage. Er wollte diesen Menschen Vertrauen demonstrieren, doch er war nicht dämlich.

Kyle schmunzelte angesichts seiner Wahl und blieb ebenfalls stehen. Damit blieb Senator Uborn keine andere Wahl, als es ihnen gleichzutun. Er deutete auf einen Krug. »Einen Becher Wasser?«

»Nein, danke«, beschied Edgar. »Ich will keine Vorräte verbrauchen, die Ihre Leute dringend benötigen.«

»Wasser ist das Einzige, von dem wir genügend haben«, meinte Uborn und füllte drei Becher. »Es gibt hier einige Quellen in der Nähe, die uns mit Frischwasser versorgen. Wir werden erschossen, zusammengebombt, wir erfrieren und verhungern. Aber eines werden wir nicht: verdursten.«

Er reichte sowohl Kyle als auch Edgar einen Becher. Edgar führte ihn langsam zum Mund und nippte daran. Das Wasser war überraschend kühl und ehrlich gesagt überaus köstlich. Nach dem langen Marsch erfrischte es ungemein. Edgar leerte den Becher in einem Zug und gab ihn dankbar zurück.

Währenddessen musterte Uborn ihn mit undeutbarer Miene. Edgar war sich dessen durchaus bewusst. Der Senator nickte schließlich. »Nun? Warum sind Sie wieder hier?«

Edgar überlegte, wie viel er dem Senator anvertrauen konnte. Er entschied schließlich, dass es kaum eine Rolle spielte, wenn er ihm reinen Wein einschenkte. »Wir sind in Schwierigkeiten. Die Drizil belagern uns. Sie schicken alles gegen uns, was sie haben.«

Uborn schnaubte. »Sie haben Ihren Krieg also wieder hierher gebracht.«

Edgars Augenbrauen zogen sich drohend über der Nasenwurzel zusammen. »Es ist auch Ihr Krieg. Es ist unser aller Krieg.«

»So etwas Ähnliches haben Sie bei unserer letzten Begegnung auch gesagt und ich war dumm genug, Ihnen zu glauben. Dumm genug, Ihnen zu helfen. Und nun sehen Sie uns an. Wenn Sie hier wieder Ärger machen, dann löschen die Fledermausköpfe uns endgültig aus.«

»Das tun sie ohnehin«, brach es aus Edgar heraus. Doch er bereute seinen Ausbruch, bereits eine Sekunde nachdem ihm die Bemerkung herausgerutscht war. Sowohl der Senator als auch Kyle wirkten überaus verärgert.

»Vergessen Sie nicht, dass Sie uns das eingebrockt haben«, entgegnete Kyle mürrisch.

Edgar bekam sich mühsam wieder in den Griff. »Das vergesse ich zu keinem Zeitpunkt. Ich bin mir meiner eigenen Verantwortung bewusst. Das können Sie mir glauben. Aber was wäre denn die Alternative? Kapitulation? Ragash V hat vor langer Zeit kapituliert und es kümmert die Drizil kein bisschen.«

»Weil wir für Sie Partei ergriffen haben«, meinte Uborn.

»Die hätten das auch so getan.«

»Das können Sie nicht wissen.«

»Nein, das kann ich nicht«, gab Edgar zu. »Es ist nur eine Vermutung, doch eine fundierte. Ich habe in den letzten Jahren viele Welten wie Ragash V gesehen. Welten unter Drizilherrschaft, die unter der Willkür ihrer Besatzer zu leiden hatten. Die Fledermausköpfe wären früher oder später gegen die Zivilbevölkerung vorgegangen. Glauben Sie mir.«

Seine Argumentation stand auf tönernen Füßen. Das war ihm selbst nur allzu klar. Und seinen Gegenübern auch, wenn er den Blick, den die beiden wechselten, richtig interpretierte.

Uborn musterte ihn scharf. »Ich nehme an, Sie haben eine Bitte an uns. Wieder mal.«

»Unser Auftrag lautet, die hiesige Nachschubbasis auszuheben. Wir könnten dabei jede Hilfe gebrauchen, die Sie uns bieten können.«

Uborn schnaubte. »Sie sind ja ein echter Witzbold. Wissen Sie eigentlich, worauf Sie sich da einlassen? Die Basis wird von Tausenden bestens ausgebildeter Drizilsoldaten geschützt. Sie wird gut verteidigt von Wächtern und verborgenen Geschützbatterien. Und Sie denken, Sie könnten Sie ausheben … mit ein paar Hundert Legionären?«

»Wir sind genug für den Job. Die Drizil werden nicht einmal wissen, dass wir da sind, bis es zu spät ist.«

Uborn schnaubte. »Sie sind ja naiv. Und verrückt obendrein.« Der Senator wandte sich an Kyle. »Wo hast du sie gefunden?«

»In der niedergebrannten Zeltstadt, nahe dem Krater.«

»Du hättest sie dort lassen sollen. Jetzt wissen sie auch noch, dass wir noch da sind. Und wo wir sind.«

Edgar trat einen Schritt näher. »Wir könnten Ihre Hilfe gebrauchen, Senator. Sie besitzen Waffen und Männer.«

Uborn warf dem Legionär einen ungläubigen Blick zu. »Was für Waffen? Haben Sie sich die mal genau angesehen? Und meine Männer sind keine Kämpfer. Einige waren es vielleicht mal, doch das ist lange her. Jetzt wollen sie einfach nur noch überleben.« Sein Blick glühte, als er Edgar fixierte. »Und selbst das wollen Sie ihnen jetzt noch verwehren. Das werde ich nicht gestatten.«

Edgar spürte, wie die Stimmung plötzlich umschlug. Er trat vorsichtig einen Schritt zurück. Selbst Kyle warf dem Senator einen seltsamen Blick zu. Edgar räusperte sich.

»Es war wohl ein Fehler, Sie aufzusuchen. Das sehe ich nun ein. Wir hätten Ihre Hilfe gut gebrauchen können, aber wir schaffen es auch ohne diese. Dann brechen wir jetzt wieder auf.« Edgar drehte sich um und machte Anstalten, die Höhle zu verlassen, doch Uborns markante Stimme hielt ihn zurück.

»Das kann ich nicht erlauben.«

Edgar hielt inne und wandte sich halb um. »Wie war das?«

»Sie wissen jetzt, wo wir sind. Und Sie haben eine ziemlich genaue Vorstellung, wie viele wir sind und dass wir uns kaum gegen einen Angriff verteidigen könnten. Sie können nicht gehen. Sie sind jetzt ein Sicherheitsrisiko.«

Edgar warf dem neben dem Senator stehenden Aufklärungslegionär einen vorsichtigen Blick zu. »Ist das auch Ihre Meinung, Kyle?«

Dessen Pupillen zuckten immer wieder zwischen Edgar und Uborn hin und her. Der Mann hatte deutliche Schwierigkeiten, sich für eine Seite zu entscheiden. Edgar drehte sich wieder zur Gänze um und konfrontierte Uborn. In seiner Rüstung bot er einen beeindruckenden Anblick.

»Wir sind nicht hier, um Ihre Leute oder Sie zu bedrohen, Senator. Aber wir sind ebenfalls nicht hier, um uns von Ihnen drohen zu lassen.«

»Sie können nicht gehen. Wenn auch nur einer von Ihnen gefangen genommen wird, wäre das vielleicht unser Ende.«

Edgar schüttelte den Kopf. »Es wird niemand gefangen genommen.«

»Das können Sie nicht garantieren. Und selbst wenn nicht, könnten die Drizil immer noch Ihren Weg zu uns zurückverfolgen. Das Risiko ist zu groß. Viel zu groß. Sie müssen bleiben. Ich verspreche, Sie werden gut behandelt.« Der Senator hob bittend die Hände. »Legen Sie jetzt bitte Ihre Rüstung ab und weisen Sie Ihre Legionäre an, dasselbe zu tun.«

Edgar schnaubte und packte sein Nadelgewehr fester. »Das wird nicht passieren«, erwiderte er mit fester Stimme.

Uborn machte eine kaum wahrnehmbare Geste mit einer Hand und aus zwei Richtungen strömten plötzlich ein Dutzend Bewaffneter aus den Schatten. Sie umringten Edgar wortlos. Ihre Bewaffnung reichte von Drizilgewehren bis hin zu imperialen Schusswaffen. Es waren nur wenige Männer, sie waren allerdings erstaunlich gut ausgerüstet. Doch die Mimik der Bewaffneten machte nicht den Eindruck von Entschlossenheit. Jeder von ihnen schwitzte stark. Sie wirkten überaus nervös. Die Legionäre genossen einen überragenden Ruf und diese Männer waren in einfache Kleidung gehüllt. Nicht einer von ihnen war gepanzert.

Edgar fixierte den Senator. »Ist das wirklich der Weg, den Sie gehen wollen?«

»Sie zwingen mich dazu.«

Edgar neigte leicht den Kopf zur Seite, ließ Uborn jedoch keine Sekunde aus den Augen. Er wäre der Erste, der starb, sollte er seinen Wachen den Angriff befehlen.

»Das hier ist Ihre Entscheidung, Senator, nicht meine. Was glauben Sie, wie lange Ihre Leute gegen vierhundert ausgerüstete Legionäre durchhalten werden?«

Die Bewaffneten wurden – falls überhaupt möglich – noch nervöser. Uborn ebenso, auch wenn er sich bemühte, es sich nicht anmerken zu lassen.

»Und wie viele Legionäre werden sterben?«

»Nicht annähernd genug, um für Sie einen Unterschied zu machen.« Edgar warf Kyle einen um Hilfe heischenden Blick zu. »Sagen Sie es ihm«, forderte er den Aufklärungslegionär auf.

Kyle trat an Uborns Seite und beugte sich leicht vor. »Er hat recht. Das gibt ein Massaker. Lassen Sie sie gehen. Friedlich.«

»Das kann ich nicht«, beharrte Uborn. »Ich muss diese Menschen beschützen.«

»Indem Sie sie umbringen?« Kyle schüttelte langsam den Kopf. »Lassen – Sie – sie – gehen!«, erwiderte er, indem er jedes einzelne Wort betonte. »Es ist das Beste. Oder diese Schlucht wird zu einem Grab für uns alle.«

Uborn biss sich auf die Lippe. Schließlich schnaubte er und machte eine weitere kurze Geste. Die Bewaffneten zogen sich zurück und gaben den Eingang der Höhle frei. Ihre Waffen blieben jedoch auf Edgar gerichtet.

Dieser nickte und zog sich Richtung Höhlenausgang zurück – rückwärts gehend, den Gegner immer im Blick behaltend. Er traute dem Senator nicht länger. Edgar warf Kyle einen kurzen Blick zu. Dieser nickte kurz. Der Aufklärungslegionär war der Meinung, der Senator würde sein Wort halten und sie gehen lassen.

Das Vertrauen Kyles in allen Ehren, doch Edgar hielt sein Nadelgewehr weiterhin fest umklammert und jederzeit einsatzbereit.

Draußen angekommen, erkannte er, dass die beiden Zenturien ebenfalls umzingelt waren und bedroht wurden. Die Legionäre waren kampfbereit und zu allem entschlossen.

Als Edgar ins Freie trat und sich zu seinen Legionären gesellte, stellte sich Becky demonstrativ an seine Seite. Sie öffnete einen internen Kanal. »Also keine neuen Freunde«, meinte sie leise.

»Nein«, erwiderte Edgar. »Sicherlich nicht. Wir verschwinden. Du übernimmst die Nachhut. Sei vorsichtig.«

Becky kappte die Verbindung. Die Legionäre rückten aus der Felsspalte ab, belauert von Hunderten Augen und unzähligen Waffen. Edgar erlaubte sich erst ein wenig Entspannung, als sie ins Freie marschierten und Sonnenlicht sie umfing. Sie hätten die Hilfe von Kyle, Uborn und deren Leuten gebrauchen können. Doch sie würden es auch ohne sie schaffen. Da war er sich sicher.

Vincent beschleunigte seine Schritte, um mit Edgar gleichauf zu marschieren. Er öffnete seinen Helm. Edgar tat es ihm gleich.

»Und jetzt?«, wollte der Legionär wissen. »Was machen wir jetzt?«

Edgar schürzte die Lippen. »Unseren Job«, erwiderte er schlicht.

Senator Uborn schlenderte an den Rand der Felsspalte und sah den abmarschierenden Legionären mit einem Zwiespalt an Gefühlen hinterher. Kyle blieb dicht an seiner Seite.

»Wir hätten ihnen helfen können«, meinte der Aufklärungslegionär. »Nicht mit Kampftruppen«, fügte er auf einen strengen Blick des Senators eilig hinzu, »aber mit Ausrüstung, Nahrung und einem Platz zum Ausruhen.«

»Sie bringen uns alle in große Gefahr, Kyle. Ich bin nicht sicher, ob es überhaupt eine gute Idee war, sie gehen zu lassen, geschweige denn, ihnen zu helfen.«

»Ich glaube nicht, dass in dieser Hinsicht eine große Wahl bestand. Wir hätten sie nicht aufhalten können. Ein Kampf hätte in einem Blutbad geendet.«

»Kampf ist nicht einmal nötig«, entgegnete der Senator rätselhaft. »Es gibt mehr Möglichkeiten, sie aufzuhalten. Man muss nur den Mut besitzen, diesen Weg zu beschreiten.«

15

»Wir treten in wenigen Augenblicken in den Normalraum ein«, erklärte Tarans Zweiter Kommandant Karan.

Taran trat näher an das Brückenfenster. Die allumfassende Schwärze des Hyperraums tröstete ihn meistens und schenkte seinem aufgewühlten Geist Frieden. Nicht jedoch dieses Mal.

Sie hatten das Astar-do-System erreicht, den Hauptsitz der Etrel'Kal-Drizil. Tarans Lehnsherren. Sie hatten ihre Führer zurückbeordert, um über sein Verhalten zu urteilen. Dies konnte nur mit seinem Tod enden – wenn er sehr viel Glück besaß. Und wenn nicht, wurde vermutlich sein ganzer Clan mit ihm bestraft. Taran senkte kurz den Blick. Er wünschte, er hätte Reue über sein Verhalten in der Schlacht empfinden können. Doch das wäre pure Heuchelei gewesen. In der Tiefe seiner Seele wusste er, dass sein Verhalten richtig gewesen war. Würde er noch einmal vor derselben Wahl stehen, er würde exakt genauso handeln.

Er wandte sich seinem Zweiten Kommandanten zu. Karan hing kopfüber von einer Stange an der Decke und studierte einen ebenfalls von der Decke hängenden Bildschirm, auf dem Sensordaten hereinkamen.

»Irgendwelche Nachrichten?«

Sein Zweiter Kommandant wandte sich ihm zu und schüttelte wortlos den Kopf. Taran schnaubte. Natürlich nicht. Seit seinem Gespräch mit den anderen Clanführern war geraume Zeit vergangen, aber keiner von ihnen hatte sich erneut gemeldet. Das mochte vieles bedeuten. Vielleicht waren sie mit Sefrai Callanan, dem Führer der Etrel'Kal-Drizil einer Meinung, nämlich, dass Taran bestraft werden musste. Vielleicht wollten sie auch nicht mit ihm in Verbindung gebracht werden, um nicht selbst ins Fadenkreuz der Untersuchung und Aburteilung zu geraten. Die wahrscheinlichste Erklärung war, dass ihnen Tarans Schicksal und das seines Clans schlicht egal waren.

Taran wandte sich erneut dem Brückenfenster zu. Er hatte alles getan, was er konnte. Wenn sie nicht glauben wollten, dass dieser Krieg falsch war und man ihn beenden musste, dann konnten Worte daran nicht viel ändern.

»Astar-do direkt voraus«, mahnte sein Zweiter Kommandant. »Eintritt in den Normalraum steht unmittelbar bevor.«

Taran wappnete sich für den unausweichlichen Schock des Wiedereintritts. Er rief kurzen Schwindel und sogar Übelkeit hervor. Trotz der vielen Zyklen, die er auf Raumschiffen diente, hatte er sich nie daran gewöhnt.

»Wiedereintritt ... Jetzt!«

Die Schwärze des Hyperraums verschwand und wurde durch das von hellen Punkten gesprenkelte Schwarz des Alls ersetzt. Taran riss die handtellergroßen dunklen Augen weit auf. Direkt vor dem Bug des Schiffes tauchte etwas Gigantisches auf.

»Hart nach steuerbord abdrehen!«, schrie Karan unvermittelt. Tarans Flaggschiff gehorchte den Befehlen des Navigators überaus sensibel. Noch während der gewaltige Rumpf nach rechts ausbrach, nahm sich Taran einen Augenblick Zeit, das Gebilde zu betrachten, das beinahe ihr aller Schicksal besiegelt hatte. Es handelte sich um das zerrissene Wrack eines anderen Drizilkampfschiffes.

Noch während sich dieser Gedanke in seinem Geist formierte, explodierten praktisch zeitgleich drei Fregatten ihrer Aufpasser, dicht gefolgt von einem Zerstörer.

Taran wandte sich nach oben. »Karan? Bericht!«

»Das System wird angegriffen. Überall wird gekämpft. Die Etrel'Kal-Drizil melden erhebliche Verluste. Ich kann keine der drei Raumstationen im Orbit ausmachen. Nur noch Trümmer.«

Taran stutzte. Wenn die Angreifer tatsächlich bereits die komplette Orbitalverteidigung ausgeschaltet hatten, dann war der Planet Astar-do praktisch ungeschützt. Er war wehrlos.

Wer mochte so kühn sein, eine der Drizil-Heimatwelten anzugreifen? Die Menschen? Dieser Schluss lag nahe. Ein solches Unterfangen sah Rix ähnlich. Doch nie hätte Taran für möglich gehalten, dass die Menschen noch genügend Ressourcen für einen solchen Schlag besaßen.

»Herr?«, meldete sich Karan zu Wort. »Wir werden gerufen.«

»Zeig es mir«, ordnete Taran an. Er wandte sich einem Bildschirm zu seiner Rechten zu. Dieser erwachte schlagartig zum Leben und das Antlitz von Isar Kantallor, dem Clanführer der Mutai'Mai-Drizil, starrte ihm entgegen.

Taran zuckte beinahe zurück. »Isar?«

»Wir haben uns entschlossen, uns deiner Führerschaft zu unterwerfen, Taran«, erwiderte der andere Clanführer mit ausdrucksloser Stimme. »Wir werden nicht länger Sklaven sein. Nicht von den Nefraltiri und auch nicht von unserem eigenen Volk. Wir senden dir Koordinaten. Führe deine Schiffe dorthin. Unsere Flotte hält große Teile des Systems. Es ist jedoch nur eine Frage der Zeit, bis man zum Gegenschlag ausholt. Umfangreiche Verstärkungen dürften bereits auf dem Weg sein.« Isar zögerte. »Ich hoffe, du weißt, was du tust.«

Taran nickte, und bevor er antworten konnte, kappte Isar die Verbindung. Karan ließ sich von der Decke fallen und gesellte sich zu einem Clanführer. Sein Blick glitt fasziniert über die Szenerie, die sich ihm bot. Überall blitzten Energiestrahlen und Explosionen auf. Drizil fielen über Drizil her. Etwas noch nie Dagewesenes.

»Mein Herr?«, wagte er schließlich zu fragen. »Ich ... ich verstehe das nicht. Was geht hier vor?«

»Bürgerkrieg, mein Freund«, entgegnete Taran ebenso fassungslos. »Wir befinden uns im Bürgerkrieg.«

Sefrai Callanan, Erster Jäger des Schwarms und Clanführer der Etrel' Kal-Drizil, eilte durch das, was von seinem Flaggschiff noch übrig war. Die Schwerkraft zog unangenehm an seinen Gliedern und deutete auf zumindest größere Probleme der Trägheitsdämpfer hin.

Der Drizilclanführer taumelte durch die Korridore seines Flaggschiffs, nur Augenblicke zuvor hatte ein feindlicher Volltreffer die Brücke getroffen und die meisten der höheren Offiziere – einschließlich seines Zweiten Kommandanten – getötet.

Hinter ihm explodierte etwas. Die Druckwelle fegte durch den Gang, zerfetzte mehrere Soldaten und schickte Sefrai zu Boden. Mühsam rappelte er sich in eine kniende Position auf. In seinen Ohren dröhnte es schmerzhaft. Neben ihm lag die halb verbrannte Gestalt eines seiner Soldaten. Die untere Hälfte dessen Körpers fehlte gänzlich und endete in einem Gewirr aus Blut, Knochensplittern und Gedärm. Die Lippen des Kriegers bewegten sich, doch kein Laut drang aus seinem Mund.

Sefrai erhob sich schwerfällig. In Panik und Todeskampf griff der Krieger nach seinen Beinen, klammerte sich mit den Krallen seiner Hände an der Rüstung Sefrais fest. Der Helm des tödlich verwundeten Drizil war zersplittert und die Augen blickten flehend und voller Qual zu ihm auf.

Sefrai schüttelte die Klauen seines Untergebenen ab und taumelte weiter. Der Krieger blieb sterbend hinter ihm zurück. Es gab ohnehin nichts mehr, was er für ihn tun konnte. Und Sefrai hatte nicht die geringste Absicht, heute zu sterben.

Nach einer gefühlten Ewigkeit erreichte er endlich das Evakuierungsdeck. Das Schott öffnete sich zischend und Sefrai blieb schlagartig stehen. Der Raum war ebenfalls schwer getroffen worden. Dutzende Drizil lagen hier übereinander verstreut im Raum. Kleinere Brände waren ausgebrochen. Der Gestank brennenden Fleisches stieg dem Clanführer unangenehm in die Nase.

Er schüttelte den Schock dieses Anblicks ab und untersuchte die Rettungskapseln. Sie waren schwer in Mitleidenschaft gezogen worden. Erst die vierte, die er in Augenschein nahm, schien noch intakt genug, ihn auf die Oberfläche zu bringen.

Sefrai sah sich ein letztes Mal um. Einige der Krieger bewegten sich noch schwach. Sefrai rümpfte die Nase, bestieg die Kapsel, schnallte sich auf einem der Sitze fest und verriegelte den Zugang. Mit einem letzten entschlossenen Ruck betätigte er den Auslöser.

Der Andruck presste ihn schmerzhaft in den Sitz. Die Kapsel war für fünfzehn Drizil ausgelegt. Allein fühlte er sich beinahe schon seltsam in dem kleinen Gefährt. Doch er musste überleben. Zum Wohl seines Clans und aller Drizil. Dieser Aufstand musste niedergeschlagen werden: schnell, gründlich und endgültig.

Sefrai warf einen langen Blick durch das einzige Fenster der Kapsel. Hinter ihm wurde sein Flaggschiff immer kleiner. Es stand von allen Seiten aus unter Beschuss. Eine Rakete schlug dort ein, wo sich bis vor Kurzem die Brücke befunden hatte, und die darauffolgende Explosion löste mehrere Sekundärdetonationen aus. Sefrai wandte kurz den Blick ab. Als er wieder hinsah, war sein Schiff verschwunden. An dessen Stelle trieb lediglich eine sich ausbreitende Trümmerwolke im All.

Wut vernebelte seinen Geist. Sein Blick hob sich leicht und er beobachtete, wie Rebellenschiffe die Linien seines Clans durchbrachen und dessen Schiffe zum Rückzug zwangen. Die Schlacht war verloren. Doch dafür würden Taran und seine verblendeten Narren bezahlen.

Taran Stuullonors Flaggschiff und dessen Eskorte aus Fregatten, Zerstörern und einer erheblichen Anzahl Trägerschiffen sowie deren Jägern schossen sich den Weg durch die Linien der Etrel'Kal-Drizil und deren verbündete Clans frei. Die Verluste auf beiden Seiten waren hoch.

Allein in den ersten kurzen Momenten nach dem Eintritt in das Astar-do-System verloren Taran und seine Verbündeten weit über hundert Schiffe. Der Feind erlitt Verluste in vergleichbarer Höhe, war aber zahlenmäßig bereits durch vorangegangene Gefechte gegen die Mutai'Mai-Drizil und die Raget'Asril-Drizil so weit geschwächt, dass ihnen letzten Endes nichts anderes übrig blieb, als den Rückzug anzutreten.

Tarans Zweiter Kommandant gesellte sich zu ihm und salutierte mit der offenen rechten Handfläche vor der Brust. »Die gegnerischen Kräfte sammeln sich im Orbit des Planeten. Sollen wir sie verfolgen?«

Taran zog den Vorschlag ernsthaft in Erwägung, entschied sich jedoch dagegen. Es gab Dringenderes, was seine Aufmerksamkeit beanspruchte.

»Ich muss mit Isar und Tairis sprechen. Eine Verbindung. Sofort.«

Nur wenig später erschienen die beiden Clanführer auf einem der Bildschirme. Taran trat einen Schritt näher. »Wir können Astar-do nicht einnehmen«, erklärte er ohne Umschweife.

Isar dachte einen Moment darüber nach, neigte dann den Kopf. »Ich weiß«, erklärte er freimütig. »Wir können von Glück reden, dass wir es nicht bereits mit ihren Verstärkungen zu tun haben. Ich frage mich, warum sie so lange brauchen. Ich rechne bereits geraume Zeit mit ihnen.«

»Was tun wir also?«, wollte Tairis wissen.

»Ein erheblicher Teil meiner Streitkräfte wurde festgesetzt«, fuhr Taran fort. »Bei Porello.«

»Nicht nur deiner Streitkräfte«, versetzte Isar ungerührt. »Alle Clans, deren Loyalität fraglich ist, wurden in ähnlicher Weise bestraft. Man erwartet dort den Urteilsspruch des Rates.«

»Sie werden vermutlich von einer großen Anzahl feindlicher Schiffe abgeschirmt. Das könnte ein Problem werden.«

Tairis schüttelte den Kopf. »Die Anzahl der Wachschiffe ist gar nicht mal so hoch. Und die sind auch nicht das Problem. Die Besatzungen der Schiffe wurden unter Arrest gesetzt. Sie dürfen ihre Quartiere nicht verlassen. Es wurden loyale Offiziere und Truppen an Bord der Schiffe gebracht. Unsere Krieger sind praktisch handlungsunfähig.«

Taran fluchte unterdrückt. Der Rat ging in der Tat kein Risiko ein. Isar kam nicht umhin, auf das größte Problem hinzudeuten.

»Inzwischen dürfte man ihnen außerdem eine Warnung bezüglich unseres Aufstands geschickt haben. Wenn wir Porello angreifen, blicken wir vermutlich in Tausende von Geschützläufen.«

»Ich sehe trotzdem kaum eine Wahl«, meinte Taran gepresst.

»Ich verstehe nicht«, erwiderte Tairis. »Was hast du vor?«

»Wir greifen Porello mit allem an, was wir haben, und versuchen unsere Leute und die Schiffe freizubekommen. Während unseres Angriffs haben die gefangenen Besatzungen vielleicht eine Chance, die Kontrolle über ihre Schiffe zurückzuerlangen.«

»Ein waghalsiger Plan«, kommentierte Isar wenig überzeugt. »Mit geringen Erfolgsaussichten.«

»Ohne diese Schiffe haben wir gar keine Chance«, versetzte Taran.

Isar und Tairis zögerten einen Moment. Es war überraschenderweise Isar, der sich schließlich geschlagen gab. »Wir haben uns für einen Weg entschieden. Jetzt müssen wir ihn bis zum Ende gehen. Wann schlagen wir los?«

Taran entspannte sich ein klein wenig. »Sofort!«, entgegnete er schlicht.

16

»Das ist ganz schön verrückt. Das ist Ihnen schon klar?« Stan stand mit verschränkten Armen neben dem Bett, auf dem Professor Nicolas Cest gerade dabei war, sich allerhand Elektroden an Oberkörper und Kopf anzubringen.

»Es ist die einzige Möglichkeit, die ich sehe. Oder hast du eine bessere Idee, Sven.«

»Stan«, korrigierte der Assistent seufzend. »Und nein. Aber ich wünschte, ich hätte eine.«

Cest sah grinsend auf. »Sieh es mal positiv. Was kann an dem Vorhaben schon schiefgehen?«

Stan verzog schmerzhaft berührt die Miene. »Sie klinken sich einfach in den Traum ein, den der gute Red Cloud gerade träumt.« Der Assistent deutete auf das andere Bett, auf dem der Legionär lag. Wie auch Cests, war dessen Körper mit Elektroden übersät. Sowohl Red Clouds als auch Cests Elektroden waren mit einem Gerät verbunden, das zwischen ihnen lag und auf dem allerhand Dioden abwechselnd in Rot, Grün und Gelb leuchteten.

Stan zuckte die Achseln. »Sie haben recht, was könnte dabei schon schiefgehen?«

Cest schenkte seinem Assistenten einen ungewohnt mitfühlenden Blick. »Ich weiß, du hast Bedenken, aber der Mann ist gefangen in seinem eigenen Verstand. Wir müssen ihn unbedingt in seinen Körper zurückführen.«

»Und Ihre wissenschaftliche Neugier bezüglich dieser zweiten Gehirnströmung hat natürlich nichts damit zu tun.« Stan rümpfte die Nase.

Cest gab sich betont unschuldig. »Ich habe keine Ahnung, was du meinst«, erwiderte der Professor.

Stan schnaubte. »Natürlich nicht.« Der Assistent seufzte tief. »Also schön. Gehen wir es noch mal durch.«

Cest stieß einen Seufzer aus. »Ich kenne die Prozedur.«

Sein Assistent maß ihn mit unnachgiebigem Blick. »Tun Sie mir den Gefallen.«

Cest neigte ergeben das Haupt. »Na gut, aber nur, weil du es bist.«

Stan nickte und stellte sich demonstrativ neben das Gerät. »Sobald ich es eingeschaltet habe, werden Sie *was* tun?«

»Ich werde dann mit Red Clouds Geist verbunden sein. Ich werde seine Manifestation in seinem Traum suchen. Ich werde nichts anderes tun und mich nicht ablenken lassen. Niemals.«

Stan wirkte nicht überzeugt, trotzdem nickte er. »Und dann?«

»Sobald ich Red Cloud gefunden habe, machen wir uns gemeinsam auf den Weg in die reale Welt. Wir lassen uns durch nichts aufhalten und ich darf vor allem den Weg nicht verlassen.«

Stan nickte erneut. »Der Weg ist Ihr Rückfahrticket. Einmal verlassen, und Sie verlieren sich vielleicht in Red Clouds Verstand. Sie kennen den Abbruchcode?«

»Allerdings.«

»Sagen Sie ihn. Laut!«

»Eins, drei, fünf, neun, null, null, null. Zufrieden?«

»Nicht im Mindesten«, erwiderte Stan gepresst, »doch es reicht für den Moment.«

»Noch etwas?«, wollte Cest wissen.

Stan schürzte die Lippen. »Allerdings. Wenn ich zehn Minuten lang nichts von Ihnen gehört habe, breche ich manuell ab.«

»Keine gute Idee. Gerade dadurch könnte mein Gehirn frittiert werden.«

Der Assistent lachte kurz und bellend auf. »Das Risiko gehe ich ein.« Stan wurde schnell wieder ernst. »Wenn ich das nicht tue, dann ist etwas schiefgegangen. Ich lasse Sie da nicht länger drin als unbedingt notwendig.«

»Zehn Minuten kommen mir ziemlich kurz vor.«

Stan schüttelte den Kopf. »In einem Traum sind zehn Minuten eine halbe Ewigkeit. Vergessen Sie nicht, dass Ihr Zeitempfinden dort anders tickt.«

Cest neigte leicht den Kopf. »Na schön. Du bist hier der Boss. solange ich weg bin.«

Stan zog eine Augenbraue nach oben. »In der Tat. Und jetzt legen Sie sich hin.«

Cest folgte der Aufforderung. Er war nervös und das war für ihn äußerst untypisch. So etwas hatte er noch nie gemacht. Und viele von denen, die es gewagt hatten, waren … nun ja … nachher nicht mehr sie selbst gewesen – sofern man sie überhaupt noch hatte ansprechen können.

Cest sah zur Seite und warf dem Gerät neben sich einen missmutigen Blick zu. Die Idee erschien im plötzlich gar nicht mehr so brillant wie noch Stunden zuvor. Früher hatte man versucht, mit diesem Ding Komapatienten zu helfen und ihren Verstand sanft in ihren Körper zurückzugeleiten. Das war eigentlich öfters schiefgegangen, als es funktioniert hatte – mit katastrophalen Konsequenzen für Patient *und* Arzt. Cest schluckte schwer. Doch Stan hatte recht. Es ging ihm natürlich um Red Cloud, aber wenn er ehrlich zu sich selbst war, in der Hauptsache darum, seine wissenschaftliche Neugier zu befriedigen. Er wollte unbedingt wissen, wer sich dort drin zusammen mit dem unglückseligen Legionär befand.

Stan warf ihm einen letzten, eindeutigen Blick zu. »Sind Sie sicher?«

Cest nickte.

Stan erwiderte die Geste. »Sind Sie bereit?«

Cest zwang sich zu einem Lächeln. »Nein, aber bringen wir es hinter uns.«

»Viel Glück!« Stans Lippen waren zu einem dünnen, blutleeren Strich zusammengepresst, als er das Gerät aktivierte. Es war das Letzte, was Cest in der realen Welt sah, bevor er in die Tiefe von Red Clouds Verstand gezogen wurde.

Der Angriffskreuzer der Ares-Klasse HMS King Arthur glitt langsam und tödlich durch die zahlreichen Gesteinstrümmer im Betradren-System. Wie ein Hai auf der Jagd.

Es hatte alle nicht unbedingt notwendigen Systeme heruntergefahren, um einen geringeren Energieabdruck auszusenden. Vielleicht half es, um der Entdeckung durch Drizilschiffe vorzubeugen. Der Angriffskreuzer tastete in regelmäßigen Abständen die unmittelbare Umgebung ab, jedoch nur mit passiven Sensoren. Seit mehreren Tagen lieferte sich die King

Arthur ein Versteckspiel mit dem feindlichen Flaggschiff sowie dessen Zerstörereskorte.

Der Kommandant der King Arthur, Captain Takashi Nogata, war ein vorsichtiger Mann. Und Tarnung war ein wichtiger, unverzichtbarer Aspekt ihrer Mission. Doch es erschwerte sie auch. Die King Arthur konnte das angeschlagene Intruder-Flaggschiff nicht genau anpeilen, das sich irgendwo hier versteckte. Trotzdem hatte er eine ziemlich genaue Vorstellung davon, wo es sich ungefähr befinden musste.

Auf der Brücke der King Arthur wurde nicht gesprochen. Das bedrohliche Gefühl, der nahe Gegner könnte sie hören, wenn sie auch nur den leisesten Mucks machten, war beinahe übermächtig.

»Wann erreichen …«, wandte sich Nogata wispernd an seinen XO. Er erkannte, wie dämlich es war zu flüstern. Es war nicht nur unnötig, darüber hinaus sandte es das völlig falsche Signal an die Brückenbesatzung. Der Captain räusperte sich und startete einen zweiten Versuch.

»Wann erreichen die Legionäre das Ziel?«

Der XO der King Arthur schürzte die Lippen. »Sie sind vor fünf Stunden aufgebrochen. Mit etwas Glück sollten sie den Intruder bereits erreicht haben.«

Nogata nickte. Glück. Davon schien dieser Tage ziemlich viel abzuhängen. In Gedanken sprach er ein Gebet für die Männer und Frauen des Entertrupps. Er war eigentlich kein religiöser Mann, doch ein wenig göttliche Intervention konnte nicht schaden.

Colonel Finn Delgado führte die Zenturie der Schattenlegion über die pockennarbige, von Einschlägen und Brandspuren überzogene Außenhülle des Drizilflaggschiffs. Sie bewegten sich wie schattenhafte Geister und achteten sorgsam darauf, von allen noch intakten Waffenstellungen oder Bullaugen fernzubleiben, durch die man sie entdecken konnte. Ihr Ziel lag direkt vor ihnen, weniger als zwanzig Meter entfernt.

Die Panzerung war an dieser Stelle aufgerissen und nach außen sowie teilweise auch nach innen gebogen. Das war alles, was die Brückenpanzerung des feindlichen Schiffes überstanden hatte. Und das sollte ihre Eintrittskarte ins Innere des Schiffes sein.

Mit knappen Handsignalen dirigierte Finn seine Leute über die Außenhülle des Feindschiffes. Major Jessy Mondego folgte der Anweisung, ohne zu zögern. Sie führte mehrere Trupps an Finns linker Flanke vorbei in Richtung des Bruchs in der Außenhülle. Gesprochen wurde gar nicht, nicht einmal über einen privaten Kanal. Es bestand die große Gefahr, dass der Gegner ungewollt Signal auffing, und das wäre das Ende dieser Operation.

Finn sah kurz aus seiner Perspektive nach oben. Hin und wieder fiel ihm ein kurzer Lichtreflex auf, wenn sich die Sonne des Systems auf der Panzerung spiegelte. Der feindliche Zerstörer, der gemeinsam mit dem Intruder aus Barinbau weggesprungen war, hielt sich ganz in der Nähe auf. Ein Grund mehr, sich zu beeilen.

Die Legionäre gingen umsichtig und äußerst professionell vor. Sie rückten in Wellen vor, nutzten jede Möglichkeit zur Deckung und gaben sich zu jedem Zeitpunkt gegenseitig Deckung.

Jessys Trupp erreichte den Zugang zur Brücke als Erster. Der weibliche Offizier blieb jedoch schlagartig stehen. Sie gab ihm mit einem Wink zu verstehen, näher zu treten.

Finn runzelte die Stirn. Jessys Legionäre hätten die Brücke eigentlich bereits entern sollen. Er fragte sich, was sie davon abhielt.

Finn löste die magnetische Verriegelung seiner Stiefel. Augenblicklich löste er sich leicht von der Außenhülle des Feindschiffes, als die Schwerelosigkeit des Vakuums ohne Verzögerung übernahm. Er packte eine Verstrebung, bevor er davontreiben konnte. Er hangelte sich von Verstrebung zu Verstrebung, bis er beinahe Jessys Position erreicht hatte. Erst dann verharrte er einen Moment, drückte seine Stiefel gegen das Metall der Schiffshülle und aktivierte die magnetische Verriegelung erneut.

Er bewegte sich mit langsamen, gemächlichen Bewegungen auf seine Kollegin zu. Es fühlte sich an, als wäre er unter Wasser. Als er Jessy erreicht hatte, deutete sie wortlos nach unten. Finn folgte ihrem Blick – und fluchte lautstark in die Stille seiner Rüstung hinein.

Die Panzerung zur Brücke war aufgebrochen. Das stimmte schon. Doch das Metall war nicht nur aufgerissen und verformt, es war darüber hinaus zerschmolzen. Es gab hier keinen Zugang zur Brücke, der groß genug war, dass sich ein Legionär in voller Kampfmontur hindurchzwängen könnte.

Finns Gedanken rasten. Sich den Weg freizusprengen, kam nicht infrage. Das wäre der Besatzung im Inneren des Schiffes wohl nicht entgangen.

Er rief eilig eine schematische Darstellung des Intruders auf. Man hatte sie aus den Gefechtsaufzeichnungen verschiedener Schiffe rekonstruiert, um so ein rudimentäres Bild des angeschlagenen feindlichen Flaggschiffes zu erhalten.

Er schürzte die Lippen. Es gab einen weiteren Bruch in der Außenhülle. Nicht weit von hier. Vielleicht dreißig Meter Richtung Querachse. Von dort konnte man ins Innere des Schiffes gelangen und sie wären in der Lage, relativ schnell die Brücke zu erreichen. Sie mussten sich allerdings durch drei blockierte Schotts schneiden, was Zeit erforderte. Das Problem daran war, der Plan sah eigentlich nicht vor, das Innere des Schiffes zu betreten. Mit Ausnahme der Brücke. Je länger sie sich im Innern aufhielten, desto höher die Gefahr, entdeckt zu werden. Finn sah jedoch keine Alternative.

Er bedeutete Jessy voranzugehen. Die erfahrene Legionärin führte ihre Truppe vorsichtig über die Außenhülle. Der Weg nahm doppelt so viel Zeit in Anspruch wie eigentlich notwendig, doch die Legionäre setzten eher auf Genauigkeit denn Schnelligkeit.

Jessys Vorauskommando hatte die Stelle fast erreicht, an dem man das Schiff entern konnte, als sie wiederum innehielt. Die Legionäre verbargen sich geschickt, die Waffen im Anschlag.

Finn marschierte, so schnell es ihm im Vakuum möglich war, an Jessys Seite. Die Legionärin deutete nach unten. Finn beugte sich leicht vor – und erkannte das Problem.

Innerhalb der Bresche, die sie eigentlich nutzen wollte, arbeitete ein Trupp Driziltechniker daran, die gröbsten Schäden zu beheben. Sie wurden von einem Dutzend Drizilsoldaten in Druckanzug beschützt.

Finn zog sich wieder zurück. Er verfluchte ihr Pech. Der Kommandant der Schattenlegion dachte ausgiebig über die Situation nach und fällte eine Entscheidung. Sie mussten diese Drizil ausschalten – schnell und nach Möglichkeit lautlos. Wenn nur einer eine Meldung abgab, dann war die Mission zwar nicht grundsätzlich gescheitert, sie wurde jedoch sehr viel schwieriger. Ursprünglich hatten sie das Feindschiff entern und die Daten extrahieren wollen, ohne dass jemand aus der Besatzung etwas mitbekam. Dieses Ziel war noch immer im Bereich des Möglichen und sie mussten es versuchen.

Finn nickte Jessy leicht zu. Es war alles, was sie an Aufforderung benötigte. Die Soldaten der Zenturie verteilten sich von den Drizil unbemerkt um den Bruch in der Außenhülle.

Die Legionäre warteten angespannt auf Finns Zeichen. Dieser zögerte einen Moment, um vor Beginn des Gefechts ein letztes Mal tief ein- und wieder auszuatmen. Er aktivierte ein Störsignal, um zu verhindern, dass die Fledermausköpfe ihre Besatzung warnen konnten. Es handelte sich lediglich um eine schwache Frequenz. Und er durfte sie auch nicht lange aktiviert halten. Ansonsten bestand die Gefahr, dass jemand im Inneren des Schiffes bemerkte, dass etwas nicht stimmte.

Schließlich hob Finn die Hand, verharrte in dieser Position eine Sekunde – und riss sie anschließend ruckartig wieder nach unten.

Die Legionäre eröffneten augenblicklich das Feuer und die Hölle brach los. Die Drizil wurden völlig überrascht. Scharfkantige Projektile zerfetzten Rüstungen und Druckanzüge, bevor sie den Körper der feindlichen Soldaten durchbohrten. Diese zuckten unter den Einschlägen, als würden sie unter ekstatischen Anfällen leiden.

Vereinzeltes Gegenfeuer tastete nach den Legionären. Die Symbole zweier Soldaten erloschen mit einem Mal von Finns HUD, schließlich ein drittes, ein viertes und ein fünftes.

Finns Bordcomputer meldete nach wenigen Sekunden die erfolgreiche Eliminierung beinahe aller Gegner – bis auf einen. Dieser tauchte in einen Quergang ab und entfernte sich schnell vom Gefecht – und auch aus der Reichweite von Finns Störsignal.

Der Schattenlegionär fluchte, löste die magnetische Verriegelung seiner Stiefel und stieß sich ab. Er segelte zielsicher an den Drizilleichen vorbei in den Korridor, in dem der feindliche Soldat soeben verschwunden war.

Etwas blitzte voraus auf. Es war die einzige Warnung, die Finn erhielt. Er wich behände seitlich aus und etwas fauchte an ihm vorbei und klatschte gegen die Korridorwand. Die Substanz fraß sich rasend schnell durch die Panzerung. Es handelte sich um ein Säuregeschoss. Hätte es ihn getroffen, wäre es um ihn geschehen gewesen. Selbst wenn es ihn nicht direkt auf der Stelle umbrachte, so hätte es seine Rüstung weit genug beschädigt, um das Vakuum den Rest erledigen zu lassen.

Finn hangelte sich durch den Korridor. Es war stockdunkel. Seine Lampe am Helm zu benutzen, wagte er nicht. Es hätte seine Position verraten. Er musste dem Drizilsoldaten seine Arbeit ja nicht leichter machen als unbedingt notwendig.

Erneut blitzte etwas vor ihm auf. Doch dieses Mal war er vorbereitet. Genauer gesagt, hatte er bereits darauf gewartet. Sein Bordcomputer berechnete aufgrund der Flugbahn den voraussichtlichen Aufenthaltsort des Gegners.

Finn riss das Gewehr hoch, stellte es mit einer knappen Bewegung seines Daumens auf Dauerfeuer und schoss in schneller Folge mehrere Salven in den Korridor, bis er das Magazin leer geschossen hatte.

Finn lud nach und ließ sich weiter in den Korridor treiben. Er musste nicht lange suchen. Bereits nach fünf Metern trieb der Körper des Drizil an der Decke. Sein Anzug war an mehreren Stellen perforiert, doch überraschenderweise bewegte er sich noch schwach.

Finn tippte den Körper mit einer Hand leicht an. Der Drizil drehte sich in der Schwerelosigkeit um die eigene Achse, bis Finn ihm ins Antlitz blicken konnte. Was er sah, erschreckte ihn: Angst.

Irgendwie hatte er nie angenommen, die Drizil würden Angst verspüren. Er hatte sie immer nur als feindliche Soldaten wahrgenommen, die seine Freunde umbrachten und seine Welt brennen sehen wollten. Und nun stand er hier einem verletzten Gegner gegenüber, der um das eigene Leben fürchtete. Ein armes Schwein wie jeder beliebige menschliche Soldat auch, dem man lediglich gesagt hatte, was er tun sollte. Finn schürzte die Lippen.

Beinahe hätte Mitleid seine Hand zurückgehalten, Finn war aber Profi genug, um zu wissen, dass sie sich nicht mit Gefangenen belasten durften. Er zog das Katana aus der Scheide auf seinem Rücken und bohrte es in einer einzigen geschmeidigen Bewegung durch die Rüstung des feindlichen Kriegers an der Stelle, an der sich dessen Hals befand.

Die Augen des Drizil wurden für einen Moment groß, dann erlosch mit schockierender Plötzlichkeit das Licht in ihnen. Es ging schnell. Das war alles, was Finn für den feindlichen Soldaten tun konnte.

Schattenhafte Gestalten bewegten sich durch den Korridor auf ihn zu. Er nahm immer nur kurz das Aufblitzen ihrer Rüstungen im Sternenlicht wahr. Dennoch ließ er sich nicht aus der Ruhe bringen. Aus dieser Richtung konnten es sich lediglich um seine Legionäre handeln.

Er stieß den Drizilleichnam leicht beiseite und bedeutete den Männern und Frauen, ihm zu folgen. Jessy blieb die ganze Zeit über dicht an seiner Seite.

Sie erreichten nach kurzer Zeit ein Druckschott, das jedoch von Laserbeschuss zerschmolzen und verzogen war. Finn bedeutete mehreren seiner Legionäre wortlos, das Hindernis beiseitezuräumen. Mit Plasmabrennern machten sie sich an die Arbeit. Finn wartete ungeduldig. Das Aufschneiden der Panzertür nahm mehr Zeit in Anspruch, als er gern gesehen hätte. Jede Minute, die verstrich, erhöhte das Entdeckungsrisiko. Irgendwann würde jemandem auffallen, dass der Arbeitstrupp sich nicht mehr meldete.

Nach einer gefühlten Ewigkeit – es konnten jedoch nicht mehr als zehn Minuten gewesen sein – traten die beiden Legionäre beiseite und die Tür war offen.

Finn und seine Zenturie arbeiteten sich weiter in das Schiff vor. Sie kamen an unzähligen Leichen vorbei, die in ihrem Weg trieben. Dieser ganze Teil des Schiffes verfügte weder über Atmosphäre noch über künstliche Schwerkraft.

An einer Kreuzung bedeutete Finn den folgenden Legionären anzuhalten. Vorsichtig spähte er um eine Ecke. Sie hatten den Zugang zur Brücke fast erreicht. Wie erwartet, befand sich auch dieser Zugang in einem völlig zerstörten Korridor des Schiffes. Doch das war nicht das eigentliche Problem – sie waren nicht allein.

Der Brückenzugang wurde durch ein Dutzend Drizil geschützt, schwer bewaffnet und ganz offensichtlich keine reguläre Infanterie. Ihre Ausrüstung und Panzerung unterschied sich ganz erheblich von der anderer feindlicher Soldaten. Wenn Finn raten müsste, würde er sagen, es handelte sich um irgendein Spezialkommando.

Finn warf Jessy einen kurzen Blick zu. Diese nickte. Sie hatte die Situation mit einem Blick erfasst. Es gab keine einfache, schnelle oder lautlose Methode, diese Angelegenheit zu regeln. Manchmal half lediglich brutale, rohe Gewalt.

Finn wartete, bis sich seine Legionäre in Angriffsposition gebracht hatten. Erst dann aktivierte er seine Störfrequenz erneut. Die Reaktion der feindlichen Soldaten sah allerdings anders aus als jene bei dem Arbeitstrupp zuvor.

Drei der Drizilsoldaten wechselten plötzlich verwirrte Blicke, reagierten dann jedoch erfahren und äußerst aggressiv. Sie hatten die Störung ihres Funks als das erkannt, was es war: die erste Phase eines Angriffs.

Die feindlichen Soldaten wandten sich sofort der einzigen Richtung zu, aus der ein Angriff erfolgen konnte – dem Ende des Korridors. Finn und seine Legionäre stürmten ins Freie und liefen direkt in die erste feindliche Salve hinein.

Vier der Legionäre starben auf der Stelle. Die Rüstung von fünf weiteren wurde perforiert und die Männer erstickten unter panischen Zuckungen im Vakuum des Alls.

Die Drizil kämpften verbissen und mit bewundernswerter Präzision. Sie schossen gezielter und treffsicherer, als Finn es normalerweise von Drizil gewohnt war. Sein Bordcomputer meldete, dass das Störsignal nicht länger Wirkung zeigte. Die Drizil überlagerten es ihrerseits mit irgendeiner Art von Gegenmaßnahme.

Finn fluchte. Wenn diese Kerle nicht ganz bescheuert waren, dann riefen sie gerade ihre Schiffskameraden um Hilfe. Der verdeckte Einsatz war keiner mehr.

Es entbrannte ein erbittertes Feuergefecht. Die Drizil taten alles, um die Menschen vom Brückenzugang fernzuhalten. Sie waren jedoch zahlenmäßig unterlegen und ihre Niederlage nur eine Frage der Zeit. Trotzdem verlor Finn noch elf weitere Legionäre, bevor auch der letzte Drizil tot im Korridor trieb.

Finn aktivierte einen allgemeinen Kanal. Jetzt mussten sie wenigstens nicht länger die Funkstille einhalten.

»Jessy!«, befahl er gepresst, »den Zugang aufsprengen. Sofort!«

»Aber …«, begann seine Stellvertreterin.

»Keine Diskussionen jetzt!«, hielt er streng dagegen. »Die haben mit Sicherheit um Hilfe gerufen. Wir müssen schnellstens da rein.« Sein Blick wanderte den Korridor zurück. Halb erwartete er, im nächsten Augenblick Hundertschaften feindlicher Krieger auszumachen, die ihre Stellung bedrängten. »Ich will gar nicht wissen, wie die Reaktion der Fledermausköpfe aussehen wird«, murmelte er verdrossen.

Commander Armand Giscard, der XO der King Arthur, wandte sich von der Sensorstation ab und seinem Kommandanten zu. »Der feindliche

Zerstörer hat seine Position verlassen. Er hält mit aktivierten Waffen auf den Intruder zu.«

Captain Takashi Nogata fluchte. »Unsere Leute sind aufgeflogen. Sie zerstören das Schiff eher, als zuzulassen, dass uns wichtige Informationen in die Hände fallen.« Der Kommandant des Angriffskreuzers fletschte die Zähne. »Alle Mann auf Gefechtsstation! Energie auf alle Systeme. Den Zerstörer holen wir uns.«

Nur Sekunden später dröhnte der Gefechtsalarm durch die Korridore der KING ARTHUR.

Drei Dutzend Legionäre sicherten den Zugang zur Brücke gegen einen etwaigen feindlichen Gegenangriff, während sich der Rest an den Konsolen zu schaffen machte. Finn bewegte sich zielstrebig auf die Station des Schiffskommandanten zu. Ein Drizil hing kopfüber von der Decke, im Tod immer noch an der dortigen Strebe festgeklammert.

Finn dachte einen Augenblick darüber nach, den feindlichen Offizier aus seiner würdelosen Position zu befreien, entschied sich jedoch dagegen. Auf der Brücke herrschte weiterhin Schwerelosigkeit und sie erhielten nur eine weitere umhertreibende Drizilleiche, die ihnen in die Quere kam.

Finn begab sich umgehend an die Konsole, die er für die Navigationsstation hielt. Aus seinem Unterarm fuhr zischend ein Adapter aus und er verband seine Rüstung mit dem Computerzugang.

Augenblicklich begannen Wortkolonnen in der Sprache der Fledermausköpfe über den Bildschirm zu laufen. Zeitgleich übernahm ein in den Bordcomputer seiner Rüstung integriertes Übersetzungsprogramm. Die Worte liefen simultan übersetzt über Finns HUD. Gespannt verfolgte er die Informationen.

Er betätigte einige Kontrollen an der für Drizil optimierten Tastatur der Station. Was folgte, waren mehrere Diagramme. Bereits nach den ersten erkannte Finn, welchen Schatz sie gerade im Begriff waren zu erbeuten. Er startete umgehend den Download.

»Colonel?«, hörte er Jessy ihn über Kom ansprechen. »Wir kriegen Besuch.« Finn wandte sich halb um. Die Schattenlegionäre am Eingang begannen, das Feuer auf einen sich nähernden Feind zu eröffnen.

»Haltet sie auf, solange ihr könnt.«

Unvermittelt knackte es erneut in seinen Ohren und Finn war überrascht, Captain Nogatas Stimme zu vernehmen. »Status?«, verlangte der Flottenoffizier.

»Starten gerade den Download. Wir brauchen noch ein paar Minuten.«

In diesem Moment knallte etwas von außen gegen den Schiffsrumpf und eine der noch intakten Konsolen explodierte. Sie überschüttete den neben ihr stehenden Schattenlegionär mit einem Funkenregen, ansonsten blieb der Vorfall ohne Konsequenzen.

»Sie beeilen sich besser. Der Zerstörer hat den Intruder unter Feuer genommen.«

Finn merkte auf. »Das überrascht mich nicht. Wir sichern gerade wichtige Daten.«

»Kommen Sie auf demselben Weg rein wie raus?« Finn wandte sich erneut um. Das Feuergefecht am Zugang zur Brücke tobte mit unverminderter Härte.

»Negativ. Aber ich überlege mir etwas.«

»Was immer Sie tun, tun Sie es schneller. Der Zerstörer meint es bitterernst.«

»Verstanden.«

Finn kappte die Verbindung. Der Mann hatte gut reden. Die Schnelligkeit eines Downloads konnte man nicht beeinflussen. Man konnte lediglich abwarten, bis er beendet war. Doch eines wusste Finn mit unumstößlicher Klarheit: Diese Daten mussten dringend gerettet werden! Lestrade hatte recht gehabt. Es konnte den Krieg entscheiden.

»Bringen Sie uns zwischen den Zerstörer und den Intruder!«, befahl Nogata gepresst. Der Angriffskreuzer beschleunigte zwischen den Felsbrocken hindurch und eröffnete das Feuer, sobald er sich auf Gefechtsentfernung genähert hatte. Mehrere kohärente Energieblitze schlugen in das Feindschiff ein und rissen die Steuerbordpanzerung auf einer Länge von fünfzig Metern auf, jedoch ohne in das sensible Innenleben vorzudringen.

Der Zerstörer reagierte auf den Beschuss in keiner Weise. Stattdessen konzentrierte er sein Feuer weiterhin auf das mattgesetzte feindliche Flaggschiff.

Nogata wunderte sich, warum der Intruder keinen Fluchtversuch unternahm. Möglicherweise war das Schiff während der Schlacht um Barinbau schwerer beschädigt worden als ursprünglich angenommen.

Nogata fletschte die Zähne. Die KING ARTHUR setzte sich gemächlich zwischen den Angreifer und sein Opfer und schoss erneut. Diesmal erzielte der Angriffskreuzer vier Treffer, davon einen Volltreffer unterhalb der Brücke.

Erst jetzt begann der Zerstörer, auf die Anwesenheit der KING ARTHUR zu reagieren. Die Besatzung hatte wohl den strikten Befehl, die Daten des Intruders um jeden Preis zu sichern – auch über das Leben der Besatzung hinweg. Die KING ARTHUR störte den Befehl in erheblichem Umfang, was sie zum Problem der Zerstörerbesatzung machte.

Das Feindschiff schlug mit allen zur Verfügung stehenden Waffen bis auf die Energietorpedos zurück. Der Angriffskreuzer war bereits zu nah, um einen Einsatz der Lenkwaffen zu ermöglichen. Doch auch so war das Arsenal des Zerstörers beeindruckend.

Energiewaffen strichen beinahe liebkosend über den Rumpf der KING ARTHUR. Sie schmolzen Tonnen an Panzerung davon. Mittschiffs und auf dem Waffendeck blinkten einzelne Sektionen auf Nogatas Hologramm unvermittelt in Unheil verkündendem Orange, was auf einen baldigen Panzerungsdurchbruch hindeutete.

Nogata fluchte. Er vergrößerte das Hologramm des Zerstörers und musterte es sekundenlang ausgiebig. Ein Drizilzerstörer war per Definition kleiner als ein imperialer Angriffskreuzer, doch die Driziltechnik war weiter. Die Panzerungslegierung der feindlichen Schiffe war widerstandsfähiger, wodurch der Zerstörer ebenso gut gepanzert war wie der Angriffskreuzer. Und an Bewaffnung war der Zerstörer, wenn man es genau nahm, sogar leicht überlegen. Aber das Feindschiff wies eine schmale Bresche in der Bugpanzerung auf. Womöglich noch ein Überbleibsel von Barinbau.

Nogata schürzte die Lippen. »Alle Waffen auf den Bug konzentrieren!«

Die Batterien der KING ARTHUR spien Tod und Vernichtung. Einem Feuersturm gleich zogen die Energiestrahlen über den Bug des Feindschiffes. Auf Nogatas taktischem Hologramm prognostizierte der Bordcomputer die zu erwartenden Schäden. Der Kommandant der KING ARTHUR hielt sich mit seinem Jubel zurück, doch es schien, dass die

Panzerung durchbrochen und mehrere interne Feuer verursacht worden waren.

Die Drizil waren jedoch keine Schwächlinge und sie waren keine einfachen Gegner. Der Zerstörer rollte sich einfach um seine Längsachse und drehte gleichzeitig nach backbord ab, um den angerichteten Schaden aus Nogatas Reichweite zu bringen.

Der Zerstörer deckte mit seinen Waffen das eigene Manöver und richtete erheblichen Schaden auf dem Waffendeck des Angriffskreuzers an. Nogata fluchte. Entweder durch einen Glückstreffer oder beabsichtigt, der Gegner schaltete mit einer kombinierten Salve seiner Batterien die Hälfte von Nogatas Mitteldistanzbewaffnung aus.

Wer auch immer dort drüben das Kommando führte, er war gut. Nogata zollte dem gegnerischen Befehlshaber in Gedanken Respekt. Doch zu sehr viel mehr blieb keine Zeit. Nogata riss die Augen auf. Der feindliche Zerstörer vollendete sein Manöver und brachte sich selbst unterhalb der KING ARTHUR in Stellung – in einen toten Winkel, den Nogata nicht mehr bestreichen konnte, da alle infrage kommenden Waffen ausgeschaltet waren.

»Hart nach unten wegdrehen!«, befahl der Captain des Angriffskreuzers. »Wir müssen ihn wieder vor die Waffen kriegen.«

Der Zerstörer eröffnete jedoch nicht wie erwartet den Beschuss auf die KING ARTHUR. Stattdessen feuerte er drei Projektile auf den Intruder ab.

Die Nahbereichsabwehr reagierte im Rahmen ihrer Möglichkeiten und zerstrahlte eines der Geschosse. Die anderen beiden kamen leider durch. Sie schlugen in den Intruder ein, detonierten allerdings nicht. Nogata schluckte schwer und sah zu seinem XO auf. Giscard erbleichte.

»War es das, was ich denke?«, fragte Nogata seinen XO.

Dieser konsultierte einen Augenblick die Sensorergebnisse und nickte schließlich abgehackt. »Zwei Projektile mit der Grünen Pest sind in der Nähe der Brücke eingeschlagen.«

Finn zog den Adapter aus der Drizilkonsole und seufzte erleichtert. Er öffnete einen Kanal. »KING ARTHUR? Download abgeschlossen. Bereit für Extraktion.«

»Einsatzteam?«, erreichte ihn praktisch ohne Verzögerung die gehetzt klingende Stimme Nogatas. »Wir haben ein Problem. Der Intruder wurde mit der Grünen Pest infiziert. Das Zeug verbreitet sich gerade auf dem Deck, auf dem sich Ihre Leute und Sie befinden.«

Finn erstarrte wie vom Donner gerührt. Die Grüne Pest. Das Schreckgespenst aller im Weltraum kämpfenden terranischen Soldaten. Die Grüne Pest verschlang alles und ließ nichts zurück. Nicht einmal Knochen. So sollte niemand draufgehen.

Finn sah sich auf der Brücke um. Am Eingang wurde immer noch gekämpft. Sein Blick fiel auf die Bresche in der Außenhülle, die von einem Knäuel zerschmolzener Panzerung versperrt wurde.

»Bereithalten, King Arthur«, erklärte Finn. »Wir verschwinden jeden Augenblick.«

»Aber wie?«

»Lassen Sie das unsere Sorge sein. Delgado Ende.« Er kappte die Verbindung und öffnete einen weiteren Kanal. »Jessy? Hast du alles mitbekommen.«

»Ja. Was hast du vor?«

»Wir sprengen uns den Weg hier raus.« Er deutete auf die Schmelzschäden über ihnen.

»Du meinst mit Sprengstoff?« Der Schock war ihrer Stimme deutlich zu entnehmen. »Das könnte uns auch umbringen.« Sie überlegte kurz. »Wir schneiden uns mit Plasmabrennern hier raus. So, wie wir reingekommen sind.«

Finn schüttelte den Kopf. »Keine Zeit.« Wie um seine Worte zu unterstreichen, schrie plötzlich jemand am Eingang. Beide Legionäre drehten sich gleichzeitig um. Über dem Brückenzugang war ein etwa faustgroßes Loch entstanden, durch das eine eklig grüne Flüssigkeit tropfte.

Der Kopf eines Legionärs war bereits eingehüllt und die Pest fraß sich durch dessen Rüstung. Seine Kameraden gingen auf Abstand. Die Schreie des Mannes dröhnten ohrenbetäubend über den Äther, bis sich einer seiner Freunde es nicht länger aushielt und ihm ein Projektil durch das Helmvisier ins Gesicht schoss. Es war ein Gnadenakt. Finn hoffte, sollte es ihn auf diese Weise erwischen, dass seine Leute dasselbe auch für ihn tun würden. Er warf Jessy einen eindeutigen Blick zu. Sie nickte. Das Risiko, durch die Explosion einzugehen, war besser als das Schicksal, das ihnen sonst blühte.

Sie machte eine knappe Handbewegung und mehrere Legionäre machten sich an den Verstrebungen über ihnen zu schaffen. Währenddessen konzentrierte sich Finn auf die Geschehnisse vor der Brücke.

Die Grüne Pest machte keinen Unterschied. Sie fraß alles, egal ob Mensch oder Drizil. Die gegnerischen Soldaten auf dem Korridor vor der Brücke starben einen schrecklichen Tod. So etwas wünschte man nicht einmal dem Feind.

»Wir sind so weit«, erklärte Jessy unvermittelt.

Finn nickte. »Sobald der Weg frei ist, muss alles ganz schnell gehen. Wir katapultieren uns mittels der Schubdüsen ins Freie und die King Arthur wird uns so schnell wie möglich aufnehmen. Es wurde bereits alles besprochen. Nogata wird das untere Hangardeck öffnen und wir lassen uns einfach reintreiben.«

»Einfach reintreiben?«, meinte Jessy, der ihre Skepsis deutlich anzumerken war. »Während eines laufenden Gefechts? Wenn wir zu schnell reinkommen, werden wir gegen die Hangarwände knallen und zu Mus zerquetscht.«

Finn legte den Kopf schief. »Hast du eine bessere Idee?«

Jessy wandte sich um. Die Grüne Pest rückte unaufhörlich näher. Aufgrund der Schwerelosigkeit schwebten Tröpfchen der tödlichen Masse frei umher. Die Männer achteten sorgfältig darauf, den Gefahrenherden nicht zu nahe zu kommen. Von den Drizil, die sie belagert hatten, war inzwischen kaum noch etwas übrig.

Seine Stellvertreterin schürzte die Lippen und schüttelte den Kopf. »Leider nicht. Aber wenn wir diesen Wahnsinn wirklich durchziehen, dann sollten wir es schnell tun.«

Finn nickte und öffnete einen allgemeinen Gefechtskanal. »Holen Sie uns hier raus«, wies er seinen Sprengmeister an.

Captain Takashi Nogata wandte leicht den Kopf ab, als mehrere Strahlbahnen des feindlichen Zerstörers die stark gepanzerte Brücke des Angriffskreuzers knapp verfehlten. Es reichte jedoch, um Panzerung abzuschmelzen. Mehrere Konsolen explodierten und überschütteten den Befehlshaber der King Arthur mit einen Funkenschauer, der seine linke Wange verbrannte.

Der Angriffskreuzer hielt weiterhin stoisch seinen Kurs. Alles musste zeitlich genau abgestimmt sein, ansonsten endeten die Legionäre als Schmierfleck auf der Außenhülle des Schiffes.

Auf seinem taktischen Hologramm beobachtete Nogata angespannt, wie sich die KING ARTHUR langsam annäherte und direkt über der maltätierten Brücke des Intruder-Kampfschiffes Position bezog.

Der Computer hatte bereits mehrere Berechnungen durchgeführt und die genaue Position ermittelt, wo sich der Angriffskreuzer zu befinden hatte. Sobald das Schiff den richtigen Standort eingenommen hatte, leuchtete dessen Symbol auf Nogatas Plot grün auf.

»Geschwindigkeit auf null setzen«, wies er seinen XO an. »Unteres Hangardeck öffnen.«

Der Zerstörer nutzte die erzwungene Untätigkeit der KING ARTHUR zu einer erneuten Attacke. Der Zerstörer war etwas leichter und manövrierfähiger als der Angriffskreuzer. Dessen Stillstand machte ihn zu einem leichten Ziel.

Weitere Strahlbahnen bestrichen die Außenhülle des terranischen Kriegsschiffes mit unnachgiebiger Härte. Sie schmolzen Panzerung davon und öffneten mehrere Decks dem Vakuum.

Rote Warnleuchten brandeten auf der Brücke Unheil verkündend auf. Giscard taumelte auf die Kommandostation Nogatas zu. »Lange halten wir das nicht mehr durch«, meinte der XO.

»Müssen wir auch nicht. Halten Sie einfach den Beschuss aufrecht. Wir dürfen den Zerstörer nicht zur Ruhe kommen lassen.«

Die Geschütze der KING ARTHUR feuerten ohne Unterlass, doch nur wenige Geschosse trafen. Der Drizilzerstörer tanzte einfach um die KING ARTHUR herum. Der feindliche Kommandant sah anscheinend seine Stunde gekommen.

Nogata beugte sich in seinem Sessel vor, so weit es die Gurte zuließen, und deutete auf einen Bildschirm zu seiner Rechten. Eine Explosion bahnte sich ihren Weg und durchbrach die zerschmolzene Brückenpanzerung des Intruders. Mehrere kleine Objekte stießen aus der Trümmerwolke hervor und strebten eilig auf die einladende Öffnung an der Unterseite des Angriffskreuzers zu.

Finn hob die Hand und stieß die Leiche eines Legionärs zur Seite, der ihm im Weg trieb. Eine Explosion auf so engem Raum war verheerend. Das

Risiko war allen bewusst gewesen. Er hatte neun Männer dabei verloren. Der Verlust war bitter, dem grausamen Tod durch die Grüne Pest dennoch jederzeit vorzuziehen.

Die Überlebenden des Angriffs auf den Intruder aktivierten ihre Schubdüsen und katapultierten sich auf den wartenden Angriffskreuzer zu. Lange durfte das Rettung verheißende Schiff nicht warten, sonst lief es Gefahr, durch den Zerstörer vernichtet zu werden.

Finn überprüfte die Aufstellung seiner Einheit. Achtundneunzig seiner zweihundertzwanzig Männer waren noch am Leben und er war entschlossen, alle sicher zurückzubringen, die es bis jetzt geschafft hatten.

Die Leichen ihrer Kameraden ließ er nicht gern zurück. Keinen Kameraden – egal ob tot oder lebendig – zurückzulassen, war ein ehrenhafter Grundsatz, dem sich auch die Schattenlegion verpflichtet fühlte. Es war jedoch weitaus wichtiger, alle Überlebenden sicher auf das Schiff zu bringen, als noch mehr Leben bei der Bergung von Leichen zu gefährden. Finn war sich sicher, dass ihre Gefallenen dies verstehen würden.

Das Hangardeck der KING ARTHUR wurde voraus immer größer und wirkte einladend hell. Erleichtert bemerkte er, dass die ersten Legionäre der Zenturie den sicheren Hafen erreichten. Nun war es an ihm, die Geschwindigkeit seiner Schubdüsen signifikant zu verringern. Er verspürte nicht die geringste Lust – wie hatte Jessy es ausgedrückt? –, als Mus an der Wand zu enden.

Gerade als er den Schub verringern wollte, hörte er über Funk jemanden schreien. Sein Computer benötigte lediglich Sekundenbruchteile, um die Stimme zu identifizieren.

»Jessy?«, brüllte Finn. »Jessy? Was ist los?«

»Eine Amöbe!«, kreischte Jessy. »Eine Amöbe der Pest! Sie sitzt auf meinem Helm. Finn … sie frisst sich durch die Panzerung. Finn, hilf mir!«

Finn reagierte augenblicklich. Er lokalisierte Jessys Standort. Sie befand sich weniger als zwanzig Meter hinter ihm. Er ließ sich zu ihr zurückfallen. Mit wenigen Blicken verschaffte er sich einen Überblick.

Das verdammte Vieh hatte sich an der Hinterseite von Jessys Helm festgesetzt und machte sich daran, sich durch die Panzerung zu schmelzen. Sobald das geschafft war, besaß Finn einen Logenplatz, um Jessy beim Sterben zuzuhören. Er hatte bereits Christina verloren. Er würde Jessy nicht auch noch verlieren.

Jessys Bewegungen wurden leicht panisch, was man ihr nicht verdenken konnte. Der Gedanke, lebendig gefressen zu werden, hatte beileibe nichts Beruhigendes an sich. Der Angriffskreuzer war nahe – weniger als hundert Meter voraus. Die Amöbe durfte es nicht in den Angriffskreuzer schaffen. Und Finn traf eine verzweifelte Entscheidung.

»Jessy? Hörst du mich?«

»Ich werde sterben, Finn. Nicht wahr?!«

»Nein, du wirst nicht sterben«, erwiderte er in so ruhigem Tonfall, wie es ihm möglich war. »Aber du musst mir vertrauen. Vertraust du mir?«

»Ja«, erwiderte Jessy ohne Zögern.

»Schließ die Augen, atme tief aus – und nimm den Helm ab.«

»Was?«, fragte sie fassungslos.

»Beeil dich«, wies er sie an. »Die Amöbe ist beinahe durch.«

Kurzes Zögern folgte, doch schließlich warf Jessy ihren Helm ab. Er schwebte in Richtung des Intruders davon. Sofort überzog sich ihr Gesicht mit Reif. Der Sauerstoff aus ihrem Anzug kristallisierte zu Eis.

Finn steuerte zu ihr, packte ihre leblose Gestalt und gab Vollschub. Erst kurz vor Erreichen des Hangars reduzierte er den Schub auf beinahe null und ließ sich mit seiner Fracht in den Hangar treiben. Dort hatte man die künstliche Schwerkraft abgeschaltet, um den Legionären die Ankunft zu erleichtern.

Sobald Finn und Jessy die Hangarluke passiert hatten, schloss sich das Tor und die Schwerkraft wurde langsam wieder aktiviert. Sanft sanken sie zu Boden.

Augenblicklich war Finn über seiner Kameradin. Sie rührte sich nicht länger. Ihr Anzug zeigte keinerlei Lebenszeichen der Legionärin mehr an.

»Sanitäter!«, schrie Finn aus vollem Hals. Sofort eilte medizinisches Personal herbei, das sich der verwundeten Soldatin annahm. Finn musste hilflos mit ansehen, wie sie diese wegbrachten. Ihr Überleben war ungewiss. Er war lange genug Soldat, um dies zu wissen. Doch er wusste nicht, ob er ihren Verlust überwinden könnte.

Jemand legte ihm die Hand auf die Schulter. Finn sah auf. Hinter ihm stand der XO der King Arthur. Finn rappelte sich auf. Jeder Knochen schmerzte. Die Legionäre ringsum halfen sich gegenseitig. Wer nicht mehr stehen konnte, dem wurde durch medizinisches Personal geholfen.

»Commander Giscard«, grüßte Finn den anderen Offizier. »Wie ist unser Status?«

»Wir beschleunigen derzeit in Richtung Systemgrenze. In etwa einer Stunde haben wir Sprunggeschwindigkeit erreicht und können verschwinden. Der Zerstörer ist noch hinter uns, aber er kann nicht mehr viel ausrichten, bevor wir springen.«

Finn nickte müde.

»Das war keinen Augenblick zu früh«, fuhr der XO der King Arthur fort. »Unsere Sensoren orten mehrere Drizilschiffe, die sich von der abgewandten Seite des Systems nähern. Der Hilferuf der Fledermausköpfe wurde wohl gehört. Nur etwas länger, und wir wären alle verloren gewesen.« Finn antwortete nicht. Giscard maß ihn mit nachdenklichem Blick. »Hat es sich wenigstens gelohnt? Haben Sie Daten von Wert erbeutet?«

Finn blickte auf. »Das kann man wohl sagen. Wir sollten besser eine Nachricht an General Rix schicken.« Finn leckte sich über die Lippen. »Wir haben den Standort der Drizil-Heimatwelten gefunden.«

17

Was immer Nicolas Cest erwartet hatte in Red Clouds Geist vorzufinden, das hier war es sicher nicht. Er befand sich in einem lang gestreckten Korridor, der gesäumt war von Dutzenden Türen.

Unter seinen Füßen verlief ein silbern glänzender Pfad, der auf eine einzelne Tür am Ende des Korridors zuführte. Natürlich gab es hier weder Pfad noch Korridor und auch keine Türen. Es handelte sich bei allem um Manifestationen. Reine Interpretationen, denn anders konnte der menschliche Geist all diese Eindrücke nicht verarbeiten. Der Pfad symbolisierte den Weg in den Geist hinein oder hinaus. Sollte er davon abkommen, würde er sich in Red Clouds Verstand verirren und in der realen Welt als sabberndes Wrack enden, dem man für den Rest seines Lebens Windeln anziehen musste. Kein sehr erstrebenswerter Gedanke.

Cest schlenderte langsam auf die Tür zu, unter der der Pfad hindurchführte. Davor angekommen, zögerte er kurz, streckte dann jedoch die Hand aus und drehte den Knauf. Die Tür schwang geräuschlos auf.

Cest kniff reflexartig die Augen zusammen. Gleißendes Licht blendete ihn. Seine Pupillen gewöhnten sich nur langsam an die Helligkeit. Nach mehreren Minuten wagte er es endlich, genau hinzusehen. Vor ihm breitete sich eine seltsam anmutende Landschaft aus. Er trat zur Tür hinaus und wandte sich leicht um. Die Tür stand ganz allein in einer öden Landschaft.

Vor ihm breitete sich eine karge Ebene aus. Sie erstreckte sich, so weit das Auge reichte. Spärliche Vegetation und etwas, das aussah wie verdrehte und verrenkte Bäume, säumten sie gelegentlich. Über alldem spannte sich ein blau-roter Himmel, der von zwei Sonnen – einer gelben und einer roten – erhellt wurde. Sie lagen relativ dicht beieinander.

Augenblicklich übernahm der Wissenschaftler in ihm die Oberhand. Dieser fragte sich, ob es auf diesem Planeten überhaupt jemals Nacht werden konnte. Er überlegte kurz. Das kam auf die Umlaufbahn des

Planeten an. Um dies zu ergründen, lagen ihm zum jetzigen Zeitpunkt noch zu wenige Daten vor.

Cest stutzte und schüttelte anschließend den Kopf. Er schalt sich in Gedanken einen Narren. Ebenso wie der Korridor, der Pfad und die Tür existierte dieser Planet nicht. Es handelte sich allesamt um Manifestationen innerhalb von Red Clouds geschundenem Geist.

Dieser Gedanke brachte ihn zurück zum Grund seines Hierseins. Er musste Red Cloud finden und ihn sicher zurückgeleiten, damit dieser in der realen Welt aufwachen konnte.

Cest musterte den Pfad, der auf die fernen Berge zuführte. Er musste dem Pfad folgen. Der Professor war überzeugt, dass dieser ihn zu Red Cloud führen würde. Der Legionär wollte tief in seinem Inneren gerettet werden, da war sich Cest sicher. Daher war es nur logisch, dass der Pfad Red Clouds Unterbewusstsein symbolisierte, der ihn zu sich führen wollte. Cest zuckte die Achseln. Außerdem war es ja nicht so, als hätte er eine andere Wahl gehabt.

Cest begann seine Wanderung. Der Boden unter seinen Füßen fühlte sich seltsam an. Irgendwie schwammig. Surreal. Auch das Zeitgefühl schien ihm Streiche zu spielen. Ihn kam es vor, als würde er schon stundenlang wandern. Doch sein Assistent hatte ihm versichert, ihn nach zehn Minuten herauszuholen. Und noch etwas fiel ihm auf: Egal wie lange er wanderte, die Berge kamen nicht näher. Auch Hunger und Durst verspürte er nicht, ebenso wenig Erschöpfung.

Nach einer gefühlten Ewigkeit hielt Cest inne. Er warf einen kurzen Blick zum Himmel. Die Stellung der zwei Sonnen hatte sich nicht verändert. Als er seine Aufmerksamkeit wieder auf den Pfad voraus richtete, zuckte er überrascht zusammen.

Plötzlich stand er direkt am Fuß der Berge, obwohl sie Sekunden zuvor noch Hunderte Kilometer entfernt gewesen schienen. Cest schluckte. Was für ein seltsamer Ort der menschliche Geist doch war.

Cest setzte seinen Weg fort und begann, dem Pfad den Berg hinauf zu folgen. Aus seiner Sicht dauerte der Aufstieg mehrere Stunden. Auf dem Gipfel erreichte er einen seltsamen Ort. Statuen säumten einen weiten Platz. Es machte alles beinahe den Eindruck einer religiösen Stätte. Dabei besaßen die Statuen nicht die geringste Ähnlichkeit mit Menschen, eher mit riesigen Quallen. Sie wurden von einer Vielzahl wesentlich kleinerer Kreaturen angebetet. Unter ihnen etwas, das nach einem Drizil aussah, und auch eine Gestalt, die einem primitiven Menschen ähnelte, war zu finden. Außerdem noch ein Primat, der Ähnlichkeit mit einem Gorilla aufwies, wenn man außer Acht ließ, dass diesem Wesen mächtige Hauer aus allen vier Eckzähnen wuchsen. Sie zogen sich über Ober- beziehungsweise Unterlippe. Des Weiteren gab es unter den Statuen eine, die offensichtlich einen Insektoiden darstellte. Ein Wesen, das verblüffende Ähnlichkeit mit einer Zikadenwespe aufwies. Cest runzelte die Stirn. Das Ganze wurde immer seltsamer. Warum sollte sich Red Cloud derart obskure Dinge ausdenken?

»Sind Sie real?«, fragte plötzlich eine heisere Stimme.

Cest wirbelte erschrocken auf dem Absatz herum. Er benötigte einen Moment, um zu erkennen, woher die Stimme gekommen war. Cest trat vorsichtig näher. In einer kleinen Mulde im Boden kauerte eine bemitleidenswerte Kreatur, die kaum noch Ähnlichkeit mit einem Menschen aufwies.

Cest ließ sich auf beide Knie nieder. »Red Cloud?« Er musterte den Legionär von oben bis unten und bemühte sich, seinen Schock und seine Fassungslosigkeit zu verbergen. »Was ist mit Ihnen geschehen?«

Cest hatte erwartet, Red Cloud würde innerhalb seines Geistes genauso aussehen wie in der realen Welt. Die Wahrheit konnte jedoch nicht weiter entfernt liegen. Red Cloud wirkte heruntergekommen und ausgemergelt, als hätte er seit Tagen nichts mehr gegessen – und das in einer Welt, in der Nahrung keine Rolle spielte. Ein verfilzter und ungewaschener Vollbart zierte sein Gesicht. Am Leib trug er nur noch Lumpen.

»Sind Sie real?«, fragte er erneut. Dunkle Ringe verliefen unter Augen, mit denen er traurig aufblickte.

Cest nickte. »Ja, Red Cloud. Ja, ich bin real.« Cest schluckte. »Was ist mit Ihnen geschehen?«

Red Cloud schüttelte den Kopf. »Sie hätten nicht kommen sollen. Sie lassen mich nicht gehen. Sie lassen mich einfach nicht gehen.« Der Legionär blickte erneut auf. »Und Sie jetzt auch nicht.«

»Wer?«, wollte der Professor wissen. »Wer lässt Sie nicht gehen?«

Red Cloud hob zitternd eine Hand und deutete auf das Ende des Platzes. Cest wandte sich um – und schrak mit einem Satz hoch. Hinter ihm schwebten fünf riesige Quallenwesen etwa einen Meter in der Luft. Der

Professor konnte keine Augen ausmachen, dennoch überkam ihn das unangenehme Gefühl, von diesen Kreaturen begutachtet zu werden.

»Sie lassen mich nicht gehen«, wiederholte Red Cloud wie in Trance.

Die Quallenwesen schwebten langsam näher. Sie griffen nicht an oder nahmen eine bedrohliche Haltung ein. Und dennoch schrillten in Cests Kopf sämtliche Alarmglocken. Der Professor wirbelte zu dem Legionär herum, ging in die Knie und packte ihn an den Schultern.

»Diese Wesen sind nicht real, Red Cloud. Sie sind Ihrer Fantasie entsprungen. Nichts weiter. Ich bin hier, um Sie nach Hause zu holen. Diese Wesen können Sie nicht daran hindern, wenn Sie das nicht wollen. Im Endeffekt halten nur Sie selbst sich hier fest.«

Red Cloud sah auf und erst jetzt schien er Cest zum ersten Mal bewusst wahrzunehmen. Seine Pupillen waren stark geweitet, die Augen so weit aufgerissen, wie es nur ging.

»Sie irren sich. Sie sind real.« Er sah sich um wie ein panisches Tier auf der Suche nach einem Fluchtweg. »All das hier ist real.« Er deutete mit einer Hand auf die Quallenwesen. »Die Nefraltiri.«

Cest stockte mitten in der Bewegung. Eine eisige Hand schien sich um seinen Brustkorb zu legen und zuzudrücken. Er holte tief Luft und drehte sich zu den Wesen um. Bei der Erwähnung ihres Namens, hatten diese innegehalten.

»Das sind Nefraltiri?«, hauchte Cest beeindruckt.

Red Cloud erhob sich schwerfällig und gesellte sich an die Seite des Professors. Dieser betrachtete die abgehärmte Gestalt aus dem Augenwinkel. Red Cloud nickte. »Die Nefraltiri. Die Meister der Drizil.« Er wandte sich dem Professor in Gänze zu. »Ich bin mit ihnen verbunden, seit die Drizil mich in eine dieser Anlagen steckten, um sie abzuschalten, nachdem die Menschen sie törichterweise aktiviert hatten. Es sind Telepathen.«

Cest schluckte schwer und blickte den Legionär plötzlich mit anderen Augen an. »Sie kommunizierten mit Ihnen? Die ganze Zeit?«

Red Cloud bekam einen leicht geistesabwesenden Ausdruck in den Augen. »Zunächst war es nur ein Wispern. Hintergrundrauschen. Mehr nicht. Ich dachte, ich bilde es mir nur ein. Doch dann wurde es lauter, fordernder, drängte sich in den Vordergrund. Bis ich es nicht länger ignorieren konnte.«

»Was wollen sie?«

»Sie stellen immer und immer wieder dieselbe Frage.«

»Welche?«

»Wo bist du? Sie wollen wissen, wo wir sind.«

»Sie persönlich?«

Red Cloud schüttelte den Kopf. »Ich denke nicht, dass es um mich persönlich geht. Sie wollen wissen, wo die Menschen sind, die Drizil, unsere Galaxis. Das interessiert sie.«

Cest schluckte erneut und warf den Quallenwesen einen vorsichtigen Blick zu. »Wieso? Ich verstehe das nicht. Ich dachte, sie hätten unsere Galaxis verlassen. Und sie ließen uns zurück.«

Red Clouds Gesicht zeigte auf einmal ein fast gehässiges Lächeln. »Ich konnte mir zunächst keinen Reim darauf machen, doch die Verbindung, die sie mir aufzwangen, geht in beide Richtungen.«

Cest wandte sich ruckartig dem Legionär zu und packte ihn erneut bei den Schultern. »Soll das heißen, Sie haben etwas erfahren? Erzählen Sie es mir. Erzählen Sie mir alles!«

Erneut bekamen Red Clouds Augen diesen seltsam geistesabwesenden Gesichtsausdruck. Beinahe wie mechanisch deutete er auf die Statuen ringsum. »Diese Rasse ist alt. Viel älter, als wir uns überhaupt vorstellen können. In einer Zeit, als es die Erde als Planet noch nicht einmal gab, da errichteten die Nefraltiri bereits ein Imperium. Es gab unzählige Billionen von ihnen. Sie bevölkerten zigtausende Welten. Und sie gründeten ihr Imperium auf Sklaven. Wenn sie einem fremden Volk begegneten, dann nutzten sie es entweder als natürlich Ressource oder sie vernichteten es. Mehr noch, sie ließen sich von ihm verehren wie Götter. Sie sind der Meinung, alle anderen Völker wären minderwertig. Nur die Nefraltiri zählen für die Nefraltiri.« Der Legionär stockte.

»Und weiter?!«, drängte Cest ungeduldig.

»Sie trafen irgendwann auf die Drizil, die sie in ihr Heer eingliederten, dann auf die primitiven Menschen, die immer noch in Höhlen lebten. Aus ihnen machten sie willfährige Werkzeuge, um ihre Anlagen zu betreiben. Sie pfuschten am Genom ihrer Sklavenvölker herum, wie es ihnen beliebte. Veränderten sie. Beeinflussten sie in ihrem Sinne. Doch dann geschah etwas.« Abermals zögerte Red Cloud. Er machte den Eindruck, als würde er mit sich kämpfen. Cest warf einen kurzen Blick auf die

Quallenwesen, die unverändert wenige Meter entfernt schwebten. Vielleicht beeinflussten sie den Legionär. Sie wollten nicht, dass er sein Wissen weitergab. Und Red Cloud kämpfte. Er kämpfte, wie nur ein Legionär dies zu tun vermochte. Dicke Schweißtropfen standen auf seiner Stirn, dennoch redet er langsam weiter.

»Es geschah etwas ...«, wiederholte er.

»Was?«, drängte Cest.

»Bürgerkrieg«, presste Red Cloud zwischen zusammengepressten Lippen hervor. »Ein Bürgerkrieg, der annähernd tausend Jahre dauerte. An seinem Ende waren nur noch eine Handvoll Nefraltiri übrig. Vielleicht ein paar Tausend im Ganzen. Sie waren dezimiert. Für immer. Ihr Imperium zerfiel. Als letzte Aktion des Trotzes ließen sie die Drizil ein furchtbares Massaker unter ihren Sklavenvölkern anrichten. Die Drizil löschten alle aus bis auf die Menschen. Sie waren zu primitiv und die Nefraltiri waren der Meinung, unsere Rasse könnte nicht allein überleben. Die Drizil entvölkerten das, was vom einstigen Imperium der Nefraltiri noch übrig war. Es handelte sich um einen Genozid unbeschreiblichen Ausmaßes. Und dann gingen die Nefraltiri einfach und ließen Menschen und Drizil allein in diesem Universum.«

Cest merkte auf. »Einfach so?«

Red Cloud nickte. »Einfach so. Sie glaubten, Drizil und Menschen würden ohne ihre Meister nicht überleben können. Vielleicht dachten sie auch, unsere Völker würden einander irgendwann vernichten. Oder sie verloren einfach das Interesse an unserer Galaxis. Wer weiß? Möglicherweise war das ihr kranker Sinn für Humor. Auf jeden Fall zogen sich die Nefraltiri zurück. Dies geschah vor so unglaublich langer Zeit, dass sich die Nefraltiri nicht einmal mehr erinnern, wo unsere Galaxis zu finden ist.« Red Clouds Blick wanderte über die weite, karge Ebene. »Dies ist ihre neue Heimatwelt.«

Cest folgte dem Blick des Legionärs. »Ist sie in einer anderen Galaxis?«

Red Cloud zuckte die Achseln. »Eine andere Galaxis? Eine andere Dimension? Wer kann das schon sagen? Vielleicht wissen es die Nefraltiri nicht einmal selbst. Sie haben sehr viel Wissen verloren. Durch den Bürgerkrieg, den Niedergang ihrer Spezies und ihren Exodus.«

Cests Griff um Red Clouds Schulter wurde fester. »Warum wollen die Nefraltiri wissen, wo wir uns befinden?«

Red Clouds Miene nahm einen gequälten Ausdruck an. »Ist das nicht offensichtlich? Sie waren überrascht, dass wir noch existieren. Sie betrachten unsere Existenz als Affront. Sie wollen ihr Werk von damals beenden.« Der Legionär wandte sich erneut dem Professor zu. »Und sie besitzen die Möglichkeit dazu. Sie haben in ihrer neuen Heimat neue Völker vorgefunden – und sie erneut versklavt. Ich glaube, die Nefraltiri können gar nicht anders.« Red Cloud verzog schmerzerfüllt das Gesicht. »Sie sind wütend, dass ich Ihnen das alles erzähle. Und sie wollen immer noch wissen, wo wir sind. Ich kann mich ihnen bisher widersetzen. Ich habe meinen Geist vor ihnen verschlossen. Ich weiß aber nicht, wie lange ich noch standhalten kann.« Mit einem Mal packte Red Cloud den Professor an den Schultern. »Sie müssen mich töten. In der realen Welt. Wenn die Nefraltiri herausfinden, wo man uns findet, dann ist es aus. Wir könnten sie niemals schlagen. Bitte! Ich kann nicht mehr. Töten Sie mich!«

Mit einem Mal bewegten sich die Quallenwesen erneut. So schnell, dass sie Cest beinahe erreicht hatten, bevor dieser überhaupt reagieren konnte. Der Professor wich zurück. Der führende Nefraltiri streckte die Tentakel nach ihm aus.

»Lassen Sie sich nicht berühren!«, schrie Red Cloud. »Sonst kommen Sie auch nicht mehr hier weg.«

Cest wich erstaunlich behände zur Seite aus. Die Angst verlieh ihm unverhoffte Agilität. Doch die Nefraltiri waren zu fünft und schon bald hatten sie ihn eingekreist. Ihre Tentakel streckten sich gierig nach ihm aus …

Cest holte Luft wie ein Ertrinkender. Blendend helles Licht strahlte ihm ins Gesicht. Hände packten ihn an den Schultern und rüttelten ihn grob. Er schlug panisch nach ihnen, wollte sich aus ihrem unerbittlichen Griff befreien.

»Professor? Professor, beruhigen Sie sich! Ich bin es!«

Cest kam langsam zur Ruhe, als er die Stimme seines Assistenten erkannte. Er sah sich panisch um. Er befand sich in seinem Labor. Red Clouds leblose Gestalt verharrte immer noch auf dem Bett neben ihm. Der Professor fixierte seinen Assistenten mit finsterem Blick.

»Sie sollten mich nach spätestens zehn Minuten herausholen. Nicht nach Stunden.«

Der Assistent verzog gekränkt die Miene. »Sie waren nur sieben Minuten weggetreten.«

»Sieben Minuten?«, fragte Cest immer noch etwas benommen. »So kurze Zeit nur?«

Sein Gegenüber nickte. »Ihre Herzfunktion machte mir Sorgen. Deshalb rief ich Sie früher zurück. Was ist denn geschehen? Was haben Sie gesehen?«

Cest benötigte etwas Zeit, um wieder zu Atem zu kommen. Er warf dem armen Red Cloud einen mitfühlenden Blick zu, bevor er seinen Assistenten angestrengt musterte. »Dieser Krieg gegen die Drizil ist gar nichts. Er ist bedeutungslos. Ich muss dringend mit Rix sprechen. Wir alle befinden uns in weit größeren Schwierigkeiten, als irgendjemand ahnt.«

Teil III.

Krieg ohne Ehre

18

Inter arma enim silent leges
lat.: Unter den Waffen schweigen die Gesetze
(Cicero)

2. Dezember 2856

Als die HMS Vengeance im System Vector Prime materialisierte, wurde sie bereits erwartet. Zwei Torpedoboote eskortierten den Schlachtkreuzer durch die Überreste der erbitterten Kämpfe um dieses wichtige System.

Commodore Horatio Lestrade nahm sich ausführlich Zeit, die unzähligen Schiffstrümmer in Augenschein zu nehmen. Jedes Mal, wenn sein Blick ein zerstörtes imperiales Schiff streifte, wurde sein Herz schwer. Die zerschossenen Wracks der Fledermausköpfe waren eindeutig in der Überzahl, doch es gab viel zu viele Trümmer terranischer Schiffe. Die Kämpfe mussten brutal gewesen sein.

Die Torpedoboote führten die Vengeance durch die unzähligen Trümmer zielstrebig auf den Hauptplaneten des Systems zu. In der Umlaufbahn tummelten sich Dutzende Schiffe. Bei den meisten handelte es sich um Torpedoboote und Nachschubtender, die einem Ameisenhaufen gleich zwischen den Giganten umherhuschten und ihren zahlreichen Tätigkeiten nachgingen.

Commander Eugene Mueller trat hinzu, wobei er noch im Gehen eingehende Daten studierte. Schließlich sah der XO der Vengeance gepresst auf. »General Rix und Commodore van Bergen heißen uns willkommen. Sie sind eingeladen, auf die Spartan überzusetzen.«

Lestrades Blick streifte die Raumstation im Orbit um Vector Prime. Ohne diese Kampfstation hätten die Drizil das System vermutlich bereits eingenommen. Die schweren Kategorie-7-Laser in den Ausläufern der Anlage fügten selbst Drizilflaggschiffen enormen Schaden zu.

An den Docks der Station lagen mehrere Schiffe vor Anker zur dringend benötigten Reparatur. Bei einem von ihnen handelte es sich um die SPARTAN, Commodore van Bergens Schlachtkreuzer. Das Schiff wies selbst auf diese Entfernung ersichtliche schwerste Schäden auf. Dass es überhaupt noch als einsatztauglich galt, grenzte an ein Wunder.

Lestrade erhob sich und strich seine Uniform glatt. »Lassen Sie mein Beiboot klarmachen und melden Sie General Rix, ich bin auf dem Weg.«

Finn Delgado hielt Jessys Hand, als wolle er sie nie wieder loslassen. Die Ärzte an Bord der VENGEANCE waren erstklassig und hatten sie auf der Krankenstation wiederbeleben können. Doch sie hatte seither noch nicht wieder das Bewusstsein erlangt.

Ihre Augen waren vereist gewesen und hatten chirurgisch geöffnet werden müssen. Sie waren nun mit Pads bedeckt und verbunden. Ob sie wieder ihre Sehkraft vollständig zurückerhalten würde, falls sie irgendwann aufwachte, war jedoch fraglich.

Weniger als die Hälfte seiner Leute hatte den Angriff auf den Intruder überlebt und ein düsterer Teil seines Verstandes fragte sich, ob es das wert gewesen war – trotz der Daten, die sie erbeutet hatten.

Jessy rührte sich plötzlich. Finn schreckte auf und war auch schon auf den Beinen. »Jessy? Bist du wach?«

»Finn …«, erwiderte sie schwach. »Ich … ich kann nichts sehen.«

»Deine Augen sind verbunden. Du wurdest während unseres Rückzugs verletzt.«

Sie nickte abgehackt. »Ja, ich erinnere mich. Diese verdammte Amöbe!«

»Ganz recht, aber keine Sorge. Du kommst wieder ganz in Ordnung.« Dass er in diesem Punkt vielleicht log, zog er gar nicht erst in Betracht. Für einen Patienten war es ungemein wichtig, Hoffnung zu schöpfen. Außerdem wollte er gar nicht daran denken, dass sie vielleicht dauerhafte Schäden davontrug.

»Der Intruder …«, brachte sie schwach hervor.

»Die Pest hat ihn praktisch aufgelöst, aber die Daten sind gerettet. Wir haben unseren Job erfüllt.«

Sie lächelte erschöpft. »Ich erinnere mich. Und ich erinnere mich an noch etwas.«

»Und an was?«

»An dich, wie du mich gerettet hast.«

Finn schnaubte. »Ich habe dich wohl eher in noch größere Gefahr gebracht.«

»Ohne dich wäre die Amöbe in meinen Helm eingedrungen. Sie hatte es schon beinahe geschafft.«

Finn lächelte wehmütig. »Ich kann doch unmöglich zulassen, dass meine Stellvertreterin gefressen wird. Die Truppe vertraut darauf, dass du bald wieder zurückkommst.«

Sie lächelte erneut. »Ich komme zurück. Versprochen.«

Bevor Finn antwortete, trat einer der Ärzte an ihn heran. »Es kam gerade ein Ruf von der Brücke. Sie sollen Commodore Lestrade bei seinem Beiboot treffen.« Lauter sagte der Mann: »Außerdem benötigt unsere Patientin Ruhe.«

Finn richtete sich zu voller Größe auf. »Ich komme so bald wie möglich zurück«, erklärte er in Jessys Richtung.

Diese nickte. »Das hoffe ich doch. Halt mich bitte auf dem Laufenden.«

»Das werde ich«, erwiderte er. Ihre Fingerspitzen berührten sich ein letztes Mal, bevor er sich umwandte.

19

Die Besprechung fand in einem der kleineren Besprechungsräume der SPARTAN statt. Die zwei größeren befanden sich auf den Decks sechs und acht. Beide Decks standen durch Hüllenbrüche dem Vakuum offen und waren derzeit nicht zugänglich. Bereits beim Anflug hatte Carlo die Vielzahl an Technikern bemerkt, die in Raumanzug überdimensionierten Insekten gleich über die Außenhülle krochen.

Der General der 18. Legion musterte jeden der Anwesenden und begrüßte sie alle nacheinander mit kurzem Nicken. Außer ihm selbst und seinem Stellvertreter René Castellano waren noch die beiden Commodores Christian van Bergen und Horatio Lestrade sowie Finn Delgado anwesend. Rix fiel auf, dass die Kommandogruppe der freien menschlichen Welten immer kleiner wurde.

Carlo bemerkte, dass die Anwesenden ihn ihrerseits erwartungsvoll musterten, und räusperte sich verhalten. Erneut sah er auf. »Ich wünschte, ich hätte mehr gute Neuigkeiten, doch die sind leider spärlich gesät. Lestrade und Delgado gelang es, Barinbau zurückzuerobern, und wir konnten Vector Prime erfolgreich verteidigen. Auch wenn es uns einiges gekostet hat.« Carlo zögerte einen Moment und holte tief Luft für seine nächsten Ausführungen. »In den letzten sechsundneunzig Stunden gab es vier größere Drizilvorstöße gegen Vector Prime. Die Fledermausköpfe haben mehr als dreihundert Schiffe verloren. Auf der Gegenseite der Gleichung wurde das Minenfeld quasi komplett ausradiert und wir besitzen nicht mehr annähernd genügend Minen, um das System vollständig abzuriegeln. Außerdem wurden sowohl der Raumstation als auch unseren Streitkräften erheblicher Schaden zugefügt.« Carlo schürzte die Lippen. »Wir haben während der Kämpfe um dieses System fast hundertfünfzig Schiffe eingebüßt. Torpedoboote nicht mitgerechnet.«

»Das ist ja ein Drittel der Flotte!«, brach es aus Lestrade heraus.

Carlo nickte angespannt. »Und viele der überlebenden Einheiten sind schwer beschädigt und taugen noch zu kaum etwas anderem als zum Ausschlachten. Die endgültigen Zahlen dürften sich also um etwa einhundertachtzig Schiffe einpendeln.« Carlo schluckte schwer. »Und wir haben General Great Bear verloren. Die 24. Legion wurde von dessen Stellvertreter übernommen.«

Lestrade schüttelte den Kopf. »Diesmal meinen es die Drizil bitterernst.«

Carlos Miene wurde – falls überhaupt möglich – noch verdrießlicher. »Ich wünschte, damit wären die schlechten Nachrichten vorbei.« Erneut holte er tief Luft. Die nächste Information würde einschlagen wie eine Bombe. »Wir haben von der Allianz kaum noch Hilfe zu erwarten.«

Aller Augen richteten sich schlagartig auf ihn. Die Trauer traf ihn erneut mit unfassbarer Härte, als er fortfuhr. »Bastian Genaro ist gefallen.«

Diese schlicht vorgebrachte Tatsache mit all ihren Implikationen legte sich wie ein Leichentuch über die Anwesenden.

»Wie?«, brachte Delgado schließlich hervor.

Carlo wusste, der Kommandeur der Schattenlegion und der Präsident der Allianz waren langjährige Freunde und Weggefährten gewesen. Wenn Carlo diese Nachricht bereits in ein tiefes Loch hatte fallen lassen, wie mochte es dann in Delgado im Moment aussehen?

»Er führte einen Entlastungsangriff gegen die Blockade um Equuro. Den Einheiten unter seinem Kommando gelang es, die Linien der Drizil zu durchbrechen und signifikante Verstärkungen auf den Planeten zu bringen. Doch Genaros Flaggschiff wurde kurz vor Erreichen des Planeten zerstört. Ebenso wie das Gros der Flotte.« Erneut schürzte Carlo die Lippen. »Es tut mir leid, der Überbringer schlechter Neuigkeiten zu sein, doch ich muss Ihnen allen leider mitteilen, dass der Allianzflotte in dieser Schlacht das Rückgrat gebrochen wurde. Die überlebenden Schiffe sammeln sich derzeit auf dem Militärstützpunkt Akka, aber es gilt als sicher, dass nur eines von zehn Schiffen überlebt hat. Die Verluste der Allianz waren verheerend.«

Delgados Gesicht blieb ausdruckslos, während er die nächste Frage stellte. »Wer führt das Kommando momentan?«

»In der Allianz per se? Niemand, wie es scheint. Auf Equuro hat Militärpräfekt Danbi Maeng den Befehl übernommen. Mit der eingetroffenen

Verstärkung hat er es geschafft, die Fledermausköpfe aus dem Stadtzentrum von First Step zu vertreiben. Die Verteidiger haben sich dort verschanzt, werden aber von allen Seiten von Drizil belagert. Außerdem ist es den verdammten Fledermausköpfen gelungen, den Planeten Vukartech einzunehmen. Eine landwirtschaftlich geprägte Allianzwelt nur wenige Lichtjahre von Equuro entfernt. Sie richteten dort eine Nachschubbasis ein und nutzen sie seither, um ihre Truppen bei Equuro zu versorgen. Außerdem starteten sie eine weitere Offensive gegen Perseus.«

Lestrade und Delgado wich gleichermaßen sämtliche Farbe aus dem Gesicht. Carlo schüttelte den Kopf. »Es ist keine große Streitmacht. Lediglich zwanzig, dreißig Schiffe nebst Bodentruppen. Doch sie waren stark genug, unsere Einheiten aus dem Orbit zu vertreiben. Wir hatten ohnehin nur ein halbes Dutzend Schiffe dort postiert.«

»Das ist nicht viel«, meinte Delgado.

»Mehr hatten wir einfach nicht«, erwiderte Lestrade niedergeschlagen. Er warf Carlo einen missmutigen Blick zu. »Wie ist die Lage auf Perseus?«

»Der Gegner hat einen Brückenkopf auf dem Planeten einrichten können. Bisher ist es ihnen jedoch nicht gelungen auszubrechen. Das ist aber nur eine Frage der Zeit.« Carlo seufzte. »Das wären alle schlechten Neuigkeiten.«

»Reicht ja auch«, erwiderte Delgado. »Falls der Begriff *mit dem Rücken zu Wand* jemals auf eine Situation zutraf, dann auf diese.«

»Ich wünschte, ich könnte dem widersprechen«, erklärte van Bergen und ergriff zum ersten Mal das Wort.

Lestrade räusperte sich. »Ich spiele ungern den Advocatus Diaboli, aber wurden bereits Kapitulationsverhandlungen ins Auge gefasst?«

Aller Augen richteten sich auf ihn. Doch blieben die Wut und Empörung aus, die Rix bei einem solchen Vorschlag erwartet hatte. Der Gedanke war schon allen Anwesenden – einschließlich ihm – durch den Kopf gegangen. Carlo war allerdings nicht bereit aufzugeben. Nicht, wenn es noch einen Funken Hoffnung gab.

Carlo schüttelte den Kopf und ergriff erneut das Wort, bevor sich der Vorschlag *Kapitulation* im Kopf seiner Gesprächspartner einnisten konnte.

»So weit sind wir noch nicht. Einige Einheiten der Schattenlegion meldeten bereits Erfolge im Zerstören feindlicher Nachschubbasen. Der

Strom an Truppen, Schiffen und Gütern hat bereits merklich nachgelassen.«

»Genug, um einen Unterschied zu machen?«, wollte Lestrade wissen.

»Unwahrscheinlich«, erwiderte Rix ehrlich. »Deswegen müssen wir einige schwerwiegende Entscheidungen treffen, um zu retten, was wir können.«

»Nämlich?«, fragte Delgado.

»Wir geben Barinbau vorerst auf.«

»Wie bitte?«, bellten Delgado und Lestrade fast gleichzeitig.

»Wir haben es gerade erst zurückgenommen«, hielt Lestrade dagegen.

»Es bleibt uns keine andere Wahl.« Carlo blieb in seiner Entscheidung unnachgiebig. »Es sind bereits Truppenverschiebungen zu erkennen. Die Drizil bereiten sich auf einen weiteren Angriff gegen Barinbau vor, und die Schiffe und Truppen, die wir noch besitzen, sind zu wertvoll, als dass wir sie dort vergeuden dürfen.«

Delgado ließ den Kopf hängen. »Dann war also alles umsonst.«

»Keineswegs«, hielt Carlo dagegen. »Vor einer Stunde gab ich den Befehl, Barinbau zu evakuieren. Alle Soldaten und Zivilisten werden weggeschafft. Das ist Ihr Verdienst.« Sein Blick streifte von Delgado zu Lestrade. »Ihr aller Verdienst. Dadurch werden Kapazitäten frei. Wir schicken die Prätorianer und die imperiale Armee unter Colonel Janneck zurück nach Perseus, um den dortigen feindlichen Brückenkopf anzugreifen. Die 111. Fremdenlegion unter Colonel Azikiwe bleibt hier auf Vector Prime, da wir in nächster Zeit ebenfalls einen schweren Angriff zu erwarten haben, der beinahe sicher zum Planeten durchbrechen wird.« Carlo leckte sich über die trockenen, aufgesprungenen Lippen. »Der größte Erfolg ist jedoch das hier.«

Er gab einen kurzen Befehl ein und der Holotisch, um den sie saßen, projizierte ein Bild knapp dreißig Zentimeter über die Tischplatte. Es handelte sich um eine Sternkarte. Mehrere Systeme waren farblich hervorgehoben.

»Der Schattenlegion unter Colonel Delgado gelang es, wichtige Daten sicherzustellen«, fuhr Carlo fort. »Was Sie hier sehen, ist ein Ausschnitt aus gekaperten Navigationsdaten. Bei den farblich hervorgehobenen Systemen handelt es sich um Kernwelten der Drizil.« Keiner der Männer zeigte auch nur einen Hauch Überraschung. Sie alle waren bereits im Vorfeld informiert worden. Carlo blickte reihum. »Nun müssen wir entscheiden, wie wir diese Daten nutzen.«

Christian van Bergen sah stirnrunzelnd auf. »Wie könnten wir sie denn nutzen? Vor einem Jahr wäre das noch etwas anderes gewesen. Wir hätten noch die Ressourcen für einen umfassenden Schlag gegen ihre Bevölkerungszentren gehabt. Wir hätten ihnen etwas von ihrer eigenen Medizin zu schlucken geben können. Doch jetzt? Wir können kaum noch die Stellung halten. Die Drizil überrennen uns. Ich denke nicht, dass wir Geschwader aussenden können, die groß genug sind, ihre Heimatwelten zu bedrohen.«

Jedermann schwieg angesichts von van Bergens Einlassung, die man nur als realistisch einstufen konnte. Carlo räusperte sich verhalten und musterte jeden der Anwesenden eindringlich, bevor er fortfuhr.

»Ich habe mir gerade über diesen Punkt große Gedanken gemacht und bin zu einem Schluss gekommen.« Er sah ruckartig auf. »Commodore van Bergen hat recht. Wir besitzen nicht länger die Ressourcen für einen Großangriff.«

Delgado ließ niedergeschlagen die Schultern sinken. »Wenn wir die Daten nicht nutzen können, sind sie für uns wertlos.«

Carlo schüttelte langsam und gemessen den Kopf. »Ich sagte nicht, dass wir die Daten nicht nutzen. Ich sagte, wir können keinen Großangriff starten.«

Nun war ihm die Aufmerksamkeit aller sicher. Die Männer rund um den Holotank musterten ihn argwöhnisch. Carlo räusperte sich erneut. »Ich stimme Commodore van Bergen in zwei Punkten zu. Erstens: Wir können keine Streitmacht von der Front abziehen, die groß genug wäre, die feindlichen Kernwelten zu bedrohen. Zweitens: Wir müssen den Drizil endlich ihre eigene Medizin zu schlucken geben.«

»Und das heißt?«, wollte Lestrade verwirrt wissen.

»Mir schwebt kein Großangriff vor, sondern ...«, er zögerte kurz, »ein Vernichtungsangriff.«

Kollektives Luftholen rund um den Tisch war die Folge seiner Äußerung. Die Männer fixierten den General mit weit aufgerissenen Augen. René war der Erste, der seine Sprache wiederfand.

»Das kann unmöglich Ihr Ernst sein, General.«

»Es ist sogar mein voller Ernst«, hielt Carlo dagegen. »Es ist die einzige

Hoffnung, das Ruder noch herumzureißen. Ich werde nicht gestatten, dass die Drizil auch noch den letzten Rest der freien Menschheit unterjochen.«

René öffnete den Mund, um zu widersprechen, doch Lestrade kam ihm zuvor. »Wie genau stellen Sie sich die Aktion vor?«

Carlo schürzte die Lippen. »Wir besitzen nun die Koordinaten von zwölf dicht besiedelten feindlichen Welten. Wir schicken drei Verbände zu je drei Schiffen los. Jeder Verband fliegt nacheinander vier Ziele an. Wir vergrößern die Magazine eines jeden Schiffes und stopfen sie mit Nuklearsprengköpfen voll. Aufgabe eines jeden Verbandes wird es sein, die ihm zugewiesenen Ziele anzufliegen, sich in das jeweilige System zu schleichen und die Ziele zu bombardieren. Flächendeckend. Wir radieren diese Welten aus.«

Die Männer senkten den Kopf, um über den Vorschlag ernsthaft nachzudenken. Alle bis auf René Castellano, der fassungslos von einem zum anderen sah. »Ich kann nicht glauben, dass auch nur einer von Ihnen diesen Wahnsinn ernsthaft in Erwägung zieht.«

»Es wäre eine Möglichkeit, den Krieg zur Abwechslung mal zum Feind zu tragen«, erwiderte van Bergen, der sich in seiner Haut sichtlich unwohl fühlte.

»Indem wir einen Genozid begehen?«

»Die Drizil machen seit Kriegsbeginn nichts anderes. Im Zuge ihrer großen Offensive haben sie ein halbes Dutzend Koloniewelten ausgelöscht«, meinte Lestrade.

»Das gibt uns nicht das Recht, dasselbe zu tun«, hielt René dagegen.

»Da bin ich anderer Meinung«, erwiderte van Bergen. »Wir haben das Recht, uns unsere Freiheit zu bewahren.« Der Commodore wandte sich an Carlo. »Was ist mit den Verteidigungen der Zielsysteme? Diese Welten werden vermutlich verdammt gut geschützt.«

Carlo nickte. »Wir konnten durch Delgados Infiltration des Intruders einige Daten über deren Verteidigung sammeln. Es wird nicht leicht. Tatsächlich erwarte ich nicht, dass alle Ziele ausgeschaltet werden oder dass alle Schiffe zurückkommen. Doch kleine Einsatzverbände könnten erfolgreich sein, wo eine Flotte versagen würde. Mithilfe der gesammelten Daten können unsere Schiffe die besagten Systeme möglicherweise infiltrieren und lange genug überleben, um einen adäquaten Teil der Ziele zu neutralisieren.«

»Neutralisieren?«, ging René Castellano erneut dazwischen. »Wir reden von Millionen, vielleicht Milliarden Drizil. Sie werden im nuklearen Feuer verbrennen.«

»So wie die Menschen von Marianna«, begehrte Carlo auf. »Colonel, Sie haben doch dieselben Aufzeichnungen gesichtet wie ich. Oder etwa nicht? Marianna wurde zu einem leblosen Klumpen Fels im All.«

»Wenn wir das tun, sind wir nicht besser als die Fledermausköpfe. Wollen wir wirklich so tief sinken?«

Carlos Blick zuckte zwischen den beiden Flottenoffizieren hin und her. »Sind wir uns einig?«

Beide nickten. Lestrade schürzte die Lippen. »Ich hätte da sogar schon die eine oder andere Idee, wen wir mit dieser Aufgabe betrauen.«

Carlo nickte. »Dann treffen Sie bitte alle Vorbereitungen. Wir dürfen keine Zeit verlieren.«

Lestrade und van Bergen nickten und verließen den Besprechungsraum. Carlo wandte sich Delgado zu. Der Schattenlegionär hob aufmerksam den Kopf. »Warten Sie bitte vor der Tür, Colonel. Ich muss noch etwas mit Ihnen besprechen.« Delgado nickte und folgte den beiden Flottenoffizieren zügig nach draußen.

Carlo wartete, bis sich die Tür zischend hinter dem Schattenlegionär geschlossen hatte. Er seufzte und richtete seine Aufmerksamkeit auf seinen Stellvertreter, der ungeduldig an seiner Seite stand.

»Wie kannst du das auch nur in Erwägung ziehen?«, zischte René. Da sie nun allein waren, ging er wie selbstverständlich zum persönlichen *Du* über.

»Was soll ich denn deiner Meinung nach machen? Kapitulieren?«

René schürzte die Lippen. »Vielleicht wäre das besser, wenn man bedenkt, was du vorhast. Diese Tat wird uns und unsere Kinder brandmarken. Selbst wenn wir den Krieg tatsächlich gewinnen, wird keiner von uns noch derselbe sein.«

Carlo schüttelte langsam den Kopf. »Die Frauen, Kinder und Männer, die den Krieg dank dieses Angriffs überleben werden und ihr Leben in Freiheit weiterführen, glaubst du, es interessiert sie, wie der Krieg gewonnen wurde?«

»Es wird Menschen geben, die es interessieren wird.«

Abermals schüttelte Carlo den Kopf. »Eine verschwindend geringe

Minderheit. Die Mehrzahl wird einfach nur froh sein, frei und am Leben zu sein.«

»Es ist nicht gesagt, dass dieser Wahnsinn den Krieg tatsächlich beenden wird. Vielleicht treibt es die Drizil so in den Wahnsinn, dass sie einfach über uns hinwegrollen und auf ihrem Weg alles auslöschen.«

»Vielleicht.« Carlo neigte den Kopf zur Seite. »Vielleicht erinnert es sie aber auch daran, dass der Krieg immer seinen Preis fordert.«

René trat einen Schritt näher. »Eine dieser Welten, die du angreifen willst, ist Kerem-da. Tarans Heimatwelt.«

Carlo schluckte. Sein Hals fühlte sich mit einem Mal staubtrocken an. »Ich weiß«, gab er kleinlaut zu.

»Ohne ihn wäre Perseus inzwischen vollständig unter Drizilkontrolle. Er ist unser Freund. Und du willst wirklich seine Welt auslöschen?«

»Welche Wahl habe ich denn? Ich kann keines der Ziele so einfach auslassen. Ich habe keine Ahnung, wie Taran inzwischen zu uns steht. Ist er wieder ein Feind? Wurde er von seinem Lehnsherren entmachtet? Ist er vielleicht schon tot? Ich kann nur aufgrund verfügbarer Daten urteilen. Und die Daten besagen, dort ist eine industriell hoch entwickelte feindliche Welt, die Schiffe und Waffen produzieren kann, um uns anzugreifen. Bei der Welt Kerem-da handelt es sich um ein legitimes feindliches Ziel, das nach allen Regeln der Kriegsführung ausgeschaltet werden darf.«

»Die Produktionsstätten ja, aber doch nicht die Bevölkerungszentren!«

Carlo schüttelte den Kopf. »Du kennst die Daten so gut wie ich. Die Produktionsstätten sind in ihre Bevölkerungszentren integriert. Entweder wir schalten alles aus oder gar nichts.« Der General seufzte. »René, ich verstehe dich ja. Ich wünschte, ich müsste diese schreckliche Entscheidung nicht treffen. Doch die Karten wurden nun einmal ausgeteilt und wir müssen mit dem Blatt spielen, das das Schicksal uns zugewiesen hat.«

»Ist das so einfach für dich? Die Sache einfach auf das Schicksal zu schieben?«

»Es gibt viele Attribute, mit denen ich unsere Situation beschreiben würde. *Einfach* gehört sicher nicht dazu.«

René streckte seine Gestalt und hob stolz den Kopf. »Dann lassen Sie mir keine andere Wahl, General. Ich biete Ihnen hiermit aus Protest meinen Rücktritt an.«

Carlos Blick zuckte hoch und Zorn vernebelte für einen Moment seinen Geist. Er kämpfte die aufwallende Emotion eisern nieder. Zorn würde niemandem helfen. »Was ich jetzt sage, sage ich nur ein einziges Mal. Es geht mir dabei jetzt nicht um mich. Aber würdest du wirklich alle Soldaten der 18. Legion und unserer Verbündeten im Stich lassen? Und das nur, um mir eine Lektion zu erteilen? Denen ist unser Zwist herzlich egal. Wie alle Soldaten wollen sie lediglich ihre Pflicht erfüllen und vor allem am Leben bleiben. Überleg dir gut, ob du sie auf diese Weise enttäuschen willst.«

René machte eine verkniffene Miene. »Das ist nicht fair.«

»Nein«, stimmte Carlo zu. »Es ist nicht fair. Aber ich kann zum jetzigen Zeitpunkt nicht auf dich verzichten.«

Renés Gesicht arbeitete angestrengt, als der Offizier fieberhaft nach einem Ausweg suchte. Er fand keinen. Geschlagen senkte er den Blick. Als er ihn erneut hob, blickten Carlo Enttäuschung, Zorn und Hilflosigkeit entgegen. »Na gut, General. Sie haben gewonnen. Ich bleibe. Doch das ändert nichts an meiner Meinung. Und ich muss leider auch meine Einschätzung Ihrer Person revidieren.«

Carlos Gesicht versteinerte. »Ist notiert, Colonel. Wenn das jetzt alles ist …?!«

Colonel René Castellano nickte steif und verließ hocherhobenen Hauptes den Raum. Carlo sah ihm nach. Bei dem Anblick seines alten Freundes ging ihm ein Stich durchs Herz. Er war sich sicher, den Respekt seines Weggefährten verloren zu haben. Und möglicherweise auch dessen Freundschaft. Das Schlimmste war: Er konnte es sogar verstehen. Die von ihm getroffene Entscheidung schmeckte ihm selbst nicht besonders und er hatte dadurch den Respekt vor sich selbst verloren.

Finn Delgado beobachtete gepresst, wie René Castellano an ihm steif vorübermarschierte und ihn keines Blickes würdigte. Es erschien anfangs wie eine bewusste Beleidigung. Bei näherem Hinsehen allerdings wurde Finn klar, dass sein Offizierskollege im Moment schlicht mit Scheuklappen vor den Augen herumlief und nichts anderes sah als seinen Streit mit Carlo Rix.

Finn zuckte die Achseln. Die Auseinandersetzung ging ihn nichts an, also musste er sich nicht den Kopf darüber zerbrechen. Finn begab sich zurück in den Besprechungsraum. Rix erwartete ihn bereits. Das Hologramm war zwischenzeitlich abgeschaltet.

Finn stellte sich an den Tisch und wartete auf Rix' Eröffnung. Dieser schürzte die Lippen. »Wie steht es um die Angriffe auf die feindlichen Nachschubplaneten?«

Mit dieser Frage hatte Finn bereits gerechnet – und sich auf gewisse Weise auch davor gefürchtet. »Zwei Stoßtrupps haben sich inzwischen nach erfolgreich verlaufenen Überfällen zurückgemeldet. Ihre Ziele wurden neutralisiert.«

Rix' Augenbrauen zogen sich drohend über der Nasenwurzel zusammen. »Nur zwei?«

Finn nickte. »Die vier übrigen nicht. Einschließlich des Stoßtrupps auf Ragash V.«

Rix schürzte die Lippen. »Das ist ärgerlich. Ich hatte mir mehr erhofft. Vor allem der Stützpunkt auf Ragash V nimmt beim Feind eine Schlüsselstellung ein.«

»Wir wussten, es würde nicht einfach werden. Ich rechne nicht damit, dass wir von diesen Einheiten noch etwas hören. Die Drizil verstehen es, ihre Basen zu schützen.«

»Ja, in der Tat«, stimmte Rix zu. Der General machte für einen Moment den Anschein, gedanklich etwas abzudriften.

Finn räusperte sich. »Soll ich weitere Zenturien entsenden?«

Rix schnaubte. »Nein. Die Schattenlegion ist zu wertvoll für uns. Wir müssen eben so klarkommen. Ziehen Sie so viele Einheiten der *Legio Umbra* wie möglich zusammen und halten Sie sich hier auf Vector Prime zu meiner Verfügung. Ich habe so eine Ahnung, als würde es bald wieder Arbeit für Ihre Leute geben.«

20

Edgar Cutter beobachtete von einer kleinen Anhöhe aus das geschäftige Treiben der Drizil unter sich. Die Basis war sogar noch um einiges umfangreicher, als er sie in Erinnerung hatte. Die Drizil hatten sie ausgebaut. Nun konnten sogar die riesigen Großraumtransporter hier landen. Diese Schiffe vermochten Tausende Tonnen an Gütern an die Front zu bringen. Die Drizil machten dieses Mal keine halben Sachen.

Becky kroch langsam neben ihn. Edgar schaltete das HUD seines Kampfanzugs von Vergrößerung auf Normaloptik und öffnete den Helm.

»Wie viele?«, fragte sie ohne Umschweife.

»Das Äquivalent von zwei Legionen würde ich schätzen. Mindestens.«

»Es mag vielleicht eine dumme Frage sein, aber wie wollen wir mit zwei Zenturien dagegen angehen?«

Edgar schnaubte. »Mir schwebt sicherlich kein Großangriff vor, falls du darauf hinauswolltest. Bei Einbruch der Nacht schleichen wir uns rein, legen so viele Sprengladungen wie möglich und verschwinden wieder, bevor wir die Dinger zünden. Mit etwas Glück sind wir bereits auf dem Weg zum Träger, bevor sie wissen, was passiert ist.«

»Das glaubst du doch nicht wirklich«, schmunzelte Becky.

»Die Hoffnung stirbt zuletzt«, erwiderte Edgar mit verkniffener Miene.

Becky wurde zusehends ernst. »Hoffentlich ist die HEPHAISTOS noch im System, sonst wird das eine kurze Flucht.«

»Du machst dir zu viele Gedanken«, erwiderte Edgar. »Geh zu den Leuten zurück. Wir rasten hier oben die nächsten Stunden. Monroe soll Wachen aufstellen. Die Hälfte der Leute soll schlafen. Wer weiß, wann wir wieder Schlaf bekommen?«

Becky nickte und machte sich auf der anderen Seite der Anhöhe davon. »Irgendjemand muss sich ja Gedanken machen«, hörte er sie noch halblaut murmeln, während sie seine Anweisungen ausführte. Er entschied sich dafür, die Bemerkung zu ignorieren. Insgeheim wusste er selbst, dass es nicht so einfach werden würde. Das wurde es schließlich nie.

Die Drizilwachposten wussten nicht, was sie traf. Sie bemerkten die Legionäre nicht einmal, bis diese zuschlugen und mit ihren Klingen den Fledermausköpfen ein schnelles Ende bereiteten.

Edgar musste neidlos anerkennen, dass es sich bei Monroes Legionären der *Zenturie Kampf bis zum Tod* um hervorragend ausgebildete Soldaten handelte.

Die Legionäre ließen die toten Drizil annähernd lautlos ins Unterholz gleiten und gaben anschließend mittels ihres HUD ein kurzes Signal ab. Edgar bestätigte es, durch eine vorher festgelegte Signalsequenz aus drei langen und einem kurzen Impuls.

Die Legionäre beider Zenturien erhoben sich und schwärmten aus. Sie bewegten sich mit beneidenswerter Eleganz zwischen den Bäumen hindurch. Man hätte beinahe den Eindruck gewinnen können, es handele sich lediglich um Geister: unberührbar, unangreifbar, fast unsichtbar.

Kurz vor Erreichen des Überwachungsperimeters, der rund um die Basis verlief, hob Edgar eine Faust. Die nachfolgenden Legionäre verharrten auf der Stelle regungslos. Das hier war neu, ein Todesstreifen von etwa acht Metern Breite, der rund um die Basis verlief. Die hier angebrachten Sensoren waren mit einer Vielzahl an Alarm- und Selbstschusseinrichtungen vernetzt. Bei dem Todesstreifen handelte es sich wohl um ein Zugeständnis an Edgars letzten Besuch auf Ragash V. Die Drizil waren zweifelsohne gut – aber nicht gut genug.

Edgar gab Galen und Vincent ein kurzes Handsignal. Die beiden Legionäre arbeiteten sich an ihrem Befehlshaber vorbei und verharrten kurz vor Erreichen der Todeszone. Dort angekommen, legten sie ihre Waffen beiseite und machten sich eilig daran, die Sicherheitsvorkehrungen des Gegners zu deaktivieren. Dabei nutzten sie hoch entwickelte Sensoren ihrer Rüstung, um die tückischen kleinen Drizilfallen zu deaktivieren oder – falls das nicht möglich war – für die nachrückenden Legionäre zu markieren.

Die Arbeit der beiden Legionäre ging langsamer vonstatten, als Edgar es gern gesehen hätte. Vincent und Galen arbeiteten sich mit höchster Präzision durch den Todesstreifen. Edgar kam es nicht nur darauf an, die zahlreichen Anlagen zu deaktivieren, sondern auch, dem Hauptcomputer der Basis vorzugaukeln, sie wären noch aktiv.

Vincent und Galen hatten die andere Seite der Todeszone fast erreicht. Sie standen weniger als zwei Meter vor dem Zaun mit der eigentlichen Alarmanlage. Galen drehte sich um und gab mittels HUD ein kurzes Signal. Edgar fing es auf und atmete erleichtert aus. Er hatte gar nicht bemerkt, wie er die Luft angehalten hatte.

Edgar erhob sich geschmeidig und bewegte sich durch den sicheren Korridor, den seine zwei Legionäre geschaffen hatten. Becky an seiner Seite und Monroe hinter ihm folgten seiner im Dunkeln schemenhaften Gestalt dichtauf – genauso wie mehr als vierhundert weitere Legionäre.

Vincent machte sich bereits am Zaun zu schaffen, während Galen die letzten Selbstschussanlagen in unmittelbarer Nähe deaktivierte.

Plötzlich gingen von einer Sekunde zur nächsten entlang des gesamten Zauns Lichter an. Die Legionäre waren gut ausgebildete Spezialisten, doch inmitten dieser unvermittelt auftretenden Aufmerksamkeit verharrten sie auf der Stelle. Es gab auch nicht viel mehr, was sie tun konnten. Sie befanden sich inmitten des Todesstreifens. Auf jeder Seite trennten lediglich Zentimeter sie von Minen und Selbstschussanlagen, die auch die Rüstung eines Legionärs problemlos durchbrechen konnten.

In seinen Ohren knackte es, als jemand Verbindung zu ihm aufnahm. »Legionäre«, hörte er die unverwechselbar hoch klingende Stimme eines Drizil, der jedoch in fehlerloser, menschlicher Sprache redete. »Legt eure Waffen nieder und ergebt euch. Ihr seid umzingelt und habt keine Chance zu entkommen.« Der Drizil legte eine kurze Pause ein, die wohl dramatisch klingen sollte. »Kapituliert!«

Edgar schluckte. Im Wald ringsum tauchten auf seinem HUD mit einem Mal unzählige rote Symbole auf. Der Computer seiner Rüstung identifizierte sie umgehend als Drizilsoldaten sowie mehrere Wächter und deren Führer. Er hatte sich schon gefragt, wo diese sich aufhielten. Das Ganze war ihm von Anfang an zu einfach erschienen. Er schluckte schwer.

»Boss?«, fragte Vincent vom Zaun. Auf der anderen Seite sammelten sich bereits Dutzende schwer bewaffnete Drizil. »Deine Befehle?«

Edgar suchte verzweifelt nach einem Ausweg. Vincents Frage stand stellvertretend für beide Zenturien. Seine Leute wollten Führung. Es gab nur zwei Alternativen: Kampf oder Flucht. Beides schien nicht besonders erstrebenswert. Wenn sie kämpften, würden sie vermutlich alle sterben. Ergaben sie sich, würde man sie foltern, sie würden eine Menge Informationen preisgeben, einschließlich der Position der HEPHAISTOS, und anschließend würde man sie mit an Sicherheit grenzender Wahrscheinlichkeit ebenfalls umbringen. Dadurch wurde die Wahl eigentlich keine mehr.

Edgar wollte gerade den Befehl zum Ausbruch geben, als es in seinen Ohren erneut knackte. »Captain Cutter?«, meldete sich eine bekannt klingende Stimme zu Wort. Edgar benötigte einige Sekunden, um sie einzuordnen. Er sah fassungslos auf.

»Senator Uborn?«

»Ja«, erwiderte die gesichtslose Stimme. »Bitte ergeben Sie sich. Widerstand hat hier keinen Sinn mehr.«

Edgar schluckte erneut. »Was zum Teufel machen Sie bei den Fledermausköpfen?«

Der Senator zögerte. »Bitte verzeihen Sie mir«, entgegnete er schließlich. »Doch Sie ließen mir keine Wahl.«

»Sie haben uns verraten.« Die von Edgar vorgebrachten Worte waren weder Frage noch Feststellung. Es handelte sich gleichermaßen um Vorwurf wie auch Anklage.

»Sie waren von Ihrem Vorhaben nicht abzubringen. Ich hatte wirklich keine Wahl. Ich muss das beschützen, was von der Bevölkerung dieses Planeten noch übrig ist.«

Edgar knirschte mit den Zähnen. »Sie haben ja keine Ahnung, was Sie getan haben. Nicht nur meine Leute und ich werden hier draufgehen. In den freien Welten verlässt man sich auf uns. Dort werden ebenfalls eine Menge Menschen ihr Leben verlieren. Was glauben Sie, wofür dieser Stützpunkt hier überhaupt da ist? Von hier aus werden die Flotten und Armeen versorgt, die uns angreifen.«

Als Uborn antwortete, klang seine Stimme ungewohnt ungehalten. »Ich bin kein Narr. Natürlich weiß ich, was hier geschieht. Aber für die Menschen anderer Welten bin ich nicht verantwortlich – nur für die Menschen von Ragash V.«

»Sie verfluchter, egoistischer Dreckskerl!«

»Sie haben keinerlei Recht, mich zu verurteilen!«, brach es aus dem Senator heraus. »Als Sie das letzte Mal hier waren, sind Sie anschließend einfach weggeflogen und haben uns unserem Schicksal überlassen. Sie waren nicht hier. Sie wissen nicht, wie es war: die Angriffe, die Säuberungen, die unzähligen Opfer. Männer und Frauen verloren ihre Ehepartner und Kinder, Kinder wurden zu Waisen. Es war grauenvoll. Und es waren nicht die Drizil dafür verantwortlich. Ich mache *Sie* und Ihresgleichen dafür verantwortlich. *Sie* brachten den Krieg nach Ragash V. Ich werde nicht gestatten, dass dies erneut geschieht.«

»Und deswegen gingen Sie zu den Drizil und berichteten ihnen von unserer Anwesenheit und was wir vorhaben.« Überraschenderweise verrauchte Edgars Zorn so schnell, wie er aufgeflammt war. Er konnte nicht behaupten, den Mann nicht zumindest in Ansätzen zu verstehen. Es war schwer, mit anzusehen, wie die eigene Bevölkerung litt und zu Tausenden den Tod fand. Und vielleicht hatte er recht, Edgar und den Legionären die Schuld dafür zu geben. Die Handlungsweise des Senators war in gewissem Umfang verständlich – das machte sie beleibe nicht entschuldbar. Der Senator hatte im Endeffekt Leben retten wollen. Doch nun würden noch viel mehr den Tod finden.

»Bitte«, wagte Uborn einen weiteren Versuch. Einen, von dem alle wussten, es würde der letzte sein. »Die Drizil haben versprochen, niemand zu verletzen. Wenn Sie sich nur mit Ihren Leuten ergeben.«

»Und Sie glauben Ihnen?«, fragte Edgar leise.

Der Senator zögerte. »Das tue ich.«

Edgar schloss die Augen. Er hörte die Lüge aus dem Worten Uborns heraus. Der Mann wollte daran glauben, wusste jedoch auch nur zu gut, dass er einen Pakt mit dem Teufel geschlossen hatte. Sollten sich die Legionäre nicht ergeben, wäre das höchstwahrscheinlich auch Uborns Ende. Die Drizil würden diesem nicht erlauben weiterzuleben. Als Nächstes wäre Uborns Siedlung in der Felsspalte dran. Für einen Moment – wirklich nur für den Bruchteil einer Sekunde – erwog Edgar ernsthaft die Kapitulation.

Doch so schnell wie der Impuls aufflammte, so schnell verging er wieder. Seine Legionäre und er wussten zu viel: Namen und Standorte wichtiger Offiziere, Verteidigungspläne freier menschlicher Welten, Standorte von Zenturien und Kohorten der Schattenlegion und anderer Einheiten. Eine Menge Informationen, die den Fledermausköpfen von enormem Nutzen dabei wären, Rix' mühsam aufgebaute Verteidigung der letzten freien Menschen zu überwältigen. Was immer hier und heute geschah, sie durften keinesfalls in Gefangenschaft geraten.

Edgars Verstand arbeitete fieberhaft. Der Kommunikation durfte er nicht länger trauen. Gut möglich, dass sie bereits abgehört wurden. Ebenso die Impulssignale, mit denen sie wortlos kommunizierten. Auch sie könnten kompromittiert sein.

Edgar hob die Hand und öffnete seinen Helm. Er war sich der Aufmerksamkeit aller gewiss. Sowohl Drizil als auch Legionäre ließen ihn nicht aus den Augen. Er atmete einmal die ungefilterte, würzige Luft von Ragash V ein. Anschließend schloss er den Helm wieder. Er leckte sich über die trockenen Lippen – und nickte ein einziges Mal.

Die Legionäre hoben wie ein Mann ihre Waffen und eröffneten das Feuer auf die verdutzten Drizil.

Captain Javier Estrade eilte durch die Korridore der HMS SPARTACUS in beinahe beschwingtem Gang. Er konnte sich nicht erinnern, wann er zuletzt so erfreut gewesen war.

Javier schlenderte zu einem der Bullaugen, durch das er einen hervorragenden Blick auf den Planeten Barinbau werfen konnte. Die Evakuierung der Truppen und Bevölkerung verlief auf Hochtouren und würden innerhalb der nächsten zwölf Stunden abgeschlossen sein. Dann sollten die Drizil diesen Felsklumpen ruhig einnehmen.

Wichtiger jedoch: Versorgungstender arbeiteten unter Hochdruck daran, die erweiterten Magazine der SPARTACUS mit Nuklearsprengköpfen zu füllen. Eine von ihnen allein genügte bereits, um einen halben Kontinent unbewohnbar zu machen. Seine Mimik verzog sich zum Zerrbild eines Lächelns. Er hatte nicht vergessen, was die Drizil ihm alles genommen hatten: seine Heimat, seine Nation, seine Familie … Estelle. Beim Gedanken an seine ehemalige XO Estelle Doriega verwandelte sich seine Mimik in einen Ausdruck puren Hasses. Er würde die Fledermausköpfe bezahlen lassen. Wenn er mit ihnen fertig war, würden sie um Frieden betteln. Sie würden ihn anbetteln, sie zu verschonen. Doch er würde lediglich weiterlächeln und noch mehr nuklearen Tod auf sie regnen lassen.

Hinter ihm hüstelte es diskret. Javier drehte sich langsam um. Er achtete darauf, seine gewohnte, sorgsam einstudierte neutrale Miene wieder anzulegen. Hinter ihm stand Commander Harry Benjamin Lofton, sein neuer XO. Der Mann stand stocksteif im Raum und hielt ein Pad in der einen sowie mehrere Papiere in der anderen Hand.

Das gute Verhältnis zwischen Captain und Erstem Offizier war an Bord eines Kriegsschiffes essenziell. Zwischen Javier und seinem XO dagegen kriselte es gewaltig. Natürlich gaben sie ständig zugunsten der Besatzung vor, ein gutes Arbeitsverhältnis zueinander aufgebaut zu haben. Javier war sich jedoch sicher, dass sie damit kaum jemanden täuschten. Javier traute dem Mann nicht. Und dieser traute im Gegenzug seinem befehlshabenden Offizier ebenso wenig. Dass Javier davon überzeugt war, der Mann spioniere für Lestrade, half auch nicht unbedingt dabei, die explosive Situation zwischen den beiden Männern zu entschärfen.

Mit erhobener Augenbraue forderte er seinen Ersten Offizier zum Reden auf. Lofton trat durch diese Geste ermutigt einen Schritt vor. »Die Beladung wird etwas länger dauern als gedacht«, begann der XO der SPARTACUS ohne Umschweife.

Javier zischte ungehalten. »Und wieso diese Verzögerung?«

»Einer der Tender hängt auf der Oberfläche von Barinbau fest und kann nicht starten. Technische Probleme. Man hat versucht, das Schiff flottzukriegen, ist damit aber gescheitert. Captain Mumford hat entschieden, die Atombomben auf einen anderen Tender umzuladen – sobald einer frei wird – und das Schiff dann am Boden zu sprengen, um nichts von Wert für die Drizil zurückzulassen.«

Javier nickte gepresst. »Wie weit fallen wir dadurch hinter den Zeitplan zurück?«

»Wenn wir Glück haben, können wir in etwa zwanzig Stunden aufbrechen.«

Javier strich sich langsam über das Kinn. »Acht Stunden Verspätung.« Er schnalzte mit der Zunge. »Das lässt sich verschmerzen.« Sein Blick zuckte aus dem Bullauge. Dort kamen langsam die CRAZY HORSE sowie die AGAMEMNON in Sicht. Das Licht der Barinbausonne spiegelte sich auf ihrer Panzerung wider. Im Verbund mit diesen beiden Schiffen würde die SPARTACUS den Tod über die Drizilwelten bringen.

»Informieren Sie mich, sobald wir so weit sind«, ordnete Javier nachdenklich an.

»Natürlich, Sir«, nickte Lofton.

Das Gespräch war eigentlich beendet, doch Javier bemerkte Loftons Spiegelbild im bruchsicheren Glas des Bullauges. Mit einem Seufzer wandte er sich seinem XO zu.

»Ja? Es gibt noch mehr?«

Der XO räusperte sich verhalten. »Sir? Es kursieren Gerüchte unter der Besatzung.«

Javier runzelte die Stirn. »Gerüchte? Welcher Art?«

»Über unseren Auftrag. Es heißt, wir bombardieren Drizilplaneten. Atomar.«

Javier hob leicht den Kopf. »Und wer sagt das?« Der Befehl mit dem entsprechenden Auftrag war nur an die Befehlshaber der drei Schiffe ergangen, mit der strikten Anweisung, niemanden aus der Besatzung einzuweihen, bevor die Schiffe in den Hyperraum sprangen. Javiers Meinung zufolge war dies ein überaus durchdachter Befehl. Besser, wenn nur einige wenige wussten, was ihr Auftrag beinhaltete, bevor sie aufbrachen. Doch wenn man sich bei Soldaten auf eines verlassen konnte, dann darauf, dass die Gerüchteküche hervorragend funktionierte. Und die Beladung der Schiffe mit zusätzlichen nuklearen Sprengköpfen konnte den meisten nicht entgangen sein.

»Das spielt keine Rolle«, wiegelte der XO ab. »Wichtig ist nur, wie ich darauf reagieren soll.«

»Für mich spielt es durchaus eine Rolle«, hielt Javier dagegen. »Nennen Sie mir die Namen.«

Loftons Gesicht versteinerte. »Tut mir leid, das kann ich nicht machen. Die Männer vertrauen mir. Sie wandten sich an mich, um mir ihre Bedenken anzuvertrauen.«

Javier hob leicht beeindruckt eine Augenbraue. Der Mann stieg etwas in seinem Respekt. Er stellte sich vor seine Untergebenen. Nicht alle Ersten Offiziere würden so handeln. Seine Mundwinkel zuckten leicht und er gestattete der verhärteten Situation, sich ein wenig zu entspannen.

»Falls wieder jemand zu Ihnen kommt, sagen Sie, die Besatzung wird über die anstehende Mission zu gegebener Zeit informiert.«

»Das wird niemanden befriedigen.«

»Ich bin auch nicht dafür zuständig, Bedenken zu zerstreuen. Die Männer und Frauen an Bord sind Soldaten. Sie sind hier, um ihre Pflicht zu erfüllen. Mehr erwarte ich nicht.«

Lofton schluckte, bevor er erneut aufsah. »Mal angenommen, an den Gerüchten wäre etwas dran …« Er ließ den Satz verschwörerisch ausklingen.

Javier neigte leicht den Kopf zur Seite. »Ja?«

»Einige aus der Besatzung haben Bedenken gegen einen solchen Einsatz.«

Javier runzelte die Stirn. »Organisatorische?«

Lofton räusperte sich erneut. »Ethische.«

Javier streckte sich. »Ah, ich verstehe. Sollten wir wirklich dicht bevölkerte feindliche Welten zerstören?« Mit dieser Aussage gab er im Prinzip bereits zu, dass die Gerüchte der Wahrheit entsprachen. Javier war dies im Moment jedoch herzlich egal. Er hatte alle Mühe, seinen Zorn zu zügeln. Er zwang sich, völlig ruhig weiterzusprechen.

»Wir befinden uns im Krieg. Und wir sind dabei zu verlieren. Die Allianz ist schon so gut wie besiegt. Das Neue Protektorat steht mit dem Rücken zur Wand. Dieser Angriff ist unsere letzte Hoffnung, das Ruder herumzureißen.«

»Auch wenn es bedeutet, einen Genozid auszulösen? Haben wir das Recht dazu?«

»Warum fragen Sie nicht einfach die Bevölkerung der Welten, die von den Drizil ausgelöscht wurden? Da wurden ebenfalls keine Diskussionen geführt. Die Fledermausköpfe haben unschuldige Menschen aus dem Orbit bombardiert, bis von deren Welten nichts mehr übrig war.«

Lofton neigte leicht den Kopf. »Das ist mir durchaus klar, doch wir sollten nicht Gleiches mit Gleichem vergelten.« In diesem Moment wurde Javier klar, warum der Mann von Lestrade auserwählt wurde, als sein XO zu dienen. Loftons Gewissen sollte das Gegengewicht zu Javiers Hass auf die Drizil sein.

»Vergessen Sie eines nicht: Dieser Befehl kommt von Rix und Lestrade persönlich. Glauben Sie, die beiden würden das leichtfertig in die Wege leiten?«

Lofton dachte über die Worte angestrengt nach und schüttelte schließlich den Kopf. »Sicher nicht«, erwiderte er unglücklich.

Javier nickte. »Wenn es noch eine andere Chance gäbe, den Krieg zu beenden, dann würden diese Männer sie wahrnehmen. Aber es gibt keine. Glauben Sie mir.«

Lofton wollte noch etwas sagen, doch Javier bemerkte, wie sich ihnen eine andere Person in der Rüstung der imperialen Armee näherte. Mit erhobener Hand gebot er Lofton Einhalt. »Würden Sie mich bitte entschuldigen?« Der XO nickte wortlos und entfernte sich, während sich Javier dem Neuankömmling zuwandte, dieses Mal mit ehrlichem Lächeln.

Colonel Justin Janneck reichte Javier die Hand und dieser schüttelte sie herzlich. Die beiden Männer kannten sich, seit sie mit demselben Verwundetentransport Vector Prime verlassen hatten. Beide waren von den Geistern der geschlagenen Schlacht verfolgt worden und hatten Trost in der Gegenwart des anderen gefunden. Es war beinahe unvermeidlich, dass sie Freundschaft schlossen.

»Was machst du denn hier?«, wollte Javier mit kurzem Lachen wissen.

»Ich wollte mich von dir verabschieden, bevor wir aufbrechen. Die letzten Kompanien werden gerade verladen. Sanchez und seine Prätorianer befinden sich bereits auf den Transportern.«

»Und wo geht es hin?«

Jannecks Lächeln verblasste leicht. »Zurück nach Perseus. Wir greifen den feindlichen Brückenkopf auf der Oberfläche an. Und du?«

»Das darf ich dir nicht sagen. Du kennst militärische Gepflogenheiten zur Genüge. Nur so viel: Wenn ich mit den Drizil fertig bin, dann verlassen sie Perseus freiwillig.«

Janneck legte den Kopf schief. Sobald er lächelte, wirkte die hässliche Narbe auf seinem Gesicht nicht mehr ganz so abweisend. »Du machst mich neugierig. Du erreichst deinen Einsatzort nicht zufällig, bevor ich meinen erreiche. Oder?!«

»Leider nicht. Ich befürchte, du musst dich noch eine Zeit lang mit den Fledermausköpfen prügeln.«

Janneck nickte. »Wie sagt man so schön? Es muss erst noch schlimmer werden, bevor es besser wird.« Der Armeeoffizier blickte aus dem Fenster und beobachteten die zwei anderen Angriffskreuzer, die gerade dabei waren mit der Spartacus eine Formation einzunehmen.

Javier verzog bei dem Anblick das Gesicht zu einem wölfischen Grinsen. »Glaub mir eines, mein Freund. Wenn es für jemanden schlimmer wird, dann für unsere fledermausgesichtigen Nachbarn.«

21

Edgar Cutter hetzte mit dem, was von den beiden Zenturien noch übrig war, durch den Wald. Die Rüstung verstärkte Kraft und Ausdauer eines Menschen. Trotzdem konnte er sich gegen die ersten Auswirkungen von Erschöpfung kaum wehren. Die Glieder wurden langsam schwerer, der Atem ging stockender. Er spürte einen kurzen Stich in der Halsvene, als ihm seine Rüstung ein mildes Stimulans injizierte. Die Müdigkeit verging schlagartig.

Die Nacht war inzwischen über Ragash V hereingebrochen. Die zwei Zenturien der Schattenlegion hatten sich den Weg aus der feindlichen Umklammerung mühsam freigekämpft. Der Preis war jedoch hoch gewesen. Edgar zählte erneut die Symbole durch, die seinen eigenen Standort umgaben. Er kam auf siebenundneunzig – von vierhundertvierzig. Captain Lee Monroe, der Befehlshaber der Zenturie *Kampf bis zum Tod*, war gefallen, zerrissen von einem Wächter, und das trotz Rüstung.

Von Edgars Zenturie *Dunkler Sturm* waren noch etwa sechzig Mann übrig, von Monroes Zenturie weniger als vierzig. Vincent stützte den verletzten Galen. Beim Ausbruch aus dem Todesstreifen war dieser versehentlich auf eine Mine getreten. Sie hatte das linke Bein seiner Rüstung zerfetzt und das menschliche Glied darunter in Mitleidenschaft gezogen. Wie stark, konnten sie erst feststellen, sobald sie einen ruhigen Ort zum Ausruhen fanden. Die Drizil waren ihnen dicht auf den Fersen. Sie hatten Blut geleckt und würden nicht aufgeben, bis sie ihre Beute zur Strecke gebracht hatten.

Edgar hielt kurz inne. Sie benötigten jedoch dringend eine Erholungspause. Galen war nicht der einzige Verwundete. Sie mussten zu Kräften kommen und Pläne schmieden, wie sie wieder vom Planeten herunterkamen.

Er wünschte, er hätte Kontakt mit seinen Leuten aufnehmen können, um sich mit ihnen zu beratschlagen. Doch die Drizil überfluteten den

Äther mit Störgeräuschen. Der Funk war unbrauchbar. Auf seinem HUD bemerkte er mehrere rote Symbole, die ihnen folgten und die Distanz zusehends verringerten.

Edgar hob die Faust. Die Kolonne kam zum Stehen. Becky eilte geschwind an seine Seite. Edgar öffnete seinen Helm.

»Wir müssen ihnen eine blutige Nase verpassen. Sonst werden wir sie nie los.«

Becky schüttelte den Kopf. »Dafür sind wir nicht stark genug. Die Leute sind am Ende ihrer Kräfte.«

»Aber sie sind noch am Leben«, beharrte Edgar. »Das wird sich ändern, sobald die Drizil uns einholen.«

Becky machte den Eindruck, etwas erwidern zu wollen, schloss dann jedoch den Mund und nickte abgehackt. Mit wenigen knappen Handsignalen dirigierte sie die Legionäre professionell auf ihre Positionen. Auf diese Weise organisierte sie innerhalb kürzester Zeit mit kühlem Kopf und wachem Verstand einen Hinterhalt für ihre fledermausartigen Freunde. Edgar war zutiefst beeindruckt.

Vielleicht sollte er ihr zukünftig mehr Verantwortung übertragen. Sie schien der Aufgabe gewachsen zu sein.

Edgar nickte zufrieden, als alle auf Position waren. Er wusste, wonach er zu suchen hatte, und selbst er konnte die Legionäre kaum aufspüren, weder mit seinen natürlichen Sinnen noch mit den künstlichen seiner Rüstung. Zu guter Letzt begab er sich selbst einen kleinen Abhang hinauf und legte sich dahinter auf die Lauer.

Die Legionäre warteten angespannt. Die Minuten dehnten sich schier endlos. Das war immer das Schwerste: auf einen Kampf zu warten, von dem man wusste, man konnte ihm nicht entkommen.

Edgar hoffte, dass die Drizil so freundlich waren, ihnen auch in die Falle zu gehen. Becky hatte extra dafür gesorgt, dass es eine Spur gab, der selbst ein Kleinkind zu folgen vermochte.

Unvermittelt war Bewegung zwischen den Bäumen auszumachen. Gestalten regten sich im Halbdunkel der Wälder: zweibeinige mit einem seltsam anmutenden staksigen Gang und einige geschmeidige Vierbeiner, deren Muskeln sich unter dem Fell bemerkenswert abhoben. Die Legionäre duckten sich tiefer in ihr Versteck. Hätten sie die Möglichkeit gehabt, sie hätten ihren Leib unter die Erde gepresst.

Edgar fletschte in seiner Rüstung die Zähne. Die Drizil marschierten geradewegs dorthin, wo die Legionäre sie haben wollten. Er packte sein Nadelgewehr fester. Nur noch ein paar Meter, dann war es perfekt. Die Spur, die Becky ausgelegt hatte, endete in einem Trichter zwischen drei kleinen Erhebungen. Die Legionäre würden die erhöhten Positionen halten, während die Drizil und ihre Schoßtierchen im Kreuzfeuer festsaßen.

Edgar versuchte, die Gegner zu zählen, gab es jedoch nach kurzer Zeit wieder auf. Es waren mindestens hundert, die Wächter nicht mitgezählt. Sie waren den Legionären zahlenmäßig überlegen. Wenn die Falle nicht funktionierte oder die Drizil die Geistesgegenwart besaßen, aus dem Kessel auszubrechen, könnte das Ganze übel enden.

Unvermittelt stoppten die Drizil. Edgar hielt unbewusst den Atem an. Ein Wächter tapste mitsamt seinem Führer voran, während die restlichen Drizil zurückblieben. Das Tier schnupperte erst am Boden, hob dann die Nase in die Luft und nahm Witterung auf.

Edgar fluchte, als ihm die Bedeutung der eigenen Gedanken bewusst wurde. Das verdammte Vieh nahm *Witterung* auf. Es witterte die Rüstungen der Legionäre. Niemand hatte auch nur eine Ahnung über das wahre Ausmaß der Fähigkeiten eines Wächters gehabt. Mit einem Mal stieß das Tier ein wolfsartiges Heulen aus, das von anderen Wächtern aufgenommen und weitergetragen wurde. Der Führer des Tieres wandte sich um und starrte direkt auf Edgars Versteck. Der Eindruck überkam den Legionär, der Mistkerl starrte sogar direkt *ihn* an.

Edgars antrainierte Reflexe übernahmen die Oberhand. Er erhob sich in einer geschmeidigen Bewegung, zog eine Schallgranate vom Gürtel, löste den Stift und warf sie in Richtung der Driziltruppe, die sich im selben Augenblick in Bewegung setzte und sich daranmachte, die Stellungen der Legionäre zu stürmen.

Die Granate explodierte mit für Menschen kaum wahrnehmbarem *Plopp*. Die Drizil im Detonationsradius warfen sich jedoch auf den Boden, krümmten sich vor Schmerzen und kratzten sich über den Helm. Einige rissen ihn sich sogar vom Kopf und begann damit, sich vor Qualen mit den eigenen Krallen selbst zu verstümmeln.

Edgar hob das Nadelgewehr und gab drei gezielte Salven ab. Mit der ersten schaltete er den Führer in der Mulde unter ihm aus, die zwei anderen setzte er in den Kopf des Wächters. Beide waren bereits tot, noch bevor sie den Boden berührten.

Rings um seine Position erhoben sich die Legionäre und nahmen den ungleichen Kampf gegen den überlegenen Gegner auf. Die Drizil – zwar überrascht und vom Einsatz der Schallgranaten geschockt – gingen zum Angriff über. Nadelgeschosse und Drizilprojektile wurden in schneller Folge ausgetauscht.

Auf Edgars HUD verloschen schlagartig die Symbole mehrerer Legionäre. Er presste die Zähne aufeinander und erledigte einen Drizil direkt voraus, gefolgt von einem zweiten und dritten.

Die Legionäre hielten immer noch die erhöhte Position, während die Drizil die zahlenmäßige Überlegenheit auf ihrer Seite wussten.

Die Legionäre konnten den Gegner durch hemmungslosen Einsatz ihrer Schallgranaten fast zehn Minuten von ihrer Position fernhalten, doch dann erzwangen diese sich den Durchbruch. Der Kampf Mann gegen Mann auf engstem Raum war brutal. Je näher die Fledermausköpfe kamen, desto weniger zählten Schusswaffen und desto häufiger wurden Klingen zur primären Waffe.

Edgar trieb einem Drizil den Schaft seines Gewehres so heftig ins Gesicht, dass dessen Helmvisier splitterte und die Bruchstücke dem gegnerischen Soldaten Augen und Gesicht zerschnitten. Der Drizilkrieger riss den Mund in stiller Qual auf. Edgar zögerte keine Sekunde, griff mit beiden Händen an Kinn und Hinterkopf zu und brach diesem mit schnellem Ruck das Genick.

Der Drizil sank ohne einen Laut auf dem Waldboden nieder. Es blieb jedoch keine Zeit zum Verschnaufen. Ein Wächter sprang Edgar an, wurde aber mitten im Sprung herumgerissen und stürzte zuckend vor seine Füße. In Flanke und Kopf steckten mehrere Projektile. Mit einem Mal stand Becky an seiner Seite, das Gewehr so fest umklammernd, als wäre es aus purem Gold.

»Wir schaffen es nicht, Boss. Es sind zu viele.«

Edgar biss sich auf die Unterlippe. Sie hatte recht. Die Legionäre waren in drei kleine Gruppen zersplittert, die sich gegen den Ansturm Dutzender Drizil erwehren mussten. Sie würden über kurz oder lang überwältigt werden. Vincent und ein Trupp Legionäre hielten die Drizil nur wenige Meter entfernt davon ab, ihre Verwundeten abzuschlachten.

Der verletzte Galen stand an einem Baum gelehnt und führte seinen schweren Nadelwerfer im Halbkreis, wobei er mit einem ständigen Strom an Geschossen gegnerische Soldaten niedermähte. In linker Schulter und rechter Hüfte steckten jedoch Drizilgeschosse. Zumindest waren es keine Säureprojektile, ansonsten wäre der Legionär bereits tot.

Edgar benötigte lediglich Sekundenbruchteile, um eine Entscheidung zu fällen. Hier zu verweilen, bedeutete den sicheren Tod. Diesen Kampf auszufechten, war gleichbedeutend mit Selbstmord.

»Rückzug!«, schrie er. »Alle Mann Rückzug!«

Die Legionäre mussten den Befehl nicht zweimal hören, um zu reagieren. Unter Einsatz ihrer letzten Schallgranaten gingen sie auf Abstand zu den Drizil. Vincent schnappte sich Galen und schleppte diesen humpelnd davon. Edgar und Becky gaben Deckung. Wer von den Legionären dazu in der Lage war, schloss sich ihnen an. Andere wurden von den Drizil abgeschnitten und entweder niedergemacht oder sie setzten sich tiefer in den Wald ab. Der Kampf mündete in einer Katastrophe.

Edgar und Becky verschossen Salve um Salve auf den Gegner, der es jedoch glänzend verstand, zwischen den Bäumen Deckung zu suchen.

»Und was jetzt?«, fragte Becky atemlos. »Wohin gehen wir jetzt? Die Fledermausköpfe schneiden uns von den Sturmbooten ab.«

»Es bestand ohnehin lediglich eine verschwindend geringe Chance, dorthin zu gelangen.« Edgar überlegte nur kurz, bevor er fortfuhr. »Es gibt nur einen halbwegs sicheren Ort, an den wir noch gehen können.«

Carlo Rix befand sich gerade auf der HMS SPARTAN bei einer Besprechung mit Commodore Christian van Bergen, als die Alarmsirenen durch den Schlachtkreuzer gellten.

Der Commodore sprang ohne ein Wort auf und verließ eilig den Raum. Carlo blieb kaum etwas anderes übrig, als ihm zu folgen. Der Weg vom Besprechungsraum zur Brücke dauerte nur wenige Augenblicke.

Der Commodore ließ sich ohne Umschweife in seinen Kommandosessel fallen und schnallte sich mit wenigen, routinierten Handgriffen fest. Carlo sah sich verstohlen um. Die Besatzung der SPARTAN versah ruhig und diszipliniert ihren Dienst. Doch an der Mimik der Männer und Frauen ließ sich eine kaum verhohlene Aura der Besorgnis ablesen. Das war vor einer Schlacht an und für sich nichts Ungewöhnliches, aber das hier war irgendwie anders. Diese Männer und Frauen waren der Meinung, sie würden diese Schlacht nicht gewinnen können. Rix schluckte. Wenn sogar die Besatzung des Flaggschiffs der im Vector-Prime-System stationierten Einheiten dieser Meinung war, wie mochte es dann in den anderen Schiffen aussehen?

»Bericht!«, forderte van Bergen von seinem XO, einem etwas untersetzten Offizier, der eigentlich viel zu alt schien, um als Erster Offizier zu dienen.

»Feindliche Verbände sind soeben ins äußere System gesprungen«, informierte der Mann. Carlo glaubte sich zu erinnern, dessen Name wäre Commander Alonso Garcia. »Etwa zweihundertfünfzig Schiffe, aufgeteilt in drei Wellen. Die vorderen Angriffsspitzen nähern sich schnell. Verteidigungskräfte formieren sich bereits.«

Der Commodore rief sein taktisches Hologramm auf und studierte es eingehend. Nur hin und wieder gab er ein kurzes, unbestimmtes Grunzen von sich oder rieb sich über das Kinn. Carlo stellte sich etwas versetzt hinter dessen Kommandosessel und sah dem Raumoffizier über die Schulter.

Ein großer Pulk roter Symbole beschleunigte zusehends ins innere System, während blaue Symbole, sich zu mehreren Kampflinien formierten. Die blauen Symbole waren eindeutig in der Unterzahl.

Carlo hatte eigentlich nicht vorgehabt, sich einzumischen, doch die allgemeine Anspannung ließ sich kaum leugnen und wirkte sich auch auf seine Gemütsverfassung aus.

»Status des Minenfelds?«, fragte er daher gepresst.

Van Bergen sah sich kaum um, als er ebenso düster antwortete. »Kaum noch existent. Das ist der vierte feindliche Vorstoß gegen Vector Prime in den letzten fünf Wochen. Sie zermahlen unsere Verteidigung. Die Minenfelder werden schneller zerschossen, als wir sie wieder aufbauen können.«

Carlo biss sich leicht auf die Lippen. Er trat noch einen Schritt näher und stellte eine Frage, die er eigentlich gar nicht hatte stellen wollen. »Können Sie sie aufhalten?«

Van Bergen zögerte, was Carlo keineswegs entging. Schließlich drehte der Commodore seinen Kommandosessel so weit, dass er seinem Gegenüber geradewegs in die Augen blicken konnte. Er warf seinem XO einen kurzen Blick zu. Dieser verstand die Aufforderung und ging auf Abstand, um seinem Kommandanten und Carlo etwas Privatsphäre zu gönnen. Schließlich blickte van Bergen zum Legionsgeneral auf.

»Ich weiß es nicht«, erwiderte der Commodore. »Ich habe weniger als achtzig Schiffe zur Verfügung. Der Rest der Flotte hilft bei der Evakuierung von Barinbau, wurde mit Colonel Janneck sowie den Prätorianern nach Perseus geschickt oder greift feindliche Nachschubbasen in der Umgebung an. Ohne das Minenfeld ist unsere Verteidigung des äußeren Systems gescheitert. Deswegen werde ich alle Einheiten zum Hauptplaneten des Systems beordern und dort Verteidigungsposition beziehen lassen. Mithilfe der Raumstation sind wir vielleicht – und ich sage ausdrücklich *vielleicht* – in der Lage, eine Weile die Stellung zu halten. Doch das funktioniert nicht ewig.«

Carlo richtete sich zu voller Größe auf. Van Bergens Worte zeichneten ein düsteres Bild der Zukunft. In diesem Augenblick vermochte Carlo nicht einmal genau zu sagen, was in seinem Kopf alles vor sich ging. Die Entwicklung nahm einen Verlauf, den niemand mehr aufzuhalten imstande schien. Der General warf dem Commodore einen weiteren Blick zu und nickte. Dieser erwiderte die Geste mit einem müden Ausdruck auf dem Gesicht.

»Egal wie die Sache auch ausgeht«, meinte er, »wir haben gut gekämpft. Niemand hätte mehr tun können.«

»Und trotzdem sind wir dabei zu verlieren.«

Van Bergen zuckte die Achseln. »Es gab nie viel Hoffnung für unsere Sache, aber versuchen mussten wir es.«

Carlo schürzte die Lippen. »Wir müssen Vector Prime halten, Christian«, erwiderte der General und benutzte erstmals van Bergens Vornamen. »Wenn Vector Prime fällt, dann kehren die Evakuierungsschiffe von Barinbau in ein feindlich besetztes System zurück. Sie würden unweigerlich in eine Falle laufen und sich vor Tausenden Geschützläufen der Fledermausköpfe wiederfinden.« Rix musterte van Bergen mit strengem Blick. »Tun Sie, was Sie können.«

Van Bergen lächelte grimmig. »Das habe ich vor.« Der Commodore drehte seinen Kommandosessel erneut in Richtung seines taktischen Hologramms.

Carlo zog sich etwas zurück und ließ van Bergen den nötigen Freiraum. Was immer jetzt geschah, sein Part blieb auf den des untätigen, nutzlosen Zuschauers beschränkt.

Die Wellen feindlicher Kriegsschiffe drangen ohne Gegenwehr in das innere System ein. Weder Minen noch Kampfschiffe behinderten sie. Trotzdem waren sich die Drizil nicht sicher, ob ihr Weg frei war. Sie legten mit Torpedos und Energiewaffen einen Teppich rund um ihre Angriffsflotte, um sicherzugehen, dass sich keine Minen mehr auf ihrer Flugbahn befanden.

Carlo sah aus dem Brückenfenster. Die Schutzlamellen waren noch nicht ausgefahren und der Weltraum lag offen vor ihm. Dennoch waren die Explosionen von seiner Warte aus nicht zu sehen. Die feindlichen Schiffe waren noch zu weit entfernt.

Rund um Vector Prime formierten sich van Bergens Verteidigungseinheiten. Sie nutzten dabei die große Raumstation als Anker und Zentrum der Formation. Die schweren Kategorie-7-Laser in den Dockbuchten und Ausläufern der Station waren bereits ausgefahren und ausgerichtet. Die Station drehte sich ständig um die eigene Achse. Dies besaß den Vorteil, dass sich die der Schlacht abgewandten Laser aufladen konnten, während die der Schlacht zugewandten feuerten. Auf diese Weise war die Station in der Lage, einen Hagel aus vernichtenden Laserimpulsen gegen den Feind zu schicken.

Van Bergen hatte die Station aus ihrer Position in der Umlaufbahn von Vector Prime gelöst und ihr eine neue stationäre Position zugewiesen, von der aus sie dem feindlichen Angriff entgegentreten konnte. Was diese Taktik wert war, musste sich allerdings erst noch erweisen.

Was die Verteidigungskräfte des Systems betraf, so hatte der Commodore nicht übertrieben. Zweiundsiebzig Kriegsschiffe formierten sich in drei über- und untereinander gestaffelten Linien. Hinzu kamen etwa vierzig Torpedoboote, eine verschwindend geringe Anzahl.

Die Zeit dehnte sich schier endlos, während sich die Drizil weiterhin ins innere System kämpften. Sie verschossen Salve um Salve, um etwaige Minen aus dem Weg zu räumen. Carlo warf einen kurzen Blick über van Bergens Schulter. Diese Vorsicht war gar nicht nötig. Auf der Flugbahn der Drizil befand sich keine einzige Mine mehr. Die Fledermausköpfe hatten – wahrscheinlich bereits vor Tagen – einen schönen, breiten und sauberen Korridor durch das Minenfeld geschossen, ohne sich dessen überhaupt bewusst zu sein.

Carlo schnaubte. Sollten sie ruhig weiterhin auf diese Weise vorgehen. Es kostete sie Munition und brachte den Verteidigern etwas mehr Zeit. Er bemerkte, wie van Bergen mit den Fingerspitzen langsam über die Lehnen seines Sessels kratzten. Es handelte sich um das einzige Anzeichen von Nervosität, das der Legionsgeneral an dem erfahrenden Flottenoffizier wahrnahm.

Nach einer gefühlten Ewigkeit, erfolgte dann endlich van Bergens erlösender Befehl. »Alle Einheiten nach Plan BETA fünf vorgehen.« Der XO der SPARTAN gab die Anweisung umgehend weiter. Die Schiffe gruppierten sich um und folgten einem lange vorher vereinbarten Vorgehen.

Schlachtkreuzer und Angriffskreuzer übernahmen die erste Feuerlinie, während Begleitkreuzer und Korvetten an den Flanken ausschwärmten. Jägerschwärme der Typen Mammoth und Shadow teilten sich in Halbstaffeln auf und nahmen eine Abfangposition ober- respektive unterhalb der Formation ein. Die Vanguards positionierten sich oberhalb der Formation auf halbem Weg zwischen beiden Flotten, um ihre eigenen Schiffe mit Daten über den Feind zu versorgen. Das war eine sehr gewagte und eine extrem exponierte Position. Sie forderte einen Angriff geradezu heraus. Doch die Piloten kannten das Risiko und akzeptierten es. Durch diese Position hatten sie dank ihrer hoch entwickelten Sensoren den besten Überblick.

Die Trägerschiffe zogen sich nach erfolgtem Ausschiffen ihrer Einheiten auf eine Position hinter der Raumstation zurück.

Carlo versteifte sich. Mit einem Mal schwärmten die Torpedoboote aus und gaben Vollschub. Sie näherten sich der Front feindlicher Schiffe in einer elliptischen Bahn, um sie von der Flanke her anzugreifen.

Die Drizil erkannten die drohende Gefahr recht schnell und den Torpedobooten schlug beinahe augenblicklich heftiges Abwehrfeuer entgegen. Die feindliche Formation änderte sich leicht. Carlo kniff die Augen zusammen und fixierte van Bergens Hologramm mit zunehmendem Missmut. Es schien fast, als würden sie mehrere Schiffe im Zentrum der Formation schützen wollen. Doch um was für Schiffe es sich handelte, ließ sich noch nicht sagen. Die Sensoren hatten Probleme, sie zu erfassen. Die sie umgebenden Drizilschiffe überfluteten den Raum mit allerlei Störsignalen. Van Bergen bemerkt es im selben Augenblick.

»Die verstecken etwas«, mutmaßte er in Richtung seines XO. »Schicken Sie ein paar Vanguards näher ran. Ich will wissen, was die verdammten Fledermausköpfe aushecken.«

Währenddessen hatten sich die Torpedoboote bis auf optimale Angriffsentfernung angenähert. Es waren allerdings bedeutend weniger als zu Beginn des Angriffs. Fast ein Dutzend der verletzlichen, kleinen Schiffe war zerstört worden. Die übrigen setzten ihren Angriff jedoch unbeeindruckt fort. Noch während Carlo den Ansturm fasziniert beobachtete, verschwanden die Symbole dreier weiterer Schiffe vom Plot.

Nun waren jedoch die imperialen Torpedoboote am Zug. Sie unterliefen gekonnt die feindliche Nahbereichsabwehr und klinkten ihre Last direkt über ihren Zielen aus. Auf diese Entfernung nutzte den Drizil ihre beträchtliche Feuerkraft kaum noch. Dutzende Explosionen blühten nacheinander entlang der feindlichen Front auf. Die schweren Lenkflugkörper an Bord der Torpedoboote knackten die feindliche Panzerung ohne größere Probleme.

Elf Drizilschiffe vergingen im nuklearen Feuer. Mindestens acht weitere mussten schwer beschädigt abdrehen. Ihre Positionen innerhalb der feindlichen Formation wurden jedoch umgehend durch nachfolgende Schiffe ersetzt. Trotzdem war es ein großer Erfolg.

Carlo linste kurz auf van Bergens taktisches Hologramm. Dort lief gerade eine Prognose erlittener feindlicher Schäden ab. Der zufolge waren unter den zerstörten Feindschiffen mindestens drei Intruder-Flaggschiffe. Die überlebenden Torpedoboote kehrten in die vorübergehende Sicherheit eigener Linien zurück. Es waren noch siebzehn. Angesichts von elf zerstörten Feindschiffen, war Carlo versucht, die Aktion einen Erfolg zu nennen. Die Drizil besaßen allerdings beträchtliche Reserven, die Menschen dagegen nicht. Und diese Auseinandersetzung war wenig mehr als ein anfängliches Geplänkel. Die richtige Schlacht würde erst noch folgen.

Die Drizil rückten weiter vor. Als sie mit ihren Waffen auf effektive Gefechtsreichweite heran waren, eröffneten sie, ohne zu zögern, den Beschuss aus allen Rohren. Auf die Verteidiger rollte eine Wand aus Hunderten Energietorpedos allein mit der ersten Welle zu.

Van Bergen sah verschmitzt auf, doch Carlo bemerkte die tiefe Besorgnis in den Augen des Commodore. Dessen Humor war lediglich aufgesetzt. Eine Maske, mit der er seine Besatzung beruhigen und mit gutem Beispiel vorangehen wollte.

»Ich glaube, wir haben sie wütend gemacht«, meinte er mit bellendem Lachen. Carlo fragte sich, ob sich van Bergens Lachen nur in seinen Ohren gekünstelt anhörte oder auch in dessen eigenen.

Carlo richtete seine Aufmerksamkeit erneut auf die drohende Gefahr, die sich mit halsbrecherischer Geschwindigkeit den terranischen Linien näherte. Mit einem Mal erschien auf dem taktischen Hologramm van Bergens ein dichter Pulk kleiner, sich schnell bewegender Objekte.

»Feindliche Torpedowelle im Anflug!«, meldete der XO. »Vorbereiten auf Aufschlag!«

Carlos Gestalt versteifte sich unwillkürlich, doch ihm blieb nichts weiter übrig, als seine Füße in den blank polierten Boden zu pressen und das Beste zu hoffen.

Die Geschosse erreichten den Einflussbereich der Nahbereichsabwehr. Hunderte von Strahlbahnen der Punktverteidigungslaser tasteten ins All hinaus und zerstrahlten feindliche Geschosse mit bemerkenswerter Präzision. Die meisten feindlichen Energietorpedos lösten sich einfach auf oder detonierten harmlos, bevor sie den terranischen Schiffen zu nahe kamen.

Einige wenige kamen durch. Auf dem taktischen Hologramm leuchteten verschiedene Schiffe kurz auf, bevor sie ihre Schadensmeldungen an das Flaggschiff übermittelten. Carlo schürzte die Lippen. Er war kein Raumoffizier, doch wenn er die Daten richtig interpretierte, dann beschränkte sich die Mehrzahl der Schäden auf in Mitleidenschaft gezogene Panzerung. Lediglich eine Korvette meldete einen Durchbruch zwei Decks unterhalb der Brücke. Es gab mehrere Todesopfer.

Die Drizil stießen erneut eine Torpedowelle aus, dicht gefolgt von mehreren weiteren. Die Fledermausköpfe gingen zum Dauerbombardement über. Sie versuchten, die Nahbereichsabwehr der Verteidiger zu übersättigen. Jetzt wurde es richtig ernst.

Im Verlauf der nächsten dreißig Minuten erlitten die Verteidiger massive Verluste. Sieben Schiffe fielen aufgrund erheblicher Schäden aus und mussten sich zurückziehen. Vier weitere wurden zerstört. Bei einem von ihnen handelte es sich um einen schweren Schlachtkreuzer der Behemoth-Klasse. Neben der Swordmaster-Klasse eine der kampfstärksten terranischen Schiffstypen. Aus diesem Grund war dieser Verlust besonders bitter.

Die SPARTAN erlitt mehrere Volltreffer unter Bug und mittschiffs. Einmal wurde beinahe die Brücke getroffen. Vier feindliche Lenkflugkörper hielten direkt darauf zu. Bei einer davon handelte es sich um eine Hülse der Grünen Pest.

Die Punktverteidigungslaser der SPARTAN schafften es jedoch, drei der Geschosse – einschließlich der Grünen Pest – zu zerstrahlen. Das vierte wurde von der elektronischen Kriegsführung des Schlachtkreuzers zumindest so weit umgelenkt, dass es unterhalb der Brücke zerbarst und das Schiff etwas Panzerung kostete, jedoch nicht mehr. Dennoch kam die SPARTAN nicht ungeschoren davon.

Drei Geschosse durchschlugen mittschiffs und in der Nähe der Antriebssektion die Panzerung und öffneten zwei Decks dem Vakuum. Van Bergen verlor mehr als hundertzwanzig Besatzungsmitglieder. Die Druckschotten und Notkraftfelder riegelten den betroffenen Bereich ab und verhinderten Schlimmeres. Selbst nach oberflächlicher Begutachtung gelangte Carlo aber zu dem Schluss, dass die Drizil dabei waren, die Verteidiger in Stücke zu reißen.

Commodore Christian van Bergen eröffnete den Beschuss, sobald er der Meinung war, den größtmöglichen Schaden mit möglichst wenig Aufwand anrichten zu können. Die Verteidiger stießen mehrere Wellen Torpedos aus mit jeweils beinahe fünfhundert Stück Geschossdichte.

Die Drizil schwärmten zu Carlos Überraschung nicht aus, sondern zogen die Formation sogar enger zusammen. Ihre Schiffe spien in schneller Folge Abfangraketen aus und ihre Abwehrlaser woben ein dichtes Netz, an dem sich die terranischen Lenkflugkörper beinahe die Zähne ausbissen. Doch auch hier wurde schnell der Punkt erreicht, an dem die Drizil nicht alle einkommenden Geschosse erwischten. Auch wenn ihre Trefferquote höher lag als die ihrer terranischen Pendants, durchdrangen einzelne Torpedoschwärme das feindliche Abwehrnetz.

Explosionen sprenkelten die feindliche Formation auf breiter Front. Zunächst geschah nicht viel, als die Geschosse auf die feindliche Panzerung einhämmerten. Dann aber brachen einzelne Schiffe, zum Teil schwer beschädigt, aus der Formation aus.

Inmitten der Feindformation flammte mit einem Mal eine gewaltige Detonation auf. Das System Vector Prime erhielt für eine Sekunde eine zweite Sonne. Carlo linste kurz auf van Bergens Hologramm. Ein feindliches Intruder-Flaggschiff im Zentrum der Formation war vernichtet worden. Sein Ende wurde so unvermittelt herbeigeführt, dass der Schluss nahelag, ein Glückstreffer habe das Hauptmagazin des Schiffes getroffen.

Weitere Einheiten beider Seiten gingen verloren, bevor die effektive Nahkampfdistanz überhaupt erreicht war. Carlo hatte noch nicht vielen Raumgefechten beigewohnt, doch auch aus diesen spärlichen Erfahrungen wusste er, dass die wahre Hölle des Raumkampfes erst ab diesem Moment beginnen würde. Alles zuvor Dagewesene war schlichtes Geplänkel.

Die Drizilschiffe überquerten die lang erwartete imaginäre Linie und augenblicklich flammten Tausende von Energiestrahlen auf, die die Freund- und Feinschiffe gleichermaßen miteinander zu verbinden schienen. Zwei Korvetten und drei Begleitkreuzer vergingen innerhalb weniger Sekunden. Ein Angriffskreuzer erlitt mehrere Volltreffer am Bug. Sekundärexplosionen zerrissen daraufhin das halbe Schiff. Es blieb überraschenderweise jedoch kampf- und einsatzfähig und schlug im Rahmen seiner Möglichkeiten gegen den Feind zurück.

Die SPARTAN hielt das Zentrum der Formation. Der Schlachtkreuzer teilte gewaltige Schläge aus. Mit seinen mächtigen Energiewaffen eliminierte das terranische Flaggschiff zwei feindliche Fregatten und einen Zerstörer. Des Weiteren zwang die SPARTAN ein bereits angeschlagenes Intruder-Kampfschiff zum Rückzug.

Carlo schluckte. Innerhalb weniger Minuten starben Zigtausende Soldaten auf beiden Seiten und der Raum zwischen den kämpfenden Giganten wurde angefüllt mit Dutzenden Schiffswracks. Die terranischen Schiffe waren aufgrund von höheren Werten in Bezug auf Nahkampfbewaffnung und Panzerung auf dieser Distanz leicht im Vorteil. Das spielte bei der zahlenmäßigen Überlegenheit des Gegners jedoch kaum eine Rolle.

Der Kampf wogte fast eine Dreiviertelstunde hin und her, bevor es den Fledermausköpfen langsam gelang, sich den Weg freizukämpfen. Sie durchbrachen zu Carlos Erschrecken die terranische Front.

Der Legionsgeneral warf dem Commodore auf dem Sessel vor ihm einen kurzen Blick zu. Dieser schien über die Entwicklung nicht wirklich beunruhigt. Tatsächlich wirkte er beinahe zufrieden. Dann erkannte er es: Van Bergen *gestattete* dem Gegner den Durchbruch. Auf diese Weise brachte er das Gros der feindlichen Formation dorthin, wo er es haben wollte: direkt vor die schweren Geschütze der Raumstation. Und diese eröffnete übergangslos das Feuer.

Ein breiter, kohärenter, roter Energiestrahl fauchte aus einem der Dockausläufer der Station und tastete nach einem der angreifenden Zerstörer. Eine beinahe oberflächliche Berührung reichte und Bug sowie obere Deckaufbauten wurden verheert. Nach einem zweiten Treffer war das Feindschiff nicht länger existent.

Die Geschützbatterien der Kampfstation feuerten nun, so schnell sie konnten. Fregatten wurden bereits mit dem ersten Treffer zerstrahlt. Für Zerstörer und Intruder dagegen waren zwei bis vier Volltreffer vonnöten, doch dann gingen auch sie mit Mann und Maus unter.

Carlo fühlte eine tiefe Befriedigung. Er bemerkte jedoch, wie sich van Bergens Schultern plötzlich anspannten. Der Legionsgeneral trat einen Schritt näher.

»Commodore? Was ist los?«

Van Bergen deutete, ohne aufzublicken, auf das Hologramm. »Sehen Sie das?«

Carlo runzelte die Stirn. Der Commodore hatte recht. Irgendetwas stimmte nicht. Angesichts einer solch überwältigenden Feuerkraft bestand der erste Impuls eines jeden Flottenbefehlshabers darin, den Ursprung einer derartigen stationären Verteidigung auszuschalten. Jeder terranische Kommandeur hätte das Feuer auf die Raumstation konzentrieren lassen, um sie schnellstmöglich zu überwinden. Die Drizil hingegen ignorierten sie völlig und machten sich weiterhin daran, die terranischen Schiffe abzudrängen und nacheinander auszuschalten. Ihre erheblichen Verluste schienen sie nicht zu kümmern. Doch mit jeder Sekunde, die verging, näherte sich das Zentrum der Feindformation weiter der Station an.

Die Station zerpflückte die feindliche Flotte weiterhin Stück für Stück. Den Weg, den die Drizilschiffe zurücklegten, wurde mit feindlichen Wracks gepflastert. Kein Kommandant – egal ob Mensch oder Drizil – hätte derartige Verluste in Kauf genommen.

Carlo riss die Augen auf. Mit einem Mal brach die Front der feindlichen Formation auseinander. Die Schiffe stoben in alle Richtungen davon und machten einer zweiten Welle von Einheiten Platz. Es handelte sich ausnahmslos um Intruder und es waren mindestens ein Dutzend. Die feindliche Formation hatte diese Schiffe die ganze Zeit geschützt. Doch aus welchem Grund? Und was noch wichtiger war: Warum feuerte keines der Schiffe?

Van Bergen beugte sich unwillkürlich in seinem Kommandosessel vor, isolierte auf dem taktischen Hologramm eines der Schiffe und vergrößerte es. Carlo sah dem Flottenoffizier neugierig über die Schulter.

Die Schiffe machten einen imposanten Eindruck, das musste er neidlos anerkennen. Doch etwas stimmte mit ihnen definitiv nicht. Sie sahen nicht ganz so aus wie andere Schiffe dieses Typs, denen er bereits begegnet war. Sie wirkten irgendwie … modifiziert.

Und dann erkannte er es. Die Waffenstellungen jedes einzelnen dieser zwölf Schiffe waren entfernt worden. Stattdessen hatte man zusätzliche Panzerung angebracht. Van Bergen erkannte es im selben Augenblick.

Er wirbelte zu seinem XO herum. »Befehl an die Raumstation! Das Feuer auf diese Schiffe konzentrieren! Sofort!«

Ein eisiger Schauder lief Carlo über den Rücken. »Commodore? Was geht hier vor?«

Van Bergen sah sich nicht um, als er antwortete. Seine Aufmerksamkeit galt voll und ganz diesen angreifenden Intrudern. »Verstehen Sie denn nicht, Rix? Das sind Brandschiffe!«

In Carlos Kehle bildete sich ein dicker Kloß, den er kaum herunterschlucken konnte. Brandschiffe waren in der Seekriegsführung des 17. und 18. Jahrhunderts eine beliebte Waffe gewesen. Man brachte ein Schiff auf Kurs, zündete es an und verließ es daraufhin. Das Schiff wurde dadurch selbst zur Waffe und konnte feindliche Formationen auseinanderreißen oder – wie in diesem Fall – gegnerische Ziele ausschalten. Mit geringem Aufwand und geringen personellen Verlusten. Offensichtlich kannten auch die Drizil ähnliche Taktiken. Und dieses Mal waren sie entschlossen, die Raumstation zu erledigen. Und ohne diese Station war Vector Prime verloren.

Terranische Jäger und Torpedoboote stürmten vor, van Bergens Schiffe verlagerten das Feuer auf die zwölf Intruder, ebenso wie die Raumstation. Explosionen überzogen jedes der Schiffe vom Bug bis zum Heck. Doch man erzielte kaum Erfolge. Die Drizilschiffe nutzten die Aufmerksamkeit, die die Brandschiffe auf sich zogen, und griffen erneut mit voller Härte an. Die terranischen Einheiten waren gezwungen, ihre Feuerkraft zwischen beiden Gefahrenherden aufzuteilen, wollten sie nicht riskieren, ihre ganze Flotte zu verlieren.

Die Raumstation feuerte, so schnell die Aufladung ihrer Geschütze es gestattete. Sie schalteten erst eines, dann zwei und schließlich drei Schiffe aus, während die anderen weiterhin aufschlossen. Carlo biss sich auf die Unterlippe. Er bemerkte gar nicht, wie ein Tropfen Blut herausfloss. Die Schiffe benötigten keine Waffen. Sie waren selbst massiv genug, um immensen Schaden anzurichten. Vielleicht gelang es ihnen sogar, die ganze Station auszulöschen. Es sei denn, man fand einen Weg, sie aufzuhalten.

Von allen Seiten prasselten Raketen und Energiestrahlen auf die feindlichen Brandschiffe ein. Die Raumstation allein erledigte fünf weitere Schiffe, aber nur unter erheblichem Kraftaufwand. Den terranischen Einheiten gelang es, zwei weitere der gefährlichen Schiffe vom Kurs abzubringen und zu zerstören. Da sie sich gleichzeitig der Drizilschiffe erwehren mussten, war nicht mehr möglich.

Am Ende hielten noch zwei der Brandschiffe unbeirrbar auf die Kampfstation zu. Die Schiffe wiesen multiple Hüllenbrüche auf und mindestens eines wurde von einem Kernbrand innerlich verzehrt. Carlo schluckte schwer. Sie würden es schaffen. Sie würden durchkommen.

Der Legionsgeneral warf einen schnellen Blick auf das taktische Hologramm. Der feindliche Verband, der die Brandschiffe eskortiert und ins Ziel gebracht hatte, war inzwischen bis auf wenige Schiffe praktisch aufgerieben. Im äußeren System lauerten jedoch noch zwei weitere Verbände, jeder um die siebzig bis achtzig Schiffe stark. Sie warteten darauf, dass die Station ausfiel. Dann würden sie Kurs auf den Hauptplaneten des Systems setzen, auf ihrem Weg die Reste von van Bergens Geschwadern auslöschen und auf dem Planeten landen. Oder – was vielleicht sogar wahrscheinlich war – sie würden aus dem Orbit die Bevölkerungszentren des Planeten bombardieren, da sie den anhaltenden Widerstand dieser Welt leid waren.

Commodore van Bergen holte die Raumstation in die Mitte seines taktischen Hologramms. Noch immer versuchten alle verbliebenen menschlichen Streitkräfte, die beiden letzten Brandschiffe irgendwie zu stoppen. Doch alle Kraftanstrengung würde nicht genügen.

Das erste der beiden Schiffe krachte direkt in einen der Dockaufbauten und brach praktisch mühelos durch. Das Schiff knickte einen der Ausläufer der Station einfach ab, einen anderen durchbrach es mit bloßer Wucht und seiner beträchtlichen Masse. Explosionen flammten entlang der Längs- und der Querachse der Raumstation aus.

Carlo beobachtete, wie Wolken aus Atmosphäre die Station verließen und dabei Dutzende Besatzungsmitglieder mit sich in den Tod rissen. Das zweite Brandschiff rammte die Station in den unteren Segmenten auf Höhe der primären Waffenkontrolle, der Krankenstation und eines erheblichen Teils der Mannschaftsquartiere. Teile von der Größe eines Fußballfeldes lösten sich aus der Raumstation und drifteten davon. Ein weiterer Dockausläufer wurde mitsamt der schweren Kategorie-7-Laserbatterie abgerissen. Erneut flammten Explosionen auf. Es waren so viele, dass die Station für kurze Zeit gar nicht zu sehen war.

Als die Detonationen abflauten, stockte Carlo der Atem. Die Station war so groß und massiv, dass sie die Kollision mit zwei Intrudern überstand. Das war jedoch die einzig gute Nachricht. In voller Pracht hatte die Station gewirkt wie eine riesige Spinne. Nun waren sieben der acht Dockausläufer – die Beine der Spinne – verkrüppelt oder gänzlich abgerissen.

Selbst von hier aus konnte man deutlich sehen, dass innerhalb der ganzen Station Brände tobten und Hüllenbrüche ganze Sektionen dem Vakuum preisgegeben wurden. Hunderte Leichen trieben in der Nähe der Raumstation, viele von ihnen noch mit Waffen oder Werkzeugen in der Hand.

Schweigen breitete sich auf der Brücke der SPARTAN aus, angesichts der Zerstörung, die sich vor ihnen ausbreitete. Doch weit schwerer wog noch die Implikationen all dessen. Vector Primes Verteidigung war praktisch wie mit einem gewaltigen Vorschlaghammer zerschlagen worden.

Commander Alonso Garcia war der Erste, der seine Stimme wiederfand. Der XO des Schlachtkreuzers räusperte sich verhalten. »Alle Feindeinheiten der ersten Welle wurden komplett vernichtet.«

Van Bergen wandte langsam den Kopf. Ihm schien erst jetzt klar zu werden, dass sein Erster Offizier mit ihm sprach. »Status der Flotte?«

Garcia zögerte für einen Moment. Dann jedoch straffte er sich und sprach weiter. »Zweiundvierzig überlebende Einheiten. Alle mehr oder weniger stark beschädigt. Einschließlich der SPARTAN.«

Der Kommunikationsoffizier wandte sich kurz um. »Commodore? Ein Ruf von Captain Necheyev.«

Van Bergen benötigte einige Sekunden, um sich zu sammeln, dann nickte er dem jungen Lieutenant an der Komstation kurz zu. Ohne Verzögerung baute sich das gehetzt wirkende Konterfei eines Flottenoffiziers vor van Bergens Nase auf.

»Captain?«, fragte van Bergen. »Wie ist die Lage?«

Der Kommandant der Raumstation bemühte sich um ruhige Professionalität, doch Carlo bemerkte die Flammen und umherrennende Besatzungsmitglieder im Hintergrund.

»Wir haben fast zwei Drittel der Station verloren«, meldete Necheyev gepresst. »Außerdem alle bis auf einen der schweren Laser. Und für den haben wir keine Energie. Ich versuche von der Station zu retten, was zu retten ist, aber ich kann nichts versprechen. Mit viel Glück können wir sie halten, doch wir sind im Moment zu keinen militärischen Manövern imstande.«

Van Bergen nickte ernst. »Ich verstehe. Halten Sie mich auf dem Laufenden.«

Necheyev nickte und kappte die Verbindung wortlos. Van Bergen sah sich Hilfe suchend zu Rix um. »Irgendwelche Vorschläge?«

»Ich wünschte, ich hätte welche«, erwiderte der Legionsgeneral.

»Commodore?«, meldete sich Garcia zu Wort, bevor van Bergen etwas erwidern konnte. »Die zwei anderen Verbände haben Kurs auf das innere System genommen. Außerdem ist gerade ein dritter Verband ins System gesprungen.« Der XO zögerte erneut. »Fast dreihundert Schiffe.«

Van Bergen senkte betreten den Kopf. »Das sind vermutlich die Bodentruppen. Jetzt wissen wir, dass die Drizil vorhaben, zu bleiben und den Planeten nicht aus dem Orbit heraus bombardieren. Das ist wenigstens etwas.«

»Ein schwacher Trost«, meinte Carlo. Er warf dem Commodore einen schiefen Seitenblick zu. »Erwägen Sie Kapitulationsverhandlungen?«

Van Bergen leckte sich über die Lippen. »Der Gedanke spukt mir tatsächlich im Moment im Kopf herum.« Auf einen missbilligenden Blick

Carlos hin, runzelte der Commodore die Stirn. »Wir haben gut gekämpft, Rix. Wir haben getan, was wir konnten. Aber wir sind geschlagen. Zumindest hier im System. Jeder weitere Widerstand kostet lediglich das Blut guter Männer und Frauen. Außerdem müssen wir an die Menschen auf der Oberfläche denken. Wenn wir weiterkämpfen, werden sie es sein, die am Ende den Preis dafür zahlen müssen.«

Carlo dachte angestrengt über van Bergens Worte nach. Er wollte den Mann verdammen, wollte ihn einen Feigling schimpfen. Das war jedoch nicht einfach ... wenn man wusste, dass er im Recht war. Mit der Station hätten sie vielleicht eine Chance gehabt. Ohne sie – hatten sie keine. Carlo nickte langsam.

»Ich verurteile Sie nicht, Commodore. Ganz und gar nicht. Tun Sie, was Sie tun müssen. Möglicherweise kann Lestrade bei Perseus noch eine ernst zu nehmende Verteidigung aufbauen. Hier und jetzt sind wir am Ende.«

Van Bergen nickte und wandte sich seinem XO zu. Bevor er jedoch einen entsprechenden Befehl zur Kapitulation geben konnte, bemerkten sowohl van Bergen als auch Rix dessen starre Haltung. Der Mann studierte einkommende Telemetriedaten.

»Sir? Das müssen Sie sich ansehen«, meinte der XO schließlich und überspielte mehrere Daten auf das taktische Hologramm seines Befehlshabers. Carlo trat verwirrt einen Schritt näher. Zwei der feindlichen Verbände hatten ihren Vormarsch in das System plötzlich eingestellt. Der dritte – die Neuankömmlinge – schloss schnell auf. Mit einem Mal verloschen beinahe ein Dutzend Symbole feindlicher Schiffe. Viele andere blinkten hektisch. Sie befanden sich im Gefecht und standen unter schwerem Beschuss.

Van Bergens Blick zuckte zu seinem XO. »Alonso? Was sehen wir uns da gerade an?«

Die Kinnlade Garcias klappte herunter. Seine Augen weiteten sich, als er sich seinem Kommandanten zuwandte. »Die Drizilschiffe. Sie beschießen einander!«

22

Kyle wartete angespannt in voller Kampfmontur am Eingang der Schlucht. Er saß in der Hocke auf einem Felsen und starrte in die Ferne. Der Helm seiner Aufklärungsrüstung befand sich in vollem Sensormodus. Er tastete ständig die Umgebung ab. Kyle erwartete die Rückkehr Senator Uborns. Der Mann war schon lange überfällig und das machte den Aufklärungslegionär reichlich nervös.

Ein kurzer Sensorkontakt erschien auf seinem HUD. Kyle erhob sich zu voller Größe. Der Kontakt war nur kurz aufgeflammt, viel zu schnell, um identifiziert zu werden. Kyle schürzte die Lippen. Senator Uborn konnte es nicht sein. Der Kontakt war eindeutig metallisch gewesen. Das bedeutete, es kam entweder von Cutters Legionären oder den Drizil. Beides war nicht gut.

Seine Hand tastete wie selbstverständlich zum Nadelgewehr, das an der Schlaufe um seine Schulter baumelte. Mit einer kurzen Bewegung des Daumens stellte er die Waffe von Vollautomatik auf Salvenfeuer.

Der Senator hätte schon längst wieder hier sein müssen. Irgendetwas war schiefgelaufen. Dessen Abwesenheit beunruhigte ihn. Vorsichtshalber hatte er das Flüchtlingscamp tiefer in die Schlucht verlegen lassen. In der Felsspalte befanden sich nun mehrere Hundert Menschen, doch lediglich ein verschwindend geringer Prozentsatz war bewaffnet. Kyle gab sich keinen falschen Hoffnungen hin. Falls die Drizil Vergeltung für die Anwesenheit der Legionäre auf Ragash V übten, dann gäbe es kaum etwas, was die Flüchtlinge oder er dagegen unternehmen konnten.

Kyle verharrte regungslos. Weder die Sensoren noch das HUD seiner Rüstung gaben die Anwesenheit feindlicher Kräfte preis. Und doch machte sich sein sechster Sinn bemerkbar, der Sinn, den Soldaten zwangsläufig entwickelten, wenn sie lange Zeit im Kampfeinsatz standen. Kyle hatte gelernt, diesem zu vertrauen. Der hatte ihn geleitet, als die Drizil seine Kameraden in den gnadenlosen Kämpfen während der Invasion abschlachteten. Der hatte ihn geleitet, als er den Rückzug von Cutters Team gedeckt hatte während deren ersten Besuchs auf dem Planeten. Und dieser warnte ihn auch jetzt.

Seine Hand packte den Schaft des Nadelgewehrs mit fester Hand, bereit, die tödliche Waffe jederzeit in Anschlag zu bringen.

Der Angriff erfolgte ohne Vorwarnung. Mit einem Mal stürzten drei Legionäre in schwarzer Rüstung aus ihren Verstecken.

Schattenlegionäre!

Wie sie sich hatten annähern können, ohne dass seine Rüstung sie registriert hatte, wusste er nicht zu sagen. Es sprach auf jeden Fall dafür, dass sie gut waren. Vermutlich handelte es sich um ehemalige Aufklärungslegionäre anderer Einheiten.

Obwohl überrascht und in der Unterzahl, handelte Kyle entschlossen und erfahren. Er erkannte auf Anhieb, dass das Nadelgewehr sich nicht einsetzen ließ. Die Gegner waren bereits zu nah. Er ließ die Schlaufe von der Schulter gleiten. Das Nadelgewehr klapperte nutzlos über den kargen Felsen. Seine Hände glitten nach hinten und zogen die beiden mit Karbonfaser verstärkten Klingen aus den Scheiden auf seinem Rücken.

Die Kampfmesser waren im Prinzip nicht wirklich hilfreich gegen Gegner, von denen jeder ein Katana auf dem Rücken trug. Die Schattenlegionäre jedoch ließen ihre Klingen auf dem Rücken. Sie wollten ihn lebendig. Er fletschte die Zähne zu einem wölfischen Grinsen.

Ihr Pech.

Kyle bewegte sich mit atemberaubender Schnelligkeit. Seine durch die Rüstung signifikant verstärkten Muskeln arbeiteten unter Hochdruck. Der Aufklärungslegionär ging leicht in die Hocke und katapultierte sich in die Höhe. Mit einem gewaltigen Sprung überbrückte er die Entfernung zu seinem nächsten Gegner. Brutal rammte er diesen zu Boden. Der Schattenlegionär stürzte schwer. Die Rüstung des Mannes war versiegelt, sodass er nicht hören konnte, ob dieser einen Laut von sich gab.

Kyle hob den Fuß und hämmerte noch zweimal auf seinen Gegner ein, um sicherzugehen, dass sich dieser die nächsten Sekunden nicht wieder erheben würde.

Kyle wirbelte herum. Der Schattenlegionär schlug zu, Kyle blockte den Hieb mit der rechten Hand und trieb die Klinge seiner linken Hand in eine Schwachstelle der Rüstung unter dem Arm seines Gegners. Doch die erwartete weiche Stelle zu finden, erwies sich als schwierig. Es gab keine.

Kyle starrte für einen Moment in das voll verspiegelte Visier seines Gegners. Er konnte das Gesicht dahinter nicht sehen, dennoch glaubte er so etwas wie Genugtuung und Schadenfreude wahrzunehmen. Die Rüstungen der Schattenlegionäre waren verbessert. Schwachstellen herkömmlicher Modelle waren während der Produktion anscheinend eliminiert worden.

Kyle fluchte und zog sich von seinem Gegner etwas zurück. Dieser ließ ihm jedoch keinen Freiraum. Er rückte nach und ein gewaltiger Schwinger schickte Kyle zu Boden. Ihm wurde schwarz vor Augen. Trotzdem gönnte er sich keine Ruhe. Immer noch halb benommen, rollte er sich über die linke Schulter ab und entging damit nur um Haaresbreite einem wüsten Tritt.

Ein Schlag traf ihn im Nacken und schickte ihn erneut zu Boden. Er wollte sich erheben, doch zwei Füße pflanzten sich auf seinen Rücken und nagelten ihn am Boden fest. Er klammerte sich an seine Klingen, als würden diese ihm das Leben retten. Aber gegen diese Gegner waren sie nutzlos.

Der dritte Gegner kam näher, zog einen bösartig aussehenden Kampfdolch aus einer Scheide am Gürtel und drückte ihn gegen Kyles Hüfte. Der Aufklärungslegionär spürte, wie die Klinge eine Schwachstelle fand und sich langsam ihren Weg zwischen zwei Verbindungsstücken hindurchtastete. Es dauerte nur wenige Sekunden, bis er die blanke Klinge an seiner Hüfte spürte.

In seinen Ohren knackte es, als jemand über Funk mit ihm Kontakt aufnahm. »Wir haben Befehl, dich lebendig gefangen zu nehmen. Das bedeutet aber nicht, wir dürften dir nicht wehtun.«

Kyle schluckte. Es kostete ihn alle Überwindung, seine Finger zu öffnen und die Messer fallen zu lassen. Langsam hob er beide Hände zum Zeichen seiner Aufgabe.

Captain Edgar Cutter trat langsam näher. Die drei Schattenlegionäre hielten Kyle auf den Knien, die Hände auf den Rücken gebunden. Sie hatten ihn gezwungen, die Rüstung abzulegen. Die Einzelteile lagen über den halben Felsen verstreut. Die Männer gingen mit ihrem Gefangenen nicht gerade respektvoll um. Kyle sah auf, als Edgar näher trat. Sein rechtes Auge zierte eine üble Prellung. Edgar hob die Hände und nahm langsam den Helm ab. Er klemmte ihn sich leger unter die Armbeuge.

Edgar blieb über dem Mann stehen und musterte ihn einen endlos scheinenden Augenblick lang. Schließlich stieß er einen Seuzfer aus. »Wussten Sie es?«

Kyle erwog für einen Moment abzustreiten, dass er wusste, wovon Edgar sprach. Er konnte es in dessen Augen sehen. Doch dann senkte der Aufklärungslegionär betreten das Haupt.

»Ich war dagegen, Sie zu verraten. Der Senator ließ sich aber nicht davon abbringen.«

Edgar ballte die rechte Hand zu einer Faust. Der Drang, Kyle das Gesicht nachdrücklich zu massieren, war beinahe übermächtig. Er zwang sich, die Finger wieder zu entspannen. Ohne schützende Rüstung, während Edgar die seine noch trug, hätte ein solcher Schlag Kyle vermutlich das Leben gekostet. Der Augenblick, in dem Kyles Leben am seidenen Faden hing, ging vorbei. Edgar sah auf den Mann enttäuscht herab.

»Warum?«

Es war eine einfache Frage. Lediglich ein Wort, doch an diesem Wort hing endlich viel. Kyle wagte es nicht, Edgar ins Gesicht zu blicken.

»Uborn hatte Angst um die Menschen, die noch übrig sind. Er war der Meinung, egal ob ihr Angriff erfolgreich verläuft oder nicht, die Bevölkerung von Ragash V müssten die Konsequenzen tragen. Er war der Meinung, Sie an die Drizil zu verraten, sei der einzige Weg.«

»Ich habe über dreihundert Leute verloren: gute Leute, ehrliche Leute, Soldaten, Legionäre!« Edgar spie dem Mann die Anklage entgegen. Dieser zuckte bei jedem einzelnen Wort zusammen.

»Ich weiß. Aber wie gesagt, der Senator ließ sich nicht aufhalten.«

»Sie hätten es gekonnt.«

»Nur mit Gewalt.«

Edgar schnaubte. »Und?«

Kyle sah erstmals auf. »Dazu war ich nicht bereit. Ich war damit nicht einverstanden, doch ich kann nicht sagen, ich würde es nicht verstehen.«

Edgar kam drohend einen Schritt näher. »Wir hätten Ihre Leute nicht im Stich gelassen. Wir hätten einen Weg gefunden zu helfen.«

Nun blitzten Kyles Augen zornig. »So wie das letzte Mal? Mission erfolgreich – und schon waren Sie weg. Ich habe mein Leben für Ihr Team riskiert. Und die Menschen hier bezahlten den Preis. Seitdem ist kein einziger Tag vergangen, an dem ich mich nicht gefragt habe, was gewesen wäre, hätten die Drizil uns alle umgebracht. Vielleicht hätte ihnen das gereicht, sodass sie die Bevölkerung in Ruhe gelassen hätten.«

»Das glauben Sie doch selbst nicht.«

»Wir werden es nie erfahren, nicht wahr?«

»Nein«, gab Edgar unumwunden zu.

Das Schweigen zwischen ihnen dehnte sich über mehrere Augenblicke, bevor Kyle erneut das Wort ergriff.

»Ist er tot?«

»Uborn? Keine Ahnung. Als ich ihn das letzte Mal sah, war er bei den Drizil. Und wir sind um unser Leben gerannt.«

Kyle leckte sich über die Lippen. »Was sie wohl mit ihm machen, jetzt, nachdem die Falle versagt hat?«

»Versagt? Die meisten meiner Leute sind tot und wir kamen der Erfüllung unserer Mission nicht einmal nahe. Aus meiner Sicht war sie in höchstem Maße erfolgreich.«

Kyle blickte mit hochgezogener Augenbraue auf. »Was tun Sie eigentlich hier?«

Edgar zögerte. »Wir wussten nicht, ob es sicher ist, zu den Sturmbooten zurückzukehren. Wir … wir wussten nicht, wohin wir uns sonst wenden sollten.«

»Das war klug«, honorierte Kyle. »Uborn wird den Fledermausköpfen mit Sicherheit gesagt haben, wo ich Ihre Leute und Sie fand. Die haben die Sturmboote in der Zwischenzeit bestimmt gefunden. Bestenfalls haben sie die bereits zerstört. Und schlimmstenfalls für Ihre Rückkehr vermint, um auch noch die Letzten von Ihnen zu erledigen.«

Edgar nickte gepresst. »Dasselbe dachte ich mir auch.«

Kyle schüttelte energisch den Kopf. »Aber hier bleiben können Sie auch nicht. Sie werden bald genug herausfinden, wohin Sie geflüchtet sind. Das führt sie direkt zu uns. Sie gefährden die Menschen hier.«

Edgar senkte betreten den Kopf. »Das war nie unsere Absicht. Aber gehen können wir auch nicht. Meine Leute brauchen Ruhe und wir haben einige Verwundete, um die wir uns kümmern müssen. Und wie schon gesagt, wir wissen nicht, wohin.«

Kyle sah anklagend zu dem Schattenlegionär über ihm auf. Trotz funkelte in dessen Augen. »Sie werden kommen. Sie *müssen* wieder gehen!«

Edgar sah sich langsam um und stellte sicher, dass Kyle seinem Blick folgte. Hinter ihm erklomm der spärliche Rest der zwei Zenturien die Felsen, um die Felsspalte zu erreichen. Einige von ihnen mussten von ihren Kameraden gestützt werden.

»Tut mir leid, Kyle«, flüsterte Edgar. »Wir gehen nirgendwohin. Nach dem, was Uborn getan hat, ist es nur recht und billig, wenn Sie uns Unterschlupf bieten. Aber ganz ehrlich gesagt ist es mir völlig gleichgültig, ob Sie einwilligen oder nicht.«

General Carlo Rix, Colonel René Castellano, Commodore Christian van Bergen sowie einige seiner Offiziere hatten sich in einem Beiboothangar der HMS SPARTAN versammelt. Ansonsten war der Hangar nahezu menschenleer – wenn man von einigen Marines absah, die sich diskret auf der Galerie rund um den Hangar postiert hatten, um im Notfall helfend einzugreifen. Carlo beobachtete missmutig, wie einigen von ihnen der Finger am Abzug juckte.

Im hinteren Teil des Hangars hielten sich Finn Delgado und ein halbes Dutzend Schattenlegionäre zu seiner Verfügung. Die Elitesoldaten wirkten äußerlich entspannt und ausgeglichen, doch Carlo wusste, dies war ein Trugschluss. Würde es vonseiten der Drizil irgendeine Art aggressiver Provokation geben, wäre die Reaktion der Schattenlegionäre tödlich.

Das Drizilbeiboot durchbrach das Kraftfeld des Hangars mit kurzem elektrischen Knistern, bevor es sanft auf dem blank polierten Boden aufsetzte. Die Hangartore schlossen sich nahezu geräuschlos.

Das Beiboot öffnete eine Luke und eine kurze Rampe fuhr aus. Mehrere Driziloffiziere marschierten herab. Sie wurden angeführt von Taran Stuullonor.

Die Schlacht war nach Tarans Auftauchen bereits nach weniger als einer Stunde entschieden gewesen. Die Drizilrebellen waren ihren Artgenossen zahlen- und waffenmäßig überlegen gewesen und hatten diese obendrein überrascht. Die meisten Feindschiffe waren zerstört worden, nur einigen wenigen war die Flucht gelungen, und die Rebellen hatten sogar erreicht, etwa dreißig Feindschiffe zur Kapitulation zu bewegen.

Die Besatzungen waren festgesetzt und deren Schiffe von Soldaten übernommen worden, die loyal zu Taran standen.

Kurz nach der Schlacht hatte es noch einen riskanten Moment gegeben. Beide Seiten standen sich etwas ratlos gegenüber und mehr als einer der terranischen Schiffskommandanten hatte mit dem Gedanken gespielt, den Kampf fortzusetzen. Von Drizil gerettet zu werden, war für die Menschen ein völlig neuartiger Gedanke.

Die terranischen Kräfte hatten sich in den Orbit von Vector Prime zurückgezogen, während die Drizil sich in den äußeren Rändern des Systems aufhielten. Die SPARTAN und Tarans Flaggschiff trafen sich auf halbem Weg zwischen beiden Verbänden. Jeder Beteiligte hielt es für besser, wenn sich beide Seiten vorläufig nicht auf Waffenreichweite annäherten. Vor allem auf menschlicher Seite saß die Verbitterung tief.

Carlo räusperte sich und trat auf Taran zu. Der ehemalige Gefangene musterte Carlo selbstbewusst und streckte diesem zur Überraschung aller in einer menschlichen Geste die Hand entgegen. Carlo zögerte nur eine Sekunde, ergriff die dargebotene Hand und drückte sie fest.

»Schön, dich zu sehen, Taran.«

»Carlo, mein Freund«, erwiderte der Drizilclanführer, »es erfreut mein Herz, dich lebendig und bei guter Gesundheit vorzufinden. Als wir vom gegenwärtig stattfindenden finalen Angriff auf Vector Prime hörten, fürchtete ich das Schlimmste.«

»Ihr seid gerade noch rechtzeitig gekommen«, erwiderte Carlo ehrlich.

Taran wandte sich halb zu seinen Begleitern um. »Das sind meine engsten Verbündeten.« Er deutete auf den Älteren. »Das ist Isar Kantallor von den Mutai'Mai-Drizil.« Sein Blick zuckte kurz zu seinem wesentlich jüngeren Begleiter. »Und das ist Tairis Erworor von den Raget'Asril-Drizil. Beides sind Freunde und beide haben ihre Clans eurem Kampf verpflichtet.«

Carlo nickte jedem der beiden Clanführer, so freundlich es ihm möglich war, zu. Er war sich durchaus bewusst, dass seine Mimik eingefroren wirken musste. Sosehr er sich auch über die willkommene Verstärkung freute, so sehr missfiel ihm dennoch die Anwesenheit ihm unbekannter Drizil auf einem von nur zwei Flaggschiffen der freien Menschheit.

Carlo wandte sich um und stellte seinerseits die hinter ihm versammelten Offiziere vor. Kaum einer gab eine Regung von sich. Carlo hoffte, dass die beiden Drizil nicht in der Lage waren, menschliche Mimik zu interpretieren. Ansonsten hätten die Reaktionen oder besser gesagt das Ausbleiben derselben einen Affront auslösen können.

Taran hingegen hatte lange genug unter Menschen gelebt, um die Menschen in adäquater Weise einschätzen zu können. Er ließ sich jedoch nichts anmerken, wofür Carlo äußerst dankbar war. Nachdem der Spießrutenlauf des gegenseitigen Vorstellens durchquert war, seufzte Carlo tief. Sie hatten offensichtlich noch einen langen Weg vor sich, im übertragenen wie im wörtlichen Sinne.

Carlo führte die drei Drizil nach der Begrüßung, so schnell es ihm möglich war, durch die Korridore der SPARTAN. Diese wirkten wie ausgestorben. Van Bergens Marines hatten zuvor einen Pfad abgesperrt und gesichert, damit niemand von der Besatzung auf die Idee kam, drei hochrangige Drizil wären ein lohnendes Ziel für einen Anschlag. Es gab niemanden mehr – weder im ehemaligen Imperium noch im Neuen Protektorat –, der nicht jemanden an die Drizil verloren hatte. Eltern, Kinder, Ehepartner, geliebte Menschen: Sie alle waren den Kriegsgegnern des Imperiums zum Opfer gefallen.

Als sie den für sie reservierten Besprechungsraum erreichten, entschuldigten sich van Bergens Offiziere. Lediglich der Commodore selbst, René Castellano und Finn Delgado schlossen sich Carlo und den Drizil an. Die Schattenlegionäre, die ihnen bislang gefolgt waren, postierten sich schützend vor der stahlverstärkten Tür. Diese schloss sich geräuschvoll hinter den hochrangigen Offizieren und ihren neuen Verbündeten.

Die Menschen und Drizil versammelten sich um den Holotank, der die Mitte des Raumes dominierte. Beide Seiten starrten sich über das Gerät hinweg erwartungsvoll an. Van Bergen sowie Finn Delgado räusperten sich verhalten. Die Drizil versuchten, sich nichts anmerken zu lassen. Carlo jedoch erkannte, dass ihnen die Situation ebenfalls sichtlich unangenehm war.

Schließlich schürzte er die Lippen. Irgendjemand musste anfangen. »Ich möchte mich noch einmal in aller Form dafür bedanken, dass ihr uns zu Hilfe geeilt seid, Taran.«

Der Drizil neigte leicht den Kopf. »Ich konnte nicht länger die Augen verschließen. Es musste etwas getan werden.«

»Und das wurde es«, ergänzte der Drizil mit Namen Tairis Erworor.

Van Bergen hob eine Augenbraue. »Wie darf ich das verstehen?«

Taran warf ihm einen kurzen Blick zu. »Ich habe eine Allianz von sieben Clans formiert, die mir in die Unabhängigkeit gefolgt sind. Wir haben nicht nur die Zentralwelt des einflussreichsten Clans angegriffen und ihrer Verteidigung enormen Schaden zugefügt, unsere Streitkräfte haben den Gegner überall in unserem Raum angegriffen und in schwere Kämpfe verwickelt. Unser Volk befindet sich im Bürgerkrieg.«

Van Bergens zweite Augenbraue wanderte nach oben und er schenkte Carlo einen kurzen Seitenblick. »Jetzt wissen wir wenigstens, warum die Fled...« Gerade noch rechtzeitig unterbrach sich der Commodore. Die Drizil würden wohl nicht erfreut sein, wenn er den unter Menschen gebräuchlichen Schimpfnamen verwendete. »... warum die Drizil uns nicht mehr Schiffe auf den Hals gehetzt haben.«

»Auch so waren es genug«, meinte Delgado.

Carlo nickte. »Ja, es war verdammt knapp. Aber jetzt atmen wir endlich wieder Hoffnung.«

Taran zog einen Datenträger aus seiner Rüstung und präsentierte ihn Carlo stolz. »Wir bringen mehr in diesen Kampf ein als nur unsere Krieger. Wir bringen vor allem Informationen. Der Datenträger ist bereits für menschliche Standards optimiert.«

Carlo nahm ihn entgegen und steckte ihn in die dafür vorgesehene Öffnung des Holotanks. Das Gerät benötigte einige Augenblicke, um die Daten zu verarbeiten. Doch mit einem Mal baute sich eine Sternkarte vor den Anwesenden auf. Sie war weitaus detaillierter als alles, was Carlo je zu Gesicht bekommen hatte.

Sogar van Bergen sog beeindruckt den Atem ein. Der Commodore leckte sich über die Lippen, als er die Karte ausgiebig studierte. »Unglaublich! Sie beinhaltet nicht nur Daten über alle Drizil-Heimatwelten, sondern auch über deren Verteidigung, Flugbahnen feindlicher Verbände, Standorte gegnerischer Flotten ...«

»Und Standorte wichtiger Nachschubbasen«, ergänzte Taran. »All das bieten wir den Menschen freiwillig an.«

Carlo hätte sich van Bergens Begeisterungssturm gern angeschlossen. Ihn beschäftigte jedoch etwas gänzlich anderes, etwas zutiefst Beunruhigendes. Die Drizilsysteme waren allesamt markiert. Er war der Drizilsprache mächtig genug, um zu erkennen, dass sie nach ihrer

Zugehörigkeit gekennzeichnet waren. Verbündete Systeme glühten in tiefem Blau, feindliche in Gelb. Carlo erkannte mehrere der in Blau gehaltene Systeme. Es handelte sich um Angriffsziele, die für nukleare Bombardements vorgemerkt waren.

Carlos Blick schwenkte nach links. René begegnete diesem mit oberflächlichem Gleichmut. In dessen Innerem jedoch brodelte es. Sein Stellvertreter hatte es ebenfalls erkannt.

Carlo musterte erneut die Drizil. Sie schienen nichts von dem kurzen Augenblick der Verschworenheit zwischen den beiden Menschen bemerkt zu haben – bis auf Taran. Er warf Carlo einen undeutbaren Blick zu, der diesem durch Mark und Bein ging.

Carlo leckte sich über die Lippen. »Vielleicht sollten wir erörtern, wie unsere zukünftigen gemeinsamen Militäroperationen aussehen.«

Van Bergen sah missmutig auf. »*Gemeinsame* Militäroperationen? Bei allem Respekt für unsere Gäste, aber das halte ich bestenfalls für kontraproduktiv – und schlimmstenfalls für gefährlich. Imperiale Einheiten und Schiffe der Drizil gemeinsam kämpfen zu lassen, fordert eine Katastrophe geradezu heraus.«

Carlo zog eine Augenbraue hoch. Bevor er etwas sagen konnte, ergriff Taran das Wort. »Ich fürchte, ich muss Commodore van Bergen recht geben. Es herrscht zu viel böses Blut zwischen uns und den Menschen. Auch unter unseren eigenen Kriegern, die sich offen gegen die Herrscherkaste stellen. Ich würde gern … *Missverständnisse* während eines laufenden Gefechts vermeiden. Das nutzt niemandem etwas außer unseren gemeinsamen Feinden.«

Carlo überlegte nur kurz. »Was schlägst du also vor?« Sein Blick zuckte zwischen Taran und van Bergen hin und her. Die beiden Offiziere wechselten einen schnellen Blick, bevor van Bergen seine Gedanken ausformulierte.

»Das Beste aus meiner Sicht wäre getrenntes Vorgehen mit gemeinsamem Ziel.«

»Erläutern Sie das«, forderte René den Flottenoffizier auf.

Van Bergen nickte. »Wir operieren in kleinen bis mittelgroßen Kampfverbänden innerhalb des Neuen Protektorats sowie der Allianz, während die Drizilrebellen die regierungstreuen Truppen innerhalb des eigenen Territoriums angreifen. Auf diese Weise schaffen wir eine zweite Front.«

»Damit trennen wir aber unsere Kräfte auch«, gab Carlo zu bedenken. »Sind wir überhaupt noch stark genug, selbstständig zu operieren?«

Van Bergen neigte leicht den Kopf. »Nach den Verlusten, die die Allianz erlitten hat, der Quasizerstörung der Raumstation bei Vector Prime und unseren eigenen erheblichen Verlusten wird es nicht einfach. Ich schätze, wir haben im Ganzen noch an die hundertfünfzig bis zweihundert halbwegs einsatzbereite Schiffe.« Der Commodore strich sich über das Kinn. »Unser vorrangiges Ziel muss es sein, den Kontakt mit unseren Verbündeten von der Allianz wiederherzustellen. Wir müssen unbedingt einen Kampfverband nach Equuro schicken und die Blockade beenden. Am besten wäre es, wenn wir auch Vukartech zurückerobern und für die Allianz sicher könnten, doch ich befürchte, dazu sind wir derzeit außerstande.«

»Und nach Equuro? Was folgt dann?«

»Wir müssen den Kampf zum Feind tragen«, erklärte van Bergen entschlossen. Er deutete auf einen Planeten des Hologramms. »Das ist Adrinetta, eine ehemalige imperiale und nun von den Drizil kontrollierte Kolonie. Die Drizil unterhalten dort ihr Oberkommando für drei Sektoren. Unter anderem auch für die Expeditionsstreitkräfte, mit denen es die Allianz und wir derzeit zu tun haben.« Van Bergen sah auf. »Wir werden die Basis zerstören. Idealerweise mit ihrem gesamten höheren Offizierskorps.«

Carlo hob nun beide Augenbrauen. »Ein ehrgeiziger Plan. Sind wir dazu überhaupt in der Lage?«

Van Bergen neigte leicht den Kopf zur Seite. »Vielleicht. Aber versuchen müssen wir es, ansonsten sind wir erledigt. Wir ziehen alle Kräfte von Allianz und Protektorat zusammen und schlagen zu.«

Carlos Blick schwenkte in Tarans Richtung, der sich gerade leise mit seinen Verbündeten beriet. Der Drizil bemerkte seinen Blick und richtete sich auf.

»Hast du auch eine Meinung zu dem Thema?«, meinte der Legionsgeneral verschmitzt.

»Wir bewundern Commodore van Bergens Wagemut«, gab der Drizilclanführer zurück. »Er könnte sogar von Erfolg gekrönt sein. Die Drizilkräfte bei Adrinetta sind weit weniger stark, als ihr vielleicht annehmt. Meine Verbündeten haben die regierungstreuen Truppen in einem

Dutzend Systemen in Kämpfe verwickelt. Die Herrscherclans mussten starke Verbände abziehen, um diesen Attacken zu begegnen. Unter anderem auch aus Adrinetta. Ein Angriff könnte durchaus erfolgreich sein.« Der Drizil deutete auf seine beiden Begleiter. »Es wäre uns in der Tat auch möglich, den Angriff zu unterstützen.«

»Wie?«, fragten van Bergen und Carlo gleichzeitig.

»Indem wir Systeme rund um Adrinetta angreifen. Man wird denken, wir bereiten eine neue Offensive vor. Der Feind wird abgelenkt sein und vielleicht sogar seine Kräfte weiter entblößen. Auf jeden Fall werden sie nicht mit einem menschlichen Angriff rechnen. Sie glauben, ihr wärt am Ende.«

»Damit liegen sie gar nicht so falsch«, erwiderte René düster. Carlo entschloss sich, die Bemerkung seines Stellvertreters zu ignorieren. Seine Gedanken bewegten sich um ein anderes Problem. »Was ist mit Vector Prime und Barinbau? Haben wir im Moment weitere Angriffe zu befürchten?«

Taran dachte ausgiebig über die Frage nach. »Nein«, beschied er schließlich. »Nicht im Moment. Unsere Artgenossen haben zu viele Schiffe und Truppen in den letzten Kämpfen verloren. Ihr erster Impuls wird es sein, unseren Aufstand niederzuschlagen, bevor sie sich erneut euch widmen. Mein Volk kämpft jetzt an vielen Fronten. Etwas, das es nie wollte. Kriegsmüdigkeit macht sich bereits breit. Darauf bauen wir.«

»Du denkst, ihr könnt sie zum Waffenstillstand bewegen, etwa aufgrund einer Pattsituation?«

»Ich kenne den Begriff *Patt* nicht … aber ja. Ich hoffe, dass man früher oder später einsehen wird, dass dieses Blutvergießen niemandem nützt. Ich hoffe, es wird *früher* der Fall sein.«

Carlo wandte sich van Bergen zu. »Wie sehen also unsere nächsten Pläne aus?«

»Ich fliege nach Equuro, um die Blockade zu brechen und das Allianzmilitär zu sammeln. Zumindest das, was davon noch übrig ist. Ich schlage vor, Lestrade bleibt mit der VENGEANCE hier und sammelt das, was von unseren eigenen Einheiten noch verfügbar ist. Auf dem Rückweg fliege ich Perseus an und unterstütze unsere Truppen dort. Sobald der Brückenkopf auf Perseus zerschlagen ist, sammeln wir uns bei Vector Prime und greifen Adrinetta an.«

»Und wir werden bis dahin alles tun, um den Gegner beschäftigt zu halten«, ergänzte Taran.

Carlo nickte. »Es wird nicht einfach werden, doch wie müssen es versuchen. Alles andere wäre ein Eingeständnis unserer Niederlage.«

Einer von Tarans Verbündeten flüsterte diesem etwas zu und der Clanführer nickte verstehend. An Carlo gewandt, erklärte er: »Meine Freunde kehren nun auf ihre Schiffe zurück, falls im Augenblick nicht mehr zu besprechen ist. Sie fühlen sich verständlicherweise nicht wohl, längere Zeit auf einem menschlichen Schiff zu verbringen.«

Carlo nickte. »Würden Sie unsere Gäste zurück in den Hangar eskortieren?«, bat er Finn Delgado, der die ganze Zeit wie ein hilfreicher, schweigsamer Geist im Hintergrund verbracht hatte. Der Schattenlegionär nickte und führte die beiden Drizil hinaus. Van Bergen schloss sich ihnen an. Nur Taran blieb zurück. Er musterte nacheinander Carlo und René Castellano eindringlich.

»Was verschweigst du mir?«, fragte er schließlich rundheraus.

Carlo räusperte sich. Mit so viel Direktheit hatte er nicht gerechnet. Er warf René einen vorsichtigen Blick zu.

»Irgendetwas geht hier doch vor.« Taran ließ sich locker. »Etwas, von dem ihr nicht wollt, dass wir es wissen.«

Carlo schluckte. Vor diesem Gespräch hatte er sich die ganze Zeit gefürchtet. Wenn es eine gemeinsame Zukunft für Menschen und Drizil geben konnte, dann musste sie auf Ehrlichkeit aufgebaut sein. Er hatte keine Wahl – auch wenn seine Ehrlichkeit das neue Bündnis mit den Drizilrebellen ernsthaft gefährden würde.

Carlo streckte seine Gestalt zu ganzer Größe. Es war ein unbewusster Versuch, gegenüber dem Drizil eine dominante Haltung einzunehmen. »Du musst verstehen, Taran. Wir standen mit dem Rücken zur Wand. Wir hatten keine Wahl. Unser Volk sah sich seiner Vernichtung gegenüber.«

»Ihr hattet in welchem Zusammenhang keine Wahl? Was habt ihr getan?« Tarans Stimme wurde leicht schrill.

Carlo schluckte erneut. »Es gelang uns vor Kurzem, eines eurer Flaggschiffe zu entern und wichtige Navigationsdaten zu kapern. Auf deren Grundlage ordnete ich persönlich einen nuklearen Vernichtungsangriff gegen mehrere Heimatwelten der Drizil an. Wie ich weiß«, Carlo deutete auf das Hologramm, »sind einige der als Ziele vorgemerkten Systeme die Heimat deiner Verbündeten.«

»Was?«, begehrte Taran auf. »*Das* habt ihr getan? Wisst ihr eigentlich, was ihr da losgebrochen habt? Wenn ihr Welten auslöscht, die auf eurer Seite stehen, wird das viele meiner Verbündeten zurück zu unseren Feinden treiben. Vielleicht sogar alle. Und ich könnte es ihnen nicht einmal verübeln. Das Bündnis ist in ernster Gefahr – und somit auch der Ausgang dieses Krieges.«

»Es war meine Entscheidung, Taran«, entgegnete Carlo mit mehr Gleichmut, als er tatsächlich empfand. »Und ich übernehme die volle Verantwortung.«

»Es geht hier doch nicht um Verantwortung. Es geht um das Schicksal unserer Völker.«

»Da ist noch mehr, befürchte ich«, warf René zaghaft ein. Carlo warf ihm einen warnenden Blick zu, den dieser geflissentlich ignorierte. »Eine der Welten, die wir als Ziel auserkoren haben, ist Kerem-da.«

Taran stand stocksteif im Raum. Lediglich ein leichtes Zittern in seinen Extremitäten zeugte von den Gefühlen, die ihn derzeit beherrschten. Der Clanführer griff nach dem Rand des Holotanks und hielt sich dort mit mühsam beherrschtem Zorn fest. »Ich habe mein Volk in einen Bürgerkrieg gestürzt, weil du mich davon überzeugt hast, dass kein Volk als Sklave leben darf. Auch nicht – oder vor allem nicht –, wenn es von eigenen Artgenossen versklavt wird. Ich habe andere überredet, mir auf einem wahnwitzigen Kreuzzug zu folgen, der dabei ist, Ströme von Blut zu vergießen. Mein Sohn ist tot, ermordet von Clans, die immer noch der alten Ordnung dienen. Einer Ordnung, die nicht nur falsch ist – wovon ich überzeugt bin –, sondern fallen muss, falls die Drizil überleben sollen. Auch davon bin ich überzeugt. Und nun sagt ihr mir, dass ihr meine Heimatwelt zerstören wollt? Wie konntet ihr nur!«

Carlo neigte das Haupt. Er war nicht in der Lage, dem anklagenden Blick des Drizil standzuhalten. »Wirst du deine Verbündeten darüber informieren?«

Taran überlegte. »Dass ihr sie verraten habt? Wesen, von denen ich ihnen erzählte, sie seien ihre Freunde? Nein, das werde ich nicht. Genauso gut könnte ich gleich das Bündnis aufkündigen und einen Angriff auf Vector Prime befehlen. Wann finden die Angriffe statt?«

René atmete erleichtert auf. »Noch gar nicht. Die dafür ausgewählten Einheiten befinden sich noch in der Vorbereitungsphase bei Barinbau. Wir können sie noch immer aufhalten und die Angriffe abblasen.«

Taran nickte steif. »Dann tut das – und ich werde vergessen, was ihr vorhattet. Doch sollten die Bomben fallen, weiß ich nicht, wie die Reaktion meines Volkes aussehen wird.«

»Das werden sie nicht«, entgegnete René überzeugt. »Das verspreche ich. Wir können es noch immer aufhalten.«

Taran nickte erneut, drehte sich wortlos um und verließ den Raum. René ließ unwillkürlich einen Stoßseufzer heraus. »Das hätte besser laufen können.«

»Aber auch wesentlich schlechter. Er hat recht. Allein aufgrund unserer Entscheidung hätte er sofort den Krieg erklären können. Andere hätten es getan.« Carlo lächelte wehmütig. »*Wir* hätten es getan – an seiner Stelle.«

»Ja, das hätten wir wohl«, gab René ihm recht. »Ich sende sofort eine Nachricht an Lestrade. Er soll den Angriff umgehend abblasen und die dafür abgestellten Schiffe zurück nach Vector Prime beordern.«

»Aber sofort!«, drängte Carlo. »Nicht auszudenken, falls einer der Sondereinsatzverbände die Warnung nicht mehr rechtzeitig erhielte. Wir wären wieder dort angelangt, wo wir vor einigen Stunden noch waren – im Angesicht unserer Vernichtung.«

23

Captain Javier Estrada saß gerade in seinem Bereitschaftsraum an Bord der SPARTACUS und war dabei, die letzten Vorbereitungen abzuschließen, als der Bildschirm seines Schreibtisches mit einem Mal zum Leben erwachte.

Javier sah auf und das Antlitz seines XO, Commanders Harry Benjamin Lofton, starrte ihm entgegen. Javier unterdrückte nur mit Mühe ein herzhaftes Gähnen. Er war inzwischen seit gut dreißig Stunden auf den Beinen, um alles am Laufen zu halten und sein Schiff auf den bevorstehenden Angriff vorzubereiten.

Der Verband, bestehend aus der AGAMEMNON, der CRAZY HORSE sowie seiner eigenen SPARTACUS, war spät dran. Die drei anderen Verbände waren bereits vor fast einem Tag aufgebrochen und befanden sich im Anflug auf ihre ersten Ziele. Er konnte es kaum erwarten, seinen eigenen Schlag zu führen.

Die Reihenfolge der Ziele wurden jedem Verbandskommandanten überlassen. Über diesem Problem hatten Javier und seine Offiziere mehrere Tage nachgedacht und intensiv diskutiert. Und ihr erstes Ziel hieß Dirindai. Allem Anschein nach handelte es sich dabei um eine feindliche Welt von enormer Wichtigkeit: dicht bevölkert, hoch industrialisiert. Darüber hinaus gehörte sie einem der Herrscherclans – ein perfektes Ziel.

Vermutlich wurde sie aber auch extrem gut verteidigt. Javier sowie jedes einzelne Besatzungsmitglied der drei Schiffe unter seinem Kommando war sich im Klaren darüber, dass es äußerst unwahrscheinlich schien, dass einer von ihnen überlebte. Im Prinzip handelte es sich um eine Selbstmordmission. Das spielte jedoch keine Rolle, solange sie dem Feind nur genügend Schaden zufügten. Es hatte durchaus Methode, dass Lestrade und Rix Besatzungen ausgewählt hatten, die auf die Drizil ein besonderes Maß an Hass entwickelt hatten. Solche Aufgaben überließ man am besten Fanatikern.

Es machte ihm nichts aus, dass man ihn als solchen ansah. Bald würde er sich über derlei Dinge ohnehin nicht mehr den Kopf zerbrechen müssen.

»Ja? Was gibt es, Harry?«

»Entschuldigen Sie die Störung, Skipper. Wir erhalten gerade eine Nachricht von Commodore Lestrade. Priorität eins. Er bat mich, ihn sofort durchzustellen.«

Javier war augenblicklich hellwach. Eine Priorität-eins-Botschaft vom derzeit ranghöchsten Flottenoffizier, den die Menschheit noch besaß, bekam man nicht jeden Tag. Er nickte seinem XO zu und dessen Gesicht verschwand schlagartig. Es wurde umgehend vom Konterfei Commodore Lestrades ersetzt.

»Estrada«, grüßte Lestrade ihn.

Javier neigte leicht den Kopf. »Commodore. Wir sind so gut wie abflugbereit.«

Lestrades Gesicht wirkte irgendwie verkniffen, als er antwortete. Es war für Javier das erste Anzeichen, dass etwas nicht stimmte. »Genau darüber wollte ich mit Ihnen sprechen, Estrada. Der Plan wurde geändert. Unsere Einheiten wurden allesamt nach Vector Prime zurückbeordert.« Lestrade zögerte kurz. »Der Vernichtungsangriff wurde ausdrücklich untersagt.«

Javier drohte den Boden unter den Füßen zu verlieren. Mühsam brachte er lediglich nur ein Wort heraus. »Wieso?«

Lestrade schürzte die Lippen. »Ich kann nicht behaupten, alles zu verstehen, doch wie es aussieht, erhielten wir unerwartete Hilfe. Innerhalb der Drizilföderation ist ein Bürgerkrieg im Gange und wir haben anscheinend ein Bündnis mit den Rebellen geschlossen. Der Drizil, den Rix eine Weile als sein Haustier hielt, führt die Rebellen an.«

Javier runzelte die Stirn. »Ein Bürgerkrieg?« Seine Lippen teilten sich zu einem Lächeln. »Das ist perfekt. Der Feind ist geschwächt und abgelenkt. Gerade jetzt sollten wir angreifen. Unsere Chancen für einen erfolgreichen Abschluss der Mission sind gerade signifikant gestiegen.«

Lestrade schüttelte den Kopf. »Ein netter Gedanke, aber nicht durchführbar. Ein Angriff auf die feindlichen Heimatwelten würde das Bündnis in Gefahr bringen.«

»Aber ...«, begehrte Javier auf.

»Das ist ein Befehl, Captain!«, fiel Lestrade ihm ins Wort. »Er kommt direkt von General Rix und ich stimme diesem zu. Es gibt sogar bereits einen Plan für unser weiteres Vorgehen. Und dafür brauchen wir jedes Schiff, das wir kriegen können. Begeben Sie sich im Verbund mit der CRAZY HORSE und der AGAMEMNON umgehend nach Vector Prime. Verstanden?«

»Was ist mit den bereits gestarteten Verbänden? Die befinden sich schon im Zielanflug.«

»Es wurden Ihnen Prioritätsbotschaften nachgeschickt. Sie werden ebenfalls rechtzeitig zurückgerufen, bevor sie ihre Missionen durchführen können.«

Javier versuchte nicht einmal, seine Enttäuschung zu verbergen. Er hatte gehofft, der Rückruf würde die anderen Angriffsverbände nicht mehr rechtzeitig erreichen.

Lestrade kniff die Augen leicht zusammen. Er wusste genau, was in Javiers Kopf gerade vor sich ging. »Captain? Ich fordere Sie noch einmal auf, den Befehl zum Abbruch der Mission zu bestätigen.«

Javiers Gestalt versteifte sich. Er hatte das Gefühl, kotzen zu müssen. Trotzdem presste er mühsam ein »Abbruch bestätigt, Sir!« heraus. Die Stimme, die die Worte sagten, klang nicht einmal nach ihm. Lestrade jedoch war zufrieden und kappte die Verbindung. Javier starrte den schwarzen Bildschirm an, unfähig zu begreifen, was gerade vor sich ging.

Kämpfen? Gemeinsam mit Drizil? Unvorstellbar! Diese Monster hatten unfassbar viele Menschen ermordet und nun sollten einige von ihnen plötzlich Freunde sein? Allein der Gedanke war lachhaft. Doch er war Offizier und verpflichtet, den Befehlen Lestrades Folge zu leisten. Mit einem Gefühl der Müdigkeit, die weit über eine Erschöpfung des Körpers hinausging, streckte er die Hand aus, um die Brücke der SPARTACUS zu rufen. Er musste seinen Ersten Offizier über die veränderte Sachlage informieren. Seine Glieder fühlten sich jedoch an wie Blei.

Sein Blick streifte wie zufällig zwei Bilder, die auf seinem Schreibtisch standen. Das eine zeigte seine Familie: seine Eltern, seine Geschwister und deren Kinder in inniger Pose, wie sie in die Kamera lächelten. Das andere war ein Bild, das seine ehemalige XO Estelle Doriega und ihn selbst zeigte, wie er ihr nach der Schlacht um Karagat den imperialen Orden für Tapferkeit verlieh. Ihr Einsatz hatte damals viele Leben gerettet. Doch als sie selbst Hilfe brauchte, hatte Javier sie nicht retten können. Damals, auf dem Mond über Vector Prime, als sie in seinen Armen verblutet war, ohne dass er sich dessen bewusst geworden war.

Javier schluckte und eine eisige Klammer legte sich um sein Herz. All diese Menschen hatten ihm viel bedeutet und all diese Menschen waren jetzt tot. Umgebracht von den Drizil. Er merkte auf. Es war dieser eine Augenblick, der den Funken des Widerstands in ihm auflodern ließ. Nur für eine Sekunde, das genügte aber schon.

Sein Finger drückte auf die Taste des Bildschirms und das Gesicht seines XO erschien wiederum direkt vor ihm.

»Sir?«

»Harry, es gibt neue Befehle. Benachrichtigen Sie die Skipper der AGAMEMNON und der CRAZY HORSE. Ab sofort operieren wir unter Funkstille. Es werden keine Nachrichten mehr angenommen, außer sie kommen von der SPARTACUS.«

Lofton zögerte einen Moment, nickte dann jedoch. »Verstanden, Captain. Sonst noch etwas?«

»Ja. Berechnen Sie die ersten Sprungkoordinaten und leiten Sie sie an die beiden anderen Schiffe weiter. Wir brechen umgehend auf.«

Lofton runzelte die Stirn. »Aber die Vorbereitungen sind noch nicht abgeschlossen. Wir benötigen mindestens noch zwei weitere Stunden.«

»Der Befehl kommt direkt von Lestrade. Führen Sie ihn aus!«

Lofton zögerte erneut. Doch er gab schließlich nach. An Befehlen gab es nichts zu rütteln. Javier hatte darauf gebaut.

»Aye, Sir«, erwiderte der XO und der Bildschirm wurde erneut schwarz.

Javier lehnte sich in seinem Sessel zurück. Er hatte die Grenze überschritten vom Ungehorsam zur offenen Befehlsverweigerung. Eigentlich sogar zum Verrat. Das hatte in seinen Gedanken jedoch keine Bedeutung. Er ging immer noch davon aus, diese Mission nicht zu überleben. Vor seinem Ende würden die Drizil aber noch auf ihren Knien vor ihm liegen und ihn anbetteln, sie zu verschonen.

An Bord der VENGEANCE eilte Eugene Mueller unvermittelt an die Seite seines Kommandanten. »Sir? Bei der SPARTACUS, der AGAMEMNON und der CRAZY HORSE geht etwas vor. Sie beschleunigen auf Sprunggeschwindigkeit.«

Lestrade warf seinem XO zunächst einen ungläubigen Blick zu und sprang schließlich mit einem Satz von seinem Kommandosessel auf. »Eine Verbindung zur SPARTACUS. Sofort!«

Doch es war bereits zu spät. Auf seinem taktischen Hologramm blinkten die Symbole der drei Schiffe zweimal kurz auf, bevor sie vom Plot verschwanden.

»Sie sind bereits außer Sensorreichweite«, erklärte der XO der VENGEANCE unnötigerweise. »In weniger als drei Stunden erreichen sie Sprunggeschwindigkeit und wir haben keine Chance, sie vorher abzufangen.«

Lestrade starrte noch mehrere Sekunden auf sein taktisches Hologramm, als könnte er die drei Schiffe durch bloße Willenskraft zurückholen. Doch er gab es schnell auf und sein Blick glitt durch das Brückenfenster.

»So eine verfluchte Scheiße!«, murmelte er.

24

Colonel Justin Janneck von der imperialen Armee beobachtete angestrengt den Himmel über Perseus. Colonel Benedikt Sanchez, der Anführer der Prätorianer, musterte ihn mit kaum verhohlener Belustigung.

»Es werden heute keine feindlichen Jäger über unseren Köpfen auftauchen. Genau so, wie sie gestern nicht auftauchten.«

Janneck schürzte die Lippen. »Es schadet aber nicht, trotzdem die Augen offen zu halten. Besser, einmal zu viel nachgesehen als einmal zu wenig.« Janneck seufzte tief, bevor er sich zu seinem Offizierskollegen umwandte. »Nachrichten von Mumford?«, fragte er kurz angebunden.

Sanchez schüttelte den Kopf. »Nichts, seit er uns auf die Oberfläche runtergebracht hat.«

Janneck nickte und kehrte zum Kartentisch zurück, auf dem eine stark vereinfachte Darstellung der Region rund um den Raumhafen zu sehen war. Der Colonel ließ den Blick über die versammelten Männer schweifen. Derzeit befanden sich die Prätorianer unter Sanchez sowie die Armeeeinheiten unter Janneck auf Perseus, des Weiteren Elemente der 111. Fremdenlegion unter dem Kommando von Colonel Azikiwe sowie die Kampfkohorte *Invictus* der 18. Legion unter dem Befehl von Major Sam »Hutch« Hutchinson, außerdem einzelne Zenturien der Aufklärungskohorte *Obskurus*, ebenfalls der 18. Legion zugehörig. Deren Anwesenheit dürfte sich noch als nützlich erweisen.

Major Akira Hitoshi, der Befehlshaber von *Obskurus*, befand sich derzeit mit dem Gros seiner Einheiten auf Vector Prime und bereitete sich auf den Angriff auf Adrinetta vor. Deshalb führte Hutch ebenfalls den Befehl über die wenigen Aufklärungslegionäre, die ihnen zur Verfügung standen.

Die Verstärkungstruppen waren vor drei Tagen gelandet. Überraschenderweise hatten die Drizil in keiner Weise versucht, die Landung zu verhindern. Einer der Gründe mochte sein, dass beide Seiten über weniger als vierzig Schiffe im System verfügten. Die Fledermausköpfe rechneten sich wohl bessere Chancen aus, wenn sich die Bodentruppen beider Parteien auf Perseus gegenseitig den Kopf einschlugen.

Janneck hob erneut das Haupt. Er wünschte, er hätte gewusst, was dort oben vor sich ging. Beide Flotteneinheiten überfluteten den Subraum mit Störsignalen, um die Kommunikation der Gegenseite zu unterbinden. Das Ergebnis war eine unbefriedigende Pattsituation. Eine, die Janneck zu beenden gedachte.

Für gewöhnlich ließen sich Legions- und Prätorianeroffiziere von einem einfachen Armeeoffizier – auch wenn er denselben Rang innehatte – nichts sagen. Doch Janneck war der dienstälteste auf Perseus anwesende Colonel. Um Kompetenzrangeleien untereinander zu unterbinden, waren alle anderen übereingekommen, diesen Umstand zu respektieren. Somit hatte Janneck derzeit das operative Kommando auf Perseus inne.

Die Armee hatte sich während des Krieges Spott, Häme und Verachtung vonseiten der Legionen aussetzen müssen. Diese betrachteten sich selbst als Elitetruppe, auch wenn dies leider allzu oft überhaupt nicht zutraf. Janneck hatte vor, ein für alle Mal zu beweisen, dass die Armee nicht weniger wert war.

Janneck beugte sich vor und stützte seinen Körper schwer auf den Kartentisch. »Haben sich die Fledermausköpfe inzwischen bewegt?«

Sanchez schüttelte den Kopf. »Nicht einen Meter. Sie graben sich immer weiter in ihrem Brückenkopf ein. Entweder hoffen sie, dass wir zu ihnen kommen, oder …«

Janneck sah auf. »Oder?«

»Oder sie warten auf Verstärkung.«

Janneck neigte leicht den Kopf zur Seite. »Dazu dürfen wir es gar nicht erst kommen lassen. Was wissen wir über ihre Stärke?«

»Zwischen zwanzig- und dreißigtausend, meinen die Aufklärer«, mischte sich Hutchinson ein. »Zahlenmäßig wären sie uns nur knapp überlegen.«

»Das bedeutet nicht viel, wenn wir gegen eine schwer befestigte Stellung anrennen müssen«, gab Sanchez zu bedenken. »Der Feind verfügt über Artillerie und schwere Waffen. Vielleicht sogar über Panzerschleicher. Und wir bekommen nicht einmal Deckung aus der Luft oder dem

Weltraum, solange unsere Schiffe von den Fledermausköpfen blockiert werden.«

Azikiwe biss sich leicht auf die Unterlippe, bevor er sich der Reihe nach umsah. »Also? Was heißt das für uns? Kämpfen oder abwarten?«

Janneck schnaubte. »Abwarten wäre keinesfalls eine praktikable Lösung. Die Zeit arbeitet gegen uns. Die Drizil wissen das. Wenn wir handeln, dann müssen wir es schnell und entschlossen tun.«

Sanchez seufzte. »Dann also Angriff. Wann?«

»Sobald unsere Einheiten in Position sind«, beschied Janneck. »Morgen bei Sonnenaufgang. Spätestens. Der feindliche Brückenkopf befindet sich lediglich fünfzig Kilometer außerhalb des Raumhafens. Sollten die Drizil in großer Zahl ausbrechen, nehmen sie den Hafen und wahrscheinlich gleich die ganze Stadt im Handstreich ein. Das werde ich nicht gestatten.« Janneck überlegte kurz. »Wir greifen den Brückenkopf zeitgleich von Süden und Westen an. Sanchez? Sie greifen die Artilleriestellung im Süden an und schalten sie aus. Azikiwe? Sie übernehmen das Zentrum der feindlichen Stellungen im Westen. Ihr Angriff dient aber lediglich zur Ablenkung. Sobald der Feind reagiert, um beiden Angriffen zu begegnen, greifen meine eigenen Armeeeinheiten von Norden her an und brechen durch die feindliche Front. Anschließend rollen wir die gegnerischen Stellungen nach beiden Flanken hin auf und machen den Sack zu. Schicken Sie heute Nacht die Aufklärungslegionäre los. Ich brauche eine so genaue Vorstellung von dem, was uns erwartet, wie möglich.«

Hutchinson nickte gepresst.

»Was ist mit der Deckung aus der Luft?«, wollte Azikiwe wissen. »Wir besitzen keine, aber vielleicht die Drizil.«

Janneck schnaubte erneut. »Wollen wir hoffen, dass Mumford die Situation hier unten sehr genau im Auge behält. Wir können zwar keinen Kontakt mit ihm aufnehmen, aber ich bin der festen Überzeugung, dass er weiß, was zu tun ist, sobald der Tanz hier unten losgeht. Er muss uns unbedingt diese Schiffe vom Hals halten.« Janneck sah erneut auf und maß jeden der Anwesenden mit festem Blick. »Meine Herren? Die Bedrohung von Perseus endet morgen. Für immer!«

General Carlo Rix musterte das Abbild Lestrades auf dem Bildschirm vor ihm, als würde er den Flottenoffizier zum ersten Mal sehen.

»Sagen Sie das bitte noch einmal!«, forderte er den Mann fassungslos auf. Lestrades Gesicht war weiß wie eine Wand.

»Wir haben den Kontakt zur SPARTACUS und ihrem Verband verloren. Alle drei Schiffe sind von unseren Sensoren verschwunden. Sie operieren nun unter absoluter Funkstille und Schleichfahrt. Das ist wenig überraschend. Der Plan sah das von Anfang an vor.«

»Er sah aber keinen Akt der Befehlsverweigerung vor«, erwiderte Carlo mit einem Unterton der Verärgerung.

»Nein«, gab Lestrade kleinlaut zu.

Carlo sah stirnrunzelnd auf. »Was ist mit den anderen Angriffsverbänden?«

»Sie haben sich inzwischen alle bei mir zurückgemeldet. Der Großteil der bei Barinbau stationierten Einheiten befindet sich auf dem Rückweg nach Vector Prime. Inklusive der restlichen evakuierten Zivilisten. Barinbau ist nun verlassen.«

Carlo machte eine lapidare Handbewegung. »Das interessiert mich im Moment weit weniger als der Umstand, dass wir drei Schiffe vermissen. Zum Glück leisteten die anderen dem Befehl zur Umkehr Folge. Nicht auszudenken, wenn alle so reagiert hätten.« Carlo überlegte kurz und hämmerte in einem Ausbruch der Frustration mit der Faust auf den Tisch. »Verdammter Estrada!«, fluchte er. »Und seine verdammte Besatzung folgt ihm auch noch auf diesen Irrsinn!«

»Es sind allesamt gute Leute«, verteidigte Lestrade die Männer und Frauen unter Estradas Befehl. »Sie sind lediglich … fehlgeleitet. Im Übrigen bin ich überzeugt, dass die meisten gar nicht wissen, was vor sich geht. Sie folgen einfach nur den ausgegebenen Befehlen. Estrada wird mit Sicherheit für sich behalten haben, dass diese nicht länger Gültigkeit besitzen.«

»Das macht unser Dilemma nicht besser.« Carlo klopfte mit dem Zeigefinger einen unsteten Rhythmus auf das bearbeitete Holz seines Schreibtisches. Schließlich sah er erneut stirnrunzelnd auf. »Im schlimmsten Fall, wie viel Schaden könnte er anrichten?«

Lestrade musste nicht einmal überlegen. Er hatte die Antwort bereits parat. Der Mann hatte mit dieser Frage gerechnet. »Das kommt darauf an, wie viel Zeit er sich nimmt.«

»Erklären Sie das.«

»Estrada verfügt über drei Schiffe und jedes verfügt über genügend Atombomben an Bord für mehrere Flächenbombardements. Sollte sich Estrada die Zeit nehmen, dann besitzt er genügend Feuerkraft und die Mittel, um vier oder fünf dicht bevölkerte Welten völlig unbewohnbar zu machen. Dies erfordert aber mindestens einen oder zwei Tage Zeit pro Welt, mehrere Kurskorrekturen und mehrere Umkreisungen eines Planeten sowohl auf der Längs- als auch der Querachse.«

Carlo schluckte. »Was wäre die Alternative?«

»Er begnügt sich mit Nadelstichen.«

»Was bedeutet das im nuklearen Maßstab?«

»Er fliegt ein System an, umkreist den bewohnten Planeten ein einziges Mal und bombardiert auf seinem Weg die Bevölkerungszentren und jedes Ziel, das sich ihm sonst noch bietet. Anschließend verlässt er das System schnellstmöglich und fliegt zum nächsten Ziel weiter. Auf diese Weise wäre es ihm möglich, einem Dutzend Systeme einen Besuch abzustatten und diesen erheblichen Schaden an der Infrastruktur sowie eine erhebliche Opferzahl zuzufügen. Egal für welche Option er sich entscheidet, die Zahlen der Toten geht mit Sicherheit in die zig Milliarden, wenn er nicht aufgehalten wird.«

»Welche Möglichkeiten bleiben uns?«

»Nicht viele«, erklärte Lestrade unumwunden. »Wir könnten ihm Schiffe hinterherschicken, in der Hoffnung, dass sie ihn finden, bevor er seinen Amoklauf beginnt.«

»Mit welchem Ziel?«

»Ihn und seine Gefolgsleute zur Umkehr zu bewegen, wenn möglich …« Lestrade zögerte. »Ihre Zerstörung, wenn nötig.«

»Ich fürchte, das kommt derzeit nicht infrage. Unsere Schiffe sind bei Perseus in schwere Kämpfe verwickelt, van Bergen ist mit einem erheblichen Anteil unserer Einheiten auf dem Weg nach Equuro, und was noch übrig ist, sammelt sich bei Vector Prime. Wir bereiten eine Offensive vor, die den Krieg ein für alle Mal beenden könnte.«

»Das bedeutet alles nichts, wenn Estrada damit beginnt, verbündete Welten in Schutt und Asche zu legen.« Lestrade wandte kurz den Blick ab. Als er es wieder wagte, Carlo in die Augen zu sehen, lag etwas Düsteres und Unheilvolles darin. »Und wenn wir den Drizil die Drecksarbeit überlassen?«

Carlo hob eine Augenbraue. »Wie meinen Sie das?«

»Wir geben ihnen alle Daten, die wir über Estradas Schiffe besitzen. Einschließlich ihrer Anriebssignatur sowie der Hauptcodes für Waffen und Lebenserhaltung. Damit wäre es ihnen ein Leichtes, die SPARTACUS und ihre Begleitschiffe auszuschalten.«

Carlo schüttelte vehement den Kopf. »Das kommt nicht infrage. Diese Büchse der Pandora dürfen wir nicht öffnen. Wir würden uns die eigenen Leute zum Feind machen. Wenn das herauskommt …«

»Das wird es nicht. Wir und die Drizil wären die Einzigen, die davon wüssten.«

Der Gedanke war verführerisch. Das ließ sich gar nicht leugnen. Carlo war versucht, den Vorschlag anzunehmen. Doch durfte er wirklich drei Schiffsbesatzungen zum Tode verurteilen wegen der Handlungen eines fehlgeleiteten Offiziers? Wenn Lestrade recht hatte, dann war die Mehrzahl der Männer und Frauen an Bord unschuldig. Sie waren der Meinung, lediglich legitime Befehle auszuführen.

Carlo schürzte die Lippen. Nein, er hatte seine Ehre schon einmal außer Acht gelassen, als er diesen Wahnsinnsangriff überhaupt erst befohlen hatte. Er würde sich und der Legion nicht noch einmal Schande machen, indem er Drizil Menschen umbringen ließ. Er schüttelte entschlossen den Kopf.

»Das können wir nicht tun, Horatio.«

Überraschenderweise wirkte der Commodore eher erleichtert denn enttäuscht. »Dann bliebe noch eine dritte Möglichkeit.«

»Die da wäre?«

»Wir schicken nur ein Schiff und bewegen Estrada zur Umkehr.«

Der Vorschlag überzeugte Carlo nicht wirklich. »Das würde nahelegen, Estrada ließe sich überhaupt überzeugen.«

»Ich bin immer noch sicher, dass die meisten Männer und Frauen unter seinem Kommando keine Ahnung haben, was wirklich vor sich geht. Wenn sich Estrada weigert, meinem Befehl zur Umkehr weiter Folge zu leisten, lasse ich ihn absetzen und festnehmen. Ich verfüge über vertrauenswürdige Offiziere an Bord der SPARTACUS. Dafür habe ich im Vorfeld gesorgt.«

»Sie sagen immer, *meinem* Befehl?! Heißt das, Sie wollen ihn persönlich verfolgen?«

»Ich bin die logische Wahl«, hielt Lestrade dagegen. »Ich bin der Einzige, der dem Mann überhaupt Befehle geben kann. Mein Wort wird Gewicht haben.«

»Das kann ich nicht erlauben«, erklärte Carlo. »Die VENGEANCE ist einer von nur zwei Schlachtkreuzern der Swordmaster-Klasse, die wir überhaupt besitzen. Ich kann Sie nicht mit fünfzig Prozent unseres schweren Kapitals auf Kreuzfahrt gehen lassen. Ich benötige die VENGEANCE hier.«

Lestrade fixierte Carlo mit festem Blick. »Dann gehe nur ich. Mit einem anderen Schiff, das entbehrlicher ist.«

Carlo seufzte. »Sind Sie sicher, dass Sie das hinkriegen?«

Lestrade lächelte leicht. »Sicher? Nein. Aber wir müssen es wenigstens versuchen.« Der Commodore senkte verschwörerisch die Stimme. »Meine Handlungen haben in der Vergangenheit so viel Unheil und Leid verursacht, Carlo. Das hier *muss* ich jetzt tun.«

Carlo nickte. »Dann gehen Sie, Horatio. Und gnade Gott uns allen, falls Sie nicht erfolgreich sind!«

Captain Edgar Cutter trat aus der Felsspalte hinaus ins helle Sonnenlicht. Seine Rüstung verdunkelte augenblicklich das Helmvisier, um zu verhindern, dass der Legionär geblendet wurde.

In etwa fünfhundert Meter Entfernung zum Schluchteingang waren Hunderte Drizil angetreten, bereit, die Zuflucht für die menschlichen Flüchtlinge zu stürmen. Edgars Aufmerksamkeit galt jedoch der einzelnen menschlichen Gestalt, die eindeutig nervös nur wenige Meter vor ihm wartete.

Edgar trat ihr ohne Hast entgegen, öffnete den Helm und neigte leicht den Kopf. »Senator.«

»Captain«, murmelte Uborn halblaut.

Edgar musterte den Mann eingehend. Uborn hielt seinem Blick nicht lange stand und wandte unbehaglich den Kopf ab. Sein schlechtes Gewissen drang dem Senator aus jeder Pore.

»Ich hätte nicht gedacht, Sie noch einmal wiederzusehen«, eröffnete der Schattenlegionär schließlich das Gespräch.

»Ich bin nicht freiwillig hier.«

Edgar schnaubte. »Das glaube ich Ihnen aufs Wort. Ihre neuen Herren haben Sie geschickt.«

»Sie bieten Ihnen ehrenhafte Kapitulation an. Sie werden in Haft genommen, Ihnen und Ihren Leuten wird aber nichts geschehen. Außerdem bleiben die Flüchtlinge in der Schlucht unbehelligt. Sie dürfen bleiben, wo sie sind.«

Edgar verzog leicht das Gesicht. »Einfach so?«

»Ja, einfach so.«

»Und was ist der Preis für diese ... Großzügigkeit?«

Uborn zögerte. In diesem Moment wurde Edgar klar, dass seine Vermutung ins Schwarze traf. Die Drizil wollten etwas. Deshalb boten Sie den wenigen überlebenden Schattenlegionären die Kapitulation an.

»Sobald Sie in Gewahrsam genommen wurden, wird man Ihnen ein paar Fragen stellen. Sobald alle zur Zufriedenheit der Drizil beantwortet wurden, werden Sie und Ihre Leute in ein Gefangenenlager gebracht, wo Sie bleiben, bis der Krieg endgültig vorüber ist.«

Edgar lachte bellend auf. »Das ist es also. Die Drizil wollen wissen, was ich weiß – was *wir* wissen.«

»So ist es. Ich finde, das ist ein fairer Preis, wenn man bedenkt, dass die Alternative der Tod für alle ist, die sich in Ihrer Gesellschaft befinden. Ihre Leute und vor allem *meine* Leute. Sie werden umgebracht. Ausnahmslos!« Uborn trat einen Schritt näher und hob flehend die Arme. »Bitte, Captain, nehmen Sie das Angebot an! Wenn schon nicht um Ihretwillen, so doch zumindest wegen der Zivilisten dort drin.«

Für einen Moment erwog Edgar ernsthaft, das Angebot in Betracht zu ziehen. Doch der Augenblick des Zweifels ging vorbei und er schüttelte den Kopf. »Das kann ich nicht tun und das wissen Sie. Wir sind immer noch Soldaten des Imperiums. Ganz egal, ob man es nun Neues Protektorat nennt oder nicht. Das Ehrgefühl, das dahintersteht und uns alle verbindet, ist nach wie vor dasselbe. Sie wissen verdammt gut, dass ich mich nicht ergeben kann.«

»Und die Leute da drin?«, herrschte Uborn ihn plötzlich an. »Sind die Ihnen völlig egal? Sie werden alle sterben. Die Drizil werden keine Gnade kennen.«

»Die kannten sie schon zuvor nicht. Ich bin bereits auf Welten gewesen, die die Gerechtigkeit der Fledermausköpfe am eigenen Leib erfahren mussten. Was immer die Drizil versprechen, ist nichts wert. Sobald sie ihre Antworten bekommen haben, bringen sie uns um. Schon allein, um ein Exempel zu statuieren.«

»Und meine Leute dort drin? Glauben Sie wirklich, sie werden diesen Kampf unterstützen? Die haben genug gelitten.«

Edgar lächelte leicht. »Wissen Sie, was das Witzige an der Situation ist? Wir haben die Menschen im Camp darüber aufgeklärt, was Sie getan haben, Uborn. Natürlich gab es Stimmen, die es befürworteten. Die sagten, Sie hätten diese Wahl im Interesse aller getroffen. Aber die weitaus meisten lehnten diese Art der Kollaboration ab. Sie lehnen *Sie* ab, Senator. Und einige sind durchaus bereit, uns zu helfen und zu kämpfen.«

»Es werden alle getötet.«

»Das wissen wir. Wir sind alle einen weiten Weg gegangen, egal ob Legionär oder Zivilist. Und wir sind alle furchtbar müde. Wenn dies unsere letzte Schlacht werden soll, dann möge es so sein.«

Uborns Schultern sanken ein ganzes Stück herab. »Bitte, nehmen Sie das Angebot an!« Die Stimme des Senators klang schwach und weinerlich. Als er aufsah, glitzerten Tränen in dessen Augen. »Ich werde getötet, wenn ich mit leeren Händen zurückkehre.« Der Senator deutete über die Schulter auf die angetretenen und kampfbereiten Drizil.

Edgar hätte Abscheu und Verachtung für den Mann fühlen sollen … fühlen *müssen*. Stattdessen empfand er lediglich Mitgefühl und Traurigkeit. Die Worte, die er wenige Augenblicke zuvor mit so viel Überzeugung gesprochen hatte, galten für Uborn nicht weniger. Auch der Senator hatte einen weiten Weg hinter sich. Wo andere Stärke darin fanden, war Uborn hingegen daran zerbrochen und suchte sein Heil bei den Drizil.

Edgar erwog, den Mann mitzunehmen in die vorübergehende Sicherheit der Felsspalte. Allerdings bezweifelte er insgeheim, dass der Senator dort sehr viel sicherer wäre. Die Legionäre hatten seinetwegen Freunde und Kameraden verloren. Und wenn diese ihn nicht umbrachten, dann einige von Uborns eigenen Leuten. Die Menschen waren in der Lage, großes Leid zu erdulden und furchtbare Widrigkeiten. Eines allerdings tolerierten sie in den allerseltensten Fällen: einen Kollaborateur in den eigenen Reihen.

»Es … es tut mir wirklich leid, Senator«, brachte Edgar mühsam hervor. »Aber ich kann nichts für Sie tun.« Ohne auf eine Antwort zu warten, drehte sich Edgar um und schlenderte in Richtung Schlucht zurück. Sein

Hinterkopf kribbelte, als er daran dachte, wie die Drizil ihn gerade beobachteten. Halb erwartete er, ein gegnerisches Projektil würde seinen Kopf wie eine Melone zertrümmern und die Gehirnmasse über den Felsen verteilen. Nichts dergleichen geschah.

Er spürte noch eine ganze Weile Uborns Blick auf sich ruhen, bevor er die schlurfenden Schritte vernahm, als sich der Senator umwandte und zu seinen wartenden Herren zurücktrottete.

Nur wenige Sekunden bevor Edgar die Sicherheit der Felsspalte erreichte, vernahm er einen einzelnen Schuss. Es kostete ihn große Mühe, nicht zusammenzuzucken.

Danbi Maeng, der Militärpräfekt von Equuro, biss ein Stück von dem Proteinriegel ab und kaute lustlos darauf herum. Der Riegel sollte laut Aufdruck nach Bananenbrot schmecken. Der tatsächliche Geschmack lag irgendwo zwischen Pappe und Styropor.

Maeng verzog angewidert das Gesicht, bevor er sich eines Besseren besann. Das war alles, was noch an Nahrungsmitteln verfügbar war: abgelaufene Proteinriegel. In ihrer Lage durfte man nicht wählerisch sein.

Geschützdonner ließ ihn jäh aufhorchen. Der Lärm klang beunruhigend nah. Die Allianztruppen und Schattenlegionäre auf Equuro hatten sich im Stadtzentrum von First Step verschanzt – und der Feind zog die Schlinge Tag für Tag enger. Die Verteidiger wichen jedes Mal zurück, sobald eine weitere Verteidigungslinie überrannt wurde. Es würde aber der Tag kommen, an denen ihnen kein weiterer Raum zum Zurückweichen blieb.

Maengs Blick fiel auf ein halbes Dutzend Schattenlegionäre, die hinter einer befehlsmäßigen Barrikade saßen und Karten spielten. Maeng schmunzelte. Eines musste er diesen Mistkerlen lassen: Sie waren verdammt hart im Nehmen. Beim Aufflammen des Geschützlärms hatten sie nicht einmal aufgesehen, geschweige denn in ihrem Kartenspiel innegehalten.

Leuchtspurgeschosse erhellten für einen Moment die Nacht. Maeng erhaschte einen Blick auf die Tätowierung eines der Legionäre. Es handelte sich um einen Hai, dessen Leib von einer Harpune durchschlagen wurde: das Emblem der 15. Cosa-Tauri-Rangers. Der Mann hatte früher zum Allianzmilitär gehört, vor seiner Berufung zur *Legio Umbra.* Maengs Lächeln wuchs in die Breite. Er hatte vor einer Stunde mit dem Legionär kurz gesprochen. Er hatte diesen von Anfang an gut leiden können.

Eine Bewegung zu seiner Linken erregte Maengs Aufmerksamkeit. Reflexartig griff er zu dem an seiner Seite liegenden Nadelgewehr. Er hielt in der Bewegung abrupt inne. Unter dem Schutt, den die Verteidiger als neue Verteidigungslinie aufgeschichtet hatten, kauerte ein kleines Mädchen in zerlumpten Kleidern, das Gesicht starrte vor Schmutz. Am meisten schockierte Maeng jedoch, wie ausgemergelt die Kleine wirkte.

Die Leiden der Zivilbevölkerung mussten furchtbar sein. Maeng beugte sich vor und warf dem Mädchen den Rest des Proteinriegels zu. Es fing ihn überraschend geschickt auf und begann mit seligem Lächeln sofort, daran herumzukauen.

Maeng lehnte sich zurück. Das war sein letzter gewesen. Ab jetzt hieß es, den Gürtel enger schnallen. Der Militärpräfekt lächelte. Er bereute es nicht. Das Mädchen brauchte die Nahrung mehr als er.

Maengs Blick glitt in den nächtlichen Himmel. Hin und wieder nahm er die Bewegung eines der vielen leuchtenden Punkte wahr: feindliche Schiffe, die im Orbit kreuzten. Zum wiederholten Mal fragte er sich, warum die Drizil die Stadt nicht einfach durch ein Orbitalbombardement von der Landkarte fegten. Damit wäre der Krieg auf Equuro effektiv beendet. Er schnaubte. Wer wusste schon, was in so einem Fledermauskopf vor sich ging?

Maeng hielt jedoch nicht nur nach den Drizilschiffen Ausschau. Er sah in den Himmel, betete und hoffte darauf, die Lichtblitze eines Energiewaffengefechts oder andere Anzeichen einer Schlacht zu entdecken. Er sehnte sich danach, Hoffnung zu schöpfen. Er sehnte sich danach, Allianzschiffe in die Umlaufbahn einschwenken zu sehen. Verdammt, im Moment würde er sich sogar mit einem Geschwader imperialer Schiffe unter dem Kommando dieser arroganten Wichser Rix oder Lestrade zufriedengeben! Doch auch diese Nacht wurden seine Hoffnungen bitter enttäuscht.

25

Der Angriff auf den feindlichen Brückenkopf begann mit fast zehn Stunden Verspätung. Colonel Azikiwes Fremdenlegion bestand nicht gerade aus Elitetruppen. Doch Janneck musste ihm zugutehalten, dass die Männer und Frauen sich wenigstens bemühten. Janneck verzog die Miene zu einer sarkastischen Grimasse. Sanchez' Prätorianer waren pünktlich in Stellung – natürlich.

Aus Sicherheitsgründen operierten sie unter strenger Funkstille. Janneck wollte unbedingt vermeiden, dass der Feind das wahre Ausmaß der Offensive erfasste. Nun, gut, der Zustand sollte zumindest so lange anhalten, bis es zu spät war, am Schicksal des Brückenkopfes noch etwas zu ändern.

Das unverwechselbare Wummern feindlicher Artillerie erfüllte die Luft. Sie feuerte beständig und – wie Janneck aus Erfahrung wusste – präzise.

Der Colonel war mehrfach versucht, in das Geschehen einzugreifen, doch er zwang sich mit eisernem Willen dazu, sich an den eigenen Plan zu halten. Für den verdienten Veteranen gestaltete es sich äußert schwer, stillzuhalten in dem Wissen, dass nur wenige Kilometer entfernt Kameraden ihr Leben ließen.

Sich nicht an den Plan zu halten, würde aber unweigerlich eine noch höhere Opferzahl nach sich ziehen.

Es dauerte beinahe eine Stunde, bis das Wummern der Artillerie endlich verstummte und sich in der Ferne eine Explosionswolke auftürmte. Sanchez hatte es geschafft. Die Aufmerksamkeit der Drizil musste nun beinahe vollständig im Westen und Süden liegen. Es wurde Zeit, die Falle zuschnappen zu lassen. Janneck gab ein kurzes Handsignal und Tausende von Armeesoldaten erhoben sich aus dem hüfthohen Gras, in dem sie stundenlang regungslos verharrt hatten.

Captain Montgomery Mumford auf dem Behemoth-Schlachtkreuzer HMS Winston Churchill beugte sich unbewusst leicht vor, als die feindlichen Schiffe begannen, ihre Positionen zu ändern.

»Bericht!«, forderte er seine XO auf.

»Wir orten ein schweres Gefecht auf der Oberfläche«, entgegnete Commander Jennifer McCauley. »Etwa auf Höhe ihres Brückenkopfes. Die feindlichen Schiffe verringern den Abstand zum Planeten.«

Mumford schürzte die Lippen. »Sie gehen auf Position, um ihren Bodentruppen Feuerschutz zu geben.« Der Captain sah zu seiner XO auf. »Befehl an alle Einheiten: Auf Abfangkurs gehen. Die kaufen wir uns.«

Der Feind war nicht annähernd so überrascht, wie Janneck erhofft hatte. Der Colonel führte seine Einheiten durch heftiges feindliches Sperrfeuer. Doch mit jeder Minute kamen sie den feindlichen Linien näher.

Der imperialen Armee standen starke Feindverbände gegenüber. Die Drizil tauchten immer nur kurz zwischen den Bäumen auf, gaben kurze Salven ab und verschwanden geschickt wieder im Unterholz. Ihre Taktik machte es schwer, die tatsächliche feindliche Stärke einzuschätzen. Janneck vermutete, ihnen standen feindliche Kräfte in einer Größenordnung von mindestens tausend Mann gegenüber. Nicht genug, um die Einheiten unter Jannecks Kommando dauerhaft aufzuhalten, trotzdem mehr als genug, um ihnen eine Menge Ärger zu bereiten und den Vormarsch auf den feindlichen Brückenkopf empfindlich zu stören.

Die Armeesoldaten im leichteren, flexibleren, aber auch weniger widerstandsfähigen Kampfanzug rückten unbeirrt durch das feindliche Feuer vor. Janneck ließ sie in mehreren Kampflinien vorrücken, die sich gegenseitig Deckung geben konnten. Die Drizil leisteten auf jedem Meter Weg erbitterten Widerstand. Kämpfer beider Seiten fielen zu Dutzenden.

Zwei Armeesoldaten an Jannecks Seite stürzten zu Boden. Einer war sofort tot, der andere wand sich unter unerträglichen Qualen. Janneck hörte dessen Schreie über das Komgerät. Der Soldat war von einem gegnerischen Säuregeschoss getroffen worden. Das grausame kleine Ding fraß sich unaufhörlich durch die Panzerung des Anzugs und das Fleisch darunter. Janneck sah kleine Rauchschwaden aus den entstandenen Löchern des Kampfanzugs aufsteigen. Die Schreie des Mannes wurden schriller.

Janneck löste sich von dem Baum, den er sich als Deckung ausgewählt hatte, und wollte dem Soldaten zu Hilfe eilen. Doch augenblicklich brandete erneut Feindfeuer auf und zwang ihn zurück in Deckung. Es war ohnehin zu spät. Der Mann am Boden rührte sich nicht mehr.

Janneck kämpfte seinen aufkeimenden Zorn nieder. Es würde niemandem helfen, wenn sein Verstand von einem roten Schleier getrübt wurde. Der Colonel zupfte eine Schallgranate vom Gürtel, zog sie ab und warf sie aus der Deckung heraus in Richtung der feindlichen Stellung. Auf seinem HUD wurde die erfolgreiche Detonation angezeigt. Janneck lugte aus seinem Versteck. Mehrere Drizil taumelten blind und verwirrt umher. Einige Soldaten nutzten die Gunst der Stunde und machten sie ausnahmslos nieder.

Janneck nickte zufrieden und führte seine Leute weiter. Der Widerstand ließ die nächsten Meter über spürbar nach. Es dauerte jedoch nicht lange und erneut brandete feindliches Feuer auf. Dieses Mal ließ Janneck seine Männer aber nicht in Deckung gehen. Sie mussten diese Stellung einnehmen, sollte der Brückenkopf fallen.

»Vorwärts!«, schrie der Colonel und spornte die Soldaten unter seinem Kommando an. Die Kampflinien der imperialen Armee gingen in leichten Trab über, gefolgt von einem regelrechten Sprint. Beide Seiten tauschten heftige Salven aus. Mehrere Symbole verschwanden von Jannecks HUD, als das Feuer der Drizil zielsicher seine Leute ausschaltete. Janneck atmete schwer, doch er konnte voraus schon die feindlichen Stellungen ausmachen. Sie hatten es beinahe geschafft.

Ein Soldat wurde von mehreren Drizilgeschossen getroffen und regelrecht durchsiebt. Dieser stürzte Janneck direkt vor die Füße und hätte ihn um ein Haar ebenfalls zu Fall gebracht. Der Colonel sprang jedoch behände über den Gefallenen hinweg. Sie durften sich weder ablenken noch bremsen lassen, denn dies würde unnötigerweise zusätzliche Leben kosten. Noch zehn Meter trennten die vordere Kampflinie von den Stellungen der Drizil.

Janneck erreichte die vorgeschobene Stellung als einer der Ersten. Ein Drizil tauchte vor ihm auf. Janneck schoss ihm ungerührt in den Kopf. Helm und Visier verschwanden in einem Schauer aus Splittern. Mit einem Tritt beförderte Janneck den immer noch aufrecht stehenden Körper zu Boden und sprang dem Drizilleichnam hinterher in den Schützengraben.

Der Colonel sah sich um. Die Drizil waren offenbar fleißig gewesen. Die Fledermausköpfe hatten ein Netz von Gräben zum Schutz des Brückenkopfes ausgehoben. Immer mehr Soldaten folgten ihrem Anführer. Innerhalb des Schützengrabens entbrannte ein heftiger Kampf Mann gegen Mann. Es war jedoch bereits das Ende abzusehen. Die Armeeeinheiten waren zahlenmäßig überlegen und besser ausgerüstet.

Ein Drizil griff Janneck an, ein bösartig aussehendes Kampfmesser schwingend. Der Colonel holte einfach aus und trieb dem Angreifer den Kolben seines Gewehrs seitlich gegen den Kopf. Der Drizil verlor dabei mehrere Zähne. Janneck trat ihm noch zweimal gegen den Kopf, bis dieser endlich liegen blieb. Eine immer größer werdende Blutlache breitete sich unter dessen Kopf aus.

Der Kampf ebbte langsam ab, als die Soldaten den Schützengraben einnahmen. Die überlebenden Drizil flohen in Richtung des Brückenkopfes. Janneck musste seine Leute zurückhalten, damit diese nicht den Kopf verloren und den Gegnern hinterherhetzten – wegen der paar lohnte sich das Risiko ohnehin nicht. Der Schützengraben umspannte vermutlich das gesamte vom Feind kontrollierte Areal. Janneck atmete tief ein. Sie hatten mit Sicherheit nur einen Abschnitt des Grabens erobert. Sobald die Drizil Verstärkung heranbrachten, könnte ihre Lage recht schnell verzweifelt werden. Janneck hob den Kopf. Der Waldrand lag direkt vor ihnen. Dahinter breitete sich eine weite, von Wiesen überwucherte Ebene aus.

Janneck kniff die Augen leicht zusammen. Der Anzug verstand den Befehl und vergrößerte die Ansicht seiner Optik. In der Ferne zeichnete sich der feindliche Brückenkopf ab. Dicke Rauchsäulen wanden sich träge gen Himmel. Janneck lächelte. Sanchez und Azikiwe bereiteten den Fledermausköpfen einigen Ärger. Etwas, das aussah wie verrenkte metallene Gerippe, erregte seine Aufmerksamkeit. Sanchez hatte also die feindliche Artillerie tatsächlich ausgeschaltet.

Guter Mann!

Ein Lichtstrahl fuhr jäh vom Himmel, so gleißend hell, dass der Anzug seine Optik polarisieren musste, um Janneck vor dem Erblinden zu bewahren.

Der Lichtstrahl schnitt wie ein Skalpell unter die Reihen der imperialen Armee und verdampfte mehr als ein Dutzend von Jannecks Soldaten. Ein zweiter Lichtstrahl tastete in der Nähe des Brückenkopfes den Boden ab. Etwa auf dieser Position mussten sich Sanchez und seine Prätorianer befinden.

Jannecks Kopf zuckte gen Himmel, und noch während er hinsah, zischte ein weiterer Energiestrahl zur Oberfläche hinab.

Die HMS Winston Churchill tanzte regelrecht über die Atmosphäre. Die Energiewaffen des Schlachtkreuzers langten gewaltig hin und zogen eine Schneise der Zerstörung durch die Linien des Gegners. Der Weg des Schlachtkreuzers wurde gesprenkelt von Dutzenden Schiffstrümmern und mindestens vier feindlichen Wracks. Bei einem davon handelte es sich um die Überreste eines Intruder-Kampfschiffes.

Captain Montgomery Mumford hielt sich eisern an den Lehnen seines Kommandosessels fest, als könnte er damit den Kurs seines Schiffes beeinflussen. Commander Jennifer McCauley stand stoisch hinter ihm und gab im Sekundentakt Anweisungen an die taktische Station und die Navigationskontrollen weiter, während sie die Übersicht über die Gesamtsituation mit bewundernswertem Gleichmut behielt. Vor wenigen Minuten hatte sie sich eine böse Verletzung über der rechten Augenbraue zugezogen. Das Blut lief ihr über die markanten Wangenknochen, dennoch weigerte sie sich, ihren Posten auch nur für einen kurzen Moment zu verlassen und die Verletzung versorgen zu lassen.

Seine XO sah plötzlich mit aschfahlem Gesicht auf. Bereits an ihrer Mimik erkannte Mumford, dass ihre Bleiche nichts mit ihrer Verletzung zu tun hatte.

»Captain, sie beschießen den Planeten. Eine Region nahe dem feindlichen Brückenkopf.«

Mumford biss die Zähne so fest zusammen, dass seine Wangenmuskeln schmerzten. Nur mühsam gelang es ihm, seine Kiefer wieder zu öffnen.

»Wie viele Schiffe?«

»Nur eines, aber das ist ein Intruder.«

»Geben Sie mir alle Daten.«

Eilig überspielte McCauley die angeforderten Daten an Mumfords Kommandostation, die sie wiederum auf das taktische Hologramm einspeiste.

Mumford beugte sich mit flauem Gefühl in der Magengrube vor. Ein Intruder hatte nahe dem Orbit über der nördlichen Hemisphäre Position bezogen. In kurzen Abständen zuckten Lichtblitze zur Oberfläche hinab. Der Kommandant der WINSTON CHURCHILL studierte eine Sekunde lang die einkommenden Sensorwerte. Mumford lehnte sich zurück und schürzte die Lippen.

»Er nutzt nur einen Bruchteil seiner Feuerkraft«, erklärte der Captain mehr zu sich selbst.

»Sir?«, hakte seine XO nach.

Mumford wandte sich seiner XO zu, als würde er gerade aus einer Art Trance erwachen. Der Mann zwinkerte kurz.

»Es handelte sich legiglich um chirurgische Schläge, kein Flächenbombardement. Das ist zumindest mal ein Lichtblick. Vermutlich ist ihr Brückenkopf in Bedrängnis und sie versuchen ihn zu retten. Die Schattenseite ist, unsere Leute dort unten haben im Moment große Probleme.«

Mumford wandte sich erneut dem Hologramm zu. »Der Intruder verfügt nicht über Geleitschutz. Er ist in einem Radius von gut tausend Kilometer allein«, murmelte Mumford.

Die XO nickte und trat näher an ihren Befehlshaber. »Aber der Gegner schickt eine zweite Welle an unsere Flanken. Insgesamt etwa zwanzig Schiffe. Wenn sie es tatsächlich schaffen, uns in die Zange zu nehmen, dann sind wir erledigt. Sie werden uns von beiden Seiten bedrängen, bis sie sich in der Mitte treffen. Bis dahin sind wir entweder zerstört oder unsere Formation wurde zerschlagen.«

Mumford schürzte erneut die Lippen. »Dann darf das nicht geschehen. Befehlen Sie dem 3. Leichten Geschwader die Feindeinheiten anzugreifen, die sich von steuerbord nähern. Entsenden Sie parallel unsere letzten Torpedoboote an die rechte Flanke.«

Die XO wirkte nicht überzeugt. »Die werden es nicht schaffen gegen das, was da an Feuerkraft auf uns zukommt.«

Mumford richtete sich mit traurigem Herzen auf. Ihm war bewusst, dass er im Begriff stand, Dutzende von Besatzungen sehenden Auges in den Tod zu schicken. »Sie sollen den Gegner auch nicht schlagen«, erklärte er. »Sie sollen ihn lediglich lange genug aufhalten, damit wir aus dieser Todesfalle entkommen.«

Die Augen der XO weiteten sich leicht, aber erst ein paar Augenblicke später wollte sie wissen: »Und wo wird unser Platz sein?«

Mumford sah nicht auf, als er ihre Frage beantwortete. »Bringen Sie uns auf Angriffsposition zum Intruder. Es wird unsere Aufgabe sein, die Offensive am Boden zu retten.«

Colonel Benedikt Sanchez duckte sich in die zertrümmerten Überreste der feindlichen Artilleriestellung. Seine Prätorianer waren gut ausgebildete Spezialisten und die Stellung war relativ problemlos gefallen. Doch dann regnete plötzlich der Tod vom Himmel und seine Leute waren inzwischen weniger mit Kämpfen, sondern viel mehr mit Überleben beschäftigt. Vor seinen Augen zuckte erneut ein Energiestrahl zu Boden und verdampfte zwei seiner Legionäre. Es geschah so schnell, dass diese nicht einmal die Zeit hatten zu schreien.

Sanchez lugte erneut um die Ecke. In der Ferne bemerkte er, wie sich feindliche Kräfte erneut sammelten. Sollte der Beschuss nicht aufhören, wäre alles bisher Erreichte verloren, alles bisher Geopferte umsonst gewesen.

Mit einem Mal knackte es in seinen Ohren. Er zog sich in die vorübergehende Sicherheit seiner Deckung zurück. Er war nicht überrascht, unvermittelt Jannecks Stimme aus dem Komgerät zu vernehmen.

»Janneck an Sanchez.«

Der Prätorianer bestätigte die Verbindung. »Sprechen Sie«, erwiderte er kurz angebunden.

»Status?«

»Sie wollen den Status wissen?!«, brüllte Sanchez in das Gerät. »Die machen uns hier fertig! Das ist der Status.«

»Wir stehen ebenfalls unter Beschuss, aber wir nähern uns weiter von Norden. Was ist mit Azikiwe?«

»Kein Kontakt«, erwiderte Sanchez. »Schon seit über einer Stunde nicht mehr.«

»Das lässt nichts Gutes erahnen.«

»Sie sagen es.«

Schweigen antwortete Sanchez kurz, bevor Janneck erneut das Wort ergriff. »Greifen Sie an!«

Sanchez glaubte einen Moment, sich verhört zu haben. »Wiederholen Sie das!«

»Der Brückenkopf muss heute fallen oder wir vertreiben die Drizil nie wieder von Perseus. Sammeln Sie alle, die Sie finden können, und greifen Sie an. Wir sind so schnell wie möglich bei Ihnen.«

Sanchez lugte erneut um die Deckung, zog seinen Kopf aber sogleich wieder zurück. »Das ist Wahnsinn! Wir müssten durch die Todeszone, die der Orbitalbeschuss zieht.«

Erneut antwortete ihm Schweigen. »Ich weiß.« Diese zwei schlicht ausgesprochenen Worte jagten einen Schauer über Sanchez' Rücken. Er wollte widersprechen, wollte sich weigern, wollte erneut an Janneck appellieren. Doch jegliches Wort blieb ihm im Hals stecken. Er war nicht in der Lage, auch nur eines auszusprechen.

Es gefiel ihm nicht, aber Janneck hatte recht. Sollte der Brückenkopf heute nicht fallen, würde er es nie. Beide Seiten kämpften inzwischen mit dem Rücken zur Wand. Nicht nur hier auf Perseus, sondern überall. Sie kämpften bis zur völligen Auflösung. Reserven gab es keine mehr. Entweder sie siegten oder sie unterlagen. Es gab keinen Raum für Kompromisse. Zu Azikiwe gab es keinen Kontakt mehr. Der Colonel der Fremdenlegion konnte genauso gut tot sein, seine Legion war vielleicht schon aufgerieben. Wer konnte das schon sagen? Die Prätorianer dagegen waren hier. Sie waren nah genug, etwas zu bewirken.

Sanchez streckte seine Gestalt und erhob sich aus seiner Deckung. »Vergessen Sie uns nicht!«, mahnte er über Funk. Er kappte die Verbindung, bevor Janneck etwas erwidern konnte, und schaltete auf die allgemeine Befehlsfrequenz seiner Einheit. »Prätorianer!«, forderte er seine Leute auf. »Zu mir!«

Die Winston Churchill feuerte ihr ganzes beträchtliches Arsenal in den Leib des Drizilflaggschiffes. Tonnen an Panzerung wurden weggeschmolzen und erheblicher Schaden angerichtet. Trotzdem nahm der Intruder kaum Kenntnis von dem Behemoth-Schlachtkreuzer. Unbeirrbar feuerte das riesige Schiff Lichtstrahl um Lichtstrahl gegen die menschlichen Stellungen auf dem Planeten. Sie verwendeten lediglich einen minimalen Teil ihrer Feuerkraft darauf, den terranischen Schlachtkreuzer auf Abstand zu halten.

Dies war der Umstand, der Mumford am meisten zu schaffen machte. Diese verdammten, arroganten Bastarde an Bord dieses Intruders! Sie benahmen sich, als wäre die Winston Churchill nichts weiter als eine lästige Fliege. Ein Ärgernis, mehr nicht.

Mumford warf einen kurzen Blick auf das taktische Hologramm. An der linken Flanke hatten die terranischen Einheiten eindeutig die Oberhand. Die Drizil waren dort zwar zahlenmäßig überlegen, jedoch an Tonnage eindeutig unterlegen und daher den terranischen Einheiten nicht gewachsen.

An der rechten Flanke sah die Sache schon anders aus. Neunzehn Torpedoboote waren zerstört worden. Lediglich zwei kämpften mit ein wenig Jägerunterstützung verzweifelt gegen ein halbes Dutzend Drizilschiffe an. Sie hatten sich geopfert. Doch sie hatten es auf sinnvolle Art getan. Sieben Drizilschiffe lagen ebenfalls zerbrochen, brennend und zerschlagen im All. Noch wichtiger: Der Plan der Fledermausköpfe war gescheitert. Ihr Zangenmanöver konnte nicht mehr in die Tat umgesetzt werden. Ein Flankenangriff wurde zurückgeschlagen, der andere aufgehalten. Mumford nickte zufrieden. Seine Aufmerksamkeit richtete sich erneut auf den Intruder voraus.

Drei kohärente Lichtstrahlen zuckten aus dem Mittschiffsaufbau und brannten tiefe Schneisen in die Bugpanzerung der Winston Churchill. Warnmeldungen des Hologramms vor Mumfords Nase wiesen auf den Verlust von Panzerung und einem Bruch in der Außenhülle hin. Und weitere Strahlen gingen zur Oberfläche hinab. Es war, als wollte dieser Intruder Mumford verhöhnen – und das hatte er gar nicht gern.

Wollte er die Truppen auf der Oberfläche retten, so musste er eine schwerwiegende Entscheidung treffen. Es gab im Prinzip nur eine Chance, den Beschuss schnell zu unterbinden.

»Jennifer«, sprach er eine XO an, »bringen Sie uns unter den Intruder.«

Seine XO sah ihn entgeistert an. Mumford nickte gepresst. »Sie haben mich schon richtig verstanden. Ich will, dass Sie uns zwischen den Gegner und sein Ziel positionieren. Jetzt spielen wir für unsere Leute da unten die Ersatzzielscheibe.«

Der Beschuss aus dem Orbit endete so plötzlich, wie er begonnen hatte. Janneck hob verwirrt den Kopf, konnte sein Glück im ersten Augenblick gar nicht fassen.

Der Colonel beschleunigte seine Schritte. Das feindliche Gegenfeuer ließ für mehrere Sekunden merklich nach. Die Drizil wurden über die Wendung der Geschehnisse wohl ebenso überrumpelt wie die Menschen. Die Soldaten stürmten unter Jannecks Führung durch die sich überlappenden feindlichen Schussfelder und erreichten endlich den gegnerischen Brückenkopf. Janneck setzte mit einem gewaltigen Sprung über eine Barrikade hinweg. Noch in der Luft drückte er den Abzug seines Nadelgewehrs durch und schoss einem Drizilkrieger zwei Projektile in den Kopf.

Die Armeeeinheiten stürmten nun auf breiter Front die gegnerischen Stellungen. Drizil stellten sich ihnen kampfbereit in den Weg, es entbrannte ein kurzes Handgemenge auf engstem Raum. Soldaten beider Seiten fielen unter den Klingen des jeweiligen Gegners, wurden jedoch ebenso schnell durch nachfolgende Kameraden ersetzt.

Der Kampf wogte mehrere Minuten lang hin und her, eine unendlich erscheinende Zeitspanne für die Kämpfenden, in der ein eindeutiger Favorit nicht zu ermitteln war.

Janneck parierte den Dolchstoß eines Drizil mit dem Nadelgewehr. Die Waffe wurde durch die speziell gehärtete Klinge des fledermausartigen Soldaten zerstört und der Colonel ließ sie achtlos fallen. Er rammte seinen eigenen, im Helm steckenden Kopf dem gegnerischen Soldaten ins Gesicht. Dieser war für einen Augenblick abgelenkt. Janneck nutzte die Gunst der Stunde, zog seine eigenen beiden Klingen aus den Scheiden hinter seiner Hüfte und trieb sie dem Drizil seitlich in den Hals. Er nutzte dafür eine Schwachstelle der Drizilrüstung. Mit einem letzten Ruck riss er dem feindlichen Krieger die Kehle auf.

Der Drizil gurgelte kurz in dem vergeblichen Bemühen, Luft zu holen, röchelte ein letztes Mal und stürzte Janneck direkt vor die Füße.

Der Armeecolonel bückte sich und hob das Nadelgewehr eines seiner gefallenen Männer auf. Er überprüfte mit schnellen, präzisen Handbewegungen das Magazin. Es war fast voll. Er sah sich eilig nach weiteren Gegnern um. Es befanden sich jedoch keine in unmittelbarer Nähe. Die Armee hatte ihre Stellungen gesichert und war dabei, den Gegner zurückzutreiben. Weit wichtiger jedoch: Auf der anderen Seite des Feldes arbeiteten sich Legionäre mit dem Emblem von Azikiwes 111. Fremdenlegion auf die Reihen der Armee zu und trieben von ihrer Seite die überlebenden Drizilkrieger vor sich her. Die Fledermausköpfe konnten nirgends mehr hin. Der feindliche Brückenkopf war gefallen.

Von den Prätorianern war indes keiner zu sehen. Janneck ließ leicht die Schultern sinken. Sanchez und seine Leute hatten bestimmt einen höllisch guten Kampf geliefert. Er wünschte, er hätte den Mann besser kennenlernen können. Der Anführer der Prätorianer hatte im Ruf gestanden, ein guter Kommandant und – wichtiger noch – ein guter Mensch zu sein.

Janneck sah sich erneut um. Die ersten Drizil erkannten die aussichtslose Lage, in der sie sich befanden, und streckten die Waffen. Janneck atmete einmal tief durch. Er machte einen einzelnen Schritt nach vorn. In diesem Moment fuhr ein Lichtstrahl wie der Zorn Gottes persönlich vom Himmel und brannte keine zwanzig Meter von ihm entfernt eine Schneise der Verwüstung über den Boden.

Die WINSTON CHURCHILL nahm beträchtlichen Schaden. Der Intruder war größer als ein Schlachtkreuzer der Behemoth-Klasse, er war besser gepanzert und zudem an Feuerkraft überlegen. Trotzdem hielt die Besatzung stand. Mumford war überaus stolz auf sie. Dennoch ließ sich nicht verhindern, dass das feindliche Schiff weiter auf den Planeten feuerte. Die CHURCHILL bekam zwar den Löwenanteil des Beschusses ab, doch sie konnte nicht schnell genug manövrieren, um alles abzufangen, was der Gegner in die Waagschale warf.

Weitere Energiestrahlen zuckten in Richtung des Schlachtkreuzers und brannten tiefe Schneisen in die Panzerung. Mindestens zwei kamen durch und setzten ein weiteres Deck dem Vakuum aus. Mumford bekam mit einem Ohr mit, wie seine XO die Abschottung des Decks anordnete. Beinahe die Hälfte der Besatzung hatte schon auf andere Decks evakuiert werden müssen. Die Panzerung war an manchen Stellen nur noch so dünn wie Papier und an mindestens acht Punkten bereits durchbrochen. Ihnen ging rapide der Platz für die überlebenden Besatzungsmitglieder aus.

Die CHURCHILL schoss mit allem zurück, was ihr zur Verfügung stand.

Mit den leichten und mittelschweren Laserbatterien erzielten sie ein paar gute Treffer. Die schweren Laserbatterien und die einzelne schwere Zwillingslaserbatterie brannten sich in der Nähe der Brücke sogar durch die Panzerung und richteten eine Menge Schaden an. Es genügte jedoch alles nichts. Ein Intruder war unheimlich schwer auszuschalten. Nicht umsonst dienten sie den Drizil als Flaggschiffe. Mumford musste hilflos mit ansehen, wie weitere Energiestrahlen zur Oberfläche hinabfauchten.

Die Gedanken des Schiffskommandanten rasten. Wenn seine taktische Darstellung auch nur halbwegs den Tatsachen entsprach, dann gaben die Drizil inzwischen jegliche Zurückhaltung auf. Sie bombardierten den Brückenkopf selbst und opferten dadurch ihre eigenen Leute, und das nur, um den Menschen die Freude am hart erkämpften Sieg zu nehmen. Der Intruder musste aufgehalten werden. Jetzt!

Hätte er die Möglichkeit gehabt, auf Torpedodistanz zu gehen, hätte die CHURCHILL eine reelle Chance gehabt, den Intruder zu überwinden. Dessen Nahkampfbewaffnung war zwar noch vollständig intakt, im Verlauf des Gefechts hatte die CHURCHILL aber die meisten – wenn nicht alle – gegnerischen Torpedorohre ausgeschaltet. Aus diesem Grund hatte der Intruder noch nicht mit der Grünen Pest auf den Schlachtkreuzer gefeuert. Das hätte den Kampf recht schnell beendet.

In Mumfords Geist regte sich die entfernte Idee eines Plans. Doch er war kaum verwegen zu nennen, eher schon selbstmörderisch. Sie konnten nicht auf Fernkampfentfernung gehen, da der Intruder sonst freie Schussbahn auf den Planeten hatte. Auf diese Entfernung konnten sie ihre eigenen Torpedorohre nicht einsetzen. Die Zeit bis zum Aufschlag reichte nicht einmal zum Scharfmachen der Geschosse. Es sei denn …

»Jennifer? Befehl an das Torpedodeck. Sie sollen die Sicherheitseinrichtungen bei einer vollen Salve Torpedos deaktivieren und diese dann in die Rohre laden. Wir verpassen den Drizil eine volle Breitseite.«

»Aber Sir!«, protestierte die XO. »Auf diese Entfernung …« Sie ließ den Satz vielsagend ausklingen.

»Ich weiß«, erwiderte Mumford lediglich. »Tun Sie es einfach.«

McCauley gab die Anweisung nach kurzem Zögern weiter. Sie erhielt nur wenig später die Bestätigung. »Alles bereit«, erklärte sie mit versteinerter Miene.

Jede Faser in Mumford weigerte sich, den Befehl zu geben. Die CHURCHILL selbst befand sich in der Detonationszone. Wenn sie großes Glück hatten, würden sie erhebliche Schäden davontragen – und wenn nicht, würde es den Schlachtkreuzer gemeinsam mit seinem Ziel in Stücke reißen.

Mumford wusste jedoch, die Besatzung des Intruders würde nicht aufhören. Sobald der Brückenkopf und die ringsum verstreuten menschlichen Einheiten nur noch Asche waren, würde sich das Schiff vermutlich den Bevölkerungszentren zuwenden. Die Fledermausköpfe würden die Oberfläche des Planeten lieber in eine öde Wüste verwandeln, als nochmals über Perseus eine Niederlage hinzunehmen. Mumford hatte keine Wahl.

»Feuer!«, brüllte Mumford und er setzte augenblicklich nach: »Kurs setzten auf backbord und voller Schub!«

Die Torpedorohre der CHURCHILL stießen in mehreren Salven eine Reihe von Lenkflugkörpern aus. Noch während die letzten Geschosse ihr Ziel auffassten, machte die CHURCHILL einen Satz und strebte fort vom Geschehen. Die Lenkflugkörper überbrückten die Entfernung zum Intruder in weniger als dreißig Sekunden. Es handelte sich um die längste halbe Minute seines Lebens. Unbewusst krallte er seine Finger in die Lehnen seines Kommandosessels.

Die CHURCHILL hatte ein gutes Stück Distanz zwischen sich und den Intruder gebracht, als die Geschosse nacheinander einschlugen – und dennoch war es nicht genug.

Eine Explosionswelle überzog das feindliche Flaggschiff vom Bug bis zum Heck und für einen winzigen Moment erstrahlte im Perseus-System eine zweite Sonne. Das Schiff flog in einer gewaltigen Detonation auseinander.

Trümmerstücke wurden in alle Richtungen katapultiert und trafen die CHURCHILL mit brachialer Gewalt. Auf der Brücke explodierten mehrere Konsolen. Auf Mumfords taktischem Hologramm buhlten die Schadens- und Verlustmeldungen um die Aufmerksamkeit von Erstem Offizier und Captain. Mumford selbst wurde in seine Gurte gedrückt. Sie schnitten tief in sein Fleisch. Das Licht auf der Brücke fiel mit einem Mal aus und wurde durch die rote Notbeleuchtung ersetzt.

Der angeschlagene Schlachtkreuzer kam nur langsam zur Ruhe. Mumford atmete schwer. Er hing in seinen Gurten wie ein Boxer, den man in die Seile geschickt hatte. Nur langsam richtete er sich auf. Die Welt schien sich um ihn zu drehen, was zumindest für eine Gehirnerschütterung sprach.

Das taktische Hologramm vor ihm flackerte, stabilisierte sich und erlosch dann völlig. Rauch breitete sich auf der Brücke aus. Mumford hustete. Das war nicht gut, vermutlich ein Problem mit der Lebenserhaltung.

»Jennifer?«, sagte er mit brüchiger Stimme. Er räusperte sich und versuchte es erneut. »Jennifer?«, frage er wieder in die aufkeimende Stille hinein. Niemand antwortete. Nur das Knistern kleiner Feuer war zu hören. Das automatische Feuerlöschsystem arbeitete wohl ebenfalls nicht.

Mit zittrigen Bewegungen schnallte er sich los. Beinahe wäre er gestürzt, konnte sich gerade noch fangen. Die Brückenbesatzung lag zusammengesunken über ihren Konsolen. Einige waren offenbar tot, andere regten sich leicht. Mumford drehte sich langsam um die eigene Achse. McCauley lag unweit des Kommandosessels im hinteren Teil der Brücke. Der Captain der CHURCHILL eilte schleunigst zu ihr.

Sie rührte sich nicht und ihr Gesicht wies mehrere Prellungen und Schnittwunden auf. Mumford überprüfte am Hals ihren Puls und atmete erleichtert auf. Dieser war schwach, aber stabil. Mumford zog seine Uniformjacke aus, knüllte sie zusammen und legte sie unter McCauleys Kopf.

Er wollte ihr Mut zusprechen, doch in diesem Moment erklang ein Piepen, das über die ganze Brücke hallte. Das Geräusch wirkte so unpassend, dass es sofort seine Aufmerksamkeit auf sich zog.

Das Komgerät piepte erneut, bevor der Bordcomputer das Notfallprotokoll auslöste und selbstständig eine Verbindung etablierte. Das Hologramm funktionierte immer noch nicht, sodass Mumford nur eine Stimme vernahm.

»Hier spricht Captain Becker vom Angriffskreuzer MEMPHIS. Falls mich an Bord der WINSTON CHURCHILL jemand hört, die Schlacht um Perseus ist entschieden. Die überlebenden Drizilschiffe haben sich ergeben. Wir kommen jetzt an Bord. Wir bringen Sanitäter und medizinische Vorräte an Bord. Halten Sie durch. Wir sind gleich bei Ihnen.«

Mumford lächelte und sah auf seine XO hinab. »Haben Sie das gehört, Jennifer? Hilfe ist unterwegs. Halten Sie durch! Wir haben es geschafft.«

Als Colonel Justin Janneck die Augen öffnete, sah er über sich eine beigefarbene Plane. Er versuchte sich aufzurichten, doch es gelang ihm nicht. Er spürte eine Hand sanft seine Schulter berühren.

Er neigte den Kopf leicht zur Seite und sah sich überraschenderweise den beiden Colonels Sanchez und Azikiwe gegenüber. Der Prätorianer hielt den linken Arm in einer Schlinge, während er mit der rechten Jannecks Schulter beruhigend tätschelte.

Janneck rang sich leicht ein Lächeln ab. »Sie leben.«

Sanchez erwiderte das Lächeln, auch wenn es gequält wirkte, und nickte. »Wir haben den Brückenkopf wie befohlen angegriffen und eingenommen. Mit Azikiwes Hilfe.«

Der afrikanische Offizier wirkte betreten. »Tut mir leid, dass wir so spät waren, aber der Widerstand war ungewöhnlich hart. Und die Panzerschleicher, mit denen Sie beide es nicht zu tun hatten, haben uns angegriffen. Es war ziemlich übel.«

»Verluste?«, brachte Janneck halbherzig hervor.

»Bei meinen Prätorianern? Etwa achtzig Prozent. Bei Azikiwe vielleicht sechzig. So ähnlich sieht es auch bei Ihren Armeeeinheiten aus.«

Janneck schloss die Augen. Er kämpfte gegen den Drang an, bittere Tränen zu vergießen. Er öffnete seine Augen erst wieder, als er sicher war, sich im Griff zu haben. »Wir müssen es positiv sehen«, murmelte er, während seine Stimme immer leiser wurde. »Wir haben unseren Auftrag erfüllt.« Janneck neigte leicht den Kopf zur Seite und bemerkte erst jetzt, dass er nicht allein war. Er befand sich in einem Zelt zusammen mit Dutzenden Menschen – und Drizil. Sie wirkten nicht wie Gefangene. Der Armeecolonel warf den beiden Männern einen fragenden Blick zu.

Sanchez schmunzelte. »Als das feindliche Kriegsschiff über uns dazu überging, den ganzen Brückenkopf zu bestreichen, gingen dabei eine Menge Drizil hops. Daraufhin waren alle nur noch daran interessiert, aus dem verdammten Kessel mit dem Leben davonzukommen. Ans Kämpfen hat keiner mehr auch nur einen Gedanken verschwendet. Einige Drizil halfen uns sogar dabei, Verwundete aus dem Bereich zu schaffen. Und einige von uns halfen ihnen. Ich glaube, wir sind zu einer Art stillschweigendem Waffenstillstand übereingekommen.«

Janneck lächelte. Er wünschte, diese Art von Verständnis hätte bereits zuvor zwischen ihren Völkern geherrscht. »Wie das Schicksal so spielt«, murmelte er leise. Während er dies sagte, bemerkte er verwundert, wie alles immer dunkler wurde.

Sanchez und Azikiwe sahen auf Janneck hinab und benötigten noch mehrere Sekunden, um zu erkennen, dass ihr Waffenbruder und Gefährte gestorben war. Sanchez beugte sich hinunter und schloss sanft Jannecks immer noch geöffnete Augen.

26

Der kleine Kampfverband, bestehend aus der SPARTACUS, der CRAZY HORSE und der AGAMEMNON, materialisierte ohne Zwischenfälle im Dirindai-System. Sofort trafen allerhand Daten der Sensoren auf Estradas Brücke ein und lieferten ein umfassendes Bild. Estrada war sich nicht sicher, was er erwartet hatte, doch das hier ganz sicher nicht.

»Voller Sensorscan«, wies er seinen XO an. »Ich will sichergehen, dass es wirklich das ist, was ich denke, das es ist.«

Lofton musste nur Sekunden warten, bevor ihm schließlich die Bestätigung vorlag. Er blickte nickend von seiner Station auf. »Ein Trümmerfeld direkt voraus. Verdammt groß.« Der XO der SPARTACUS wandte sich erneut den einkommenden Daten zu. »Es scheint sich ausschließlich um Trümmer von Drizilschiffen zu handeln.«

Javier lächelte und ließ sich schwer in die Rückenlehne seines Kommandosessels fallen. »Lestrade hatte recht«, murmelte er. »Der Bürgerkrieg hat tatsächlich angefangen.«

Javier dachte, er hätte leise genug gesprochen. Bei seinen Worten wandte sich sein XO jedoch stirnrunzelnd zu ihm um. »Wie bitte, Sir? Was hat der Commodore gesagt?«

Javiers Gestalt versteifte sich. Er hatte seinen Ersten Offizier nicht über Lestrades letzte Übertragung und den darin enthaltenen Befehl, nach Vector Prime zurückzukehren, informiert. Er musste sehr vorsichtig sein, wollte er Lofton nicht misstrauisch machen. Der Mann war ein eingefleischter Verehrer Lestrades und brachte es ohne Weiteres fertig, eine Meuterei anzuzetteln, sollte es ihm notwendig erscheinen.

Javier räusperte sich. »Der Commodore hat mich bei unserem letzten Gespräch darüber informiert, dass es unter Umständen zu Kampfhandlungen zwischen einzelnen Drizilclans gekommen ist. Er war sich aber nicht sicher.«

»Warum weiß ich davon nichts?« Die Anklage in Loftons Stimme war unüberhörbar.

Javier legte gerade den richtigen verärgerten Unterton in seine Stimme. »Weil dazu keine Notwendigkeit bestand. Außerdem war sich Lestrade nicht sicher.«

Lofton wirkte nicht überzeugt. Sein Blick zuckte zum Brückenfenster. Die Wracks und Trümmer waren mit bloßem Auge noch nicht zu erkennen, doch Javier wusste genau, was im Kopf des Mannes vor sich ging. Kampfhandlungen einzelner Clans verursachten nicht ein Trümmerfeld wie dieses. Der Mann ahnte, dass Javier ihm wichtige Informationen vorenthielt, konnte seinen Verdacht ohne Beweise allerdings nicht laut äußern.

»Bringen Sie uns rein!«, ordnete Javier an. Indem er seinen XO an dessen Pflichten erinnerte, hoffte er den Mann abzulenken. Nichtsdestoweniger vermutete er, dass die Sache damit noch nicht abgeschlossen war.

Lofton nickte und sagte: »Steuermann? Bringen Sie uns unter halber Kraft rein. Umfliegen Sie das Trümmerfeld.«

Javier schüttelte den Kopf. »Nein. Mittendurch. Wir haben keine Zeit zu verlieren.«

Lofton wandte sich ihm erneut stirnrunzelnd zu. »Mittendurch könnte gefährlich sein. Allein die Navigation ist … äußerst anspruchsvoll.«

»Führen Sie den Befehl aus«, erwiderte Javier schlicht. Lofton machte den Eindruck, widersprechen zu wollen, besann sich dann jedoch eines Besseren und gab die entsprechende Anweisung.

Die Spartacus beschleunigte schnell in Richtung des Trümmerfelds. Die Agamemnon und die Crazy Horse folgten dem Führungsschiff dichtauf.

Die drei Schiffe benötigten mehr als zwei Stunden, um den Rand des Schiffsfriedhofs zu erreichen, eine Zeit, die sich schier endlos dehnte. Es wurde wenig gesprochen, und wenn doch, dann lediglich, um Befehle weiterzugeben oder diese zu bestätigen.

Bei Erreichen der Schiffstrümmer verlangsamten die drei Schiffe auf ein Viertel ihrer Schubkraft.

Javier biss sich leicht auf die Lippe. Lofton hatte mit seinem Einwand nicht unrecht gehabt. Die Navigation erwies sich in der Tat als schwierig.

Trotzdem kam er nicht umhin, eine gewisse Faszination zu spüren. Mit flinken Fingern gab er einige Anweisungen über die Tastatur seiner Armlehne an den Bordcomputer weiter.

Dieser benötigte weniger als fünf Sekunden für die Antwort. Javier zog beide Augenbrauen hoch. Falls der Computer recht hatte – und er zweifelte nicht daran –, dann befanden sich dort draußen die Trümmer von mindestens fünfhundert Kriegsschiffen der Fledermausköpfe. Es musste eine gewaltige Schlacht gewesen sein. Das Trümmerfeld dehnte sich beinahe bis zum Orbit des Planeten aus. Laut den Daten, die die Schattenlegion auf dem Intruder erbeutet hatten, sollte der Orbit selbst von mehreren stationären Waffenplattformen sowie einer Raumstation gesichert werden. Doch alles war verschwunden. Von den orbitalen Verteidigungsanlagen sowie der hier stationierten Schutzflotte war nichts mehr zu finden.

Der Planet selbst war unberührt. Infrastruktur, Bevölkerungszentren, industrielle Kapazitäten ... alles war noch vorhanden. Im Grunde war das sogar logisch. Egal, wer die Schlacht gewonnen hatte, den Planeten hatten sie unangetastet gelassen. Soweit Javier das zu überblicken imstande war, hatte man nicht einen einzigen Schuss darauf abgefeuert – höchstwahrscheinlich aus Angst, der Gegner könnte ansonsten ebenfalls Angriffe auf die Planeten der Gegenseite starten.

Javiers Lächeln wurde breiter. Ursprünglich hatte er vorgehabt, sich ins System zu schleichen, so viele Treffer anzubringen wie möglich und, so schnell es ging, zu verschwinden. Doch das hier machte seine Aufgabe um einiges leichter.

Auf seinem taktischen Hologramm piepte es plötzlich und ein roter Punkt erschien knapp oberhalb der Agamemnon. Es dauerte nur Sekunden und neben dem ersten erschien ein zweiter.

Javier richtete sich auf. »Lofton?«

Der XO überprüfte die einkommenden Sensordaten, bevor er sich mit verkniffener Miene seinem Kommandanten zuwandte. »Zwei Drizilzerstörer. Sie haben mit heruntergefahrenen Systemen zwischen den Trümmern gelauert. Wir sind ihnen direkt vor die Geschütze gelaufen.«

»Ausweichen. Alle Schiffe ausschwärmen. Sofort!«

Die drei Angriffskreuzer stoben auf verschiedenen Vektoren davon. Die zahlreichen Trümmer machten das Manöver zum Wagnis. Die Chancen, den Trümmern auszuweichen, standen jedoch besser, als sich der Feuerkraft zweier feindlicher Zerstörer zu stellen, von denen sie darüber hinaus auch noch überrascht wurden.

Die Zerstörerkommandanten zögerten keine Sekunde. Sie befanden sich knapp außerhalb der Nahkampfdistanz und innerhalb der effektiven Fernkampfdistanz. Die beiden Schiffe feuerten eine volle Salve Energietorpedos ab. Und sie konzentrierten sich dabei auf ein einzelnes Schiff: die AGAMEMNON.

Der Angriffskreuzer vollführte eine Reihe anmutiger Ausweichmanöver. Er kollidierte mit den Trümmern einer feindlichen Fregatte. Die Panzerung erlitt mehrere tiefe Risse, ernstere Auswirkungen blieben dagegen aus. Dank des Manövers zerschellten mehrere der feindlichen Torpedos mit umherfliegenden Trümmern. Fünf folgten der AGAMEMNON jedoch zielstrebig und schlugen in den Achterrumpf ein.

Javier zuckte leicht zusammen, als über sein Hologramm die ersten Schadensdiagramme des anderen Angriffskreuzers liefen. Mit flinken Fingern gab er mehrere Anweisungen ein. Sie wurden in Echtzeit an seinen taktischen Offizier übermittelt, der sich sogleich mit den taktischen Offizieren der anderen beiden Schiffe abstimmte.

Die drei Angriffskreuzer wendeten gehorsam und erhöhten zusehends ihre Geschwindigkeit. Der Gegner vermutete höchstwahrscheinlich, die terranischen Schiffe würden versuchen, das Trümmerfeld zu verlassen, um sich auf ein Fernkampfduell mit den beiden Zerstörern einzulassen. Würden sie tatsächlich so handeln, würden die beiden Zerstörer mindestens eines, vielleicht sogar zwei der menschlichen Kriegsschiffe zusammenschießen, bevor diese das Schlachtfeld hinter sich gelassen hatten. Diesen Gefallen würde Javier ihnen nicht tun.

Die drei Schiffe entfernten sich voneinander, bis ihre Position ein fast perfektes Dreieck mit den beiden Zerstörern im Mittelpunkt bildete. Erst dann eröffneten sie das Feuer. Javier hatte die Zerstörer als ALPHA und BETA gekennzeichnet. BETA bemühte sich, dem Beschuss nach oben hin auszuweichen, während ALPHA direkt auf die SPARTACUS zuhielt.

Javier fletschte die Zähne. Genau das hatte er erwartet. Die Energiestrahlen aller drei Angriffskreuzer trafen sich unter Bug und mittschiffs und schmolzen Tonnen von Panzerung von der Außenhülle des Zerstörers.

Der feindliche Kommandant erkannte wohl seinen Fehler und sein Schiff brach nach backbord aus. Weitere Energieimpulse regneten wie ein tödlicher Schauer auf den gegnerischen Schiffsleib und brachten ihm eine große Anzahl verheerender Schäden bei. Javiers Gesicht zeigte ein wölfisches Grinsen.

Brenne!, ging es ihm immer wieder durch den Kopf. *Brenne, du verdammter Bastard!*

Die Drizil waren jedoch beileibe keine einfachen Gegner. Ansonsten hätten sie dem Imperium nicht derart tiefe Wunden beigefügt. Das Schiff begann um die eigene Achse zu rotieren. Der Beschuss kam zwar von allen Seiten, auf diese Weise war es allerdings schwierig, immer dieselben Bereiche anzuvisieren, um einen Panzerdurchbruch zu erzielen. Javier erkannte, ihm stand kein Anfänger gegenüber.

In diesem Moment schwenkte Alpha nach steuerbord und entging um Haaresbreite einer weiteren Salve. Es änderte nur Sekundenbruchteile später erneut den Kurs und hielt plötzlich wieder auf die Spartacus zu. Gleichzeitig meldete sich Beta zurück und stieß von oben auf die bereits angeschlagene Agamemnon herab. Beide Schiffe eröffneten nahezu gleichzeitig das Feuer.

Energiestrahlen bestrichen die Außenhülle der Spartacus vom Bug bis zum Heck. Mit einem Mal leuchteten mehrere Sektionen der Außenhülle auf Javiers taktischem Hologramm in Unheil verkündendem Rot. Der Captain der Spartacus biss die Zähne zusammen. Der Schaden war nicht zu verachten, doch die Panzerung hielt stand.

Die Agamemnon brach unvermittelt aus der Formation aus. Eine Sekundärexplosion zerriss den Beiboothangar an Steuerbord und eine Stichflamme stieß dreißig Meter tief ins All, als sich der Sauerstoff in dieser Sektion entzündete.

Die Agamemnon blieb weiterhin kampf- und einsatzfähig, meldete jedoch schweren Schaden an das Flaggschiff. Sie schwenkte behände um die eigene Querachse und nahm den Kampf mit dem frischen und unbeschädigten Gegner auf.

Beide Schiffe tauschten auf kürzeste Distanz Energiestrahlen aus und erzielten beim jeweiligen Gegenpart mehrere Volltreffer.

Javier musste darauf vertrauen, dass die Agamemnon mit Beta fertigwurde. Alpha griff erneut an und durchbrach dieses Mal beinahe die

Backbordpanzerung der SPARTACUS. Javiers Angriffskreuzer sowie die CRAZY HORSE nahmen ALPHA von oben und unten in die Zange und beharkten es mit ihrem gesamten Waffenarsenal für Kurz- und Mittelstrecken. Zufrieden registrierte Javier, wie sein Bordcomputer die Schäden prognostizierte. Er strich sich über das Kinn. Die Panzerung an Backbord des feindlichen Zerstörers war inzwischen nur noch so dünn wie Papier. Ein guter Treffer an dieser Stelle mochte die Panzerung direkt hinter der Brücke aufreißen. Es war nicht viel, doch immerhin eine Chance.

Erneut gab er mehrere Anweisungen an seinen taktischen Offizier, während im Hintergrund der Brücke Lofton die Schadenskontrollteams instruierte, die beschädigten Systeme schnellstens auf Vordermann zu bringen.

Die CRAZY HORSE schwenkte gehorsam nach unten und nach backbord, während die SPARTACUS in die Gegenrichtung beschleunigte. Beide Schiffe nahmen den Zerstörer unter Feuer. Javier überprüfte mit einem schnellen Blick den Status der AGAMEMNON. Diese lieferte sich immer noch ein erbittertes Gefecht mit BETA, schien sich jedoch gut behaupten zu können.

Javier richtete seine Aufmerksamkeit erneut auf ALPHA. Der Zerstörer hatte indes große Probleme. Er musste sein Feuer zwischen den beiden terranischen Angriffskreuzern aufteilen, was ihm sichtlich schwerfiel. Der letzte kombinierte Angriff hatte das feindliche Schiff gut zwanzig Prozent seiner Energiebewaffnung und einiges an Panzerung gekostet. Die CRAZY HORSE ließ ein Lichtgewitter über die Außenhülle des Zerstörers tanzen. Deckaufbauten wurden weggebrannt und Panzerung schmolz unter der feurigen Liebkosung.

Jetzt oder nie!, ging es Javier durch den Kopf.

Als hätte sein taktischer Offizier seine Gedanken gelesen, ging die SPARTACUS plötzlich auf Gegenkurs und der Mann löste die schweren Energiewaffen des Kreuzers aus. Die Lichtlanzen trafen auf die Panzerung des Feindschiffs und stießen glatt hindurch, ohne an Wucht zu verlieren. Aufgespießt von dem Angriff, bäumte sich der feindliche Zerstörer kurz auf, bevor er nach unten ausbrach – direkt vor die Geschütze der CRAZY HORSE. Unter der unbarmherzigen Wucht des folgenden Angriffs brach der Rumpf des Zerstörers in zwei Teile. Mehrere Sekundärexplosionen verzehrten den Großteil der sich aus dem Rumpf lösenden Trümmer.

Zurück blieben zwei große Wrackteile, die in entgegengesetzte Richtungen davontrieben.

Die Crazy Horse wäre beinahe mit dem Bug des Zerstörers kollidiert, konnte sich jedoch durch ein hektisch anmutendes Ausweichmanöver retten und dadurch einer Katastrophe entgehen.

Lofton kehrte an die Seite seines Kommandanten zurück und atmete tief durch. »Alpha ist zerstört«, meinte er erleichtert.

Javier enthielt sich einer Antwort. Seine Aufmerksamkeit galt endlich wieder der Agamemnon und ihrer misslichen Lage. Er beugte sich leicht vor. Sein ganzer Körper spannte sich an. Von der Agamemnon war nicht mehr zu finden außer einer sich ausbreitenden Trümmerwolke. Der überlebende Drizilzerstörer schwebte in der Nähe. Selbst mit bloßem Auge waren die umfangreichen Gefechtsschäden zu erkennen. Die Agamemnon war zerstört, doch sie war sicherlich nicht kampflos untergegangen.

»Nein, nein, nein!«, wütete Javier lauter als beabsichtigt. »Die Mission hat noch nicht einmal richtig angefangen und schon ist ein Drittel unserer Feuerkraft futsch.«

»Viel schwerer wiegt, dass mit der Agamemnon zweitausend unserer Kameraden gestorben sind«, gab Lofton zu bedenken.

Javier lehnte sich in seinem Kommandosessel zurück. »Ja, ja, natürlich.« Er deutete durch das Brückenfenster auf den nahezu wehrlosen Feindzerstörer. »Schaffen Sie mir dieses Ding aus den Augen!«

Die beiden Angriffskreuzer Spartacus und Crazy Horse überzogen das feindliche Schiff mit unzähligen Energiestrahlen. Das konnte man kaum noch ein Gefecht nennen. Es handelte sich eher um eine Hinrichtung. Der Drizilzerstörer hatte mehr als siebzig Prozent seiner Antriebskraft eingebüßt und kroch mit einer lächerlichen Geschwindigkeit dahin. Die Besatzung konnte dem Beschuss nicht ausweichen und sie waren nicht mehr schnell genug, um sich aus dem Gefecht zurückzuziehen.

Mit einiger Genugtuung genoss Javier das Schauspiel, als sich der Zerstörer Stück für Stück unter dem unbarmherzigen Beschuss auflöste und schließlich von einer gewaltigen Detonation zerrissen wurde.

Der Captain der Spartacus schnaubte. »Die Schadenskontrollteams sollen, so gut es geht, die beschädigte Panzerung ersetzen – am besten gestern. Wir können uns keine weiteren Verzögerungen leisten.« Javiers

Blick richtete sich hungrig auf den Planeten voraus. »Und dann erstellen Sie einen Beschussplan für Dirindai. Ich will diese Angelegenheit so schnell wie möglich erledigt wissen.«

Die HMS Bismarck drang, so vorsichtig es ihr möglich war, in das Dirindai-System ein. Ihre Vorsicht war unnötig. Es lauerten keine Bedrohungen auf sie – sondern nur die Stille eines Massengrabes.

Commodore Horatio Lestrade trat neben den Kommandosessel von Captain Jürgen Schröder. Rix hatte ihm nicht erlaubt, die Vengeance mitzunehmen, doch er hatte ihm ein gutes Schiff und eine gute Besatzung überlassen, um Javier von dessen wahnsinnigem Vorhaben abzuhalten. Aber wie es schien, kamen sie zu spät.

Lestrade warf Schröder einen kurzen Blick zu. Dieser war damit beschäftigt, die einkommenden Sensordaten auszuwerten. Schließlich sah Schröder mit verkniffener Miene auf.

»Wie schlimm ist es?«, wollte Lestrade ohne Umschweife wissen.

»Sehr«, erwiderte Schröder gepresst. »Estrada ist nicht mehr hier. Der Zerfall seiner Sprungsignatur deutete darauf hin, dass er vor weniger als zwölf Stunden das System verlassen hat.« Schröder zögerte.

»Und weiter?«, forderte Lestrade ihn auf, ohne das taktische Hologramm vor Schröders Nase aus den Augen zu lassen.

»Wir orten ein großes Trümmerfeld voraus. Hauptsächlich Drizilschiffe – mit einer Ausnahme.«

Nun zog Lestrade eine Augenbraue hoch und musterte den Captain der Bismarck neugierig. »Ja?«

»Es ist nicht mehr viel übrig, wir glauben aber, es könnte sich um die Agamemnon handeln.«

»Und der Planet?«

Erneut zögerte Schröder. »Wurde beinahe flächendeckend bombardiert. Wir orten Lebenszeichen auf der Oberfläche, doch spärlich und weit verstreut. Infrastruktur, Industrie, Bevölkerungszentren: von alldem ist nichts mehr existent. Der Planet wurde in die Steinzeit zurückgebombt. Große Teile der Oberfläche bestehen nur noch aus nuklear verseuchtem Ödland.«

Lestrade stieß einen tiefen Seufzer aus. »Estrada«, murmelte er leise zu sich selbst, »was haben Sie nur getan?« Lauter sagte er: »Extrapolieren

Sie aufgrund der Sprungsignatur und -richtung alle infrage kommenden Zielorte.«

»Habe ich schon veranlasst«, meinte Schröder und deutete auf sein Hologramm. Eine Liste feindlicher Systeme scrollte herunter.

»Halt!«, sagte Lestrade plötzlich und deutete auf eines, dessen Namen er kannte. »Das ist es. Nehmen Sie Kurs auf Droull.«

Schröder runzelte die Stirn. »Warum ausgerechnet Droull?«

Lestrade schnaubte. »Ganz einfach. Es steht auf Estradas Zielleiste und er hat dabei geholfen, die Systeme auszuwählen. Er will die Drizil für vergangenes Unrecht bestrafen und ich gehe jede Wette ein, dass er von seiner Zielliste nicht abweichen wird. Er kann gar nicht wissen, dass wir ihm folgen.« Lestrade verzog schmerzhaft die Miene. »Und außerdem müssen wir ja mit der Suche irgendwo anfangen.«

Captain Edgar Cutter presste sich so eng an den Felsen, dass ihn das Gefühl überkam, mit dem Gestein zu verschmelzen. Sie hatten sich so tief in die Felsspalte zurückgezogen, dass sie vor Luftangriffen sicher waren. Lediglich ein Orbitalbombardement könnte sie hier heraustreiben und er hoffte inständig, dass die Fledermausköpfe nicht so weit gehen würden. Dafür waren die wenigen Menschen, die sich in der Schlucht versteckten, nicht wichtig genug.

Edgar sah sich langsam um. Die letzten siebenundvierzig kampffähigen Legionäre der beiden Zenturien unter seinem Kommando verschanzten sich, so gut es ging, und warteten auf den unvermeidlichen Angriff. Es hatten sich ihnen etwas mehr als hundert bewaffnete Zivilisten angeschlossen. Edgar bewunderte deren Mut, doch was ihre Hilfe gegen gerüstete, schwer bewaffnete und gut trainierte Drizilsoldaten wert war, blieb abzuwarten. Er setzte nicht allzu große Hoffnungen auf sie.

Eine Gestalt bewegte sich von rechts auf ihn zu und nahm eine tiefer gelegene Position ein. Edgar warf Galen einen kurzen Blick zu, als dieser seinen schweren Nadelwerfer in Position brachte. Der Mann steckte in seiner Rüstung, wodurch er weder Körpersprache noch Mimik erkennen konnte, aber seine Bewegungen wirkten alles in allem ungelenk.

»Ich dachte, du bist bei den anderen Verwundeten.«

Höhnisches Schnauben antwortete ihm. »Du träumst wohl. Wenn ich schon sterbe, dann im Kampf und nicht ängstlich wie eine Maus.«

Edgar lachte leise. »Du hättest Motivationstrainer werden sollen.« Der Schattenlegionär wurde jedoch schnell wieder ernst. »Wo ist Kyle?«

Galen deutete lapidar über die Schulter. »Verschnürt wie ein Weihnachtsschinken in einer der Höhlen.«

»Gut«, nickte Edgar.

»Der Kerl wollte allen Ernstes eine Waffe. Er sagte, er könnte uns helfen.«

Edgar glaubte kaum, was er da hörte. Der Drecksack war einfach unglaublich in seiner Arroganz. »Was hast du geantwortet?«

»Fick dich!« Selbst über die Anonymität der Funkverbindung, hörte er Galens Grinsen heraus.

»Deine Wortgewandtheit ist eine Inspiration für uns alle«, erwiderte Edgar sarkastisch, aber amüsiert.

»Wenn ihr fertig seid«, mischte sich Becky von ihrem Beobachtungsposten aus, »sie kommen jetzt.«

Edgar war von einer Sekunde zur anderen angespannt, die Waffe im Anschlag. Die Drizil mussten durch einen Engpass vorrücken, das machte die Verteidigung recht einfach. Edgar gab sich trotzdem nicht der Hoffnung hin, einer von ihnen würde diese Auseinandersetzung überleben. Sie konnten die Drizil vielleicht einen, zwei oder auch drei Tage abwehren, doch am Ende würden die Fledermausköpfe sie überwältigen.

Edgar konzentrierte sich. Sein Körper befand sich unter höchster Anspannung, während er auf den Ansturm des Gegners wartete. Etwas klapperte mit einem Mal nur wenige Meter vor ihm über den Boden. Es handelte sich um kleine Kapseln. Sie verströmten plötzlich Rauch. Im ersten Moment dachte Edgar, es handele sich um Giftgas. Die bewaffneten Zivilisten husteten, würgten, doch keiner starb.

»Rauchgranaten!«, schrie er.

»Verfluchter Mist!«, wetterte Galen. »Ich wusste gar nicht, dass die Drizil so was überhaupt benutzen.«

»Tiefer in die Schlucht hinein. Wir brauchen eine neue Verteidigungsposition.«

Aus dem Rauchvorhang zischte und fauchte es. Erste feindliche Projektile suchten und fanden ihr Ziel. Ein Dutzend bewaffneter Zivilisten wurde getroffen und stürzte dort, wo sie standen. Der Rauch hatte keinen Einfluss auf die Schattenlegionäre in ihrem Kampfanzug. Einzelne Projektile prallten sirrend von deren Panzerung ab.

»Legionäre! Deckt den Rückzug!«

Die Schattenlegionäre gehorchten augenblicklich. Sie nahmen Aufstellung, um den Feind in Empfang zu nehmen. Die Zivilisten zogen sich eilig zurück. Erste Umrisse waren durch den dichten Nebelvorhang zu erkennen. Edgar schaltete seine Optik von Normal auf Infrarot. Die Rüstungen der Drizil dämpften deren infraroten Abdruck ganz erheblich. Trotzdem waren sie weitaus besser zu erkennen als mit bloßem Auge. Edgar hob sein Nadelgewehr und schoss.

Er feuerte ein halbes Magazin ab und die panzerbrechenden Projektile durchschlugen die Rüstung von drei Drizil. Edgar sah sie fallen. Ihre leicht leuchtende rote Signatur verblasste zusehends.

Becky nutzte ihre Beobachtungsposition, um als Scharfschütze zu dienen. Zielsicher pickte sie sich die feindlichen Offiziere heraus und schaltete sie einen nach dem anderen aus.

Die Symbole zweier Schattenlegionäre verschwanden mit schockierender Plötzlichkeit von seinem Plot. Dann noch einmal drei. Die Fledermausköpfe setzten sie gehörig unter Druck. Sie benötigten eine neue, gut zu verteidigende Position, wollten sie den heutigen Tag überleben.

Galen ließ sich indes nicht aus der Ruhe bringen. Er schwenkte seinen schweren Nadelwerfer im Halbkreis. Auf diese Weise mähte er problemlos mehr als ein Dutzend feindlicher Kämpfer nieder. Die nachfolgenden wurden merklich vorsichtiger.

Die Schattenlegionäre zogen sich immer weiter zurück und lieferten den Drizil einen kämpfenden Rückzug wie aus dem Lehrbuch. Edgar verschoss ein Magazin nach dem anderen. Die Munitionsanzeige in seinem HUD nahm besorgniserregend ab. Und die Drizil ließen einfach nicht locker. Im Gegenteil, mit jedem Meter, den sie den Menschen nachsetzten, wurden sie mutiger. Edgar erkannte, dass ihnen die Zeit davonlief. Wenn sie es nicht schafften, den Drizil ernsthaft Paroli zu bieten, dann war es das. Für sie alle.

»Lass mich gehen, Vincent!«, bettele Kyle erneut.

Vincent drehte sich nicht zu dem Gefangenen um. Von seiner Position am Ausgang der Höhle visierte er die vorrückenden Drizil immer wieder an und schoss auf jedes Ziel, das sich ihm bot.

»Du hältst mich wohl für bescheuert?!«, kommentierte er die Bitte lapidar und feuerte erneut. Befriedigt sah er einen Drizil fallen.

»Ihr könnt es euch nicht leisten, auf mich zu verzichten. Ihr braucht jeden Kämpfer.«

»Wir können dir nicht trauen.«

Kyle seufzte. »Ich half Uborn, weil ich ihm etwas schuldig war. Mit seinem Tod erlischt auch meine Schuld ihm gegenüber. Die Drizil haben ihn umgebracht. Jetzt will ich nur noch Drizil töten.«

Nun sah sich Vincent doch genötigt, sich zu ihm umzudrehen. »Was war das eigentlich zwischen euch?«

Kyle wandte betreten den Blick ab. »Lange Geschichte.«

»Glaub ich gern.« Vincent wandte sich wieder den Geschehnissen vor der Höhle zu. Er hob das Nadelgewehr und gab eine Salve ab. Er traf nichts, scheuchte aber einen ganzen Trupp Drizil in Deckung. Er fluchte unterdrückt.

Etwas lenkte seine Aufmerksamkeit auf Beckys Position. Er hätte gern gesagt, es wäre sein sechster Sinn gewesen, der ihn dazu bewog, zu ihr aufzublicken. Tatsächlich war es nur seine Sorge um ihre Sicherheit. Trotz ihres offensichtlichen Desinteresses hatte er es noch nicht geschafft, seine Gefühle für sie unter Kontrolle zu bringen. Das war ihr Glück.

Ein Trupp Drizil kletterte von oben herunter. Sie hatten sich durch einen engen Spalt an der Oberfläche gequetscht, um den Menschen in den Rücken zu fallen. Sie würden jeden Augenblick auf Becky treffen.

In einer fließenden Bewegung sank Vincent auf ein Knie nieder, hob das Gewehr und schoss. Zwei Drizil wurden getroffen und stürzten von der Felswand. Becky bemerkte die drohende Gefahr im selben Moment. Sie wirbelte herum. Einer der Drizil hatte sie fast erreicht. Sie ließ ihr Nadelgewehr fallen und zog ihre beiden Klingen. Der Drizil sprang die letzten zwei Meter herab, aber sie wich behände aus. Zwei Dolchstöße später fiel der Drizil ebenfalls in die Tiefe. Doch weitere Drizil tauchten unter der Felsspalte auf und kletterten herab.

Vincent fluchte erneut. »Boss! Wir haben ein Problem. Feind im Rücken. Becky ist in Schwierigkeiten.« Er rannte aus der Höhle, um eine bessere Schussposition einzunehmen. Kyle hingegen war so gut wie vergessen.

Kyle beobachtete, wie Vincent aus der Höhle stürzte. Ein weiteres Mal bewiesen die Drizil, wie gefährlich sie waren. Der ehemalige Aufklärungslegionär schloss die Augen. Er spürte die Fesseln, die seine Handgelenke banden. Es handelte sich um Kabelbinder. An und für sich gutes Material, es benötigte allerdings weitaus mehr, um einen Aufklärungslegionär festzuhalten.

Kyle konzentrierte sich. Er spannte jeden Muskel an. Seine Ausbildung lag schon sehr lange zurück. Manchmal kam es ihm fast wie ein anderes Leben vor. Dennoch hörte er immer noch die Stimme seines Ausbilders im Kopf.

Es gibt keine Fessel, die man nicht überwinden kann: entweder mit Geschick, Finesse oder auch einfach mit roher Gewalt. Und die Fessel, die einen Aufklärungslegionär halten kann, muss erst noch erfunden werden.

Kyle spannte jeden Muskel in seinem Körper an, von den Zehenspitzen bis hin zu den Armen und Handgelenken. Er hörte die Kabelbinder leicht knirschen. Sie widerstanden seinem Druck noch für einige Sekunden, bevor sie knackend zerbarsten.

Kyle lächelte und rieb sich die schmerzenden Handgelenke, bevor er sich erhob. In der Ecke lag seine Rüstung. Man hatte sie dort einfach abgelegt wie Abfall. Er rümpfte die Nase. Es wurde Zeit, allen zu beweisen, dass er noch immer ein Aufklärungslegionär war – und es ein großer Fehler war, einen imperialen Legionär zu unterschätzen.

»Becky ist verletzt!«, hörte Edgar Vincent über Funk berichten. »Durchbruch auf sechs Uhr!«

Edgars Stirn war schweißnass. Die Drizil hatten die Menschen genau da, wo sie sie haben wollten. »Legionäre zurück, sammeln und neu formieren!«

Die Schattenlegionäre gaben ihre Stellungen auf und zogen sich zurück. Das Unterdrückungsfeuer, das sie dabei aufbauten, diente hauptsächlich dazu, den Feind in Deckung zu halten. Edgar stützte während des Rückzugs den humpelnden Galen, der seine schwere Waffe mühsam mit einer Hand bediente und dem Gegner immer wieder schmerzhafte Nadelstiche zufügte.

Die Drizil rückten nahezu unbeeindruckt vor. Zwei Geschosse trafen Galens rechtes Bein auf Höhe des Knies und durchschlugen die Panzerung ohne nennenswerten Widerstand. Galen schrie nicht einmal auf. Dennoch spürte Edgar selbst durch die Rüstung, wie sich die Gestalt seines Waffenbruders plötzlich versteifte.

Sein Griff um den Körper Galens wurde fester. Er wollte nicht das Risiko eingehen, dass der Mann plötzlich stürzte. Edgar befürchtete, in diesem Fall könne er den Schweren Legionär nicht wieder auf die Beine bringen.

Die Zivilisten, die sich den Legionären angeschlossen hatten, kämpften bemerkenswert tapfer. Doch ungepanzert waren sie der Willkür des Gegners praktisch ausgeliefert. Viel zu oft sah Edgar diese tapferen Seelen fallen, während ihres hektischen – beinahe panischen – Rückzugs.

Edgar öffnete eine Komverbindung. »Vincent? Vincent? Hörst du mich?«

Beängstigend anhaltendes Schweigen antwortete ihm. Edgar befürchtete bereits das Schlimmste. »Ich bin hier, Boss«, drang unvermittelt die Stimme seines Kameraden aus dem Äther. Edgar atmete erleichtert auf. »Becky ist bei mir. Wir haben Position in einer der hinteren Höhlen bezogen. Hier kommen sie kaum an uns ran. Aber ihr beeilt euch besser. Es seilen sich immer mehr von oben ab. Ihr seid bald abgeschnitten.«

Vincents Vorhersage ließ Edgar seine Schritte noch beschleunigen. Wenn die Fledermausköpfe dabei waren, die Schlucht einzunehmen, dann wollte er sich nicht plötzlich auf der falschen Seite der Front wiederfinden.

Galen feuerte ohne Unterlass. Sein schwerer Nadelwerfer spuckte im Sekundentakt scharfkantige, panzerbrechende Projektile aus. Während dieses kurzen Gefechts hatte Galen mit Sicherheit mehr Drizil ins Jenseits befördert als jeder andere menschliche Kämpfer.

Edgar bemerkte, wie einige seiner Schattenlegionäre in wenigen Metern Abstand immer noch die Stellung hielten, um ihm Deckung zu geben.

»Verschwindet!«, schrie er ihnen sowohl physisch als auch über Funk zu. »Macht, dass ihr wegkommt!«

Die Legionäre zögerten einen Moment, machten dann aber kehrt und kämpften sich zu Vincents Position durch. Edgars Atem ging immer schwerer. Für einen winzigen Moment kam ihm der Gedanke, Galen zurückzulassen, um das eigene Leben zu retten. Er wollte nicht sterben. Der Gedanke ging jedoch vorbei. Seinen Freund würde er nicht sterben lassen.

Auf Edgars HUD erschienen immer weitere rote Symbole, als der Computer feindliche Signaturen ausmachte. Es waren mehrere Hundert. Edgar stieß einen Schwall Luft zwischen den Vorderzähnen aus. Wie hatten sie je hoffen können, dieser Flut standzuhalten? Ihr Widerstand war von vornherein zum Scheitern verurteilt gewesen.

Ein Schatten baute sich mit einem Mal hinter ihm auf. Edgar wirbelte herum, so schnell seine Last es ihm gestattete. Ein Drizil stand weniger als einen Meter von ihm entfernt. Er konnte dessen Mimik unter dem Helm nicht erkennen, spürte jedoch unzweifelhaft Genugtuung von dem feindlichen Soldaten ausgehen. Das war er also: das Ende des Weges.

Der Drizil hob seine Waffe. Es handelte sich um ein klobiges Gewehr. Edgar kannte den Typ. Es verschoss Säureprojektile – eine scheußliche Art draufzugehen. Der Drizil zögerte einen Moment. Vermutlich wollte er den Augenblick auskosten. Dann zuckte sein Finger am Abzug.

Bevor er ihn jedoch ganz durchdrücken konnte, geriet er aus dem Gleichgewicht. Ein Legionär in einer alten Aufklärungsrüstung erschien mit einem Mal neben ihm. Ein wuchtiger Tritt zwang den feindlichen Soldaten in die Knie. Der Aufklärungslegionär packte mit beiden Armen zu und brach dem Drizil das Genick, indem er dessen Kopf mitsamt Helm um hundertachtzig Grad drehte. Das ekelerregende Geräusch, das die Knochen des Drizil von sich gaben, ging Edgar durch Mark und Bein.

Kyle ließ den feindlichen Soldaten achtlos zu Boden fallen. Der Körper des Drizil rutschte über die Felsen und blieb unweit ihrer Position liegen. Kyle eilte zu Edgar und packte den verletzten Galen am anderen Arm. Gemeinsam zerrten sie ihn wortlos in Sicherheit.

27

»Darf ich mich zu Ihnen setzen?«

Die Messe der SPARTACUS war zu dieser Zeit nicht gut besucht. Im Moment herrschte an Bord die dritte Schicht, was einer normalen Tageszeit von etwa Mitternacht entsprach. Es gab genügend freie Tische, doch Captain Javier Estrada hatte sich mit voller Absicht exakt diesen Tisch ausgesucht.

Der XO des Angriffskreuzers, Commander Harry Benjamin Lofton, und Major Stanislav Kowalski, der Kommandant der Marines an Bord, wechselten einen verhaltenen Blick, bevor Lofton auffordernd auf den freien Stuhl direkt gegenüber deutete.

Javier nickte dankbar, stellte sein Tablett ab, zog den Stuhl zurück und setzte sich. Er war überhaupt nicht hungrig, hatte aber im Laufe seines Lebens festgestellt, dass Menschen redseliger waren, wenn man gemeinsam aß. Es machte sie lockerer. Als Tribut an diesen Gedanken hatte sich Javier für ein Sandwich entschieden. Er nahm es auf und begann lustlos daran zu knabbern. Nahrungsaufnahme nahm in seinem Verstand allerdings gerade den geringsten Platz ein. Über sein Sandwich hinweg musterte er die beiden Offiziere aufmerksam.

Keiner von ihnen schien sich besonders wohlzufühlen in der Gegenwart ihres Kommandanten. Das war gar nicht so ungewöhnlich und Javier entschied, dem keine Bedeutung beizumessen. Die beiden unterhielten sich gedämpft über irgendeiner Sportart auf Vector Prime, von der er noch nie gehört hatte und die ihn kein bisschen interessierte. Die beiden hatten jedoch bei seinem Eintreffen das Thema gewechselt und das interessierte ihn schon. Javier ließ die beiden gewähren, bevor er durch diskretes Hüsteln auf sich aufmerksam machte. Er entschied sich für eine eher direkte Vorgehensweise.

»Gehe ich recht in der Annahme, dass Sie sich vor meinem Eintreffen über die delikate Natur unserer Mission unterhalten haben?«

Beide Männer stutzten für einen Augenblick und warfen sich erneut vorsichtige Blicke zu. Schließlich schoben beiden wie auf ein Stichwort ihr Tablett leicht von sich und musterten ihren Kommandanten wachsam.

»Ja, in der Tat«, bemerkte Lofton. »Wir diskutierten über Ethik in Kriegszeiten.«

Javier nickte leicht. »Ich verstehe.«

»Wirklich?«, bemerkte Lofton. Javier spürte einen gewissen gereizten Unterton in der Stimme seines XO. Er rang sich ein schmales Lächeln ab.

»Denken Sie, ich bin aus Stein?«, bemerkte der Captain der SPARTACUS. »Ich machte mir natürlich auch so meine Gedanken«, log er. »Vor und während der Mission. Selbst als wir Dirindai bombardierten. Das Ganze geht nicht spurlos an mir vorüber.« Was er den beiden Offizieren wohlweislich verheimlichte, war, dass er bei der Zerstörung von Dirindai ein nicht geringes Maß an persönlicher Genugtuung und sogar Freude empfunden hatte. Endlich bezahlten die Drizil in angemessener Weise für all die Toten und die Gräueltaten, die sie angerichtet hatten. Man hätte bereits viel früher auf diese Weise mit ihnen verfahren sollen. Auge um Auge.

»Und zu welchem Schluss führten Ihre Gedanken?«, erkundigte sich Kowalski in versöhnlichem Ton. Der Mann befürchtete offenbar, ein Streit könne die Folge dieser Unterhaltung sein. Javier warf ihm einen mitfühlenden Blick zu.

»Wir sind Soldaten. Wir führen Befehle aus. Und manchmal sind diese Befehle unangenehm.«

»Das ist eine nette Umschreibung für ein Kriegsverbrechen«, erwiderte Lofton und starrte mit gerunzelter Stirn in seine Suppe.

Javiers erster Impuls bestand darin, den Mann zurechtzuweisen, dann entschloss er sich für einen anderen Weg. »Wie kann es ein Kriegsverbrechen sein, wenn wir es den Drizil mit gleicher Münze zurückzahlen? Denken Sie nur an all die imperialen Welten, die von den Drizil zu Asche verwandelt wurden.«

Der Einwand rief bei Kowalski einen Ausdruck beinahe ungezügelter Wut hervor. Die Wut richtete sich aber nicht gegen Javier, sondern gegen die Drizil und deren Taten während des Krieges. Javier verkniff sich ein Lächeln. Genau das hatte er beabsichtigt. Die Marines gehörten zu den Ersten, die mit den Auswirkungen feindlicher Bombardements konfrontiert wurden. Man schickte sie hinein, um nach Überlebenden zu suchen. Oft genug kamen sie nach einem Drizilangriff aber mit leeren Händen zurück auf ihr jeweiliges Schiff.

»Nur, wenn wir mit gleicher Münze bezahlen, zu was macht uns das? Sollten wir nicht besser sein als der Feind?«

»Auch auf Kosten unseres eigenen Überlebens?«, hielt Javier dagegen. »Wir stehen mit dem Rücken zur Wand. Der Gegner muss lernen, dass auch ein Sieg seinen Preis hat. Diese Lektion haben wir den Fledermausköpfen bisher vorenthalten.« Javier zügelte sich. Es bestand die Gefahr, dass er sich in Rage redete, und das würde eher kontraproduktiv sein. Weniger war manchmal mehr.

Lofton sah auf. »Denken Sie nie an die Frauen und Kinder, die wir auf Dirindai umgebracht haben? Wir bestrafen nicht nur die Schuldigen, sondern auch die Unschuldigen.«

»Ich denke sehr oft an sie«, log Javier erneut. »Aber was wäre die Alternative? Kapitulation? Wären Sie dazu bereit? Oder ich? Wir sind Soldaten und es ist unsere Pflicht zu kämpfen.«

»Ja, gegen andere Soldaten«, entgegnete Lofton.

Kowalski zog eine Augenbraue hoch. »Da hat er nicht ganz unrecht«, gab der Marine zu bedenken.

Javier musterte Kowalski einen unendlich scheinenden Augenblick lang. »Sie stammen von Detroit«, meinte er schließlich.

Kowalski zuckte unwillkürlich zusammen. Er hatte nicht erwartet, welche Wendung das Gespräch nehmen würde.

»Ja«, entgegnete er kurz angebunden.

»Detroit befindet sich in der Einfallschneise, die die Drizil auf dem Weg zur Erde genommen haben. Bevor das Solsystem angegriffen werden konnte, musste erst Detroit fallen.«

Kowalskis Augenbrauen zogen sich drohend über der Nasenwurzel zusammen. Javier wusste, er spielte ein gefährliches Spiel. Ein falsches Wort, und er würde Kowalski verlieren. Doch jetzt konnte er nicht mehr zurück.

»Und?«, hakte Kowalski weiter nach.

Javier schürzte die Lippen. »Der Planet fiel nach einer achtundvierzig Stunden währenden, ununterbrochenen Schlacht und zwei Bombardements auf schwer befestigte imperiale Stellungen.«

»Das brauchen Sie mir nicht erst zu erklären. Ich war dabei. Ich erinnere mich noch genau, wie die Luft nach den Rückständen von Drizilwaffen stank – und wie meine Leute schrien, als sie abgeschlachtet wurden.«

»Und wenn man all dies hätte verhindern können, indem man – sagen wir mal – einen Drizilplaneten bombardiert hätte? Hätte man das nicht tun dürfen … tun *müssen*?«

Kowalski schwieg, doch das Argument brachte ihn sichtlich zum Nachgrübeln. Lofton hingegen war nicht überzeugt. Der XO schnaubte. »Damals kannten wir die Koordinaten der Drizil-Heimatwelten noch gar nicht.«

Javiers Blick zuckte in seine Richtung. »Das spielt doch keine Rolle! Das hier ist nur ein Gedankenexperiment. Wenn wir die Koordinaten gehabt hätten, wäre es nicht unsere Pflicht gewesen, einen Vernichtungsangriff zu führen, um den Gegner von einer solch verheerenden Invasion abzubringen?«

»Ich … ich weiß nicht«, stotterte Kowalski.

»Doch«, beharrte Javier. »Sie wissen es. Sie wollen es nur nicht zugeben. Die Antwort lautet: Ja.«

»Wir haben alle Verluste und Schmerz durch die Drizil erfahren müssen«, bemerkte der XO. »Das bedeutet nicht, dass wir so werden müssen wie der Feind.«

Javier neigte leicht den Kopf zur Seite. »Aber ist das nicht natürlich? Ich meine, es dem Feind mit gleicher Münze heimzahlen wollen.«

Lofton überlegte kurz und schüttelte schließlich den Kopf. »Vielleicht hätten wir den Befehl verweigern sollen.«

Kowalski zuckte mit ausdrucksloser Miene die Achseln. »Dann hätte man jemand anderen gefunden, der das Bombardement durchführt. Im Endeffekt hätte es nichts geändert.«

»Aber wir hätten uns unsere Ehre bewahrt«, meinte Lofton mit verkniffener Miene. »Seit der Bombardierung von Dirindai fühle ich mich irgendwie … schmutzig.«

Kowalski schnaubte. »Schmutzig würde ich nicht unbedingt sagen. Ich fühle mich eher nachdenklich.« Kowalskis Blick suchte den Javiers. »Zwiegespalten«, fügte er hinzu.

Javier hatte alle Mühe, sich ein Grinsen zu verkneifen. Zumindest bei Kowalski fiel seine Argumentation auf fruchtbaren Boden.

Javier maß seinen XO mit festem Blick. Dieser dachte angestrengt nach, schüttelte jedoch immer wieder den Kopf. Javiers Blick verdüsterte sich. Lofton schien nicht gewillt, seinem Gedankengang zu folgen. Falls überhaupt möglich, wirkte er noch zerknirschter über die Vorgänge im Dirindai-System. Ohne Zweifel war der Mann Lestrades Marionette durch und durch. Javier beschloss, es gut sein zu lassen. Jedes weitere Wort mochte eines zu viel sein.

Er biss ein weiteres Mal von seinem Sandwich ab und legte den Rest wieder auf seinen Teller. Mit entschlossenem Ruck erhob er sich. »Ich muss wieder auf die Brücke. Aber ich danke Ihnen beiden für diese angeregte Diskussion und die Einblicke, die Sie mir verschafft haben.«

Die beiden Männer verabschiedeten ihn mit schnellen Nicken, während Javier seinen Stuhl zur Seite schob und den Tisch mit seinem Tablett und dem Rest des Sandwichs darauf verließ. Er widerstand dem Drang, sich umzusehen. Er spürte jedoch die Blicke seiner beiden Offiziere, die sich in seinen Rücken bohrten. Er konnte förmlich hören, wie es in ihrem Kopf ratterte. Was die beiden daraus machten, blieb abzuwarten. Denn eines war sicher: Der Zeitpunkt würde kommen, an dem sich die beiden würden entscheiden müssen, welchen Pfad sie einschlugen – ganz so, wie Javier es auch getan hatte.

Sefrai Callanan, Erster Jäger des Schwarms, stand auf der Brücke seines Flaggschiffes und beobachtete mit immer größerem Zorn den zerstörten Planeten, der unter ihm seine Bahnen zog.

Selbst von hier oben waren die gewaltigen Verwüstungen ausnehmend gut zu erkennen. Ganze Landstriche waren schwarz verbrannt und lediglich noch als Ödland zu bezeichnen. Dass darin jemand überlebt hatte, schien mehr als unwahrscheinlich.

Tari Taktan, sein Zweiter Kommandant, trat hinzu und neigte ergeben das Haupt. Aus Respekt vor Sefrai und dem Schmerz, der diesen bewegte, schwieg er jedoch, bis der Clanführer geruhte, ihn zur Kenntnis zu nehmen.

Sefrai zwängte seinen Hass zurück in einen Teil seines Leibes und verschloss ihn dort. Er würde ihn unter Verschluss halten, bis der Zeitpunkt zur Rache gekommen war. Er wandte sich halb zu Tari Taktan um.

»Bericht!«, forderte er knapp.

»Ich habe aus den umliegenden Systemen Hilfsschiffe angefordert. Sobald sie eintreffen, wird mit der Suche nach Überlebenden begonnen.«

Sefrai nickte. »Wie viele?«

Tari zögerte. »Nicht einmal zwanzig.«

Nun wandte sich Sefrai doch in Gänze zu seinem Untergebenen um und forderte wortlos eine Erklärung. Dieser richtete sich leicht auf.

»Die Angriffe der Rebellen waren verheerend. Unsere Verluste steigen beständig. Wir können froh sein, dass ich überhaupt diese Schiffe bekommen habe.«

Sefrai dachte einen Augenblick darüber nach, nickte schließlich und wandte sich erneut der zerstörten Welt unter sich zu. Taris Argument entbehrte nicht einer gewissen schmerzlichen Note. Die Rebellen waren in der Tat mehr als nur ein Ärgernis. Wären die Clans unter Tarans Führung loyal geblieben, hätte man die Menschen leicht in die Knie zwingen können. Der Krieg wäre längst gewonnen worden. Doch nun wurde aus einem einfachen Konflikt ein Blutbad.

Sefrai glaubte keinen Augenblick, dass Taran für diese Zerstörung verantwortlich war. Das roch förmlich nach den Menschen. Beide Seiten kämpften nun ums nackte Überleben und die gegenseitige Auslöschung schien das vorhersehbare Ende zu sein.

Sefrai stieß ein kurzes Schnauben aus. Auch wenn die Rebellen nicht unbedingt an der Zerstörung von Dirindai beteiligt waren, so mussten sie dennoch dafür bestraft werden. Sie und die menschliche Brut, die sie Verbündete nannten.

»Konntest du den Kurs der menschlichen Schiffe ermitteln?«, fragte der Clanführer.

Tari nickte. »Es scheint, sie fliegen als Nächstes nach Droull.«

»Setze einen Kurs. Wir verfolgen und eliminieren sie.«

Tari neigte das Haupt und wollte davoneilen, doch Sefrai hielt ihn noch zurück. »Und schick eine Nachricht nach Adrinetta. Ich will, dass jedes verfügbare Schiff und jeder verfügbare Soldat in Marsch gesetzt werden.«

»Mit welchem Ziel?«

»Kerem-da«, entgegnete Sefrai entschlossen. »Wir zerschlagen die Führung der Rebellion und bestrafen die Abtrünnigen durch Zerstörung ihrer Hauptwelt. Wir löschen die Bevölkerung von Kerem-da aus.«

Tari zögerte, sichtlich vom Donner gerührt. Sefrai wandte sich halb um und funkelte ihn an. »Gibt es ein Problem?«

»Diese Truppen waren für die nächste Operation gegen Vector Prime bestimmt.«

Sefrai schnaubte erneut. »Es kann keinen Sieg über die Menschen geben, solange wir keine Ordnung im eigenen Haus haben. Schick die Verbände nach Kerem-da und befiehl, dort jedes Leben auszulöschen. Dieses Mal wird Taran es zutiefst bedauern, dass er den Weg des Widerstands gewählt hat.«

28

Colonel Finn Delgado befand sich – wie so oft – auf der Krankenstation der VENGEANCE, als ihn der Ruf ereilte, sich bei Rix zu melden.

Jessy Mondego ging es von Tag zu Tag besser. Sie war wach, hatte wieder etwas Farbe im Gesicht und war ansprechbar. Sie lachte sogar über seine grottenschlechten Witze.

Finn wagte es kaum, sie allein zu lassen. Jedes Mal, wenn er den Raum verließ, überkam ihn die Angst, sie nie wiederzusehen. Inzwischen bestand ein Band zwischen ihnen, das weitaus enger war als das zwischen Kameraden oder bloßen Freunden. Unbewusst hielt er ständig ihre Hand, sobald er ihr an ihrer Krankenstatt Gesellschaft leistete.

Die Schattenlegion auf Vector Prime hatte wenig genug zu tun. Seit dem letzten zurückgeschlagenen Angriff hatten sich die Drizil nicht mehr blicken lassen. Aus der Allianz trafen keine Nachrichten mehr ein und Barinbau war evakuiert. Die auf Vector Prime befindlichen Truppen aller Waffengattungen warteten, beteten und hofften auf ein Wunder. Kaum einer glaubte noch, der Krieg könne gewonnen werden. Im Gegenteil erwarteten viele von ihnen zu sterben.

Als ein Arzt zu ihm trat und ihm ins Ohr flüsterte, Rix wolle ihn sehen, erhob sich Finn geschmeidig, drückte Jessy einen Kuss auf die Stirn und verließ eilig die Krankenstation.

Wenn Rix ihn zu sich befahl, musste etwas geschehen sein. Irgendetwas hatte sich verändert. Die Schattenlegion musste höchstwahrscheinlich mal wieder die Kastanien aus dem Feuer holen. Und darauf war Finn nicht gerade erpicht … denn er gehörte zu jenen, die nicht mehr an einen Sieg der Menschen glaubten. Für ihn stellte sich nur noch die Frage, in welchem Ausmaß die Niederlage sie ereilen würde.

Als er den Besprechungsraum der VENGEANCE betrat, zögerte er einen Moment. Außer Rix befand sich auch noch Commander Eugene Mueller, der XO der VENGEANCE, sowie Commodore Christian van Bergen im Zimmer. Sie hatten sich um den allgegenwärtigen Holotank versammelt.

Gerade die Anwesenheit van Bergens irritierte ihn. Der Commodore sollte mit einem großen Verband in diesem Moment über Equuro sein, um die Drizilblockade zu beenden. Finn trat mit einem flauen Gefühl in der Magengrube näher.

Er nickte jedem der Anwesenden mit neutraler Miene zu. Sein Blick blieb jedoch auf van Bergen eine Sekunde länger haften als auf den anderen. Schließlich fixierte er seine Aufmerksamkeit auf Rix.

»General?«

»Colonel«, begann Rix, zögerte, räusperte sich und senkte für eine Sekunde den Blick. Das anfängliche flaue Gefühl in Finns Magengrube wurde zu einer unheilvollen Vorahnung. Schließlich sah Rix wieder auf. Sein Gesicht drückte ehrliche Anteilnahme aus. »Es tut mir leid, Colonel, aber von der Allianz haben wir nicht mehr viel Hilfe zu erwarten.«

»Was ist passiert?«, wollte Finn wissen.

Es war van Bergen, der antwortete. »Wir kamen zu spät. Equuro war bei unserem Eintreffen bereits gefallen. Wir konnten nichts mehr tun.«

Finn glaubte, den Boden unter den Füßen zu verlieren. Er hielt sich mit einer Hand am Rand des Holotanks vor ihm fest, weil er Angst hatte, ansonsten aus den Latschen zu kippen. Er reckte das Kinn und sprach erst, als er sicher war, sich unter Kontrolle halten zu können.

»Was genau wissen wir?«

Rix schüttelte den Kopf. »Nicht viel. Militärpräfekt Danbi Maengs Schicksal ist ungewiss – entweder tot oder gefangen. Fünfzigtausend Allianzsoldaten auf Equuro – entweder tot, vermisst oder gefangen. Zwei Kohorten der Schattenlegion auf Equuro – entweder tot, vermisst oder gefangen. Die Allianzflotte besteht noch aus zwölf einsatzbereiten Kriegsschiffen, die sich derzeit auf dem Militärstützpunkt Akka befinden. Der einzige Lichtblick ist, dass ein Aufgebot von Allianz-Bodentruppen, den vom Feind besetzten Planeten Vukartech zurückerobern konnte. Jedoch lediglich deshalb, weil die Fledermausköpfe die meisten ihrer Truppen nach dem Fall von Equuro von dort abzogen. Nach Equuros Einnahme hat Vukartech keinen großen Wert mehr für sie. Sie haben jetzt den Jackpot geknackt.«

Finn nickte. »Sie kontrollieren jetzt das zweitwichtigste System der Allianz nach Cosa Tauri.«

»Und haben die Verbindung zwischen Allianz und Neuem Protektorat geknackt.«

Finn sah von einem zum anderen. »Gibt es Pläne, das System zu befreien?«

Rix und van Bergen wechselten einen eindeutigen Blick. Er sagte Finn alles, was er wissen musste. »Also nicht«, beantwortete er seine eigene Frage.

»Nein«, gab Rix unumwunden zu. »Dafür haben wir im Moment nicht die Mittel. Wir konnten den feindlichen Brückenkopf auf Perseus zerschlagen, doch wir bezahlten einen hohen Preis. Und Janneck ist unter den Todesopfern.«

Finn schloss kurz die Augen. Er hatte den Mann nie gut kennengelernt. Was er jedoch von ihm gehört hatte, erweckte den Eindruck eines guten Offiziers, hervorragenden Soldaten und beliebten Vorgesetzten. Sein Tod war ein großer Verlust für ihre Sache.

»Vor meinem Rückflug nach Vector Prime sprach ich mit dem jetzigen Oberbefehlshaber des Allianzmilitärs. Ein Konteradmiral Ortega. Er beabsichtigt, die Drizil mittels Guerillataktiken auf Trab zu halten. Auf diese Weise können sie vielleicht noch eine Weile durchhalten. Das Allianzmilitär kann auf eine glänzende Geschichte und viel Erfahrung in der Guerillakriegsführung zurückblicken.«

Finn lächelte schmal. »Das ist wahr.« Sein Gesicht verdüsterte sich. »Die Frage ist, wie lange sie mit nur zwölf Schiffen durchhalten.«

»Möglicherweise länger, als Sie denken«, wandte Rix ein. Finn sah stirnrunzelnd auf, sodass sich Rix zu einer Erklärung genötigt sah. »Die Fledermausköpfe sind derzeit mit den Rebellen ziemlich ausgelastet. Taran und dessen Verbündeten nehmen eine Menge Druck von uns.«

Finn schürzte die Lippen. »Wann schlagen wir also gegen Adrinetta los?« Er konnte es gar nicht erwarten, erneut gegen den Feind vorzugehen, der seine Heimat an den Rand der Vernichtung trieb.

Erneut wechselten Rix und van Bergen einen seltsamen Blick. Schließlich räusperte sich Rix. »Gar nicht.«

»Wie bitte?« Finn glaubte, sich verhört zu haben.

»Unsere Tiefenraumsensoren haben einen großen Verband geortet, der sich von Adrinetta entfernt – mit Kurs auf Kerem-da. Die Drizil beabsichtigen, die Rebellion zu zerschlagen. Wir glauben, die Rebellen ahnen noch nichts davon. Der Angriff wird sie vermutlich überrumpeln. Wir haben Taran eine Nachricht geschickt, wissen jedoch nicht, ob sie ihn rechtzeitig erreichen wird.«

Finn sah von einem zum anderen. »Wir marschieren also zur Verteidigung einer Drizilwelt. Sie schicken alle unsere Kräfte nach Kerem-da. Sehe ich das richtig?«

»Unser Schicksal steht und fällt mit den Drizilrebellen. Es wäre durchaus möglich, dass der Kampf um Kerem-da die letzte Schlacht des Krieges wird. Der Feind führt mindestens fünfhundert Schiffe heran.«

»Und wir besitzen noch wie viele?«

Van Bergen überlegte nur kurz. »Einsatzfähige – wenn wir bei Perseus und Vector Prime nur eine Rumpfmannschaft zurücklassen – vielleicht hundertzwanzig.«

Finn seufzte tief. »Nur dass ich das richtig verstehe: Falls ihr Drizilfreund Taran die Warnung nicht erhielt, dass seine Heimatwelt demnächst angegriffen wird, dann stehen wir mit hundertzwanzig Schiffen gegen fünfhundert feindliche?!«

»So sieht es aus«, erklärte Rix. Van Bergen nickte angestrengt.

»Jetzt weiß ich, was Sie damit meinten, es könnte die letzte Schlacht des Krieges sein. Wir werfen also alles in die Waagschale.«

Rix nickte mit verkniffener Miene. »Wir entsenden das Gros unserer verbliebenen Flotte, die Schattenlegion, das Gros der 18. Legion, die Prätorianer und das, was von der imperialen Armee nach der Schlacht um Perseus noch übrig ist. Wenn wir die Schlacht um Kerem-da verlieren, sind wir am Ende. Und wenn wir die Rebellen verlieren, sind wir ebenfalls am Ende. Wie man es dreht und wendet, unser Schicksal entscheidet sich auf einer fremdartigen Welt namens Kerem-da.«

Finn leckte sich über die trockenen Lippen, während er das Gesagte langsam verdaute. Schließlich sah er jedem der Männer in die Augen. »Worauf warten wir dann noch?«

29

Die SPARTACUS und die CRAZY HORSE fielen am äußersten Rand des Droull-Systems aus dem Hyperraum. Javier bezweifelte, dass sie noch einmal so viel Glück hatten wie im Dirindai-System. Und da ihr Verband nur noch aus zwei Schiffen bestand, zog er nun eine etwas zurückhaltendere Taktik vor.

Er wartete geduldig, bis sein XO die notwendigen Daten gesammelt hatte. Erst dann sah er auf. »Was haben Sie für mich?«

»Das System ist bei Weitem nicht so leer wie das letzte, Skipper«, erwiderte er nachdenklich. »Fast im ganzen System wird gekämpft. Ich orte mehr als dreihundert Drizilschiffe in vier größeren Ansammlungen. Da wird heftig geschossen.«

Lofton sah auf. »Irgendeine Ahnung, wer die Oberhand hat?«

Lofton schnaubte. »Dazu müsste ich die Rebellen von den Drizil unterscheiden können, die uns an den Kragen wollen.«

Javier hörte den Unterton der Verbitterung und auch des Zorns heraus. Nach dem Kampf im Dirindai-System hatte er seinem XO endlich reinen Wein eingeschenkt, zumindest in einigen wenigen Punkten. Die Besatzungen der zwei Angriffskreuzer wussten nun um den Bürgerkrieg innerhalb der Drizilgesellschaft. Es hatte sich nicht mehr verheimlichen lassen. Allerdings wusste niemand außer ihm, dass die Rebellen sich mit Rix verbündet hatten. Es spielte im Prinzip keine große Rolle. Das Droull-System gehörte ebenfalls nicht zu den Rebellen. Das war ein kleines Zugeständnis Javiers an Rix' Nöte interstellarer Diplomatie.

Javier verstand sogar Loftons Verärgerung. Niemand wurde gern im Unklaren gelassen. Doch er hatte es wiederum gekonnt als Befehl Lestrade dargestellt. Dagegen konnte sein XO kaum etwas einwenden.

»Befinden sich feindliche Schiffe auf unserer Flugbahn?«

Lofton schüttelte den Kopf. »Im Augenblick? Nein.«

Javier lächelte leicht und nickte zufrieden. »Dann lassen Sie uns keine Zeit verschwenden. Nehmen Sie Kurs auf den Hauptplaneten. Wir gehen auf Schleichfahrt. Alle nicht unbedingt benötigten Systeme abschalten, die anderen zumindest herunterfahren. Die CRAZY HORSE soll uns in unserer Antriebsspur folgen. Falls man uns entdeckt, verkleinert das unsere Signatur und man hält uns vielleicht für ein einziges Schiff. Sichern wir uns jeden Vorteil, den wir kriegen können.«

»Aye, Sir«, bestätigte sein XO.

Javiers Gesicht gefror zu einer Maske aus Eis. »Erledigen wir, wozu wir hergekommen sind.«

»Darf ich fragen, was du da gerade machst?«

Finn blieb am Eingang der Krankenstation stehen und beobachtete stirnrunzelnd, wie Jessy versuchte, sich ihre Rüstung überzustreifen. Ihre Bewegungen wirkten noch immer ungelenk und schwerfällig. Trotzdem strahlte sie trotzige Entschlossenheit aus.

»Ich kann hier nicht länger herumsitzen. Ich muss unbedingt etwas tun.«

»Du weißt schon, dass wir Kerem-da erst in vier Tagen erreichen. Bis dahin sind wir alle zur Untätigkeit verdammt.«

»*Wir alle* liegen aber nicht bereits seit Wochen auf dieser vermaledeiten Krankenstation herum.«

»Gutes Argument«, grinste Finn. Er wurde jedoch schnell wieder ernst. »Bleib bitte wenigstens noch die vier Tage hier liegen. Nutz die Zeit, um dich zu erholen. Sobald wir das Drizil-System erreichen, werden Ruhe und Frieden Mangelware sein.«

Jessy stutzte für einen Moment und warf ihrem Vorgesetzten schließlich einen missmutigen Blick zu. »Gibt es schon Nachrichten von den Rebellen? Erwarten Sie uns bei Kerem-da?«

Finn schüttelte den Kopf. »Wir sind jetzt gute zwei Wochen unterwegs und keine Antwort. Van Bergen verlässt hin und wieder den Hyperraum und versucht, Kontakt zu ihnen aufzunehmen … aber nein, wir haben von Rix' Freunden nichts gehört.«

Jessy warf ihm einen missbilligenden Blick zu. »Sind es jetzt nicht unser aller Freunde?«

Finn trat langsam näher. »Fällt mir schwer, das zu glauben. Dafür haben Sie zu viel Leid über uns gebracht. Vielleicht sehen wir unsere Heimat nie wieder.«

Jessy zuckte die Achseln. »Mag sein, aber soweit ich das verstehe, sind sie unsere einzige Chance zu gewinnen.«

Finn schnaubte. »Das ist ja das Schlimme.«

Jessy hielt in ihrem Tun inne und musterte ihren langjährigen Freund eindringlich. »Ich war manchmal bei Bewusstsein.«

Finn runzelte die Stirn. »Wie bitte?«

»Ich war nicht die ganze Zeit bewusstlos«, wiederholte sie. »Ich habe deine Anwesenheit gespürt … und wie du meine Hand gehalten hast.«

Finn bemerkte, wie sein Gesicht rot anlief. Er wandte schamhaft den Blick ab. »Das weißt du also?«

»Hast du das Krankenzimmer überhaupt jemals verlassen, seit ich verletzt wurde?«

Er räusperte sich verlegen. »Nicht oft.«

Sie lächelte leicht. »Habe ich dir überhaupt jemals dafür gedankt, dass du mir das Leben gerettet hast?«

Finn sah ruckartig auf. »Dank ist nicht notwendig.«

»Das denke ich schon.« Sie musterte ihn erneut eindringlich. Mit einem Mal schien sie ihn mit anderen Augen wahrzunehmen. »Wenn das alles vorbei ist, sollten wir vielleicht reden.«

Finn trat endgültig an Jessy heran und half ihr beim Anlegen der Rüstung. »Das fände ich sehr schön.«

Nicht nur Jessy und Finn mussten an Bord der VENGEANCE ein Dilemma bewältigen. Professor Nicolas Cest und sein Assistent Stan standen vor ganz anderen Problemen.

»Und wenn Sie es noch mal bei Rix probieren?«, wagte Stan zaghaft vorzubringen.

Cest schüttelte den Kopf. »Das hat keinen Sinn. Der Mann hat den Kopf voller Probleme. Red Cloud und dessen missliche Lage nehmen in seinen Gedanken im Moment keinen großen Stellenwert ein.«

Stan schüttelte den Kopf. »Vielleicht sollte es das aber.«

Red Clouds Zustand hatte sich seit Cests kleinem Ausflug in dessen Psyche nicht verändert. Der Mann wurde inzwischen intravenös ernährt. Trotzdem wirkte er abgehärmt und eingefallen – als würde ihn etwas von innen heraus aufzehren. Jegliche Versuche, ihn zurück ins Leben zu holen, waren bisher gescheitert. Und an Versuchen hatte es nicht gemangelt. Cest hatte sein ganzes Wissen und Repertoire an Behandlungsmöglichkeiten in die Waagschale geworfen – ohne Erfolg.

Cest massierte sich mit Zeigefinger und Daumen den Nasenrücken. Er konnte sich nicht erinnern, wann er zum letzten Mal gegessen, geschweige denn geschlafen hatte.

»Also gut«, erklärte er schließlich. »Rekapitulieren wir noch einmal, was wir wissen.«

»Noch mal?«, stöhnte Stan.

»Ja, noch mal«, beharrte Cest, »und zwar so lange, bis wir eine Lösung gefunden haben. Und wenn es dieses Mal nicht funktioniert, dann rekapitulieren wir es noch einmal. Und das wiederholen wir so lange, bis ich zufrieden bin. Also! Was wissen wir?«

Stan verzog schmerzhaft berührt die Miene. »Das Rekapitulieren dauert nicht lange. Wir wissen ja nichts.«

Cest hob mahnend den Zeigefinger. »Das würde ich so nicht sagen. Wir wissen, dass Red Clouds Zustand nicht natürlichen Ursprungs ist. Es ist kein Ergebnis einer Verletzung oder eines Traumas. Es ist … irgendwie übernatürlich.« Cest schürzte die Lippen. »Als Wissenschaftler widerstrebt es mir zutiefst, irgendetwas als *übernatürlich* einzustufen, aber dieses eine Mal fällt mir kein besseres Wort ein.«

Stan nickte. »Die Nefraltiri sind Telepathen. Sie halten Red Cloud mithilfe ihrer psychischen Fähigkeiten gefangen. Vermutlich foltern sie ihn auch.«

Cest neigte leicht den Kopf. »Der Aufenthalt in dieser Welt ist schon Folter, das können Sie mir glauben.«

Stan zögerte leicht. »Eines verstehe ich nicht. Die Nefraltiri sind Telepathen, aber die Drizil sind Empathen. Wir wissen, die Nefraltiri haben am Genom der Drizil herumexperimentiert. Vermutlich waren sie es, die den Drizil überhaupt erst diese Fähigkeit verpasst haben. Warum haben sie sie nicht gleich zu Telepathen gemacht?«

Cest dachte angestrengt über die Frage nach. »Vielleicht überstieg es ihre Fähigkeiten.« Der Professor merkte auf. »Oder aber die Telepathie ist ihre Schwachstelle.« Cest runzelte die Stirn. Stan bemerkte es augenblicklich.

»Was ist?«

Cest warf ihm einen seltsamen Blick zu. »Da war etwas, das Red Cloud sagte. Er sagte, die Verbindung der Nefraltiri funktioniere in beide Richtungen.«

Stan schürzte die Lippen. »Das bedeutet, es würde sie angreifbar machen.«

»Es erklärt sogar noch mehr als das.« Cest lächelte. »Deswegen gaben sie den Drizil lediglich die Fähigkeit zur Empathie. Man verleiht den eigenen Sklaven keine Waffe, die sie später gegen einen selbst einsetzen können.« Cest überlegte weiter und machte sich in Gedanken eine Notiz. Darüber musste er ausführlich nachdenken. Möglicherweise war er auf etwas gestoßen, das ihnen noch nützen konnte – falls die Nefraltiri tatsächlich eines Tages vor ihrer Türschwelle auftauchten.

Cest fokussierte seinen Geist. Sein Blick richtete sich erneut auf den dahinsiechenden Red Cloud. Die Erkenntnisse über die Telepathie brachten ihn jedoch im vorliegenden Problem nicht weiter.

Cest stutzte. Oder etwa doch?

Er eilte an den Bildschirm, der Red Clouds Gehirnströme überwachte. Die roten Linien, die die fremden Gehirnströme darstellten und Red Clouds überlagerten, waren unverändert stark.

Stan begab sich an die Seite seines Vorgesetzten und sah diesem über die Schulter. »Was denken Sie?«, fragte er schließlich.

»Ich denke, wir müssen die Verbindung der Nefraltiri irgendwie kappen.«

»Und wie machen wir das?«

Cest wandte sich um. »Da gibt es eigentlich nur eine Möglichkeit. Und falls Red Cloud überlebt, wird er einen ziemlichen Brummschädel haben und uns vermutlich nicht wirklich dafür danken.«

Die HMS Bismarck fiel knapp außerhalb des Schwerkraftfelds des Droull-Systems aus dem Hyperraum. Lestrade fiel sofort eine subtile Änderung im Verhalten von Captain Jürgen Schröder auf.

Bevor der Commodore nachhaken konnte, sah Schröder mit verkniffener Miene auf. »Es gibt eine gute und eine schlechte Nachricht.«

»Zuerst die gute«, forderte Lestrade.

»Wir orten die Spartacus und die Crazy Horse in der Nähe des einzigen bewohnten Planeten des Systems.«

Lestrade wappnete sich. »Und die schlechte?«

Schröder schluckte. »Große Teile des Planeten wurden bereits bombardiert. Schätzungsweise etwa siebzig Prozent.«

»Was ist mit den Drizil? Haben die nicht reagiert?«

Schröder schüttelte leicht den Kopf. »Die sind über das ganze System verstreut und in heftige Kämpfe verstrickt. Es nähert sich aber ein kleiner Verband aus vier Schiffen. Sie erreichen die beiden Angriffskreuzer in ungefähr drei Stunden.«

»Wie lange bräuchten wir?«

»Fast ebenso lange.« Schröder sah erneut auf. »Was tun wir also? Verschwinden oder abfangen?«

Lestrade schluckte. Seine nächste Entscheidung entschied nicht nur über das Schicksal der Besatzungen unter Estradas Kommando, sondern auch über die Männer und Frauen der Bismarck. Er maß Schröder mit festem Blick. »Abfangen!«, beschied er.

»Wir orten ein terranisches Schiff im System auf Abfangkurs«, verkündete Lofton plötzlich. Hätte der Mann gerade erklärt, er würde einen rosaroten Elefanten über die Brücke der Spartacus schlendern sehen, er hätte wohl nicht überraschter wirken können.

»Welches Schiff?«

Lofton benötigte nur wenige Sekunden, um die Antwort zu ermitteln. »Die Bismarck.«

Javier musste gar nicht lange überlegen, um zu erkennen, wer sich höchstwahrscheinlich auf der Brücke dieses Schiffes befand. »Lestrade«, murmelte er verdrossen.

Lofton warf ihm einen seltsamen Blick zu. »Sir?«

»Ach nichts.« Javier winkte ab.

Ein durchdringender Piepton erfüllte die Brücke. »Sie rufen uns«, erklärte der XO. »Soll ich eine Verbindung etablieren?«

»Nein«, befahl Javier entschlossen. »Wir halten weiter die Funkstille ein.«

Lofton runzelte die Stirn. »Aber das ist eines unserer Schiffe.«

»Sie tun, was ich Ihnen befehle«, erwiderte Javier ungerührt.

»Aber Captain … es ist die BISMARCK.«

Javier drehte den Kommandosessel mit solcher Wucht um neunzig Grad, dass sein XO beinahe zusammenzuckte. Nur mit äußerster Mühe riss sich der Mann zusammen. Javier funkelte ihn an.

»Kein Wort mehr darüber, Lofton! Oder ich lasse Sie von der Brücke entfernen!«

Der XO schluckte. In der gesamten Geschichte der imperialen Raumflotte war nur dreimal ein Erster Offizier von der Brücke eines Kriegsschiffs entfernt worden: zweimal wegen Befehlsverweigerung und einmal sogar wegen Meuterei. In jedem dieser Fälle war die Sache für den betreffenden XO nicht gut ausgegangen. Einer war mit einer unehrenhaften Entlassung sogar noch recht glimpflich davongekommen – aber nur deshalb, weil sein Schiffskommandant ein Vollidiot gewesen war und der XO mit seinem Einwand nicht unbedingt falschgelegen hatte. Die Marine hatte allerdings ihr Gesicht wahren und es vor der Öffentlichkeit nicht zugeben wollen.

Der Zweite war zu zwanzig Jahren Haft mit Zwangsarbeit auf einer Gefängniskolonie verurteilt worden. Er war nach nicht einmal der Hälfte der Zeit gestorben. Den Letzten – den Meuterer – hatte man eine Stunde nach seiner Entfernung von der Brücke durch ein Standgerichtsverfahren für schuldig befunden und aus der Luftschleuse geworfen. Javier war sich durchaus bewusst, dass seine Drohung damit besonderes Gewicht besaß. Jeder XO der Flotte hatte diese drei Fälle immer im Hinterkopf, bevor er sich seinem Captain widersetzte.

Javier musterte Lofton eindringlich. Er versuchte, dessen Mienenspiel zu ergründen. Im Kopf seines Ersten Offiziers ratterte es ganz offensichtlich. Der Mann wägte das Für und Wider ab. Schließlich neigte Lofton ergeben das Haupt und trat zwei Schritte zurück. Javier nickte zufrieden und – vorläufig – besänftigt. Er drehte seinen Kommandosessel zurück in Richtung des zentralen Brückenfensters. Seine Aufmerksamkeit galt jedoch dem taktischen Hologramm. Vier rote Symbole näherten sich mit hoher Geschwindigkeit. Es handelte sich um zwei Intruder-Kampfschiffe sowie zwei Zerstörer. Zu viel für die SPARTACUS und die CRAZY HORSE.

»Wie lange noch, bis die zwei Schiffe auf Fernkampfdistanz heran sind?«

Loftons Miene wurde zu Eis. Der XO der SPARTACUS richtete sich zu voller Größe auf. »Captain Javier Estrada, ich entbinde Sie hiermit von Ihrem Kommando. Sie stehen ab sofort unter Arrest.« Lofton sah sich halb über die Schulter um. »Major Kowalski, lassen Sie Captain Estrada von der Brücke führen und in sein Quartier bringen. Dort hat er zu verbleiben, bis wir Vector Prime erreichen.«

Kowalski zögerte, sichtlich hin- und hergerissen. Lofton wandte sich ihm zur Gänze zu und sagte lediglich ein Wort: »Sofort!«

Kowalski reagierte auf den Befehlston in der zu erwartenden Weise. Er zog seine Seitenwaffe und gab den Marines an seiner Seite ein knappes Zeichen. Diese setzten sich umgehend in Bewegung. Jedoch mangelte es den Soldaten an der notwendigen Begeisterung. Javier sah immer noch eine Chance, die Kontrolle über die Situation zurückzugewinnen.

»Stanislav«, sprach er den Major direkt und vertraulich an, »dies ist der Moment, in dem Sie sich entscheiden müssen. Handeln Sie wie eine Marionette – oder wie ein Mensch. Eine Marionette würde brav und stillschweigend Befehle befolgen. Wie ein guter Soldat. Ein Mensch würde jedoch seinen eigenen Verstand benutzen. Ein Mensch würde nachdenken. Ein Mensch würde Rache fordern für die Leben, die auf Detroit verloren gingen.« Kowalskis Gestalt versteifte sich. Seine Miene war ein Sammelsurium miteinander in Widerstreit stehender Gefühle. Javier ließ nicht locker.

»Um Himmels willen, Stanislav! Sie wissen, dass ich recht habe.« Javier drehte sich erneut um die eigene Achse. »Sie alle wissen, dass ich recht habe.«

Die beiden Marines, die ihn inzwischen flankierten, zögerten sichtlich. Sie warfen Kowalski immer wieder Hilfe suchende Blicke zu.

Etwas hinter Javiers Rücken piepte. Er wandte sich der Komstation zu. Der diensthabende Lieutenant warf einen kurzen Blick auf die Anzeige. »Die CRAZY HORSE hat Verbindung zur BISMARCK aufgenommen und entfernt sich von uns.«

Javier schloss die Augen. »Dann haben wir also die CRAZY HORSE verloren.« Zorn erfüllte ihn und er ballte seine Hände an den Seiten zu Fäusten. »Feiglinge ... alles Feiglinge! Nur ich weiß, was zu tun ist.«

»Verlassen Sie die Brücke freiwillig?«, wollte Lofton wissen. »Falls nötig, lasse ich Ihren Arsch von den Marines hier rausschleifen.«

Javier öffnete die Augen. »Das würde bedeuten, die Marines gehorchen Ihnen, Harry.« Er musterte die beiden Männer an seiner Seite nacheinander eindringlich. »Das sehe ich nicht.«

»Marines! Bringen Sie Estrada von der Brücke. Führen Sie den Befehl aus!«

Keiner der Marines rührte sich. Tatsächlich warfen sie Kowalski erneut hilflose Blicke zu. Sie erwarteten Führung von dem Major. Doch der zuckte mit keinem Muskel.

Lofton zog seine Seitenwaffe und richtete sie auf einen Punkt zwischen Estradas Augen. »Geben Sie das Kommando ab«, forderte der XO. »Oder ich werde Sie erschießen. Ich lasse nicht zu, dass Sie die Männer und Frauen an Bord der SPARTACUS und das Neue Protektorat in den Abgrund führen.«

Javier hob stolz das Kinn. »Dann müssen Sie mich erschießen.«

Unsicherheit zuckte für einen Sekundenbruchteil über Loftons Gesicht, doch es wurde beinahe umgehend von Entschlossenheit abgelöst. »Tut mir leid, dass es so weit kommen musste.«

»Ja, mir auch«, erwiderte Javier.

Das Knattern einer Nadelpistole erfüllte die Luft auf der Brücke. Nahezu jeder Anwesende zuckte zusammen. Alle Augen richteten sich auf Javier, der jedoch weiterhin ungerührt in ihrer Mitte stand.

Lofton blieb noch für einen Moment aufrecht stehen. Er begann zu wanken. Ein Ächzen drang aus seiner Kehle. Sein Blick wurde glasig und er fiel Javier direkt vor die Füße. Seine Nadelpistole klapperte über das blank polierte Deck der Brücke.

»Tut mir wirklich leid«, beschied Javier leise.

Major Stanislav Kowalski steckte seine Seitenwaffe zurück ins Hüftholster. »Das Schiff gehört Ihnen, Sir.«

Javier nickte ihm dankbar zu. Ein weiteres Mal piepte die Komanlage. »Man erbittet Kommunikation und will unseren Status wissen. Es ist Commodore Lestrade. Falls wir nicht umkehren, fordert man unsere Kapitulation. Ansonsten werden wir vernichtet.«

Javier lächelte siegessicher. »Wenn das so ist, dann geben wir ihnen doch etwas anderes, über das sie sich den Kopf zerbrechen können.«

Er setzte sich wieder auf seinen Kommandosessel und schnallte sich fest. Währenddessen schleiften die Marines Loftons Leichnam von der

Brücke. Sein Blut hinterließ eine rote Spur auf dem ansonsten makellosen Boden.

»Immer noch keine Antwort von der SPARTACUS?« Lestrade fragte sich, ob sich seine Stimme auch für alle anderen ängstlich anhörte oder nur für ihn selbst. Er verspürte nicht die geringste Lust, das Feuer auf ein anderes terranisches Schiff eröffnen zu lassen. Aber sollte Estrada immer noch das Kommando ausüben, dann musste die Besatzung als abtrünnig betrachtet werden. In diesem Fall hatte er kaum eine andere Wahl.

»Nichts«, beschied Schröder knapp. Doch der Kommandant der BISMARCK runzelte die Stirn. »Sie haben den Kurs geändert.«

»Auf uns?«

Schröder schüttelte den Kopf. »Nein, auf die CRAZY HORSE.«

Lestrade und Schröder beobachteten fassungslos, wie die SPARTACUS plötzlich aus allen Rohren das Feuer auf die CRAZY HORSE eröffnete. Torpedos und Energiestrahlen schälten binnen kürzester Zeit die Panzerungsschichten vom Heck und drangen ins sensible Innenleben vor. Der Angriff erfolgte so unerwartet und wurde mit solcher Brutalität geführt, dass der Kampf vorbei war, noch bevor er richtig begonnen hatte.

»Status!«, verlangte Lestrade.

»Die CRAZY HORSE ist außer Gefecht. Kein Antrieb mehr und die Energieversorgung ist fast gänzlich gekappt. Die haben kaum noch genug Energie für die Lebenserhaltung. Die wussten genau, wie und wo sie zuschlagen mussten, um maximalen Schaden anzurichten.« Schröder sah stirnrunzelnd auf. »Es gab aber nicht einen Toten. Nicht einen einzigen. Kurios, nicht wahr?«

Lestrade antwortete nicht. Sein Blick blieb auf das Symbol fokussiert, das die SPARTACUS darstellte. »Verdammter Dreckskerl!«, murmelte der Commodore.

»Wir werden gerufen«, meinte Schröder plötzlich.

»Von der CRAZY HORSE?«

»Nein, von der SPARTACUS.«

Lestrade richtete sich auf. »Stellen Sie durch.«

Beinahe ohne Verzögerung erschien das selbstgerechte und vom eigenen Handeln völlig überzeugte Antlitz Estradas. Er starrte sowohl Schröder als auch Lestrade kampflustig an.

»Ich hätte nie gedacht, dass Sie so weit gehen würden«, klagte der Commodore seinen ehemaligen Untergebenen an.

»Man kann nie wissen, wie weit jemand gehen wird, wenn man ihn nur genug in die Ecke drängt«, erwiderte Estrada ungerührt.

»Wo ist Lofton?«, wollte Lestrade wissen.

»Er ist … derzeit nicht verfügbar.«

Lestrade fiel die kurze Pause in der Erklärung sofort auf. »Ist er tot? Er würde so etwas nicht unterstützen.«

»Er hat die falsche Seite gewählt.«

Lestrade fletschte die Zähne. »Dann sind Sie nicht nur ein Verräter, sondern auch ein Mörder.«

»Wir können uns noch stundenlang darüber streiten, wer im Recht und wer im Unrecht ist. Keiner von uns wird den anderen überzeugen. Und auf Grundlage der Situation fehlt Ihnen die Zeit dazu.« Estrada lächelte leicht. »In Kürze werden vier Drizilschiffe diese Position erreichen und sofort das Feuer eröffnen. Ich vermute, die Fledermausköpfe werden nicht erfreut sein über das, was wir mit dem Planeten gemacht haben. Sie stehen nun vor einer einfachen Wahl: Verfolgen Sie die SPARTACUS und halten uns auf? Oder retten Sie die Besatzung der CRAZY HORSE? Wie entscheiden Sie sich, Lestrade?«

Lestrade biss die Zähne so fest aufeinander, dass sie vor Beanspruchung knirschten. Die Entscheidung war eigentlich keine. Obwohl es seine oberste Pflicht war, Estrada aufzuhalten, konnte er unmöglich eine ganze Schiffsbesatzung dem Tod überantworten. Nicht, wenn er es verhindern konnte.

Er zwang sich, langsam seinen Körper zu entspannen. »Es ist noch nicht vorbei, Estrada.«

»Es ist vorbei«, beharrte der Captain der SPARTACUS. »Die Besatzung dieses Schiffes steht hinter mir und meinen Zielen. Es wäre unklug, mich weiter zu verfolgen.« Ohne auf eine Antwort zu warten, kappte Estrada die Verbindung.

Lestrade schnaubte. »Wie wenig mich der Kerl doch kennt.«

Schröder sah auf. »Ihre Befehle, Commodore?«

»Senden Sie ein Signal an die CRAZY HORSE: Das Schiff sofort evakuieren. Alle Besatzungsmitglieder sollen so schnell wie möglich übersetzen. Danach zerstören wir das Schiff. Mit etwas Glück sind wir weg, bevor die

Drizil auf Gefechtsdistanz heran sind. Ich würde mich ungern mit ihnen prügeln. Nicht hier und nicht heute.« Sein Blick ließ das sich schnell entfernende Symbol der SPARTACUS auf dem taktischen Hologramm keine Sekunde aus den Augen. »Wir werden unsere Munition noch brauchen.«

30

Was der terranische Entsatzverband im Kerem-da-System vorfand, war überaus enttäuschend. Die Drizilrebellen verfügten auf dem Hauptplaneten über weniger als fünftausend Mann Bodentruppen und gerade einmal zweiundsiebzig Schiffe. Nicht genug, um die Flut zu bekämpfen, die auf sie zurollte. Taran war nicht hier, genauso wenig wie das Gros der Rebellenflotte oder irgendein anderer der ihm verpflichteten Clanführer. Carlo fragte sich insgeheim, ob Taran überhaupt seine Warnung erhalten hatte. Falls nicht, dann würde in absehbarer Zukunft auch keine Hilfe eintreffen und sie standen fünfhundert feindlichen Schiffen und Zehntausenden Mann Bodentruppen allein gegenüber – hoffnungslos in der Unterzahl.

Bei ihrer Ankunft im System hätte es beinahe eine Katastrophe gegeben. Die Drizil befürchteten einen Angriff ihrer neuen Verbündeten und nahmen eine Verteidigungsformation um den einzigen bewohnten Planeten des Systems ein. Zum Glück erkannten die Fledermausköpfe rechtzeitig, dass die Waffen der terranischen Schiffe nicht aktiviert waren, und so zogen sie es erst mal vor, Kontakt aufzunehmen, bevor sie das Feuer eröffneten.

Ohne Zweifel war es eine riskante Taktik gewesen, die Waffen zu deaktivieren. Doch sie hatte sich letztendlich ausgezahlt. Van Bergen war nicht glücklich über Carlos Vorschlag gewesen. Hätte sich der Commodore geweigert, Carlo hätte nicht viel dagegen tun können. Als Kommandant der Bodentruppen befand er sich nicht in der richtigen Position, um einem hohen Offizier der Flotte Befehle zu erteilen. Er konnte lediglich Ratschläge und Empfehlungen aussprechen. Van Bergen erwies sich jedoch einmal mehr als umsichtiger Offizier und Befehlshaber. Das war nicht selbstverständlich, wie Carlo aus einiger Erfahrung mit Flottenoffizieren wusste.

Nun standen Drizilrebellen und Menschen des Neuen Protektorats in diesem für die Menschen fremden Raum Seite an Seite zusammen und warteten auf den unvermeidlichen bevorstehenden Angriff.

Seit zwei Tagen nahmen terranische Truppen und Drizileinheiten Aufstellung, um für den bevorstehenden Schlagabtausch, der vermutlich der letzte des Krieges sein würde, vorbereitet zu sein.

Der Kommandant der Drizil im Kerem-da-System war ein Offizier im Rang eines Meisters der Taktik. Sein Name war Orikat Dundellan. Er war ein Mitglied von Tarans Clan.

Carlo gab nicht einmal vor, die Feinheiten der militärischen Drizilrangfolgen zu verstehen. Im Gegensatz zu den Menschen war es bei den Fledermausköpfen üblich, dass ein Kommandant die Befehlsgewalt sowohl über Bodentruppen als auch Flotteneinheiten ausübte. Daher gab es keine menschliche Entsprechung für einen Meister der Taktik. Am ehesten konnte man ihn gleichsetzen mit einer Mischung aus einem Lieutenant Colonel der Legion und einem Commodore der Flotte.

Orikat Dundellan hockte derzeit in seinem Flaggschiff der Intruder-Klasse und bereitete mit den siebzig Schiffen, über die er verfügte, die Verteidigung dieser Welt vor.

Carlo hob den Kopf und atmete die seltsam würzige Luft von Kerem-da ein. Er schüttelte leicht den Kopf. Nie hätte er erwartet, eines Tages menschliche Streitkräfte zur Verteidigung einer Drizilwelt ins Feld zu führen. Das Leben spielte einem mitunter seltsame Streiche.

Er schlenderte langsam in Richtung des Gefechtsunterstandes, der den menschlichen Verbänden auf Kerem-da als Hauptquartier diente. Man hatte es nahe dem einzigen Raumhafen der Klick'Taldo-Drizil – Tarans Clan – eingerichtet und eilig ein Netz von Schützengräben ausgehoben. Der Gegner würde mit Sicherheit zuerst den Clan ausschalten wollen, der ihm diese Rebellion überhaupt beschert hatte. Außerdem handelte es sich bei den Klick'Taldo um den mächtigsten einheimischen Clan.

Carlo schürzte die Lippen. Gemäß der allgemein gültigen Gefechtsdoktrin für planetare Invasionen – an die sich die Drizil hielten – galten Raumhäfen als erste, legitime Ziele einer planetenweiten Invasion. Die Drizil hatten sich im Solsystem daran gehalten, bei Vector Prime und auch bei Perseus. Die Frage war: Würden sie sich auch jetzt daran halten?

Nach allem, was sie wussten, hatte der verrückte Javier Estrada bereits einen Drizilplaneten zerstört. Inzwischen vielleicht sogar schon zwei. Was hielt die Drizil ab, hier dasselbe zu tun?

Orikat Dundellan war überzeugt, dass die feindlichen Truppen dies nicht tun würden. Wäre Kerem-da von Menschen bewohnt, würden die Fledermausköpfe den Planeten, ohne zu überlegen, in Schutt und Asche legen – nicht jedoch bei einer Drizilwelt. Das hatte nichts mit humanitären Erwägungen zu tun oder mit Mitleid gegenüber den Artgenossen. Einer solchen Entscheidung lagen lediglich ökonomische Gedanken zugrunde. Die Drizil konnten zwar auf fast allen Welten mit einer halbwegs atembaren Atmosphäre leben, aber *gedeihen* lediglich auf einer Handvoll davon. Die angreifenden Drizil hatten schlichtweg vor, den Planeten so weit wie möglich zu schonen, um ihn später selbst nutzen zu können – nachdem alle einheimischen Drizil ausgemerzt waren.

Und niemand machte sich in dieser Hinsicht besondere Illusionen. Die feindliche Flotte rückte an, um den Planeten zu entvölkern. Jeder Mann, jede Frau und jedes Kind würden sterben. Wenn sie hier eintrafen und auch noch Menschen vorfanden, würde das ihre Wut nur noch steigern.

Carlo betrat den Unterstand schweren Herzens. Alle Augen richteten sich auf ihn. Der General der 18. Legion nahm sich einen kurzen Augenblick Zeit, die versammelten Männer zu mustern.

Finn Delgado begegnete seinem Blick mit einem Gleichmut, den Carlo unter den gegebenen Umständen nicht recht nachvollziehen konnte. Er ließ sein Gegenüber jedoch nichts von seinen Gedanken spüren. Colonel Nigel Azikiwe und Colonel Benedikt Sanchez standen dicht beieinander. Ihre gemeinsame Zeit erst auf Barinbau und schließlich auf Perseus hatte die beiden Männer eine tiefe Verbindung, ja Freundschaft eingehen lassen. Carlo war froh, die drei Offiziere an seiner Seite zu wissen in dem bevorstehenden Kampf. Schade, dass Janneck nicht dabei sein konnte. Der stille, effiziente Offizier der imperialen Armee wäre ein verlässlicher Kampfgefährte gewesen. Außerdem hätte er es verdient gehabt, hier dabei zu sein.

Sie hatten leider noch keinen Nachfolger für ihn ernennen können. Dafür hatten die Ereignisse sie einfach zu schnell überrollt. Da Sanchez' Prätorianertruppe auf Perseus stark dezimiert worden war, hatte dieser vorübergehend das Kommando über die Armeeeinheiten übernommen und die überlebenden Prätorianer dienten seither als so etwas wie eine strategische Eingreiftruppe innerhalb der Armee. Das war an und für sich keine schlechte Kombination. Carlo zog in Erwägung, dies beizubehalten, wenn alles vorbei war. Der Gedanke ließ ihn schmerzhaft das Gesicht verziehen. Das hieß, falls dann noch jemand von ihnen am Leben war.

Carlo wurde sich unvermittelt bewusst, dass immer noch alle Augen auf ihn gerichtet waren. Er zwang sich zu einem schmalen Lächeln und trat an den Kartentisch, um den sich seine Offiziere versammelt haben.

»Gentlemen«, begrüßte er die Männer. Freundliches Kopfnicken bekam er als Antwort, »warum so lange Gesichter? Hab ich was verpasst?«

Delgado prustete. »Wenn man davon absieht, dass uns unsere Verbündeten vermutlich genauso gern tot sehen würden wie unsere Gegner ... nein.«

Carlo lächelte. Sein Blick wanderte jedoch in Richtung der Skyline der Millionenstadt, die sich im Mittelpunkt der Verteidigungsbemühungen befand. Der Meister der Taktik hatte ihm den Namen mehrmals genannt, doch Carlo hatte aufgegeben, ihn korrekt aussprechen zu wollen. Die Strukturen und Formen waren ungewöhnlich und muteten für Menschen ungemein befremdlich an. Man kniff unwillkürlich die Augen zusammen, sobald man die Stadt betrachtete. Bei der Metropole handelte es sich um die Hauptstadt des Clans der Klick'Taldo-Drizil.

Vier große Gestalten schoben sich auf die Straßen der Stadt, behäbig und langsam zwar, dafür mit weit ausgreifenden Schritten. Noch immer lief ihm beim Anblick der Kreaturen ein Schauder über den Rücken. Die Verteidiger des Planeten verfügten über acht Panzerschleicher. So froh er auch über deren Feuerkraft war, so angsteinflößend fühlte sich ihre Nähe für ihn an. Bei jedem Schritt spürte er ein ganz kleines Erbeben des Bodens unter seinen Füßen.

Jeder menschliche Soldat lernte früh, dieses Beben als erstes Anzeichen einer tödlichen Gefahr zu interpretieren. Diese Kreaturen auf ihrer Seite zu wissen, hätte sie alle beruhigen sollen – tat es aber nicht. Zu viele Menschen waren durch Panzerschleicher gestorben. Sein Instinkt als Soldat riet ihm augenblicklich dazu, diese Wesen auszuschalten mit allen zur Verfügung stehenden Mitteln. Carlo sah sich verstohlen um. Die Augen vieler Soldaten folgten den beängstigenden Kreaturen am Horizont. Viele von ihnen streichelten unbewusst über ihr Nadelgewehr und Hände tasteten beinahe zärtlich nach Seitenwaffen. Doch keiner der Soldaten vergaß sich. Carlo spürte ungehemmten Stolz angesichts ihrer Disziplin in sich aufsteigen – und auch ein wenig Beruhigung, da so viele seiner Soldaten und Offiziere seine Empfindung zu teilen schienen.

Carlo räusperte sich und reckte seine Gestalt. Er benahm sich wie ein Rekrut, der zum ersten Mal den Fuß auf ein Schlachtfeld setzte. Er hatte eine Schlacht zu schlagen, und sollte es seine letzte werden, würde er dafür sorgen, dass die Drizil die 18. Legion und deren Verbündeten niemals vergaßen.

Er schürzte die Lippen, beugte sich vor und stützte sich auf den Kartentisch. »Dann setzen Sie mich mal ins Bild. Was für Überraschungen haben wir für unsere Freunde vorbereitet?«

Carlo Rix war nicht der Einzige, der recht unglücklich mit der Situation war. Commodore Christian van Bergen saß auf seinem Kommandosessel auf der Brücke der HMS SPARTAN und starrte in Gedanken versunken durch das zentrale Brückenfenster.

Der Meister der Taktik, Carlo Rix und van Bergen selbst waren übereingekommen, dass es das Beste war, wenn Menschen und Drizil sich bei der Verteidigung von Kerem-da gegenseitig nicht in die Quere kamen. Auch um Missverständnissen vorzubeugen, die dazu führen mochten, dass sich am Ende die beiden Verbündeten gegenseitig aufs Korn nahmen.

Die Drizilschiffe sammelten sich in der Nähe des Orbits, um eine Verteidigungsposition einzunehmen. Der terranische Verband indessen hatte sich aufgeteilt und in der Nähe zweier Gasriesen ihre Stellung eingenommen. Ihr Vorteil war, dass der anfliegende Gegner keine Ahnung von den terranischen Verbänden im System hatte. Und um Kerem-da anzugreifen, musste er einen Anflugkorridor nehmen, der in einer elliptischen Bahn zwischen mehreren Planeten hindurchführte, zu denen auch die beiden Gasriesen gehörten.

Van Bergen gedachte, das Überraschungsmoment für sich zu nutzen, in dem er den Gegner von zwei Seiten attackierte, sobald dieser einen Punkt passierte, den der Commodore mit Able markiert hatte.

Van Bergen war sich sicher, dass es schier unmöglich war, einen Gegner dieser Größenordnung mit gerade mal hundert Schiffen zu schlagen. Das lag auch gar nicht in seiner Absicht. Er wollte ihm einfach nur wehtun und die feindlichen Reihen ausdünnen. Es war ohnehin fraglich, ob sie überhaupt zu mehr in der Lage waren. Das Kräfteverhältnis sprach ganz und gar nicht zu ihren Gunsten. Unter normalen Umständen würde van Bergen sich dafür aussprechen, sich mit allen terranischen Kräften aus dem System zurückzuziehen.

Doch Rix hatte recht. Wenn die Rebellen fielen, dann fiel auch das Neue Protektorat. Diese Drizil waren die einzige Hoffnung, diesen Krieg zu überleben. Und van Bergen sehnte sich ein Ende der Kämpfe herbei. Er wollte nur noch Frieden haben. Manchmal fragte er sich, ob nicht jedes Ende besser war als eine Fortführung der endlosen Auseinandersetzungen. Inzwischen waren auch so viele Drizilleben verloren gegangen, dass den Fledermausköpfen dies ebenfalls klar sein musste. Zumindest einigen von ihnen. Es musste endlich enden.

Sein XO trat zu ihm und räusperte sich diskret. »Commodore? Wir orten Hyperraumereignisse. Eine Menge. Sie kommen.«

Van Bergen richtete sich unwillkürlich in seinem Kommandosessel auf. »Dann sollen sie kommen.«

Captain Javier Estradas Gesicht hellte sich merklich auf, als das Schwarz des Hyperraums wich und dem sternengesprenkelten Meer des Weltraums Platz machte.

Major Kowalski trat stirnrunzelnd näher. Der Marine wirkte nicht überzeugt, doch er hatte sich ganz und gar Javiers Rachefeldzug verschrieben. Nach dem Mord an Lofton gab es für ihn ohnehin kein Zurück mehr.

»Und diese Welt ist wirklich so wahnsinnig wichtig für die Fledermausköpfe, dass sie unsere Aufmerksamkeit wert ist?«

Javier nickte immer noch lächelnd. »Diese Welt gehört einem ihrer größten und wichtigsten Clans.« Sein Lächeln wurde merklich breiter. »Willkommen auf Astar-do!«

Zwei Lichtsekunden hinter der SPARTACUS drang die BISMARCK in das Astar-do-System ein und nahm augenblicklich mit Höchstgeschwindigkeit die Verfolgung des abtrünnigen Angriffskreuzers auf. Jede Faser von Commodore Horatio Lestrades Körper verkrampfte sich, als er auf Schröders taktischem Hologramm die Flugbahn der SPARTACUS verfolgte. Sie hatten die Chance, Javiers Amoklauf zu beenden. Doch es würde verdammt knapp werden.

Lestrade tastete zu dem Kreuz, das an einem Anhänger um seinen Hals hing, und tat etwas für ihn sehr Seltenes: Er betete.

Commodore Christian van Bergen wartete geduldig. Er war es gewohnt zu warten. Trotzdem reagierte er selbst überrascht, wie leicht es ihm inzwischen von der Hand ging. Wer sich mit den Drizil auf einen tödlichen Konflikt einließ, der lernte recht schnell den Vorteil von Geduld kennen.

Der bewohnte Planet des Systems lag ziemlich tief im Schwerkraftfeld des Systems. Der Vormarsch der Drizil dauerte gut sechs Stunden, bis sie sich Punkt Able näherten.

Van Bergen kommandierte einen Teilverband von der SPARTAN aus. Und obwohl sich die VENGEANCE im zweiten Teilverband befand, kommandierte van Bergens dienstältester Captain Maximilian Dryden den Verband von seinem Behemoth-Schlachtkreuzer HMS BALTIMORE aus. In Lestrades Abwesenheit führte dessen XO Commander Eugene Mueller den Schlachtkreuzer. Und dieser war kaum qualifiziert, einen ganzen Verband ins Gefecht zu führen.

Van Bergen klopfte mit seinem Zeigefinger einen unsteten Rhythmus auf die Lehne seines Kommandosessels. Noch nie zuvor in seinem Leben hatte er sich so exponiert gefühlt. Er lag im Hinterhalt verborgen und fühlte sich verwundbar. Sobald der Tanz losging, gab es kein Zurück mehr. Der Plan sah vor, dass die beiden terranischen Verbände den Gegner überraschend angriffen und parallel hierzu der Rebellenverband von bugwärts aufschloss und sich der Gegner plötzlich im Kreuzfeuer aus drei Richtungen wiederfand.

Ein guter Plan. Doch allen war klar, dass sie den Gegner allenfalls verlangsamen konnten. Die Vorstellung, den Durchbruch des Feindes zum Planeten gänzlich zu verhindern – das stand auf einem ganz anderen Blatt. Nicht die Frage stand im Raum, ob der Gegner es bis zum Planeten schaffte, sondern mit wie vielen Schiffen es ihm gelang, sich den Weg zu erzwingen.

Die feindliche Vorhut näherte sich unaufhörlich Punkt Able – und überschritt ihn. Van Bergen wartete weiterhin geduldig. Es war wichtig, dass sich so viele feindliche Schiffe wie möglich zwischen den beiden Gasriesen befanden, bevor die Falle zuschnappte.

Van Bergen schürzte die Lippen. Es gab noch etwas, das ihm an dem

Plan nicht behagte. Wenn die terranischen Schiffe aus ihrem Versteck brachen, waren sie bereits so nah, dass sie ihre Fernkampfbewaffnung nicht mehr zum Einsatz bringen konnten. Ein Nahkampfgefecht war die logische Schlussfolgerung. Bei der zahlenmäßigen Überlegenheit der feindlichen Streitmacht würden die Terraner das nicht lange durchstehen.

Die Hauptstreitmacht hatte Punkt Able fast zur Hälfte passiert. Wenn sie etwas ausrichten wollten, dann musste es jetzt geschehen.

»XO? Signal an alle Einheiten: Plan Hermes ausführen.«

Auf van Bergens taktischem Hologramm erwachten die Schiffe beider Teilverbände zum Leben. Sie fuhren ihre Energie hoch und strebten aus der Deckung.

Bereits beim ersten Anzeichen, dass etwas nicht stimmte, reagierten die Fledermausköpfe. Die sogenannte Schrecksekunde schien auf sie keine Wirkung zu besitzen. Aber vielleicht hatten sie auch einfach damit gerechnet, dass es nicht so leicht werden würde wie erhofft.

Die SPARTAN und ihr aus zweiundfünfzig Schiffen bestehender Verband kam direkt über dem Zentrum der feindlichen Streitmacht aus der Sicherheit ihres Gasriesen, der Verband unter Führung der BALTIMORE etwa zur Hälfte auf gleicher Höhe und unter dem Drizilverband. Die terranischen Schiffe eröffneten augenblicklich das Feuer.

Ein Gewitter aus unzähligen Lichtwerfern und Raketen brach über die Fledermausköpfe herein. Die Energiestrahlen zerschmolzen und zerrten an der Panzerung der gegnerischen Schiffe, während Raketenwerfer Salve um Salve verschossen, die auf den Gegner einhämmerten.

Mehrere feindliche Schiffe wurden hart getroffen und scherten aus der Formation aus. Zwei Zerstörer und ebenso viele Fregatten wurden noch während des riskanten Manövers in Stücke geschossen.

Die vorderen Laserbatterien der SPARTAN spießten einen feindlichen Intruder auf und schafften es bereits mit der ersten Salve, die Panzerung beinahe zu durchschlagen. Doch bevor der Schlachtkreuzer zum nächsten verheerenden Schlag ausholen konnte, drehte sich das mächtige feindliche Kriegsschiff um die eigene Längsachse und streckte der SPARTAN noch unbeschädigte Panzerung entgegen.

Van Bergen fluchte unterdrückt. Das wäre der erste bedeutende Fang des Tages gewesen, nur wollten die Fledermausköpfe es ihm wohl partout nicht so einfach machen.

Jagdgeschwader beider Seiten fielen ohne Hemmungen und ohne Zurückhaltung übereinander her. Die Piloten der gegnerischen Parteien vollführten hektisch anmutende Manöver, hinter denen sich jedoch immer Sinn und Taktik verbargen. Manchmal obsiegte am Ende die eine, manchmal die andere Seite. Dutzende kleinerer Explosionen blühten zwischen den kämpfenden Giganten auf.

Van Bergen ließ sein taktisches Hologramm nie aus den Augen. Die Drizilrebellen schlossen vom Planeten her schnell auf. Sie brannten darauf, sich dem Kampf anzuschließen. Das war wenigstens etwas. Van Bergen hatte halb erwartet, sie würden einfach abwarten und zusehen, dass sich beide Parteien gegenseitig ausdünnten. Die Rebellen standen zu ihrem Wort. Das war ermutigend. Innerhalb eines einzigen Augenzwinkerns verschwanden die Symbole zweier Begleitkreuzer und einer Korvette von van Bergens Plot. Erneut fletschte er die Zähne. Sie konnten hier wirklich jede Hilfe gebrauchen, die sie bekommen konnten.

31

»Die Spartacus schießt soeben die erste Atombombe auf den Planeten ab«, informierte Schröder, während er tunlichst darauf achtete, Lestrade nicht direkt anzusehen. Dieser kochte innerlich vor Wut. Weniger durch die vorgebrachte Meldung, sondern eher durch das Gefühl des Versagens, das ihn fest im Griff hatte.

»Wie lange noch, bis wir in Reichweite sind?«

»Ungefähr dreißig Minuten. Es nähern sich aber aus drei Richtungen feindliche Verbände.«

Lestrade schürzte die Lippen. »Wie lange bis zum Abfangen?«

Schröder verzog die Lippen zu einem ironischen Lächeln. »Auf die Spartacus oder auf uns?«

»Suchen Sie sich was aus.«

»Der nächste Feindverband benötigt fünf Stunden auf die Spartacus und sechs auf uns.«

Lestrade seufzte. »Gibt es einen Weg hier raus, sobald alles gelaufen ist?«

Schröder sah kurz auf. »Nein, es hat seinen Grund, dass sie relativ lange brauchen, um uns zu erreichen. Die Fledermausköpfe haben Formation und Kurs so gewählt, dass sie alle infrage kommenden Fluchtrouten blockieren.«

Lestrade nickte. »Dann kommen wir hier nicht mehr weg, egal wie die Sache auch ausgeht.«

Schröder lächelte erneut. »Wenn wir ehrlich sind, dann wussten wir das doch vorher schon.«

Lestrade schnaubte. »Sie haben eine verdammt makabre Art an sich, Schröder.« Der Captain der Bismarck lächelte lediglich, bevor er sich erneut seinem taktischen Hologramm zuwandte. Es gab ohnehin nicht mehr viel zu sagen. Estrada hatte den Planeten bereits angegriffen, aber sie hatten immer noch die Möglichkeit, ihn aufzuhalten, bevor er sein

Zerstörungswerk beendete. Lestrade wusste nicht so recht, was er hier noch ausrichten konnte, doch was immer das auch war, er würde es leisten.

Captain Edgar Cutter duckte sich tief zwischen die Felsen, als ein weiteres Projektil praktisch direkt vor ihm einschlug. Unter normalen Umständen hätte ihn das nicht weiter besorgt. Legionsrüstungen waren darauf ausgelegt, derartige Schäden fürs Erste wegzustecken. Sein Helm wies jedoch bereits mehrere Risse auf. Edgar verspürte keine Lust herauszufinden, ob das Material noch weitere Beschädigungen aushielt.

Kyle kroch langsam zu ihm herüber. Weitere Projektile knallten um seine Position in den Boden. Jedes von ihnen brach kleine Stücke aus dem Fels, die wie Hagelkörner gegen ihre Rüstungen klatschten.

Endlich kam Kyle neben ihm zum Ruhen. »Dieser verschissene Heckenschütze!«, maulte er.

Edgar nickte. »Vor einer Stunde hatte ich ihn kurz auf dem HUD. Aber er verschwand wieder, bevor ich ihn ins Visier nehmen konnte. Ich glaube, er benutzt eine dieser verdammten Tarnrüstungen.«

»Wenn ich den Kerl erwische, drehe ich ihm den dürren Hals um.«

Edgar schmunzelte. »Dafür haben Sie meinen Segen.« Der Schattenlegionär wurde schlagartig ernst und deutete hinter sich. »Wie geht's den anderen?«

Kyle neigte langsam den Kopf zur Seite. »Wie soll's denen gehen – in einer Mausefalle?«

Edgar nickte. Der Aufklärungslegionär hatte recht. Sie hatten sich so weit ins Innere des verwinkelten Schluchtsystems zurückgezogen, dass die Drizil nicht länger mühelos an sie herankamen. Die Fledermausköpfe wollten sie tot sehen, doch andererseits wollten sie selbst dabei nicht draufgehen. Ihre Lösung bestand in einer Belagerung. Sie hungerten die Eingeschlossenen aus und piesackten sie mit Angriffen aus dem Hinterhalt. Als wollte er sie an seine Anwesenheit erinnern, feuerte der Heckenschütze erneut. Diesmal traf er beinahe. Das Projektil zog haarscharf an Edgars Helm vorbei und schlug irgendwo hinter ihm in den Fels ein.

»Verficktes Arschloch!«, fluchte Edgar. Er warf dem neben ihm liegenden Mann einen kurzen Blick zu. »Übrigens … danke noch mal.«

»Wofür?«

»Sie haben mir das Leben gerettet. Und Becky vermutlich auch. Vincent hätte sie wohl nicht in Sicherheit bringen können, hätten Sie nicht eingegriffen.«

Kyle zuckte die Achseln, was durch die klobige Rüstung kaum zu erkennen war. »Ich dachte, ich wäre Ihnen das schuldig. Außerdem glaube ich nicht, dass die Drizil noch einen Unterschied machen wollen zwischen Ihnen und mir. Die wollen uns jetzt alle umbringen. Da dachte ich, es wäre zumindest eine gute Idee, meine Haut so teuer wie möglich zu verkaufen.«

»Sie haben eine sehr zynische Sicht auf die Welt.«

»Erfahrungswerte, mein Freund. Alles Erfahrungswerte.«

Becky hatte ihre Rüstung abgelegt und sah zu, wie Vincent ihren verletzten Oberschenkel versorgte. Sie könnte sich selbst immer noch dafür ohrfeigen, dass dieser verfluchte Drizil mit einer Klinge so nah an sie herangekommen war. Vielleicht war es Glück gewesen, vielleicht auch Können, doch der gegnerische Krieger hatte ein Verbindungsstück gefunden und die panzerbrechende Klinge zielsicher hineingestoßen. Unter anderen Umständen hätte sie auch das Bein verlieren können – oder schlimmer, sie hätte verbluten können.

Vincent beendete die Arbeit. Sie bemerkte, wie er versuchte, nicht allzu offensichtlich auf ihren entblößten Oberschenkel zu starren. Sie schmunzelte. Echt süß.

Sie hatte nichts gegen Beziehungen mit anderen Legionären. Sie hielten bei ihr nie sehr lange. Sie ging eine Liaison nur ein, um sich wenigstens kurzzeitig wieder etwas lebendig zu fühlen, nachdem sie die Hitze der Schlacht überlebt hatte. Doch sie besaß eine eiserne Regel: Nie mit einem Legionär der eigenen Einheit! Man setzte keinen Haufen dort, wo man aß. Sie musste allerdings zugeben, dass Vincent auf sie einen gewissen Reiz ausübte – vor allem deshalb, weil er sie nicht auf eine Weise ansah, wie das andere Männer normalerweise taten. Andere Legionäre sahen nur das willige Fleisch. Vincent sah den Menschen. Das war wirklich – süß.

Sie lächelte. Becky hatte nicht den geringsten Zweifel daran, dass sie hier und heute alle sterben würden. Vielleicht sollte sie seinem Verlangen nachgeben. Es wäre vermutlich ihre letzte Gelegenheit. Ihr Lächeln wuchs in die Breite. Außerdem hatte er ihr ja immerhin Leben gerettet und verdiente dafür eine Belohnung.

Nicht einmal eine Stunde. Van Bergen fluchte innerlich. Nicht einmal eine Stunde hatten sie die Invasionsstreitmacht vom Planeten fernhalten können.

Mit tiefer Frustration beobachtete er auf seinem taktischen Hologramm, wie die ersten feindlichen Truppentransporter zur Landung ansetzten. Die feindlichen Streitkräfte hatten sich der Falle und der ihnen gegenüberstehenden Feuerkraft zum Trotz einfach den Weg zum Planeten freigeschossen. Ein Drittel der terranischen Schiffe im System war verloren, ein weiteres Drittel stand am Rande des Kollaps. Bei den Rebellen sah es nicht besser aus. Der Weg der feindlichen Flotte wurde markiert mit Schiffswracks und unzähligen Trümmern.

Die BALTIMORE attackierte immer noch mit ihrem Verband die feindliche Nachhut. Wenn man den Gegner schon nicht aufhalten konnte, dann wollte Dryden wenigstens ihren Aufmarsch stören. Die VENGEANCE und der Rest des zweiten Verbands gab ihnen Deckung. Die überlebenden Rebellenschiffe sammelten sich zu einem erneuten Vorstoß jenseits des Orbits. Ihre Verluste beliefen sich auf beinahe fünfzig Prozent. Trotz ihrer zahlen- und waffenmäßigen Unterlegenheit lieferten sie dem Gegner einen guten Kampf und leisteten auf jedem Meter, den der Gegner zurücklegte, erbitterten Widerstand.

Die SPARTAN rückte mit zwanzig terranischen Schiffen gegen die feindliche linke Flanke vor. Seine Einheiten stießen von oben und unten auf den feindlichen Verband herab. Unterstützt wurden sie dabei von zwei Dutzend Torpedobooten, die ihre tödliche Last auf den Feind regnen ließen. Der Feind entließ auf die Menschen ein dichteres Netz aus Abwehrfeuer, als van Bergen es je zuvor erlebt hatte. Den Torpedobooten gelang es, beinahe ihre ganze Traglast ins Ziel zu bringen, doch verloren sie fast ein Dutzend Einheiten dabei. Ihr Opfer zeigte jedoch unverhofft Wirkung. In schneller Folge gingen vier feindliche Zerstörer und ein Intruder in Flammen auf. Wo die Schiffe eben noch ihre Position gehalten hatten, da trieben nur Augenblicke später lediglich von Explosionen geschwärzte Trümmer im All. Und sie hinterließen eine klaffende Lücke in der gegnerischen Formation.

Van Bergen benötigte bloß einen Augenblick, um eine Entscheidung zu fällen. Die Landung feindlicher Bodentruppen konnte er nicht mehr verhindern. Doch er konnte vermeiden, dass der Gegner Schiffe abstellte, um ihnen aus dem Orbit Deckung zu geben. Zumindest für eine kleine Weile.

»Alle Einheiten diese Bresche angreifen! Sofort!«, ordnete er mit fester Stimme an. Sie mussten sich beeilen, sollten sie noch einen Vorteil aus der momentanen Situation ziehen wollen.

Die terranischen Schiffe griffen die Bresche mit aller Kraft an. Die Rebellen verstanden das Vorgehen ihrer terranischen Verbündeten und griffen das feindliche Zentrum der Großkampfschiffe nur wenige Augenblicke später an.

Beide Seiten lieferten sich auf kürzeste Distanz ein heftiges Energiewaffengefecht. Das Makabre an der Situation war, dass obwohl die Menschen zahlenmäßig weit unterlegen waren, der Feind seine volle Stärke nicht zum Tragen bringen konnte. Die menschlichen Schiffe brachen in die Drizilformation ein wie ein Wolfsrudel in eine Schafherde. Die Einheiten unter van Bergens Kommando mussten sich lediglich mit den Feindeinheiten auseinandersetzen, zu denen sie unmittelbaren Kontakt hatten. Diese wiederum blockierten die Schusslinien der eigenen Kameraden. Die BALTIMORE und deren Verband schoss sich von der anderen Seite einen Weg zu van Bergen frei und vereinigte sich mit dessen Einheiten in der Mitte. Gemeinsam bildeten sie eine Formation, die einer lockeren Sphäre ähnelte, um sich nach allen Seiten zu verteidigen.

Die menschlichen Schiffe teilten gewaltige Schläge aus. Die Drizil, von dieser unorthodoxen Taktik überrascht, gerieten ins Hintertreffen und mussten erhebliche Verluste hinnehmen. Innerhalb von lediglich dreißig Minuten verloren die Drizil mehr als vierzig Schiffe bei einem Verlust von zwölf aufseiten der Menschen. Die Rebellen verloren an ihre Artgenossen gut zwanzig Schiffe, erledigten jedoch mehr als das Doppelte.

Die Schlacht im Weltraum war nicht mehr zu gewinnen. Das war sie nie gewesen. Alle beteiligten Parteien wussten dies. Die Verbündeten trieben den Preis für die Invasoren nichtsdestoweniger in schwindelerregende Höhen. Van Bergens Gedanken wanderten zu Rix auf dem Planeten. Der Kontakt war vor über einer Stunde abgebrochen. Der Commodore hoffte, dass der bärbeißige alte Haudegen noch lebte. Er hatte es verdient, diesen Schrecken zu überleben.

General Carlo Rix brachte sich gerade noch durch einen Hechtsprung in Sicherheit, bevor das ausgebrannte Gerippe des Panzerschleichers direkt über dem Unterstand zusammenbrach. Die Drizil waren dabei, ihre Linien zu überrennen. Das Feld vor den Schützengräben war übersät mit Tausenden gefallener Fledermausköpfe und den brennenden und qualmenden Überresten von mindestens neun feindlichen Panzerschleichern.

Carlo musste neidlos anerkennen, dass sie bereits alle nicht mehr am Leben wären, hätten die Rebellen nicht Kräfte geschickt, um die menschlichen Linien zu stärken. Fünf zerstörte Rebellen-Panzerschleicher belegten dies eindrucksvoll.

Eine Hand packte ihn an der Schulter und zog ihn wieder auf die Beine. Vor ihm stand Finn Delgado. Die Rüstung des Schattenlegionärs war über und über mit Schlamm, Dreck und Kratzern übersät. Einige davon wirkten wie Beinahetreffer feindlicher Säuregeschosse. Ein Dutzend Feuertrupps befand sich in seiner Begleitung. Einige gehörten der Schattenlegion an, andere Azikiwes Fremdenlegion oder der imperialen Armee. Der Zustand der Männer und Frauen war erbärmlich, doch sie waren noch am Leben und entschlossen, ihr Leben so teuer wie möglich zu verkaufen.

»Sie haben unsere Linien durchbrochen«, meldete Delgado gepresst. »Die Rebellen ziehen sich in Richtung der Stadt zurück. Sanchez gibt ihnen mit dem Rest seiner Leute Deckung. Die Drizil sind überall auf dem Vormarsch.«

Wie um seine Worte zu unterstützen, schlugen weitere Artilleriegranaten rings um ihre Position ein. Legionäre schrien schrill auf, nur um plötzlich zu verstummen.

Einer der Schattenlegionäre – Carlo glaubte, Major Jessy Mondego zu erkennen – hob das Nadelgewehr und feuerte mehrere Salven ab. Carlo konnte nicht erkennen, ob sie etwas traf, doch ihre Körpersprache drückte tiefe Genugtuung aus.

»Ihre Befehle, Sir?«, hakte Delgado nach.

»Wir folgen den Drizil in die Stadt«, beschied Carlo niedergeschlagen. »Vielleicht können wir sie dort noch eine Weile aufhalten.«

»Und dann?«, wollte Delgado wissen.

Carlo zuckte die Achseln. »Nichts *und dann*. Das wird unser letztes Gefecht, Delgado. Ich glaube nicht, dass Taran noch rechtzeitig eintrifft, aber die Drizil sind nicht hier, um Gefangene zu machen. Das bedeutet Kampf bis zum Tod.«

Delgados Gestalt versteifte sich. Im ersten Moment machte er den Anschein, noch etwas sagen zu wollen. Doch dann nickte er nur und gab über die Befehlsfrequenz der Schattenlegion mehrere knappe Anweisungen.

Carlo übernahm die Führung, als sich die gesamte Truppe Richtung Stadt zurückzog. Auf ihrem Weg sammelten sie jeden Überlebenden ein, den sie finden konnten. Bevor diese Schlacht vorbei war, würden sie jeden Kämpfer noch dringend brauchen.

32

»Rufen Sie die SPARTACUS noch einmal!«, befahl Lestrade.

»Warum glauben Sie, dass er sich dieses Mal melden wird?«, wollte Schröder wissen, ohne zu seinem Vorgesetzten aufzublicken.

»Nur so eine Ahnung«, gab Lestrade zurück.

Schröder gab seinem Kommunikationsoffizier einen kurzen Wink. Dieser gab auf seiner Tastatur mehrere Befehle ein. Sekunden später drehte er sich mit weit aufgerissenen Augen zu seinem Captain um.

»Ein Signal von der SPARTACUS.«

Schröder wandte sich nun doch stirnrunzelnd Lestrade zu. »Sind Sie neuerdings unter die Hellseher gegangen?«

Lestrade schnaubte. »Wohl kaum. Wir nähern uns der effektiven Gefechtsdistanz unserer Waffen. Er wird es sich kaum anmerken lassen, aber insgeheim hat er Angst.«

»Meinen Sie wirklich?«

»Oh ja! Nicht Angst zu sterben, sondern Angst zu scheitern. Lassen Sie die Nachricht einspeisen, Schröder.«

Schröder wandte sich erneut dem Kommunikationsoffizier zu. »Tun Sie es!«

Weniger als eine Sekunde später baute sich Estradas grinsendes Gesicht vor Schröders Nase auf. Lestrade trat vor. Trotz des überheblichen Lächelns sah der Commodore den Schweiß auf der Stirn des Abtrünnigen.

»Die Drizil nähern sich immer weiter an«, eröffnete Estrada überraschend das Gespräch. »Wenn wir uns zusammenschließen, können wir uns hier rauskämpfen.«

Lestrade schüttelte den Kopf. »Auch mit zwei Angriffskreuzern kommen wir nie wieder aus diesem System hinaus. Und selbst wenn die Möglichkeit bestünde, würde ich sie nicht wahrnehmen.« Lestrade holte tief Luft. »Captain Javier Estrada, aufgrund der mir von der Terranisch-Imperialen Liga und dem Neuen Protektorat übertragenen Befehlsgewalt enthebe ich Sie hiermit Ihres Kommandos. Die Anklage lautet auf Befehlsverweigerung und Völkermord. Deaktivieren Sie sämtliche Systeme und kapitulieren Sie auf der Stelle!«

Für mehrere Sekunden herrschte vollkommenes Schweigen sowohl auf der Brücke der BISMARCK als auch auf der der SPARTACUS. Dann prustete Estrada unterdrückt in einem Anfall kaum verhohlener Heiterkeit. Lestrade erkannte jedoch, dass Estradas Augen davon nicht berührt wurden.

»Sie müssen verrückt sein«, gab Estrada schließlich zurück, als sich sein Lachanfall legte. »Dachten Sie wirklich, ich würde dem Folge leisten?«

»Nein«, erwiderte Lestrade. »Das hatte ich tatsächlich nicht erwartet.« Der Commodore legte Schröder sanft die Hand auf die Schulter. Das war das vereinbarte Signal und die Geschütze der BISMARCK schlugen mit tödlicher Gewalt gegen die SPARTACUS zu.

Sefrai Callanan stand auf der Brücke seines Flaggschiffs und beugte sich halb schockiert, halb fasziniert vor. Die beiden menschlichen Schiffe, die er durch drei Systeme gejagt hatte, feuerten aufeinander. Das verstörte ihn in nicht geringem Umfang. Er war davon ausgegangen, dass die feindlichen Angriffskreuzer zusammenarbeiteten, in dem Versuch, so viele Drizilsysteme wie möglich unbewohnbar zu machen. Dem war offenbar nicht so. Der führende Angriffskreuzer hatte bereits zwei große Städte von der Oberfläche Astar-dos getilgt, doch nun brach er den Angriff ab, um sich dem zweiten Angriffskreuzer zum Kampf zu stellen. Eine erstaunliche Wendung. Die Schiffe unter Sefrais Kommando mussten den Ort des Geschehens erreichen – so schnell wie möglich.

»Leiten Sie alle verfügbare Energie dem Antrieb zu«, befahl er und konzentrierte sich erneut auf das Gefecht, das sich voraus anbahnte.

Lestrade setzte sich auf einen Notsitz hinter dem Kommandosessel Schröders. Auf den Beinen zu bleiben, war beinahe unmöglich. Die SPARTACUS und die BISMARCK lieferten sich einen heftigen Schlagabtausch. Gnade wurde weder erbeten noch gewährt. Nur ein Schiff würde diesen Kampf überleben. Die Besatzungen beider Angriffskreuzer wussten und akzeptierten dies.

Hier prallten nicht nur gegensätzliche Meinungen aufeinander, sondern auch gegensätzliche Ideologien. Eine, die trotz vieler Opfer immer noch die Werte Pflicht, Ehre, Menschlichkeit und Treue hochhielt, und eine, die auf Rache sann und dem Gegner etwas von dem Schmerz zurückzahlen wollte, den man selbst erlitten hatte. Es war, als kämpften Gut und Böse um die Seele der Menschheit.

Die BISMARCK erzielte bereits zu Beginn einige gute Treffer und schmolz Panzerung mittschiffs und vom Bug der SPARTACUS. Der andere Angriffskreuzer wich jedoch dem weiteren Beschuss aus, drehte sich um die eigene Längsachse und tauchte unter der BISMARCK hindurch.

Im nächsten Moment durchdrangen mehrere Energiestrahlen die Abwehr des Angriffskreuzers und Lestrade bemerkte, wie auf Schröders taktischem Hologramm verschiedene Schadensmeldungen um die Aufmerksamkeit des Captains buhlten. Die BISMARCK wendete und drehte sich dabei – in einer Karikatur des zuvor ausgeführten Manövers des Gegners – um die eigene Querachse. Energiestrahlen und Raketen tasteten nach dem feindlichen Schiff, aber dieses wich dem Beschuss fast gänzlich aus. Die wenigen Treffer, die Schröder anbringen konnte, waren nicht der Rede wert und kratzten lediglich an der Panzerung.

Lestrade knirschte mit den Zähnen. Die Zeit arbeitete eindeutig gegen sie. Je länger sie benötigten, um Estrada auszuschalten, desto näher kamen die Drizilschiffe. Es war jedoch unbedingt nötig, dass die SPARTACUS von einem menschlichen Schiff aufgehalten wurde.

Die beiden Angriffskreuzer vollführten einen tödlichen, nichtsdestoweniger anmutigen Tanz. Beide Schiffe waren gleich stark. Lediglich das Können von Besatzung und Kommandant würden hier den Ausschlag erzielen. Und Estrada war ein hervorragender Befehlshaber, der sich seine Crew für diese Mission handverlesen hatte auswählen können. Das würde nicht einfach werden.

Die Schiffe tauschten Salve um Salve aus. Mehrere Konsolen explodierten hinter Lestrade und ein Besatzungsmitglied eilte mit einem Feuerlöscher herbei. Das Lebenserhaltungssystem benötigte lediglich Sekunden, um den entstandenen Qualm abzusaugen, dennoch kratzte er in Lestrades Kehle.

Die BISMARCK gelangte in eine perfekte Schussposition. Schröder zögerte keine Sekunde. Der Angriffskreuzer spie mehrere Lichtlanzen gegen das feindliche Schiff und spießte es förmlich auf. Die Energiestrahlen trafen die SPARTACUS an den Aufbauten hinter der Brücke, erwischten eine Schwachstelle und brannten sich praktisch ohne Verzögerung durch das halbe Schiff.

Augenblicklich begann die SPARTACUS seitlich auszubrechen. Sie verlor Trümmer, Atmosphäre und leblose Körper aus der Bruchstelle. Doch was noch wichtiger war: Gut die Hälfte ihrer Geschütze verstummte und der Antrieb setzte immer wieder flackernd aus.

Schröder wandte sich halb um und musterte Lestrade mit einem traurigen Ausdruck auf dem Gesicht. »Ich glaube, das war es.«

Javier schnallte sich mühsam los. Sein Kommandosessel war aus der Verankerung gerissen worden und lag auf der Seite mitten auf der Brücke. Sein rechter Arm fühlte sich seltsam an und gehorchte ihm nicht mehr so recht.

Javier sah sich auf seiner Brücke um. Kowalski lag tot neben einer ausgebrannten Konsole, den Kopf in unnatürlichem Winkel vom restlichen Körper abstehend. Die meisten Leute seiner Brückenbesatzung waren über ihren Konsolen zusammengesunken. Die wenigen Überlebenden torkelten Richtung Ausgang und bemühten sich, die Brücke zu verlassen. Javier fletschte die Zähne. Noch war es nicht vorbei! Er eilte zur Station des Waffenoffiziers. Ächzend hievte er den toten Körper aus der Vertiefung im Boden und ließ sich selbst schwer hineinfallen. Nein, der Kampf war noch längst nicht aus!

Schröder beugte sich mit einem Mal vor. Lestrade kniff die Augen zusammen und linste über die Schulter des Kommandanten der BISMARCK. Die SPARTACUS verlor etwas. Er konnte jedoch nicht genau erkennen, was das war. Es handelten sich nicht um Schiffstrümmer, zumindest das ließ sich ohne Weiteres erkennen.

»Kurs auf dreißig Grad abwärts ändern!«, schrie Schröder plötzlich. »Tauchen Sie unter ihnen weg!«

In diesem Moment erkannte Lestrade, was da auf sie zukam. Er verfluchte diesen Mistkerl Estrada. Warum konnte der nicht einfach aufgeben?

Estrada hatte eines seiner Torpedomagazine geöffnet. Was da auf sie zusteuerte, waren abgeworfene, aktivierte Torpedos. Estrada hatte sie direkt in die Flugbahn der BISMARCK entladen.

Die BISMARCK vollführte ein hektisches Manöver, um der Katastrophe noch zu entgehen. Beinahe hätte sie es geschafft. Es gelang dem Steuermann des Angriffskreuzers, den meisten der vor ihnen treibenden, todbringenden Geschosse auszuweichen – bis auf eine. Doch das genügte völlig.

Die Atombombe prallte vom oberen Deck der BISMARCK ab und trudelte ins All davon. Sie explodierte erst in gut zweihundert Meter Entfernung. Die Auswirkungen jedoch waren verheerend. Die obere Panzerung der BISMARCK verdampfte augenblicklich. Notkraftfelder und Sicherheitsschotts aktivierten sich und schwächten die Explosionskraft erheblich ab. Das war der einzige Grund, warum die Brückenbesatzung überlebte. Fast das ganze restliche Schiff wurde aber in Mitleidenschaft gezogen. Die BISMARCK drehte sich unkontrolliert um die eigene Achse. Die Explosionskraft verheerte alle Decks oberhalb und die meisten unterhalb der Brücke.

Als Lestrade wieder einen klaren Gedanken fassen konnte, mussten mehrere Minuten vergangen sein. Er hatte wohl das Bewusstsein verloren.

Schröders taktisches Hologramm leuchtete in Unheil verkündendem Rot. Der Captain der BISMARCK sah sich zu seinem Commodore um. »Sie sind noch unter uns?«, fragte der Mann gepresst.

Lestrade ignorierte die Frage und sagte stattdessen: »Die Lage?«

»Meine Besatzung ... es sind fast alle tot. Wen die Explosion nicht umgebracht hat, der ging an der Strahlung zugrunde.«

Lestrade hustete. Blut spritzte aus seinem Mund und befleckte seine ansonsten makellose Uniform. »Warum leben wir noch?«

»Tun wir nicht«, erwiderte Schröder. »Die Strahlenschilde um die Brücke haben zwar den größten Teil absorbiert, aber trotzdem hat jeder von uns eine tödliche Dosis abbekommen. Wir sind bereits tot. Unsere Körper wissen es nur noch nicht.«

Lestrade schluckte. »Die SPARTACUS?«

»Nimmt Kurs auf den Planeten. Estrada weiß, dass es vorbei ist. Er unternimmt einen letzten Angriff.«

Lestrade nickte. »Ein Kamikazeangriff. Verfügen wir noch über Waffenenergie?«

Schröder schnaubte. »Sie machen wohl Witze!«

Der Commodore lächelte leicht. »Dann wissen Sie, was zu tun ist.«

Schröder stutzte und warf Lestrade einen ungläubigen Blick zu. Doch dann entspannte sich seine Mimik etwas und er nickte. »Steuermann? Verfolgungskurs auf die SPARTACUS. Geben Sie alles an Energie rein, was noch da ist.«

Sefrai beobachtete fasziniert die Vorgänge voraus. Sie hatten die beiden Angriffskreuzer beinahe erreicht. Es fehlte nur noch ein kleines Stück, um auf effektive Gefechtsdistanz heranzukommen. Doch dann geschah etwas Merkwürdiges. Eines der Schiffe erlitt erheblichen Schaden. Dass es die nukleare Explosion überhaupt überlebt hatte, grenzte an ein Wunder.

Es überlebte aber nicht nur, es nahm sogar die Verfolgung des anderen Schiffes auf. Dieses steuerte den Planeten an. Sefrais Hände verkrampften sich um das Geländer vor ihm. Astar-do war sein Planet, die Heimstatt seines Clans. Sollte das menschliche Schiff abstürzen, würde kein Drizil auf der Oberfläche überleben. Der Planet würde für unzählige Generationen unbewohnbar werden. Inzwischen war klar, dass die beiden terranischen Angriffskreuzer keineswegs zusammenarbeiteten. Insgeheim wünschte Sefrai dem Verfolger Glück. Dass er Derartiges einmal tun würde, hätte er sich nie träumen lassen.

Die Zeit verging quälend langsam. Der führende Angriffskreuzer hatte die Atmosphäre beinahe erreicht. Doch plötzlich flammten die Antriebsaggregate des Verfolgers glühend rot auf. Die Energieanzeige sprengte beinahe die Skala. Der Verfolger schob sich unter den ersten Kreuzer und krachte in die Bauchseite des Schiffes. Beide Schiffe rieben aneinander und die jeweiligen Besatzungen versuchten, die Oberhand über die Situation zu erlangen.

Zunächst geschah nichts Bemerkenswertes. Beide Schiffe verloren ungemein viel Panzerung. Dann brach das untere Schiff mit einem Mal durch mehrere Decks und drängte das obere von seinem wahnsinnigen Selbstmordangriff ab. Die Antriebsaggregate des oberen Schiffes versagten jäh den Dienst und beide Schiffe nahmen Abstand vom Planeten. Sefrai atmete erleichtert auf. Sie würden Astar-do verfehlen.

Mehrere Explosionen flammten auf. Im ersten Moment dachte Sefrai, die Magazine des Schiffes würden explodieren, doch die Detonationen waren viel zu schwach für Atombomben. Der Angriffskreuzer löste sich vor seinen Augen in seine Bestandteile auf und brach sowohl über die Längs- als auch die Querachse auseinander. Zurück blieb das Schiff, das sich für eine Drizilwelt geopfert hatte.

Sefrai wandte sich an seinen Zweiten Kommandanten. »Gibt es Lebenszeichen an Bord der Schiffe.«

Dieser überprüfte kurz die Sensoranzeigen. »Nur bei dem zweiten Schiff. Das erste ist tot.«

Sefrai nickte. »Lass die Überlebenden an Bord bringen.«

»Davon würde ich abraten, Herr. Das Schiff ist schwer verstrahlt.«

»Ich verstehe«, erwiderte der Clanführer. »Lass mein Beiboot klarmachen. Dann gehe ich an Bord. Ich will wissen, welcher Mensch für den Schutz einer Drizilwelt verantwortlich zeichnet.«

33

Carlo Rix saß hinter einer Barrikade verschanzt gemeinsam mit Finn Delgado und etwa dreihundert weiteren Legionären. Jenseits der Stadtgrenzen sammelten sich die Driziltruppen für den letzten Angriff. Und dass es der letzte Angriff werden würde, daran hatte niemand auch nur den leisesten Zweifel.

Die feindliche Armee vor der Stadt war gewaltig. Und sie hatten mehr als zwei Dutzend Panzerschleicher aufmarschieren lassen. Die Panzerschleicher ihrer Verbündeten waren alle zerstört und nur noch vor sich hin schmorende Kadaver auf dem Schlachtfeld. Sobald die Drizil diese Stadt dem Erdboden gleichgemacht hatten, würden sie sich den übrigen Städten auf Kerem-da widmen. Das wäre das Ende der Rebellion – und das Ende des menschlichen Widerstands.

Carlo sah sich um. Mehrere Legionäre hatten ihren Helm geöffnet und genossen die frische Brise, die ihnen entgegenschlug. Es verstieß gegen die allgemein gültigen Gefechtsregeln, doch Carlo ließ sie gewähren. Vermutlich war es das letzte Mal, dass sie frische Luft genießen durften.

Rings um die Stadt saßen Menschen und Drizilrebellen gemeinsam in ihren Stellungen – Seite an Seite – und warteten auf das unvermeidliche Ende. Carlo fühlte beinahe so etwas wie Stolz in sich aufsteigen. Taran hatte recht. Es war das Schicksal von Menschen und Drizil, sich gegen einen übermächtigen gemeinsamen Feind zu verbünden, und nicht, sich gegenseitig abzuschlachten. Leider würde diese Erkenntnis gemeinsam mit dem Widerstand sterben. Carlo hätte so etwas wie Frustration spüren müssen. Stattdessen empfand er lediglich Traurigkeit. Sie alle hatten bald keine Probleme mehr. Doch die nachfolgenden Generationen würden den Preis für ihre Torheit bezahlen. Und dieser Preis würde wahrhaft grauenvoll hoch sein.

Commodore Christian van Bergen sammelte seine letzten Streitkräfte in der Nähe des Orbits von Kerem-da. Gemeinsam mit den Rebellen verfügten sie noch über weniger als dreißig kampffähige Schiffe. Seine Taktik hatte sich ausgezahlt. Für jedes eigene Schiff, das verloren ging, hatte der Gegner fünf verloren. Sie hatten den Feind von innen heraus ausgeweidet. Sie hatten gut gekämpft – dennoch war es nicht genug.

Der Feind hatte sich etwas zurückgezogen und van Bergen ein wenig Luft zum Atmen gelassen – jedoch nur, um sich neu zu formieren. Mehr als hundert feindliche Schiffe formierten sich zum Angriff. Sie waren entschlossen, die Sache ein für alle Mal zu beenden. Van Bergen konnte dies spüren.

Plötzlich trat sein XO zu ihm. »Commodore? Hyperraumereignisse. Eine ganze Menge. Aus vier verschiedenen Richtungen.«

Van Bergen beugte sich unwillkürlich vor. »Identifizieren, sobald sie eintreffen.«

Er brauchte nicht lange zu warten. In schneller Folge fielen Schiffe entlang der nördlichen und südlichen Systemgrenze aus dem Hyperraum. Van Bergen wollte sie zählen, gab jedoch bereits nach Kurzem auf. Es mussten gerade mehr als tausend Schiffe ins System gesprungen sein.

»Oh, oh!«

Van Bergen drehte sich zu seinem XO um. »Geht das auch genauer?«

Der XO räusperte sich und deutete auf die Schiffe südlich des Planeten. »Das sind Einheiten der Rebellen unter Führung von Taran Stuullonor. Das ist die gute Nachricht.«

Van Bergen lief ein eisiger Schauder über den Rücken. »Und die schlechte?«

Sein XO deutete auf die Schiffe, die sich aus dem Norden des Systems näherten. »Die da gehören zu den anderen Drizil.«

Van Bergen seufzte tief. »Na toll! Gerade als ich dachte, es wäre alles vorbei.«

Sefrai Callanan hatte das Gefühl, eine Gruft zu betreten. Funken stoben aus für immer verstummten Konsolen. Mehrere seiner Krieger schwärmten auf der Brücke des menschlichen Angriffskreuzers aus, doch ihre Vorsicht war unangebracht. Es gab keine Bedrohung mehr.

Sefrai hielt die Anzeigen seines Raumanzugs immer im Blickfeld. Im

Moment war die Strahlung noch kein Problem. Dennoch durften sie sich nicht zu lange hier aufhalten.

Wie durch ein Wunder hatte die Brückenpanzerung gehalten, sodass es immer noch Atmosphäre gab. Mehrere der menschlichen Gestalten bewegten sich schwach. Sefrai wünschte, sie hätten etwas für die armen Gestalten tun können – ein befremdliches Gefühl. Immerhin versuchte er diese Wesen bereits seit geraumer Zeit auszulöschen.

Sefrai eilte zielsicher zu einer Gestalt, bei der es sich um einen hohen Offizier handeln musste. Der Clanführer ließ sich auf ein Knie nieder und hob den Kopf des Menschen leicht an. Er erkannte ihn auf Anhieb. Das Bild seines Dossiers wurde ihm jedoch nicht gerecht. Es handelte sich um Commodore Horatio Lestrade.

Der Mann sah langsam zu ihm auf. Sefrai aktivierte den Außenlautsprecher seines Anzugs. »Warum? Warum habt ihr das getan?«

Lestrade zwang sich zu einem schmalen Lächeln, eine Regung, die ihm offenbar bereits alles an Kraft abverlangte. »Es ... war eine Frage der Ehre«, brachte der Mann hervor – und starb.

Sefrai ließ seinen Kopf sanft zurück auf das Deck sinken. Was für seltsame Wesen. Er hatte die Menschen immer als abscheuliche Monster gesehen, die nicht nur den Krieg unprovoziert begonnen hatten, sondern auch noch die Aufmerksamkeit der Meister zurück auf diese Galaxie lenkten. Und nun das. War es möglich, dass die Menschen tatsächlich so etwas wie Ehre besaßen? Hatte Taran vielleicht die ganze Zeit recht gehabt? Es brachte gelinde gesagt sein ganzes Weltbild ins Wanken.

In seinen Ohren knackte es und die Stimme seines Zweiten Kommandanten hallte durch seinen Anzug. »Herr? Wir erhalten eine Meldung von Kerem-da. Unsere Verstärkung ist eingetroffen. Aber starke Verbände der Rebellen ebenso. Unser dortiger Befehlshaber erbittet Befehle. Soll er angreifen? Wir können unsere Feinde mit einem letzten Schlag zerschmettern.«

Sefrais Verstand arbeitete fieberhaft. Sollte er den Angriff befehlen? Der Krieg könnte enden. Heute noch. Sein Zweiter Kommandant hatte recht. Nur noch ein entschlossener Schlag war notwendig. Doch gab es vielleicht einen besseren Weg.

»Herr?«, drängte sein Kommandant erneut. »Wie lautet die Befehle? Sollen unsere Schiffe angreifen?«

Commodore Christian van Bergens Hände krallten sich in die Lehnen seines Kommandosessels. Aus mehreren Richtungen strömten Drizilschiffe auf Kerem-da zu: einige, um es zu zerstören, andere, um es zu verteidigen. Wie dem auch sei, die Schlacht würde mörderisch werden.

Unvermittelt nahmen die feindlichen Schiffe Fahrt zurück. Der Verband bremste merklich ab. Van Bergens XO eilte zu ihm. Seine Stimme nahm einen ungläubigen Tonfall an. »Sir? Wir erhalten eine Meldung von den Drizil. Sie erhalten den Befehl, sämtliche Kämpfe umgehend einzustellen. Die Rebellen erhalten denselben Befehl. Die Drizil bitten um Waffenstillstand zum Zweck einer gemeinsamen Zusammenkunft. Sie wollen über das Ende des Krieges beraten.« Van Bergen zog beide Augenbrauen in die Höhe und sah seinen XO aus großen Augen an. Dieser lachte. »Es ist vorbei. Es ist tatsächlich vorbei.«

»Ist alles vorbereitet?«

Professor Nicolas Cest stand breitbeinig über Daniel Red Cloud und wartete darauf, dass sein Assistent Stan grünes Licht gab. Dieser nickte. »Sind Sie sicher, dass es keinen besseren Weg gibt?«

Cest schüttelte den Kopf. »Ich befürchte nicht. Wir müssen die Nefraltiri von Red Cloud trennen und Elektroschocks scheinen mir die einzige Möglichkeit zu sein. Wenn die Nefraltiri tatsächlich so eng mit Red Cloud verbunden sind, wie ich denke, dann wird das nicht angenehm für sie werden.«

»Und für Red Cloud auch nicht.«

Cest räusperte sich. »Ich weiß, aber alles wird ihm lieber sein, als weiter ihr Gefangener zu sein.« Der Professor holte tief Luft. »Also! Wollen wir beginnen?«

Cest nahm die Elektroden auf und seine Hände näherten sich Red Clouds Schläfen an. Er war nicht so überzeugt von seinem Tun, wie er vorgab, doch ihm gingen allmählich die Ideen aus. Er hatte alles ausprobiert. Nun half nur noch die Holzhammermethode. Im Endeffekt schämte er sich dafür. Er war ein Genie und jetzt griff er auf ein Verfahren der medizinischen Steinzeit zurück.

Mit einem letzten entschlossenen Seufzen nahm er allen Mut zusammen. Unvermittelt griff Red Clouds Hand nach oben und packte Cests linkes Handgelenk.

Der Professor starrte mit einem Mal in Red Clouds weit aufgerissene Augen. »Daniel!«, entfuhr es Cest. Er ließ die Elektroden sofort fallen und packte Red Clouds Gesicht mit beiden Händen. »Wie sind Sie entkommen?«

»Gar nicht«, krächzte Red Clouds Stimme, die bereits zu lange keine Flüssigkeit mehr genossen hatte. »Ich bin nicht entkommen. Sie haben mich gehen lassen.«

Cests Gesicht versteinerte. »Wieso?«

Red Cloud zögerte, bevor er antwortete. »Ich habe es ihnen verraten. Ich habe ihnen alles verraten. Die Nefraltiri wissen jetzt, wo sie uns finden.«

Captain Edgar Cutter saß auf einem kargen Felsen und genoss den Wind, der durch die Schlucht fegte. Sein Helm lag neben ihm und er legte sanft eine Hand auf das kalte Material.

So ganz konnte er immer noch nicht glauben, was geschehen war. Die Drizil hatten sie in der Tasche. Die Menschen waren in die Ecke gedrängt, ihnen gingen Nahrung und Munition aus – und die Drizil hörten einfach auf. Sie nahmen Kontakt zu Kyle auf und informierten ihn, dass sie den Befehl erhalten hatten, den Kampf einzustellen. Edgar begriff nicht so recht, was in den Fledermausköpfen vor sich ging, doch es schien, als wären sie bereit, den Krieg zu beenden.

Kyle war bereits mit den überlebenden Schattenlegionären dabei, die Menschen aus der Schlucht zu führen. Die Drizil halfen dabei, provisorische Unterkünfte für sie zu errichten. Eine Zusammenarbeit, die sich bis vor Kurzem niemand vorzustellen bereit war.

Nun ja, nicht alle Schattenlegionäre halfen. Hinter ihm drangen Beckys Lustschreie durch die Schlucht und zauberten ein breites Lächeln auf Edgars Gesicht. Wie es schien, war Vincent endlich zum Zug gekommen. Edgar lachte leise in sich hinein. Wer die beiden bei ihrem Liebesspiel hörte, der musste unwillkürlich grinsen. Becky war nicht gerade die leiseste Frau beim Sex.

Mit einem Mal gab sein Helm einen kurzen, warnenden Piepton von sich. Edgar runzelte die Stirn, nahm den Helm in die Hände und lugte hinein. Auf seinem HUD blinkte eine kurze Warnung auf: *Driziltarnsignal entdeckt. Heckenschütze in Schussweite.*

Edgar hatte kaum genug Zeit, die Warnung zu verarbeiten, da stanzte ein Projektil ein Loch von der Größe einer Münze zwischen seine Augen. Der Schattenlegionär kippte nach hinten weg und blieb zwischen den Felsen liegen. Sein Blut färbte die Steine unter ihm rot.

34

Perseus war kaum wiederzuerkennen. Von allen Gebäuden hingen Flaggen und Banner. Die Menschen feierten in den Straßen ausgelassen den Waffenstillstand und den bevorstehenden Friedensvertrag.

Carlo wartete an der Spitze einer Abordnung am Raumhafen auf das Eintreffen der Drizildelegation. René Castellano, Finn Delgado, Commodore Christian van Bergen sowie mehrere zivile Würdenträger standen abwartend in verschiedenen Stadien der Nervosität hinter ihm, außerdem auch noch Danbi Maeng, der Militärpräfekt von Equuro. Nach dem Fall des Planeten war der Mann in Gefangenschaft geraten, gemeinsam mit fünftausend Allianzsoldaten und mehreren Hundert Schattenlegionären. Die Drizil hatten sie als Zeichen des guten Willens freigelassen und sich vollständig aus dem Raum der Allianz zurückgezogen. Carlo war überaus erfreut gewesen, den Militärpräfekt lebendig wiederzusehen. Die Allianz brauchte jetzt Führung. Er hegte keinen Zweifel, dass Neues Protektorat und Allianz über kurz oder lang zusammenwachsen würden, doch auch das war noch ein langer Weg.

Carlo hob den Kopf. Das Shuttle der Drizil durchbrach soeben die Wolkendecke und sank sanft hernieder. Delgado trat einen Schritt vor. »Und, General? Sind Sie bereit, Geschichte zu machen?«

Carlo schnaubte. »Dazu kann man nie wirklich bereit sein.« Der General der 18. Legion wurde schnell wieder ernst. »Die Verhandlungen werden nicht einfach sein.«

»Sicher nicht. Aber nichts, was sich lohnt, ist einfach zu bekommen.«

Carlo schmunzelte. »Danke, das war sehr hilfreich.« Er warf Delgado einen schnellen Blick zu. »Wo sind Sanchez und Azikiwe?«

»Im Rathaus«, erwiderte Delgado leichthin. »Sie überprüfen noch einmal die Sicherheit und bereiten alles für das Eintreffen unserer neuen Freunde vor.«

Carlo nickte. »Sehr gut.« Er presste für einen Moment die Lippen aufeinander, sodass sie wie ein einzelner schmaler Streifen erschienen. »Hat mir sehr leidgetan, das mit Edgar Cutter zu hören.«

Eine Wolke umgab Delgado mit einem Mal. »Ja, mir auch. Er war ein guter Mann. Ein sehr guter. Die Drizil haben sich tausendmal dafür entschuldigt. Es handelte sich wohl um die Tat eines Einzelgängers, der sich mit dem Waffenstillstand nicht zufriedengeben wollte. Er sitzt bereits in Gewahrsam. Die Drizil werden ihn hinrichten.«

Carlo nickte. »Ja, so was gibt es leider nur allzu oft: Kämpfer, die sich mit einem Ende der Kämpfe nicht zufriedengeben wollen.«

»Wollen wir hoffen, dass Cutter der letzte Tote des Krieges war!«

Bevor Carlo etwas erwidern konnte, senkte sich die Luke des Shuttles und die Abordnung der Drizil trat ins Freie. Sefrai Callanan gehörte dazu, ebenso wie Carlos Freund Taran.

Die beiden Delegationen standen sich abwartend gegenüber. Carlo trat einen Schritt vor. »Willkommen auf Perseus!«

Sefrai neigte leicht den Kopf. »Es ist uns eine Ehre, Ihre Gastfreundschaft in Anspruch zu nehmen, General.« Carlo trat einen Schritt zur Seite und deutete auf mehrere bereitstehende Fahrzeuge. Die Drizil verstanden die Einladung und strebten eilig darauf zu. Inmitten so vieler Menschen fühlten sie sich offenbar nicht wohl. Carlo konnte die Empfindung durchaus nachvollziehen.

Taran blieb für einen Augenblick stehen und musterte seinen menschlichen Freund ausgiebig. »Wir sind einen weiten Weg gegangen, nicht wahr, Carlo, mein Freund?«

Carlo lächelte. »Allerdings. Und ich hoffe, dass unsere Völker nie wieder als Feinde aufeinandertreffen werden.«

»Das wäre wünschenswert«, erwiderte der Drizil. »Denn wie auch immer die Verhandlungen ausgehen, unsere Völker müssen sich vorbereiten. Dieser Krieg hat uns alle geschwächt. Und die Meister werden kommen. Früher oder später ganz sicher. Erinnere dich immer an meine Worte: Sie werden kommen.«

Finn sah Carlo und dem Drizil Taran hinterher, als diese auf die wartenden Fahrzeuge zustrebten. Die beiden waren in ein angeregtes Gespräch vertieft.

»Glaubst du, sie werden sich einig?«

Finn wandte sich halb um. Neben ihm stand Jessy Mondego, die die beiden Delegationen ebenfalls nachdenklich musterte.

»Da bin ich sicher. Keiner von uns hat noch den Willen, den Krieg fortzuführen. Weder Mensch noch Drizil.«

»Ich hoffe, du hast recht.«

Finn schnaubte. »All das wird bald vorbei sein, doch dann beginnt erst die wirkliche Arbeit: der Wiederaufbau.«

Jessy stieß ein überaus melodisches Lachen aus. »Um das zu beginnen, haben wir aber noch ein wenig Zeit.« Sie nahm ihn an der Hand und führte ihn in Richtung der Kasernen.

»Was hast du denn vor?«, fragte er schmunzelnd.

»Die Menschen feiern heute den Tag des Friedens.«

»Und?«

Erneut stieß sie ihr melodisches Lachen aus. »Es wird Zeit, dass du auch ein wenig Frieden erlebst.« Immer noch lachend, ließ er sich von ihr in Richtung der Kasernen führen.

Epilog

Schöne, neue Welt

Sic parvis magna
lat.: Großes aus kleinen Ursprüngen
(Plato)
Motto von Sir Francis Drake

1. Januar 2857

Daniel Red Cloud kratzte sich in Gedanken versunken am Vollbart, während er seine letzten Utensilien in das kleine Torpedoboot stopfte.

»Sie wollen sich gar nicht verabschieden?«, sprach ihn eine Stimme an, bei deren Klang er sich unwillkürlich versteifte. Der Legionär drehte sich langsam um und musterte Professor Nicolas Cest von oben bis unten.

»Versuchen Sie nicht, mich aufzuhalten!«

Der Professor zuckte mit den Achseln. »Habe ich nicht vor. Ich frage mich nur, ob Sie sich über die Tragweite all dessen, was Sie im Begriff stehen zu tun, überhaupt im Klaren sind.«

Daniel rümpfte die Nase. »Ich bin mir vollends im Klaren. Die Frage ist … Sie auch?«

Cests erzwungenes Lächeln schwand. »Ich habe sie auch gesehen, Daniel. Glauben Sie mir, niemals zuvor in meinem Leben war ich so beunruhigt.«

Daniel schnaubte. »Dann gibt es vielleicht noch Hoffnung. Für uns alle.« Der Legionär wandte sich zu dem Torpedoboot um und fuhr damit fort, seine Vorräte einzuladen.

»Und Sie wollen das Torpedoboot ganz allein fliegen?«

»Rix hat es mir freundlicherweise überlassen. So eine Nussschale hat nur eine verschwindend geringe Besatzung. Das zu fliegen, wird mein geringstes Problem darstellen«, erwiderte Daniel, ohne in seinem Tun innezuhalten.

»Und wo wollen Sie hin?«

Nun erstarrte Daniel doch. Er richtete sich langsam auf und wandte sich erneut dem Professor hin. »Ich weiß nicht. Keine Ahnung. Ich muss sie suchen.«

»Die Nefraltiri?«

Daniel nickte. »Ich bin immer noch mit Ihnen verbunden, wissen Sie? Ich kann sie immer noch spüren.« Er streichelte mit dem Zeigefinger der rechten Hand über seine rechte Schläfe. »Hier drin.« Sein unsteter Blick richtete sich erneut auf Cest. »Sie werden kommen. Ihr gesamtes Denken wird davon bestimmt. Während meines geistigen Aufenthalts auf der Heimatwelt der Nefraltiri habe ich etwas gespürt. Sie versuchten, es vor mir zu verheimlichen, doch es gelang ihnen nicht völlig. Die Nefraltiri sterben. Sie sind ein Volk auf dem Weg ins Vergessen. Sie werden kommen, weil sie etwas bei uns suchen. Etwas, von dem sie denken, es könnte ihre Spezies vor dem Aussterben retten. Sie werden gnadenlos sein. Sie werden alles in ihrem Weg vernichten, aber nicht, weil sie uns hassen würden, sondern einfach nur deswegen, weil wir *da* sind.«

»Ein Grund mehr für Sie, zu bleiben und uns zu helfen, uns darauf vorzubereiten.«

Daniel schüttelte den Kopf. »Im Gegenteil. Hier kann ich nicht viel tun.« Er deutete nach oben. »Dort draußen kann ich vielleicht helfen, den Krieg zu gewinnen. Die bestehende Verbindung zu den Nefraltiri will ich nutzen. Ich will so viel wie möglich über sie lernen. Wir können den Krieg nur gewinnen, wenn wir die Nefraltiri auch verstehen.«

Cest machte Anstalten, etwas zu sagen, schloss dann jedoch den Mund und nickte schlicht. »Ich verstehe.« Ein seltenes Lächeln erschien mit einem Mal auf dem Gesicht des Wissenschaftlers. »Sie sollten aber nicht gehen, ohne sich von ein paar lieben Freunden zu verabschieden.«

Hinter dem Antrieb des Torpedobootes traten mehrere Gestalten hervor. Daniel lächelte erfreut, jedoch auch verlegen. Simon Running Deer, Claire Rainbow sowie Curtis Black Bird traten zu ihrem alten Truppführer und umarmten ihn herzlich. Tränen traten in Daniels Augen. Er löste sich wortlos von seinen Kameraden, bestieg mit einem letzten Gruß das Torpedoboot und verschloss die Luke. Nur wenige Augenblicke später wurde der Antrieb hochgefahren und das kleine Gefährt hob zischend vom Boden ab.

Die drei Legionäre und ehemaligen Truppkameraden Daniel Red Clouds gesellten sich zum Professor und beobachteten, wie das Torpedoboot schnell an Höhe gewann.

»War es richtig, ihn gehen zu lassen?«, meinte Claire Rainbow bedrückt.

Cest dachte ausgiebig über die Frage nach. Sie spiegelte seine eigenen Bedenken auf grausame Art wider. Schließlich kam er zu einem einfachen Ergebnis.

»Ich glaube nicht, dass wir das hätten verhindern können. Und falls die Nefraltiri wirklich eines Tages vor unserer Türschwelle auftauchen, könnte dieser Mann unsere gefährlichste Waffe werden – und möglicherweise unsere einzige Hoffnung auf den Sieg.«

Carlo Rix trat hinaus auf den Balkon, um die letzten Drizilschiffe während ihres Starts zu beobachten. Die majestätischen Schiffe hoben vom Landefeld des Raumhafens von Perseus ab, gewannen schnell an Höhe und durchstießen nur wenige Augenblicke später die Wolkendecke, die momentan beinahe die ganze Nordhalbkugel überspannte. Selbst als die Schiffe bereits längst außer Sicht waren, behielt er seine Position bei und folgte ihrer Flugbahn weiter mit den Augen. Seine Gedanken kreisten jedoch längst um die Zukunft, die vor ihm lag – vor der Menschheit lag.

Er bemerkte erst, dass er nicht mehr allein war, als jemand hinter ihm diskret hüstelte. Carlo verzog die Mimik zu einem leichten Lächeln. Er musste sich gar nicht umsehen, um zu wissen, wer hinter ihm stand.

»Komm näher, René. Nicht so schüchtern.«

Sein Freund, Waffenbruder und langjähriger Weggefährte trat neben ihn. Aus dem Augenwinkel bemerkte er dessen forschenden Blick. Mit einem tiefen Seufzer wandte er sich seinem ehemaligen Stellvertreter zu. Dieser schmunzelte beinahe schmerzlich berührt.

»Ein seltsamer Anblick, dich in Zivil zu sehen.«

Carlo sah an sich herunter. Der einfach geschnittene Anzug wirkte tatsächlich etwas fehl am Platz. Ihm fehlte seine Rüstung mehr, als er zugeben wollte. Etwas verloren zuckte er mit den Achseln.

»Falls es eine schöne, neue Welt für die Menschheit geben soll, dann muss diese Welt vor allem von den Jungen erschaffen werden. Hier ist kein Platz mehr für einen alten Soldaten. Meinen Abschied zu nehmen, war das Beste, was ich tun konnte.«

René Castellano senkte den Blick und schnaubte verhalten. »Die 18. Legion wird ohne dich nie wieder dieselbe sein.«

Carlo zuckte die Achseln und musterte gut gelaunt die neuen und blank polierten Rangabzeichen an Renés Uniform. »Ich denke, diese Lücke wirst du sehr gut ausfüllen.« Carlo straffte seine Gestalt. »Oder vielleicht sollte ich Sie nun siezen, General Castellano.«

René stutzte. Die beiden Freunde starrten sich einen unendlich scheinenden Moment an und gemeinsam brachen sie in schallendes Gelächter aus. »Das wird wohl nicht nötig sein. Für alte Freunde bleibt das Du immer noch gut genug.« René wurde übergangslos ernst. »Du hättest mich wenigstens vorwarnen können. Das mit der Beförderung meine ich. Ich … ich weiß nicht so recht, ob ich für eine solche Verantwortung bereit bin.«

Carlo schenkte ihm ein schiefes Lächeln. »Das war ich auch nicht, als ich die 18. übernahm. Für so etwas ist man nie bereit, aber man wächst hinein. Vertrau mir. Du wirst deine Aufgabe hervorragend meistern. Wäre ich anderer Meinung, hätte ich dich nicht ausgewählt. Du bist der Richtige.«

Renés Wangen liefen rot an. »Danke«, flüsterte er verlegen.

Carlo brach erneut in Gelächter aus. »Danke mir nicht. Du wirst mich dafür noch verfluchen, glaub mir. Das Kommando über eine Legion ist nichts, was man sich wünschen sollte. Es gibt eine Million Dinge, die deiner Aufmerksamkeit bedürfen werden. Und alles gleichzeitig. Eine Legion ist ein Moloch, der einen bei lebendigem Leib auffrisst und ausspuckt.« Carlos Lächeln wurde breiter. »Doch ich hätte diese Zeit um nichts in der Welt missen wollen.«

René nickte. »Falls ich noch Fragen habe, weiß ich ja, wo ich dich finde.«

»Du wirst Fragen haben, die Antworten wirst du allerdings selbst finden müssen. Jeder Kommandant drückt seiner Einheit durch den eigenen Befehlsstil seinen Stempel auf. Ich habe der 18. Legion einen Gutteil meines Lebens gewidmet. Es wird Zeit, dass sie einen neuen Stempel bekommt. Einen neuen Stempel für eine neue Zeit.« Carlo senkte kurz betreten den Blick, und als er ihn wieder hob, schimmerten seine Augen feucht. »Du warst mein Gewissen in einer schwierigen Zeit, René. Dafür muss ich dir danken. Du wusstest von Anfang an, dass die Bombardierung der Drizilplaneten falsch war, und du hattest keine Scheu, deine Meinung zu sagen, auch wenn alle anderen Gegenteiliges sagten. Das zeichnet einen guten Befehlshaber und eine Führungspersönlichkeit aus. Weit wichtiger noch: Es zeichnet einen guten Menschen aus.«

René neigte leicht den Kopf zur Seite. »Aber du bist auch ein guter Mensch, Carlo.«

Carlo machte eine verkniffene Miene. »Das würde ich gern glauben. Es gibt viele Entscheidungen, die ich in meinem Leben bereue. Einige sind privater, andere militärischer Natur. Ich bereue jedoch keine so sehr wie die, Estrada mit einem Magazin voller Atombomben von der Leine gelassen zu haben.«

René schürzte die Lippen. »Wir waren alle in Panik. Der Krieg ging verloren. Vielleicht hattest du keine andere Wahl, als diesen Weg zu beschreiten. Das ist wohl die Bürde des Kommandos.«

Carlo zuckte die Achseln. »Mag sein. Doch diese Entscheidung hat viele Leben gekostet und beinahe den Friedensprozess verhindert. Lestrade, die Verluste auf der BISMARCK, die Besatzung der SPARTACUS: Sie hätten alle nicht sterben müssen.«

»Inzwischen sehe ich das ein wenig anders«, wandte René ein. »Nach der Bombardierung zweier Drizilwelten ist den Drizil vielleicht klar geworden, was auch für sie auf dem Spiel steht. Möglicherweise hat es in letzter Instanz den Frieden überhaupt erst ermöglicht. Es ist viel zu leicht, Krieg zu führen, wenn die eigene Bevölkerung nicht gefährdet ist. Wenn dagegen die eigenen Familien sterben und die eigenen Städte in Schutt und Asche liegen, dann sieht es wieder anders aus.«

»Mag sein«, meinte Carlo verkniffen. »Dann hätte diese ganze Tragödie wenigstens ein wenig Sinn.«

René maß ihn mit durchdringendem Blick. »Und wann sagst du es mir?«

Carlo hob eine Augenbraue. »Dir was sagen?«

»Wie es weitergeht? Du hast kein Wort darüber verlauten lassen, worin die Bedingungen des Friedensvertrags bestehen. Was wurde ausgehandelt?«

Carlo leckte sich über die trockenen Lippen. »Irgendjemand sagte einmal, ein Kompromiss ist, wenn beide Seiten mit dem Ergebnis unzufrieden sind. Entspricht dies tatsächlich der Wahrheit, dann waren die Verhandlungen extrem erfolgreich.« Er wandte sich seinem Freund zu. »Sowohl das Neue Protektorat, die Allianz als auch die Drizilföderation werden aufgelöst. Für immer! Jeder menschlichen Welt und jedem Drizilclan wird erlaubt, sich seinen eigenen Weg zu wählen.«

Renés Augenbrauen wanderten beide in die Höhe. »Und was bedeutet das im Klartext?«

Carlo seufzte. »Es bedeutet, dass sich sowohl Drizil als auch Menschen in unterschiedlichen Konstellationen zusammenfinden können. In nächster Zukunft wird es sicherlich Chaos geben. Doch ich bin mir ziemlich sicher, dass sich zwei Großmächte aus dem Chaos erheben werden. Ich habe bereits mit Danbi Maeng gesprochen. Die Welten der Allianz und die des Protektorats werden eine neue Sternennation bilden. Wir verfügen gemeinsam über Know-how, Ressourcen, starkes Militär und die nötige Infrastruktur.«

»Gibt es auch schon einen Namen für diese neue Sternennation?«

»Die Terranisch-Republikanische Liga. Unser Ursprung liegt auf der Erde. Warum sollten wir das nicht mit Stolz zeigen können. Bei nächster Gelegenheit haben wir vor, demokratische Wahlen abzuhalten. Die Führung der Republik soll von einem Präsidenten hier auf Perseus ausgehen.«

René schmunzelte. »Und wer könnte das wohl sein?«

Carlo lachte leise. »Ja, ich habe in der Tat vor, mich zur Wahl zu stellen. Möglicherweise musst du mich also bald wieder als deinen Oberkommandierenden begrüßen.«

»Gibt Schlimmeres«, kommentierte René. »Was wird aus den Drizil?«

Carlo stieß einen Schwall Luft zwischen den Vorderzähnen aus. »Ich vermute, die größeren Clans werden weiterhin zusammenbleiben. Sie bilden innerhalb der Drizilkultur eine Machtbasis. Vermutlich wird es irgendeine Art von Neuauflage der Drizilföderation geben. Was alle anderen betrifft – die kleineren Drizilclans und die ehemaligen imperialen Welten –, das muss man abwarten. Die Drizil geben ihre Besetzung ehemaliger imperialer Welten auf. Es war ernst gemeint, als ich sagte, jeder Clan und jede Welt darf sich ihr Schicksal selbst wählen. Einige Welten werden sich sicherlich der Republik anschließen, wiederum andere werden eigene Nationen bilden. Vielleicht sogar in Koalition mit verschiedenen Drizilclans. Wir müssen damit rechnen, dass eine ganze Reihe neuer Sternennationen entstehen werden.«

»Und damit eine ganze Menge neuer Probleme«, hielt René dagegen. »Es wird Grenzstreitigkeiten und vielleicht sogar ausgewachsene Kriege geben.«

»Vermutlich«, nickte Carlo. »Ich hoffe, die Föderation und die Republik erweisen sich als stabilisierende Faktoren und halten das Chaos in einem überschaubaren Umfang. Das alles bleibt abzuwarten. Ich bin mir sogar sicher, dass einige menschliche Welten sich entschließen werden, weiterhin unter Drizilherrschaft zu verbleiben.«

René kniff die Augen zusammen. »Wie kommst du denn darauf?«

Carlo zuckte die Achseln. »Nicht alle Welten mussten unter den Drizil leiden. Andere wurden sogar mit Respekt und größter Zurückhaltung behandelt. Nach Jahren des Krieges war das für viele eine Wohltat. Die Menschen sind kriegsmüde, und wenn die Herrschaft der Drizil der Preis ist, um in Frieden leben zu können, dann werden sich einige dafür entscheiden. Und wir müssen das respektieren.«

René nickte, sah dann aber ernst auf. »Du sagtest, alle menschlichen Welten dürften sich frei entscheiden. Wirklich alle?«

»Bis auf die Welten des Solsystems. Das Solsystem verbleibt unter Drizilherrschaft. Für immer. Auch der Kaiser wird nicht freigelassen. Die Drizil wollen das Risiko nicht eingehen, dass von der Wiege der Menschheit je wieder Aggressionen gegen ihr Volk ausgehen werden. Der Kaiser könnte zur Galionsfigur einiger Fanatiker werden. Die Drizil fürchten sich vor dieser Möglichkeit.«

»Und du hast dem zugestimmt?«

»Es war der Preis des Friedens. Und meiner Meinung nach war er nicht zu hoch. Immerhin haben die Drizil zugestimmt, ihre Truppen von allen

Habitaten, Kolonien und bewohnten Welten des Systems abzuziehen. Lediglich eine kleine Raumstreitmacht wird unterhalten, die gewährleisten wird, dass das Solsystem nicht wieder remilitarisiert wird. Außerdem wird allen Menschen gestattet, das Solsystem anzufliegen. Voraussetzung ist lediglich, dass die Schiffe und alle Passagiere unbewaffnet sind. Die Drizil werden sich sogar am Wiederaufbau der Kriegsschäden beteiligen und dafür sorgen, dass das Recht auf Erde und Mars wieder Einzug hält. Ich habe bereits die Zusammenstellung eines Hilfskonvois angeordnet. Es wird Zeit, dass wir unseren Mutterplaneten wieder aufbauen. Es gibt überall eine Menge Wunden zu heilen.«

René dachte eine Weile über das Gesagte nach und nickte schließlich. »Das ist angemessen.« Er musterte seinen alten Freund eindringlich. »Das ist ziemlich harter Tobak. Wir stehen vor großen Herausforderungen.«

»Allerdings. Wir müssen dabei helfen, Dutzende Welten wieder aufzubauen, wir müssen eine neue, demokratische Gesellschaftsordnung schaffen und eine ganze Nation erblickt vor unseren Augen das Licht der Welt.«

»Inklusive eines starken Militärs.«

Renés Einwand brachte in Carlo eine Saite zum Schwingen und er wandte seinen Blick erneut aus dem Fenster. Ein Torpedoboot hob vom Raumhafen ab und folgte der Flugbahn der Drizilschiffe so schnell, dass man es nach wenigen Minuten bereits aus den Augen verlor. »Tarans Warnung geht mir nicht mehr aus dem Kopf.«

»Denkst du, er hat recht? Sind die Nefraltiri wirklich auf dem Weg hierher?«

»Wer kann das schon sagen? Doch nach allem, was Taran mir erzählt hat, und den Dingen, die Cest berichtete, müssen wir damit rechnen. Es wäre sträflich nachlässig, würden wir die Anzeichen, die sich uns präsentieren, einfach ignorieren.«

René schluckte schwer und folgte Carlos Blick aus dem Fenster. »Das bedeutet, wir müssen uns auf den nächsten Krieg vorbereiten.«

Carlo nickte. »Ja, mein Freund. Das müssen wir.«

Fregatte der Vandal-Klasse

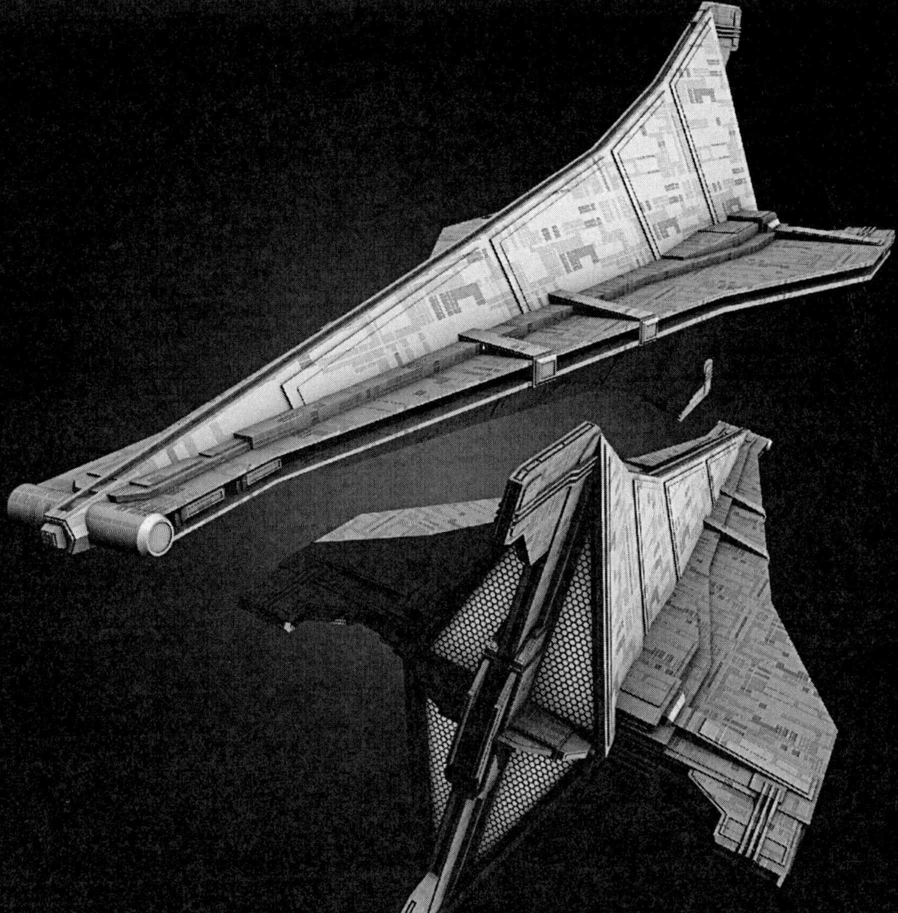

Technische Details:

Zugehörigkeit: Drizil-Föderation
Funktion: Begleitschiff
Besatzung: 534 Mann
Länge: 415 Meter
Bewaffnung: 5 Torpedorohre, 1 leichter Raketenwerfer zur Geschossabwehr
4 leichte Abwehrlaser, 8 Laserbatterien

Zerstörer der Watchman-Klasse

Technische Details:

Zugehörigkeit: Drizil-Föderation
Funktion: schweres Begleitschiff
Besatzung: 737 Mann
Länge: 620 Meter
Bewaffnung: 8 Torpedorohre,3 leichter Raketenwerfer zur Geschossabwehr
6 leichte Abwehrlaser, 12 Laserbatterien

Abfangjäger der Flüsterwind-Klasse

Technische Details:

Zugehörigkeit: Drizil-Föderation
Funktion: Aufklärer / Abfangjäger
Besatzung: 1 Pilot
Spannweite: 25 Meter
Bewaffnung: 2 Laserbatterien, 1 leichter Energietorpedowerfer

AXEL
KRUSE
CERES

STEFAN BURBAN
SKULL
IM FADENKREUZ

Stefan Boucher
BLUT UND ERZ

DIRK VAN DEN BOOM
DER KALTE KRIEG
AUME REIST